CONNEMARA

"Domaine français"

DU MÊME AUTEUR

Romans

AUX ANIMAUX LA GUERRE, Actes Sud, 2014 (prix Mystère de la critique, prix Transfuge du meilleur espoir polar, prix Erckmann-Chatrian, prix Sang d'encre des lycéens, prix littéraire de la Roquette, prix du Goéland Masqué) ; Babel noir n° 147.

LEURS ENFANTS APRÈS EUX, Actes Sud, 2018 (prix Goncourt, prix Blù Jean-Marc Roberts, La Feuille d'or de la ville de Nancy, prix des Médias France Bleu-France 3 / *L'Est républicain*, prix du deuxième roman Alain Spiess / Le Central) ; Actes Sud audio, 2020 ; Babel n° 1705.

ROSE ROYAL, éditions In8, 2019 ; suivi de *LA RETRAITE DU JUGE WAGNER*, Babel n° 1749.

Jeunesse

LA GRANDE ÉCOLE, illustrations de Pierre-Henry Gomont, Actes Sud Junior, 2020.

LE SECRET DES PARENTS, illustrations de Pierre-Henry Gomont, Actes Sud Junior, 2021.

ISBN 978-2-330-15970-2

NICOLAS MATHIEU

Connemara

roman

ACTES SUD

Pour Elsa.

1

La colère venait dès le réveil. Il lui suffisait pour se mettre en rogne de penser à ce qui l'attendait, toutes ces tâches à accomplir, tout ce temps qui lui ferait défaut.

Hélène était pourtant une femme organisée. Elle dressait des listes, programmait ses semaines, portait dans sa tête, et dans son corps même, la durée d'une lessive, du bain de la petite, le temps qu'il fallait pour cuire des nouilles ou préparer la table du petit-déjeuner, amener les filles à l'école ou se laver les cheveux. Ses cheveux justement, qu'elle avait failli couper vingt fois pour gagner les deux heures de soins hebdomadaires qu'ils lui coûtaient, qu'elle avait sauvés pourtant, à vingt reprises, fallait-il qu'on lui prenne si loin, même ça, ses longs cheveux, un trésor depuis l'enfance ?

Hélène en était pleine de ce temps compté, de ces bouts de quotidien qui composaient le casse-tête de sa vie. Par moments, elle repensait à son adolescence, les flemmes autorisées d'à quinze ans, les indolences du dimanche, et plus tard les lendemains de cuite à glander. Cette période engloutie qui avait tellement duré et semblait rétrospectivement si brève. Sa mère l'enguirlandait alors parce qu'elle passait des heures à s'étirer dans son lit au lieu de profiter du soleil dehors. À présent, le réveil sonnait à six heures tous les jours de la semaine et le week-end, tel un automate, elle se réveillait à six heures quand même.

Elle avait parfois le sentiment que quelque chose lui avait été volé, qu'elle ne s'appartenait plus tout à fait. Désormais, son sommeil obéissait à des exigences supérieures, son rythme était devenu familial, professionnel, sa cadence, en somme, poursuivait des fins collectives. Sa mère pouvait être contente. Hélène voyait toute la course du soleil à présent, finalement utile, mère à son tour, embringuée pareil.

— Tu dors ? dit-elle, à voix basse.

Philippe reposait sur le ventre, massif près d'elle, un bras replié sous son oreiller. On l'aurait cru mort. Hélène vérifia l'heure. 6 h 02. Ça commençait.

— Hé, souffla-t-elle plus fort, va réveiller les filles. Dépêche-toi. On va encore être à la bourre.

Philippe se retourna dans un soupir, et la couette en se soulevant libéra la lourde odeur tiède, si familière, l'épaisseur accumulée d'une nuit à deux. Hélène se trouvait déjà sur ses deux pieds, dans le frimas piquant de la chambre, cherchant ses lunettes sur la table de nuit.

— Philippe, merde…

Son mec maugréa avant de lui tourner le dos. Hélène faisait déjà défiler les passages obligés de son agenda.

Elle fila sous la douche sans desserrer les mâchoires, puis gagna la cuisine en jetant un premier coup d'œil à ses mails. Pour le maquillage, elle verrait plus tard, dans la voiture. Chaque matin, les petites lui donnaient des coups de chaud, elle préférait ne pas mettre de fond de teint avant de les avoir déposées à l'école.

Ses lunettes sur le bout du nez, elle fit chauffer leur lait et versa les céréales dans leurs bols. À la radio, c'étaient encore ces deux journalistes dont elle ne retenait jamais les noms. Elle avait encore le temps. La matinale de France Inter lui fournissait chaque matin les mêmes faciles repères. Pour l'instant, la maison reposait encore dans ce calme nocturne où la cuisine faisait comme une île où Hélène pouvait goûter un moment de solitude rare, dont elle jouissait en permissionnaire, le temps de boire son café. Il était six heures vingt, elle avait déjà besoin d'une cigarette.

Elle passa son gros gilet sur ses épaules et se rendit sur le balcon. Là, accoudée à la rambarde, elle fuma en contemplant la ville en contrebas, les premiers balbutiements rouges et jaunes de la circulation, l'éclat espacé des lampadaires. Dans une rue voisine, un camion poubelle menait à bien sa besogne pleine de soupirs et de clignotements. Un peu plus loin sur sa gauche se dressait une haute tour semée de rectangles de lumière où passait par instants une silhouette hypothétique. Là-bas, une église. Sur la droite la masse géométrique des hôpitaux. Le centre était loin avec ses ruelles pavées, ses boutiques prometteuses. Nancy, en s'étirant, revenait à la vie. Il ne faisait pas très froid pour un matin du mois d'octobre. Le tabac émit son crépitement de couleur et Hélène jeta un coup d'œil par-dessus son épaule avant de consulter son téléphone. Sur son visage, un sourire parut, rehaussé par la lueur de l'écran.

Elle avait reçu un nouveau message.

Des mots simples qui disaient j'ai hâte, vivement tout à l'heure. Son cœur fut pris d'une brève secousse et elle tira encore une fois sur sa cigarette puis frissonna. Il était six heures vingt-cinq, il fallait encore s'habiller, déposer les filles à l'école, et mentir.

— T'as préparé ton sac ?
— Oui.
— Mouche, t'as pensé à tes affaires de piscine ?
— Non.
— Ben, faut y penser.
— Je sais.
— Je te l'avais dit hier, t'as pas écouté ?
— Si.
— Alors, pourquoi t'as pas pensé à tes affaires ?
— J'ai pas fait exprès.
— Justement, faut faire exprès d'y penser.
— On peut pas être bon partout, répliqua Mouche, l'air docte derrière ses moustaches de Nesquik.

La petite venait d'avoir six ans et elle changeait à vue d'œil. Clara aussi était passée par cette phase de pousse accélérée, mais Hélène avait oublié l'effet que ça faisait de les voir ainsi brutalement devenir des *gens*. Elle redécouvrait donc, comme pour la première fois, ce moment où un enfant sort de l'engourdissement du bas âge, quitte ses manières de bestiole avide et se met à raisonner, faire des blagues, sortir des trucs qui peuvent changer l'humeur d'un repas ou laisser les adultes bouche bée.

— Bon, je dois y aller moi. Salut la compagnie.

Philippe venait de faire son apparition dans la cuisine et, d'un geste qui lui était familier, il ajusta sa chemise dans son pantalon, passant une main dans sa ceinture, de son ventre jusque dans son dos.

— T'as pas pris ton petit-déj' ?

— Je mangerai un truc au bureau.

Le père embrassa ses filles, puis Hélène du bout des lèvres.

— Tu te souviens que tu récupères les filles ce soir ? fit cette dernière.

— Ce soir ?

Philippe n'avait plus autant de cheveux que par le passé, mais restait plutôt beau gosse, dans un genre costaud parfumé, grande carcasse bien mise, avec toujours cette lumière dans l'œil, le petit malin de classe prépa qui ne se foule pas, le truqueur qui connaît la musique. C'était agaçant.

— Ça fait une semaine qu'on en parle.

— Ouais, mais je risque de ramener du taf.

— Ben t'appelles Claire.

— T'as son numéro ?

Hélène lui donna le téléphone de la baby-sitter et lui conseilla de la contacter rapido pour s'assurer qu'elle était disponible.

— OK, OK, répondit Philippe en enregistrant l'information dans son téléphone. Tu sais si tu rentres tard ?

— Pas trop normalement, répondit Hélène.

Une bouffée de chaleur lui monta alors aux joues et elle sentit son chemisier perdre deux tailles.

— C'est quand même chiant, observa son mec qui, du pouce, faisait défiler ses mails sur son écran.

— C'est pas comme si je passais ma vie dehors. Je te rappelle que t'es rentré à 9 heures hier et avant-hier.

— Boulot boulot, qu'est-ce que tu veux que je te dise ?

— Ouais, moi je fais du bénévolat.

Philippe leva les yeux de l'écran bleu, et elle retrouva son drôle de sourire horizontal, les lèvres minces, cet air de toujours se foutre de la gueule du monde.

Depuis qu'ils étaient revenus vivre en province, Philippe semblait considérer qu'on n'avait plus rien à lui demander. Après tout, il avait laissé tomber pour elle un poste en or chez Axa, ses potes du badminton et, globalement, des perspectives sans commune mesure avec ce qui existait dans le coin. Tout ça, parce que sa femme n'avait pas tenu le coup. D'ailleurs, est-ce qu'elle s'était seulement remise d'aplomb ? Ce départ forcé restait entre eux comme une dette. C'est en tout cas l'impression qu'Hélène avait.

— Bon, à ce soir, fit son mec.

— À ce soir.

Puis, Hélène s'adressa aux filles :

— Hop, les dents, vous vous habillez, on y va. Je dois encore mettre mes lentilles. Et je le dirai pas deux fois.

— Maman…, tenta Mouche.

Mais Hélène avait déjà quitté la pièce, pressée, les cheveux attachés, les fesses hautes, vérifiant ses messages sur WhatsApp en montant l'escalier qui menait au premier. Manuel lui avait écrit un nouveau message, à ce soir, disait-il, et elle éprouva encore une fois cette délicieuse piqûre, cette trouille dans la poitrine qui était un peu de ses quinze ans.

Trente minutes plus tard, les filles étaient à l'école et Hélène plus très loin du bureau. Mécaniquement, elle passa en revue les rendez-vous du jour. À dix heures, elle avait une réu avec les gens de Vinci. À quatorze heures, elle devait rappeler la meuf de chez Porette, la cimenterie de Dieuze. Un plan social se profilait et elle avait une idée de réorganisation des services transverses qui pouvait éviter cinq licenciements. D'après ses calculs, elle pouvait leur faire économiser près de cinq cent mille euros par an en modifiant l'organigramme et en optimisant les services des achats et le parc automobile. Erwann, son boss, lui avait dit on peut pas se louper sur ce coup-là, c'est hyper emblématique, c'est juste pas possible qu'on se loupe. Et puis à seize heures, sa fameuse présentation à la mairie. Il faudrait qu'elle revérifie les *slides* une dernière fois avant d'y aller. Demander à Lison d'imprimer des dossiers pour chaque participant, recto verso pour éviter qu'un écolo vétilleux ne lui mette la misère. Ne pas oublier la page de garde personnalisée. Elle connaissait le personnel des administrations, les chefs de service, toutes ces cliques d'importants et d'inquiets qui composaient l'encadrement des forces municipales. Les mecs étaient fous de joie dès qu'on apposait leur nom sur une chemise ou en première page d'un document officiel. Passé un certain stade, dans leurs carrières embarrassées, se distinguer des sous-fifres, se démarquer des collègues, tenait lieu de tout.

Et ce soir, son rencard…

De Nancy à Épinal, il fallait compter un peu moins d'une heure de route. Elle n'aurait même pas le temps de repasser chez elle pour prendre une douche. De toute façon, il n'était pas question de coucher au premier rendez-vous. Une fois encore, elle se dit qu'elle allait annuler, qu'elle faisait décidément n'importe quoi. Seulement, Lison l'attendait déjà sur le parking, adossée au mur et tirant avidement sur sa clope électronique, son drôle de visage perdu dans un nuage de fumée pomme-cannelle.

— Alors ? Prête ?

— Tu parles… Il faut que tu m'imprimes les dossiers pour la mairie. La réu est à seize heures.

— C'est fait depuis hier.

— Recto verso ?

— Bien sûr, vous me prenez pour une climatosceptique ou quoi ?

Les deux femmes se pressèrent vers les ascenseurs. Dans la cabine qui menait aux bureaux d'Elexia, Hélène évita le regard de sa stagiaire. Pour une fois, Lison avait remisé son air perpétuellement assoupi et pétillait, à croire que c'était elle qui avait un *date* ce soir-là. La porte s'ouvrit sur le troisième étage et Hélène passa devant.

— Suis-moi, dit-elle en traversant le vaste plateau où s'organisait le considérable *open space* du cabinet de *consulting*, avec son archipel de bureaux, l'étroit tapis rouge qui ordonnait les circulations et les nombreuses plantes vertes épanouies sous le déluge de lumière tombée des fenêtres hautes. Des fauteuils rouges et des canapés gris autorisaient çà et là une pause conviviale. Dans le fond, une petite cuisine aménagée permettait de réchauffer sa gamelle et occasionnait des disputes au sujet des denrées abandonnées dans le frigo. Les seuls espaces clos se trouvaient sur la mezzanine, une salle de réunion qu'on appelait le *cube* et le bureau du boss. C'est dans le cube justement, à l'abri des oreilles indiscrètes, qu'Hélène et Lison s'enfermèrent.

— J'ai fait une connerie, commença Hélène.

— Mais non, carrément pas. Ça va bien se passer.

— Je suis comme une idiote là, à mater mon téléphone toute la journée. J'ai du travail. J'ai des mômes. C'est n'importe quoi. Je peux pas me laisser entraîner dans des trucs pareils. Je vais laisser tomber.

— Attends !

Il arrivait que Lison s'oublie et se laisse aller à tutoyer sa cheffe. Hélène ne relevait pas. Elle avait tendance à tout passer à cette drôle de gamine. Il faut dire qu'elle était marrante avec ses Converse, ses manteaux couture de seconde main et son faciès chevalin, dents trop longues et yeux écartés qui ne suffisaient pas à l'enlaidir. Pour tout dire, elle lui avait changé la vie. Parce qu'avant de la voir débarquer, Hélène s'était longtemps sentie au bord du gouffre.

Pourtant, sur le papier, elle avait tout, la maison d'architecte, le job à responsabilités, une famille comme dans *Elle*, un mari plutôt pas mal, un dressing et même la santé. Restait ce truc informulable qui la minait, qui tenait à la fois de la satiété et du manque. Cette lézarde qu'elle se trimballait sans savoir.

Le mal s'était déclaré quatre années plus tôt, quand elle et Philippe vivaient encore à Paris. Un beau jour, au bureau, Hélène s'était enfermée dans les toilettes parce qu'elle ne supportait tout simplement plus de voir les messages affluer dans sa boîte mail. Par la suite, ce repli était devenu une habitude. Elle s'était planquée pour éviter une réunion, un collègue, pour ne plus avoir à répondre au téléphone. Et elle était restée assise comme ça sur son chiotte pendant des heures, améliorant son score à *Candy Crush*, incapable de réagir et caressant amoureusement des idées suicidaires. Peu à peu, les choses les plus banales étaient devenues intolérables. Elle s'était par exemple surprise à pleurer en consultant le menu du RIE, parce qu'il y avait encore des carottes râpées et des pommes dauphine au déjeuner. Même les pauses clopes avaient pris un tour tragique. Quant au travail proprement dit, elle n'en avait tout simplement plus vu l'intérêt. À quoi bon ces tableaux Excel, ces réunions reproductibles à l'infini, et le vocabulaire, putain ? Quand quelqu'un prononçait devant elle les mots "impacter", "*kickoff*" ou "prioriser", elle était prise d'un haut-le-cœur. Et vers la fin, elle ne pouvait

15

même plus entendre la note émise à l'allumage par son Mac-Book Pro sans éclater en sanglots.

C'est ainsi qu'elle avait perdu le sommeil, des cheveux, du poids et chopé de l'eczéma sous les genoux. Une fois, dans les transports, en contemplant la pâleur du crâne d'un voyageur à travers une mèche de cheveux rabattue sur le côté, elle avait été prise d'un malaise. Elle se sentait étrangère à tout. Elle n'avait plus envie d'être nulle part. Le vide l'avait prise.

Le médecin avait conclu à un burn-out, sans grande certitude, et Philippe avait dû consentir à quitter Paris, la mort dans l'âme. Au moins la province promettait quelques avantages, une meilleure qualité de vie et la possibilité de s'acheter une maison spacieuse avec un grand jardin, sans compter qu'il semblait raisonnable dans ces contrées hospitalières d'obtenir une place en crèche sans avoir à coucher avec un cadre de la mairie. Et puis les parents d'Hélène vivaient dans le coin, ils pourraient les dépanner de temps en temps.

À Nancy, Hélène avait immédiatement retrouvé du travail grâce à un pote de son mec, Erwann, qui dirigeait Elexia, une boîte qui vendait du conseil, de l'audit, des préconisations dans le domaine des RH, toujours la même chose. Et pendant quelques semaines, le changement de cadre et le nouveau rythme avaient suffi à tenir ses états d'âme à distance. Pas pour longtemps. Bientôt, et même si elle n'avait pas replongé dans le *bad* total, elle s'était de nouveau sentie frustrée, mal à sa place, souvent claquée, tristoune pour des riens et en colère tellement.

Philippe ne savait pas quoi faire de ces humeurs noires. Une fois ou deux, ils avaient bien essayé d'en discuter, mais Hélène avait eu l'impression que son mec surjouait, l'air pénétré, abondant à intervalles réguliers, exactement le même cinéma que lorsqu'il était en visio avec des collègues. Au fond, Philippe faisait avec elle comme avec le reste : il gérait.

Heureusement, un beau jour, dans ce brouillard de fatigue, elle avait reçu un drôle de CV, une demande de stage. D'ordinaire, ce genre de requêtes n'arrivait pas jusqu'à elle ou alors elle balançait le mail direct dans la corbeille. Mais celui-ci avait retenu son attention parce qu'il était d'une simplicité presque ridicule, dénué de photo, faisant l'économie des inepties habituelles, savoir-faire, savoir-être, loisirs vertueux et autre permis B. C'était un bête document Word avec un nom, Lison Lagasse, une adresse, un numéro de portable, la mention d'un master 1 en éco et une liste d'expériences hétéroclites. Léon de Bruxelles, Deloitte, Darty, Barclays et même une pêcherie en Écosse. Au lieu de refiler sa candidature au service RH comme l'exigeait le *process* de recrutement, Hélène avait passé un coup de fil à la candidate, par curiosité. Parce que cette fille lui rappelait quelque chose aussi. Son interlocutrice avait répondu aussitôt, d'une voix flûtée, nette, hachée de brefs éclats de rire qui étaient sa ponctuation. Lison répondait à ses questions par *ouais, carrément pas, c'est clair*, peu soucieuse de plaire, amusée et connivente. Hélène lui avait tout de même fixé un rendez-vous, un soir après dix-neuf heures, quand l'*open space* était à peu près vide, comme en secret. La jeune fille s'était présentée à l'heure dite, une grande bringue à l'air matinal, ultra-mince, jean moulant et mocassins à pampilles, une frange évidemment et ce long faciès où des dents de pouliche, éclatantes et presque toujours à découvert, aveuglaient par intermittence.

— Vous avez un drôle de CV. Comment on passe de Deloitte à Darty ?

— Les deux sont sur la ligne 1.

Hélène avait souri. Une Parisienne… Ce genre de meufs l'avait intimidée des années durant, par leur élégance spéciale, avancée, leur certitude d'être partout chez elles, leur incapacité à prendre du poids et cette manière d'être, impérieuse, sans réplique, chacun de leurs gestes disant le mieux que tu puisses faire meuf, c'est de chercher à me ressembler. C'était drôle d'en voir une là, dans son bureau de Nancy, à la nuit tombée. Hélène avait l'impression en la regardant de recevoir une carte postale d'un endroit où elle aurait jadis passé des vacances compliquées.

— Et qu'est-ce que vous faites ici ?

— Oh ! avait répliqué Lison avec un geste évasif. Je me suis fait jeter des Arts déco, et ma mère s'est retrouvée un mec ici.

— Et vous vous acclimatez ?

— Moyennement.

Hélène avait embauché Lison aussitôt, lui confiant tous les outils de *reporting* qu'on leur imposait depuis qu'Erwann faisait la chasse au gaspi et voulait raffiner les *process*, ce qui revenait à justifier le moindre déplacement, renseigner les tâches les plus infimes dans des tableaux cyclopéens, trouver dans des menus déroulants illimités l'intitulé cryptique qui correspondait à des activités jadis impondérables, et perdre ainsi chaque jour une heure à justifier les huit autres.

Contre toute attente, Lison s'en était sortie à merveille. Après une semaine, elle connaissait chacun dans l'immeuble et tous les petits secrets du bureau. C'est bien simple, tout l'amusait et, telle une bulle, elle flottait dans l'*open space*, efficace et indifférente, irritante et principalement appréciée, incapable de stress, donnant l'impression de s'en foutre, ne décevant jamais, sorte de Mary Poppins du tertiaire. Pour Hélène, qui passait son temps à se battre et visait une position d'associée aux côtés d'Erwann, cette légèreté relevait de la science-fiction.

Un soir, alors qu'elles prenaient une pinte dans le pub d'à côté, Hélène était devenue curieuse :

— Y a pas quelqu'un qui te plaît au bureau ?

— Jamais au taf, c'est péché.

— Le boulot, c'est le principal lieu de rencontre.

— Je préfère pas mélanger. C'est trop tendu, surtout en *open space*. Après, les mecs te tournent autour toute la journée comme des vautours. Et pis ces blaireaux ne peuvent pas s'empêcher de raconter des trucs, c'est plus fort qu'eux.

Hélène avait gloussé.

— Tu te débrouilles comment alors ? Tu sors, tu vas danser ?

— Ah non ! Les boîtes, ici, c'est l'enfer. Je fais comme tout le monde : je chasse sur l'internet mondial.

Hélène avait dû faire un effort pour sourire. Une génération à peine la séparait de Lison et, déjà, elle ne comprenait plus rien aux usages amoureux qui avaient cours. En l'écoutant, elle avait ainsi découvert que les possibilités de rencontres, la durée des relations, l'intérêt qu'on se portait ensuite, l'enchaînement des histoires, la tolérance pour les affaires simultanées, le tuilage ou la synchronicité des amours, les règles, en somme, de la baise et du sentiment, avaient subi des mutations d'envergure.

Ce qui changeait en premier lieu, c'était l'emploi des messageries et des réseaux sociaux. Quand Hélène expliquait à sa stagiaire qu'elle n'avait pas entendu parler d'internet avant le lycée, Lison la regardait avec un douloureux étonnement. Elle savait bien qu'une civilisation avait vécu avant le web, mais elle avait tendance à renvoyer cette période à des décennies sépia, quelque part entre le Pacte germano-soviétique et les premiers pas sur la Lune.

— Et si, pourtant, soupirait Hélène. J'ai eu mes résultats du bac sur 3615 EducNat, ou un truc du genre.

— Nan ?…

La génération de Lison, elle, avait grandi les deux pieds dedans. Au collège, cette dernière passait déjà des soirées entières à flirter *on line* avec de parfaits inconnus sur l'ordi que ses parents lui avaient offert à des fins de réussite scolaire, parlant interminablement de cul avec des mômes de son âge aussi bien qu'avec des pervers de cinquante balais qui pianotaient d'une main, des internautes singapouriens ou son voisin auquel elle n'aurait pas pu dire un mot s'il s'était assis à côté d'elle dans le bus. Plus tard, elle s'était amusée sur son portable à nourrir des relations épistolaires au long cours avec des tas de garçons qu'elle connaissait vaguement. Il suffisait de contacter un mec de votre bahut qui vous plaisait sur Facebook ou Insta, salut, salut, et le reste suivait. À travers la nuit numérique, les conversations fusaient à des vitesses ahurissantes, annulant les distances, rendant l'attente insupportable, le sommeil superflu, l'exclusivité inadmissible. Ses copines et elle nourrissaient ainsi toujours trois ou quatre fils de discussions en simultané. La conversation, d'abord anodine, entamée sur un ton badin, prenait bientôt un tour plus personnel. On disait son mal-être, les parents qui faisaient chier, Léa qui était une pute et le prof de physique-chimie un pervers narcissique. Après vingt-trois heures, une fois la famille endormie, ce commerce entre pairs prenait un tour plus clandestin. On commençait à se chauffer pour de bon. Les fantasmes se formulaient en peu de mots, tous abrégés, codés, indéchiffrables. On finissait par s'adresser des photos en sous-vêtements, en érection, des contre-plongées suggestives et archi-secrètes.

— Le délire, c'était de prendre une *pic* où on voit ton boule mais où tu restes incognito. Au cas où.

— T'avais pas la trouille que le mec balance ça à ses copains ?

— Bien sûr. C'est le prix à payer.

Ces images-là, prises dans son lit, selfies en clair-obscur, érotisme plus ou moins maîtrisé, s'échangeaient ainsi qu'une monnaie de contrebande, inconnue des parents, devise illicite qui faisait exister tout un marché libidinal sur lequel planait toujours la menace du grand jour. Car il advenait parfois qu'une image licencieuse tombe dans le domaine public, qu'une mineure presque à poil devienne virale.

— J'ai une pote en seconde qui a dû changer de bahut.

— C'est horrible.

— Ouais. Et c'est pas le pire.

Hélène se régalait de ces anecdotes qui, comme les chips, laissaient une impression vaguement dégoûtante mais dont on n'avait jamais assez. Elle s'inquiétait aussi pour ses filles, se demandant comment elles feraient face à ces menaces d'un nouveau genre. Mais au fond, ces histoires lui faisaient chaud au ventre. Elle enviait ce désir qui ne lui était pas destiné. Elle se sentait diminuée de ne pas y avoir accès. Elle se souvenait de l'avidité permanente qui autrefois avait été son rythme de croisière. À son psy, elle avait confié :

— J'ai l'impression d'être déjà vieille. Tout ça, c'est fini pour moi.

— Qu'est-ce que vous ressentez ? avait demandé le psy, pour changer.

— De la colère. De la tristesse.

Ce connard n'avait même pas daigné noter ça dans son Moleskine.

Le temps était passé si vite. Du bac à la quarantaine, la vie d'Hélène avait pris le TGV pour l'abandonner un beau jour sur un quai dont il n'avait jamais été question, avec un corps changé, des valises sous les yeux, moins de tifs et plus de cul, des enfants à ses basques, un mec qui disait l'aimer et se défilait à chaque fois qu'il était question de faire une machine ou de garder les gosses pendant une grève scolaire. Sur ce quai-là, les hommes ne se retournaient plus très souvent sur son passage. Et ces regards qu'elle leur reprochait jadis, qui n'étaient bien sûr pas la mesure de sa valeur, ils lui manquaient malgré tout. Tout avait changé en un claquement de doigts.

Un vendredi soir, alors qu'elles étaient au Galway avec Lison, Hélène avait fini par cracher le morceau.

— Tu me déprimes avec tous tes mecs.

— J'ai rien contre les filles non plus, avait répliqué Lison, avec une moue à la fois joviale et satisfaite. Non mais c'est surtout des flirts. En vrai j'en baise pas la moitié.

— Je veux dire ça me plombe de me dire que mon tour est passé.

— Mais vous êtes folle. Vous avez trop de potentiel. Sur Tinder, vous feriez un carnage.

— Oh arrête. Si c'est pour dire ce genre de conneries...

Mais Lison était formelle : le monde était plein de crève-la-dalle qui se seraient damnés pour mettre une meuf comme Hélène dans leur plumard.

— C'est flatteur, avait observé Hélène, la paupière lourde.

Elle avait bien sûr entendu parler de ce genre d'applis. Les sites de veille technologique qu'elle consultait s'extasiaient unanimement sur ces nouveaux modèles qui asservissaient des millions de célibataires, accaparaient les rencontres, redéfinissaient par leurs algorithmes affinités électives et intermittences du cœur, s'appropriant au passage, *via* leurs canaux immédiats et leurs interfaces ludiques, les misères sexuelles comme l'éventualité d'un coup de foudre.

En deux temps trois mouvements, Lison lui avait créé un profil pour se marrer avec des photos volées sur le Net, deux de dos, et une troisième floue. S'agissant du petit laïus de présentation, elle se l'était jouée minimaliste et un rien provoc : *Hélène, 39 ans. Viens me chercher si t'es un homme.* Pour le reste, le fonctionnement n'avait rien de sorcier.

— Tu vois le mec apparaître, sa tête, deux trois photos. Tu *swipes* à droite s'il passe la douane. Sinon, à gauche et t'en entends plus jamais parler.

— Et il fait pareil avec mes photos ?

— Exactement. Si vous vous plaisez, ça matche et on peut commencer à discuter.

Accoudées au comptoir, Hélène et sa stagiaire avaient passé en revue tout ce que la région comptait d'hommes disponibles et d'infidèles compulsifs. Le défilé s'était révélé plutôt marrant et les beaux mecs une denrée rare. Dans le coin, on trouvait surtout des caïds en peau de lapin posant torse nu devant leur Audi, des célibataires affublés de lunettes sans monture, des divorcés en maillots de foot, des agents immobiliers gominés ou des sapeurs-pompiers à l'air gauche. Sans pitié, le pouce de Lison renvoyait tout ce beau monde dans l'enfer de gauche, repêchant exception-nellement un gars qui ressemblait vaguement à Jason Statham, ou un cassos intégral pour rigoler. Quoi qu'il en soit, elle mat-chait systématiquement, car si les filles se montraient difficiles, les types, eux, ne faisaient pas dans la dentelle et optaient pour le filet dérivant, faisant le tri plus tard parmi le maigre produit de leur pêche sans exigence. Chaque fois, Lison se fendait d'un petit commentaire piquant et Hélène, de plus en plus ivre, riait.

— Attends, il est même pas majeur celui-là.

— On s'en fout, t'es pas un isoloir.

— Et lui, regarde cette coupe !

— C'est peut-être la mode à New York.

Justement, Lison avait utilisé Tinder dans ces villes modèles, New York et Londres, d'où elle avait ramené le récit de récoltes miraculeuses. Car dans ces endroits en butte à la pression immo-bilière et à une concurrence de chaque instant, il fallait bosser sans cesse pour se maintenir à flot et le temps manquait pour tout, faire ses courses ou bien draguer. On utilisait donc des ser-vices en ligne pour remplir son pieu comme son caddie. Une connexion, quelques mots échangés à l'heure du déjeuner, un cocktail hors de prix vers dix-neuf heures et, très vite, on allait se déshabiller dans un minuscule appartement pour baiser vite fait en songeant aux messages urgents qui continuaient de tom-ber dans sa boîte mail. Ces vies affilées comme des poignards se poursuivaient ainsi, rapides et blessantes, continuellement mises en scène sur les réseaux, sans larmes ni rides, dans la sinistre illusion d'un perpétuel présent.

Alors que là évidemment, entre Laxou et Vandœuvre, c'était pas la même.

— Et tu montres ton visage sur ce truc ? avait demandé Hélène. Ça t'ennuie pas qu'on puisse te reconnaître ?

— Tout le monde fait pareil. Quand la honte est partout, y a plus de honte.

Un texto de Philippe les avait alors interrompues, cassant quelque peu l'ambiance. *Les filles sont couchées. Je t'attends ?* Hélène avait réglé les consos, déposé Lison chez elle et pris soin de virer l'appli avant de rentrer à la maison.

Le lendemain, elle la réinstallait.

En un rien de temps, elle avait compris le système à fond, élargissant son aire de chasse à un rayon de quatre-vingts kilomètres et agrémentant son profil de photos authentiques mais qui ne permettaient pas de l'identifier. On y voyait tout de même ses jambes très longues, sa bouche tellement appétissante et qui parfois, au réveil, très tôt le matin, ou quand elle était contrariée, la faisait ressembler à un canard. Un autre cliché d'elle assise sur la margelle d'une piscine permettait de prendre connaissance de ses hanches, de ses fesses assez considérables mais tenues, de sa peau bronzée. Elle avait hésité à laisser voir ses yeux qui avaient la couleur du miel et pouvaient tirer vers le vert amande quand venait l'été, mais y avait finalement renoncé. On n'était pas là pour être romantique.

Très vite, elle s'était mise à *chiner* à longueur de journée, chaque *match* restaurant son assurance, chaque compliment reçu haussant son nouveau piédestal. Pourtant, tout ce désir anonyme n'éteignait pas sa colère. Le sentiment d'à quoi bon, l'impression d'un préjudice demeuraient vifs. Mais elle avait désormais ces compensations minuscules, quasi automatiques, et la satisfaction de l'embarras du choix. Ailleurs, des inconnus la voulaient et leur gentillesse intéressée lui redonnait des couleurs. Elle se sentait vivre à nouveau, elle oubliait le reste. Même s'il arrivait aussi qu'un pauvre type trop poli et vraiment moche lui inspire des scrupules.

Après quelque temps, un garçon avait tout de même fini par retenir son attention pour de bon. Lui aussi se planquait, mais derrière un masque de panda. Et son annonce changeait des réclames habituelles. *Manuel, 32 ans. Cherche femme belle et intelligente pour m'accompagner au mariage de mon ex. Si tu es de droite et que tu portes le même parfum que ma mère, c'est un plus.*

Amusée, Hélène lui avait demandé ce que portait sa mère. *Nina Ricci*, avait-il répondu.

On peut peut-être s'arranger, alors.

À partir de là, ils s'étaient mis à papoter régulièrement. Au départ Hélène s'en était tenue à une attitude distante et vaguement sarcastique. Puis Philippe s'était absenté pour une formation à Paris et elle s'était retrouvée seule pour trois nuits. Des vannes, on en était venu aux confidences, puis aux allusions. Dans le noir de sa chambre, Hélène n'avait plus été que ce visage éclairé de bleu, les heures glissant sans bruit. Elle avait senti des bouffées de chaleur, eu des insomnies et les yeux piquants, s'était tortillée beaucoup dans le drap de leurs interminables discussions. Au réveil, elle avait une gueule à faire peur et son premier mouvement consistait à vérifier ses messages. Deux mots nouveaux suffisaient à la mettre en joie. Une heure de silence, et elle se mettait à échafauder des scénarios tragiques. Globalement elle ne touchait plus terre. Elle avait finalement accepté un rencard.

Mais maintenant qu'elle y était presque, Hélène n'était plus si sûre. Dans le cube, sur la mezzanine, elle sentait venir la trouille, et la perspective d'un regret. Lison, pour sa part, restait confiante.

— Ça va bien se passer. Vous avez plus l'habitude, c'est tout.

— Non, je vais laisser tomber. C'est pas pour moi ce genre de trucs.

— C'est à cause de votre mec ?

Hélène avait détourné les yeux vers la fenêtre. Dehors, le ciel déjà lourd pesait sur la ville et son fourmillement de bâtisses disparates. Sur des voies ferrées contradictoires, des TGV croisaient des TER à demi vides entre les murs bariolés de tags. Erwann avait voulu des bureaux qui dominent la ville. Il fallait prendre de la hauteur, voir global.

— C'est pas ça, mentit Hélène. C'est pas le bon jour, c'est tout. J'ai ce rendez-vous à la mairie. On bosse là-dessus depuis trois mois.

— Au pire, vous annulez votre *date* au dernier moment. Le mec sait même pas où vous êtes, ni quoi que ce soit.

Hélène considéra Lison. Cette fille si jeune, pour qui tout était possible… Elle voulut la blesser, se venger de tout ce temps qui lui restait.

— Tu m'emmerdes avec cette histoire, je suis plus une gamine…

Lison comprit le message et s'éclipsa sans demander son reste. Restée seule, Hélène considéra son reflet dans la vitre. Elle portait sa nouvelle jupe Isabel Marant, un joli chemisier, son cuir et des talons. Elle s'était faite belle pour Manuel, pour ces crétins de la mairie. Au sommet de sa tête, elle constata la maigreur de son chignon. Elle s'en voulait tout à coup. Est-ce qu'elle s'était battue toute la vie pour ça ?

C'est le moment que choisit Erwann pour débouler dans le cube, sa tablette à la main, mal rasé, les cheveux roux, son ventre sénatorial pris dans le tissu superbe d'une chemise de twill bleu.

— T'as vu le mail de Carole ? Ils se foutent vraiment de notre gueule. Honnêtement, j'ai *forwardé* direct à l'avocat, je m'en bats les couilles. Sinon, t'es OK pour demain, la grosse réu fusion ?

— Ouais, j'ai confirmé hier.

— Cool, j'avais pas fait gaffe. Et pour la mairie ? C'est bon ?

— Oui, j'y serai à seize heures.

— T'es sûre, c'est cool, tout va bien ?

— Tout va bien.

— On peut pas se louper, sur ce coup-là. Si on a le pied dans la porte, on peut engranger comme des malades derrière. J'ai déjeuné avec la directrice des services. Ils veulent tout refondre de haut en bas. Si on se met bien d'entrée, ça nous placera pour les appels d'offres derrière.

— On va se mettre bien, t'inquiète pas.

L'espace d'un instant, Erwann quitta cet état de surchauffe nombriliste qui était son régime de croisière et fixa sur elle ses petits yeux dorés. À l'Essec, lui et Philippe avaient conjointement dirigé le bureau des étudiants. Deux décennies plus tard, ils se vantaient encore d'avoir détourné un peu de la trésorerie pour s'offrir un week-end à Val-Thorens. Erwann savait donc d'où Hélène venait, par quelle école elle était passée, son coup de pompe parisien, ses filles qui l'empêchaient de bosser tard le soir, ses gloires passées, ses défaillances, des trucs plus intimes encore peut-être bien.

— Je te fais confiance, dit-il.

— Il faudrait qu'on se voie aussi.

— Pour ?

Il savait bien à quoi elle faisait allusion. Hélène prit sur elle et passa outre son petit numéro de touriste.

— Tu te souviens. Mon évolution au sein de la boîte…

— Ah ouais ouais ouais. Il faut qu'on fasse un point là-dessus. Ça fait clairement partie des priorités.

Hélène sentit des idées homicides lui passer par la tête. Elle le tannait depuis des mois maintenant pour passer du poste de *senior manager* (ce qui ne signifiait pas grand-chose dans une si petite boîte) à celui d'associée à part entière et si Erwann était d'accord sur le principe, dans les faits, il ne se passait rien du tout.

— OK, dit-elle. Ce mois-ci, j'ai facturé plus de jours qu'il n'y a de jours ouvrables. Je bosse comme une cinglée et je sais bien que tu veux revendre à un gros cabinet. Je te préviens, il est pas question que je me retrouve la dixième roue du carrosse dans une succursale de McKinsey.

— Mais totalement ! fit Erwann, avec un enthousiasme ballottant. Tu connais mon opinion là-dessus. Fidéliser les talents. Y a zéro souci.

Hélène se dit que s'il se foutait d'elle, elle lui ferait cracher du sang. C'était le genre de phrases qui soulageaient et n'engageaient à rien, surtout quand on les gardait pour soi. Sur ces considérations belliqueuses, elle regagna l'*open space* où d'autres consultants se trouvaient disséminés, chacun dans son coin, un casque sur les oreilles et les yeux fixés sur son écran. Ces gens qui gagnaient entre quarante et quatre-vingt-dix mille balles par an et n'avaient même pas un bureau dédié. Il fallait qu'elle se sorte à tout prix de ce marécage d'indifférenciés. Depuis toujours, c'était la même histoire. Réussir.

La réunion devait se tenir dans les sous-sols de la mairie, une pièce aveugle éclairée au néon avec des tables en composite rangées en U et un tableau Veleda. Arrivée la première, Hélène vérifia que le Barco fonctionnait, le connecta à son ordinateur, fit défiler quelques *slides* pour s'assurer que tout roulait, puis patienta, les jambes croisées, pianotant machinalement sur son téléphone. Manuel lui avait adressé trois nouveaux messages qui en substance disaient tous la même chose. *J'ai hâte. Je pense à toi sans arrêt. Vivement ce soir.* C'était mignon, mais redondant.

Il ne fallait pas non plus qu'il commence à trop se monter la tête. Elle voulut rédiger une réponse pour calmer ses ardeurs, hésita ; elle ne savait pas très bien quoi lui dire en réalité. Là-dessus, deux hommes entrèrent dans la pièce en laissant la porte ouverte derrière eux. Hélène se leva aussitôt, tout sourire. Elle connaissait vaguement le premier, un jeune type déjà chauve qui portait des Church's et une veste cintrée. Aurélien Leclerc. Il prétendait occuper le poste de dircom adjoint. Les mauvaises langues assuraient qu'il n'était en réalité qu'adjoint du dircom. Quoi qu'il en soit, il avait fait Sciences Po. Il ne fallait en général pas attendre dix minutes avant qu'il le rappelât.

Le deuxième, un long quinqua au crâne encore plus lisse, chemise blanche et pull à col rond, bracelet brésilien et l'œil coupant, lui tendit une main martiale.

— David Schneider. Je suis en charge des SI.

— Ah, fit Hélène, enchantée.

Leclerc intervint aussitôt pour produire d'utiles précisions. La réunion allait se tenir en petit comité. M. Politi, qui pilotait le pôle communication et numérique, s'excusait. Un rendez-vous l'occupait ailleurs, en présence du préfet notamment. Tant pis, on ferait sans lui.

Hélène sourit derechef. Elle comprenait bien sûr. Après tout, elle n'avait jamais eu besoin que de cent cinquante heures pour remettre à plat l'épouvantable imbroglio des services informatiques de cette ville, un bordel digne d'un roman russe où l'argent et l'énergie se perdaient dans d'invraisemblables circuits de décisions qui superposaient pas moins de trois organigrammes distincts. Tout au long de son audit, elle s'était étonnée de voir cette Babel tenir encore debout. Les paresses empilées, le flou des hiérarchies, les haines immémoriales entre chefferies administratives avaient accouché d'un véritable Tchernobyl digital. Quand on pensait que les habitants confiaient leur numéro de carte bleue à ce système digne des Soviets pour payer la cantine des gosses ou leur carte de résident, ça laissait songeur.

— On peut faire sans lui, enchaîna Schneider, plus impavide que jamais. C'est pas un souci.

— De toute façon, on est juste au début du projet, ajouta Leclerc. On peut carrément mettre en place une méthodo avec des points d'étapes que validera le directeur. C'est ce qu'on pratique couramment avec nos prestataires.

— Bien sûr, mais ce n'est pas exactement ce dont on était convenus avec M. Politi. On est déjà bien avancé dans le planning en plus.

— C'est comme ça maintenant, trancha Schneider.

Hélène les considéra tour à tour, l'adjoint content de soi, l'informaticien sûr de lui. Elle connaissait par cœur ce genre de mecs qui passaient leur existence à faire les paons en réunions, manageant avec négligence des fonctionnaires aux carrières statiques, dispensant la manne municipale à des norias de sous-traitants aux ordres, mettant la pression quand la fantaisie leur en prenait et se payant de mots à longueur de journée.

— OK, dit-elle, on va faire comme ça.

Elle entama son exposé de manière classique, par les forces et les fragilités de l'organisation, détaillant ensuite les menaces (dont quatre s'avéraient critiques pour l'ensemble du système) avant de finir par les opportunités, ce qui ne prit guère plus d'une minute. Elle avait parlé d'une voix posée, jouant de la télécommande et se rendant parfois jusqu'à l'écran pour pointer directement du doigt un élément qui devait particulièrement retenir leur attention. Son commentaire s'agrémentait de données statistiques qui ne figuraient pas sur le PowerPoint, mémorisées exprès, une méthode qui en général faisait son petit effet. Elle s'attarda ensuite sur des cas exemplaires, un peu de benchmark, quelques éléments de socio des organisations. D'abord studieux, Leclerc et Schneider commencèrent bientôt à se dissiper, délaissant ses explications pour consulter leurs mails et envoyer des textos. À un moment, Hélène soupçonna même Leclerc de mater des vidéos sur YouTube. Juste avant de passer aux préconisations, elle laissa délibérément tomber la télécommande du Barco sur le sol. Sous le choc, le boîtier s'ouvrit, libérant les piles qui disparurent dans un bruit de ferraille et de plastique. Les deux hommes sursautèrent. Leclerc, même, s'empourpra.

— Qu'est-ce qui vous prend ? fit Schneider.

— On vous écoute, reprit Leclerc, plus conciliant.

Hélène se tenait droite, à quelques mètres de distance, la mâchoire crispée. En son for intérieur, elle calculait les avantages comparés de la soumission et du clash. Elle songea au chiffre d'affaires d'Elexia, aux liens privilégiés que ces deux importants entretenaient à coup sûr avec un certain nombre de leurs semblables dans diverses institutions du coin, conseil départemental, ARS, rectorat et autres communautés de communes.

— Excusez-moi, dit-elle, ça m'a échappé.

Elle répara la télécommande avant de conclure sa présentation dans une ambiance de réticence mutuelle. Leclerc quitta finalement la pièce avant la fin en prétextant une urgence. Schneider, lui, la félicita pour son travail. Toutefois, il n'était pas tout à fait d'accord avec ses conclusions qu'il jugea inutilement alarmistes.

— On a eu un audit l'an dernier. On arrivait à des préconisations beaucoup plus mesurées. Ce qui compte dans des systèmes complexes comme le nôtre, c'est de mettre en œuvre des dispositifs qui permettent une amélioration continue. On peut pas tout bouleverser du jour au lendemain.

— Bien sûr, dit Hélène.

Ce fameux audit, réalisé en interne et qui, par sa complaisance et ses détours casuistiques, n'était pas sans rappeler les rapports de l'IGS, elle l'avait lu bien sûr. Une fumisterie complète.

— En tout cas, reprit Schneider, je vous remercie. Je vais regarder ça avec mes équipes. C'est du bon boulot. Surtout l'état des lieux. Pour les recommandations stratégiques, je pense qu'on peut améliorer les choses.

— Évidemment, dit Hélène.

Quand Schneider lui annonça qu'il faudrait caler un autre rendez-vous pour revoir tout ça, sans préciser de date, elle comprit que c'était mort.

Elle quitta la mairie en hâte, marchant vite sur le pavé récent, la tête comme une essoreuse à salade. Tandis qu'elle montait l'escalier qui menait au parking, elle vérifia l'heure. Il était trop tard pour repasser au bureau. Elle pensa aux filles, la baby-sitter et Philippe, il fallait qu'elle appelle Erwann, lui expliquer la situation. En réalité, tout avait été plié bien avant cette réunion. Schneider était parvenu à la mettre sur la touche alors même que tout ce merdier était de son fait. Depuis des années qu'il se contentait de parader de réunions en *conf call*, infoutu d'organiser ses troupes, maniganceur et omniprésent, intoxiquant sa hiérarchie de vocabulaire technique et abreuvant ses subordonnés de directives en pointillé qui ne visaient rien et n'aboutissaient jamais. Il avait dû régler sa petite affaire à l'occasion d'un déjeuner avec Politi ou avec la directrice générale des services, entre le filet de bar et le carpaccio de fruits, émettant sans doute quelques réserves polies quant au rapport d'Elexia et prononçant le mot "politique", qui dans ce milieu justifiait les plus étonnantes inerties, les alambiquages les moins rationnels et figeait les bonnes volontés dans la seconde. Très vite, son usine à gaz avait semblé résulter d'arbitrages florentins et nécessaires que le moindre mouvement suffirait à déranger, entraînant des désordres considérables, parmi les personnels pour commencer, au point de vue opérationnel ensuite, pour finir par mécontenter les usagers, ce qui n'était jamais souhaitable, d'autant que la presse venait de déterrer une affaire de subventions embarrassantes consenties à des associations confessionnelles qui avaient repris des jardins ouvriers laissés à l'abandon du côté de Laxou. Des cadres comme Schneider passaient leur temps à maquiller le chaos dont ils étaient responsables en sophistications inaccessibles au profane, donnant à leurs errements des airs de nécessité, à leurs lâchetés des dehors diplomatiques. Il l'avait bien baisée, en somme.

Quelques gouttes éparses étoilèrent alors le bitume. Hélène pressa le pas, embarrassée par sa jupe et ses talons, tout de suite en nage, sa sacoche lui sciant l'épaule tandis que son imperméable glissait de son bras. Mais elle n'eut pas le temps de rejoindre sa voiture. La pluie s'abattit lourdement sur la ville et dans les rues soudain vides elle se mit à courir, brinquebalante, son téléphone à la main et la tête baissée. Autour d'elle, il ne restait que le sol brillant, la brutalité de l'averse sur les capots et les façades, l'odeur saine de l'air lavé et, par-dessus, ce ciel qu'on ne voyait plus.

Une fois dans sa Volvo, elle ne put que constater le naufrage. Ses longs cheveux avaient pris sur sa tête un aspect désolant, de serpillière, ou de nouilles trop cuites. Quant à ses vêtements, ils poissaient, lourds de flotte, devenus trop étroits. À chaque mouvement, elle pouvait sentir leur frein, et sous ses cuisses, le cuir qui adhérait à sa peau. Elle prit des mouchoirs en papier dans la boîte à gants et tenta d'éponger le plus gros des dégâts. Tandis qu'elle s'agitait, les vitres se couvrirent de buée et elle ne vit bientôt plus rien au-dehors, que des ombres au contour de buvard. Dans l'habitacle, elle se retrouvait seule avec son exaspération et le grondement de la pluie. Elle n'arrivait à rien. Elle vit son maquillage défait dans le rétroviseur.

— Merde, gémit-elle entre ses dents, la gorge prise.

Comme elle voulait se donner un peu d'air, elle força les pans de son chemisier et deux boutons volèrent dans l'habitacle. Un chemisier à deux cents balles, avec des motifs floraux, en soie, le tissu était déchiré, elle pouvait le foutre à la poubelle. Une envie folle de tout casser la saisit et elle empoigna le volant à deux mains, les lèvres serrées. La pluie tabassait toujours, drue, envahissante dans son martèlement répétitif. La ville alentour se résumait maintenant à un camaïeu imprécis de verts et de gris. Elle était seule.

Alors, elle fit remonter sa jupe sur ses cuisses moites. Elle respirait vite, au bord du sanglot, le dos mouillé et la nuque chaude. Une fois ses jambes ouvertes, sa main droite trouva tout de suite le repli de son sexe sous le coton de sa culotte. Elle opéra vite, à deux doigts, les fesses soudées au cuir de la voiture, le geste précis, pile au renflement, en tournant et pressant, avec une insistance têtue. Sa chatte s'ameublit, et elle éprouva bientôt cette impression délicieuse, à l'intérieur, comme une bulle, la possibilité tiède qui lui traversait le ventre. Elle n'avait besoin que d'une minute, et se hâtait, sûre d'elle, décidée comme un enfant. Ce geste, elle le connaissait depuis si longtemps, elle l'avait perfectionné toute sa vie. C'était son havre et son droit. Bien sûr, elle aimait le cul avec les mecs. Leurs corps lourds, leurs poils partout, leur odeur copieuse. Ils vous retournaient, vous enfermaient dans leurs bras, vous faisaient sentir toute petite et crever de bonheur sous leur poids. Elle aimait ça, et même les déceptions recélaient en général leur petit quelque chose de piquant. N'empêche, cette chose-là, toute personnelle, délicate et sans vergogne, l'emploi de son sexe, l'usage facile de son plaisir, elle n'en cédait rien. Elle se caressait souvent, même amoureuse, même enceinte, même heureuse, sous la douche, le matin, au travail, dans les avions parfois, et dans sa caisse, si ça lui chantait. De temps à autre, l'envie la prenait, si forte et impromptue, qu'elle était tentée de s'arrêter sur une bande d'arrêt d'urgence.

Dans l'habitacle étouffé, ce jour-là, elle se branla vite, fermant les yeux par instants, épiant de possibles silhouettes à travers la buée, rejouant en pensée une situation qui lui faisait toujours de l'effet et elle jouit d'un coup, un plaisir clair et situé, qui fit sa décharge neutre, la laissant presque apaisée, un peu moins confuse en tout cas.

Au moins, elle serait détendue pour son rencard. Puis s'étant rajustée, elle démarra et prit la route. Elle n'en avait plus rien à foutre.

2

Cornécourt ne payait pas de mine. C'était une petite ville peinarde, avec son église, un cimetière, une mairie des *seventies*, une zone d'activités qui faisait tampon avec l'agglomération voisine, des zones pavillonnaires qui champignonnaient sur le pourtour et, au milieu, une place flanquée des habituels commerces : PMU, boulangerie, boucherie-charcuterie, agence immobilière où s'activaient deux hommes en chemisette.

À Cornécourt, le taux de natalité était bas, la population vieillissante, mais les finances municipales au beau fixe, grâce notamment aux abondantes taxes que payait une vaste fabrique de pâte à papier au nom norvégien que personne ici n'arrivait à prononcer. Cette prospérité n'empêchait pas le FN d'arriver en tête des premiers tours ni ses habitants de déplorer des incivilités toujours imputables aux mêmes. Un rétroviseur endommagé pouvait ainsi susciter des propos tombant sous le coup de la loi, des tags tracés nuitamment sur les murs du centre culturel nourrir des idées d'expédition punitive. Ainsi au comptoir du Narval, le bistrot qui faisait l'angle et tabac-presse, les violences n'étaient pas rares, mais restaient purement rhétoriques. On y buvait des Orangina, des demis de Stella, des rosés piscine en terrasse quand revenaient les beaux jours. On y grattait aussi des Millionnaire et des Morpion en causant politique, tiercé et flux migratoires. À dix-sept heures, des peintres aux vêtements blanchis, des entrepreneurs toujours inquiets, des maçons turcs qui de leur vie n'avaient jamais vu une fiche de paie, des gamins formés à l'AFPA toute proche venaient boire un verre et se laver des fatigues du jour. Les femmes étaient plus rares, presque toujours accompagnées. En dehors de ces clientèles passagères, quelques ivrognes majestueux ornaient le bar ainsi que des plantes tropicales. Aux murs, des photos de Lino Ventura ou Jacques Brel rappelaient la philosophie des lieux.

Cornécourt devait son nom aux étangs qu'on trouvait au nord, jetés sur la terre comme une poignée de pièces de monnaie, et qui allongeaient sur plusieurs kilomètres un paysage de nénuphars et de joncs. Leurs eaux fixes prenaient sous le ciel bas un aspect de mercure où filaient les nuages, les oiseaux migrateurs, les vols outre-mer. Des pêcheurs hantaient presque continuellement l'endroit, des cannes diagonales signalant de loin leur présence amoindrie. Au printemps, des mômes en VTT, des familles en goguette venaient pulluler à leur tour. C'était une place de choix pour fumer ses premières clopes, rouler des pelles en cachette, organiser autour d'un feu des beuveries secrètes entre ados ou promener son chien.

Quinze mille personnes vivaient dans cette ville moyenne, entre des reliquats de nature, quelques fermes moribondes, des ronds-points sans objet, un stade de foot, un cabinet médical vieillissant et le canal qui fendait la ville en deux. Dans ce bled, trois générations d'une même famille pouvaient vivre à deux rues de distance. Les nuits étaient calmes, même si les policiers municipaux étaient équipés de gilets pare-balles. Le défilé de la Saint-Nicolas et les feux de la Saint-Jean ponctuaient des années sans à-coup. À Noël, les décorations lumineuses donnaient aux rues un air cossu et réjoui. L'été, des canicules réitérées affolaient les services gériatriques. Ici, tout le monde se connaissait de vue. Le maire était sans étiquette.

C'est justement chez ce dernier que Christophe Marchal avait rendez-vous. Chaque mois, il lui livrait la même provision d'alimentation canine, des croquettes, trois sacs minimum. Le maire et lui se connaissaient depuis toujours et le vieux lui disait "tu", comme à tous les gosses qui étaient nés et avaient grandi dans le coin. Christophe, par contre, ne se serait pas permis. Et au moment de se garer, il choisit d'ailleurs de rester à bonne distance du Range Rover que conduisait le père Müller, par respect en quelque sorte. Celui-ci sortit aussitôt de chez lui, chaussé de bottes en caoutchouc, une casquette publicitaire sur la tête.

— Ah te voilà toi ! fit-il en soulevant sa casquette pour se gratter la tête.

Christophe lui répondit d'un sourire. Les deux hommes se serrèrent la main tandis que le maire l'examinait de la tête aux pieds.

— Ben dis donc, tu vas à un mariage ?

Christophe portait une chemise blanche et des chaussures neuves, ce qui lui donnait effectivement un air assez endimanché. Le père Müller présuma que cette tenue était liée à un rendez-vous galant et lui dit qu'il avait bien raison, dans la vie, il fallait profiter. Chaque mot qui tombait de sa bouche était enrobé d'un lourd accent des Hauts, Bussang, Le Tholy, La Bresse, des coins de froidure, de prés fleuris, de voyelles aux accents circonflexes, mais il ne fallait pas se fier à ces dehors rustiques. L'homme était riche, rusé et craint. Au cours de ses cinq mandats, il avait brisé plus d'un ambitieux en Weston. Christophe l'écoutait sans rien dire, souriant toujours. Puis il ouvrit le coffre de sa 308 break.

— Je vous ai mis un quatrième sac, ce mois-ci.

— Ah bon ?

— Cadeau de la maison.

— Ah, c'est bien. Je vais te donner un coup de main. On va aller porter tout ça au chenil.

Tandis que le père Müller allait chercher une brouette derrière la maison, Christophe laissa dériver son regard sur les environs. À côté de l'habitation principale, une autre bâtisse, presque identique mais en modèle réduit, permettait d'accueillir les amis de passage, souvent des copains chasseurs. Plus loin, on voyait le chenil aux murs crépis, et tout au fond, à deux cents mètres de distance, la ligne sombre du bois qui délimitait la propriété. Une fois le père Müller revenu, les deux hommes entassèrent les sacs dans la brouette.

— Alors, ça marche en ce moment les affaires ?

— On n'a pas trop à se plaindre.

— Et la patinoire ?

— Ça se remet doucement.

— Quel merdier… J'y vais plus ces temps-ci. Ça m'a dégoûté ces histoires.

— Oui, c'est dommage.

— Tu parles… Tous les bons sont partis. Ils vont finir par te rappeler au train où ça va.

— C'est pas impossible, dit Christophe.

Le maire se marra et ils se mirent en route, Christophe poussant la brouette, le père Müller marchant à ses côtés de son pas sautillant si caractéristique.

Depuis plus de cinquante ans, la ville voisine vivait une histoire spéciale avec son équipe de hockey. Au gré de saisons variables, entre le fond des divisions d'honneur et jusqu'en élite, le club d'Épinal avait toujours aimanté sur lui l'attention, réalisant de rares prouesses, connaissant des déchéances brutales, des hauts et des bas qui ne décourageaient jamais le noyau dur de ses supporters. Pendant la saison, la patinoire faisait le plein à chaque match. Là, des édiles en pardessus se mêlaient aux familles en rangs d'oignons, des ados des beaux quartiers coudoyaient des poivrots édentés qui vidaient à la buvette des pintes de Picon bière, sans oublier les entrepreneurs dans leurs tribunes réservées et les acharnés, maquillés aux couleurs de l'équipe et qui faisaient la queue dès quinze heures pour s'assurer les meilleures places. Dans cette ville, la patinoire faisait comme un ventre où s'ébauchaient des unanimités introuvables ailleurs, dans le froid et l'écho cassant des fers sur la glace. Deux mille regards rivés sur le même point noir glissant à cent cinquante kilomètresheure. Tout un peuple assemblé autour de la glace ovale l'espace de deux heures, espérant des buts, de la vitesse et des violences. Le même désir dans chaque poitrine.

— Ils t'ont vraiment demandé de revenir ? demanda le père Müller.

— On en parle...

— Et tu te vois encore jouer à ton âge ?

— Peut-être...

Deux ans plus tôt, le club s'était vu rétrograder suite à des problèmes financiers, résultats d'une politique de recrutements trop ambitieuse qui l'avait mené en haut du tableau mais endetté à mort. Un redressement judiciaire plus tard, Tchèques, Slovaques et autres Canadiens débauchés à prix d'or s'étaient dissipés dans la nature. L'équipe réserve tâchait désormais de maintenir le navire à flot dans les soubassements de la deuxième division. Christophe se disait pourquoi pas moi. Ses années de joueur étaient les meilleures de sa vie.

— Tu risques d'avoir du mal, reprit le maire de Cornécourt. C'était plutôt la vitesse ton point fort.

— On peut compenser. Y a l'expérience aussi.

— Et le gabarit.

Le père Müller lui jeta un coup d'œil plein d'une malice cruelle. Christophe avait pas mal pris ces derniers temps. La vie de commercial n'aidait pas à garder la ligne, toujours bouffer au resto, le cul dans sa bagnole huit heures par jour. Le quadragénaire serra les poignées de la brouette dans ses grosses pognes et parvint à sourire encore.

— Faut bien des costauds dans une équipe.

Ce qui rappela au vieil homme un voyage qu'ils avaient fait jadis, avec d'autres gamins du hockey et leurs parents, un stage de perfectionnement au Canada.

— Tu te souviens, les monstres ? s'émerveilla le père Müller.

Évidemment que Christophe se souvenait. Là-bas, chaque équipe avait sa brute attitrée qui protégeait les joueurs moins physiques et plus techniques. La castagne était un emploi difficile. Pour pas mal de types qui venaient de patelins miteux, ce rôle d'*enforcer* était le seul moyen d'accéder au haut niveau. Il revoyait encore ce mec né au fin fond de l'Ontario, dans un bled de rien, deux mille âmes et trois patinoires. À vingt-cinq ans, le gars n'avait déjà plus une incisive à lui et s'était fait poser une plaque en métal sous la pommette droite. Avant chaque match, il s'agenouillait pour prier dans un petit coin des vestiaires. Mais quand venait le moment d'en découdre, il n'hésitait pas, jetait les gants et cognait aussi sec. En Amérique, certains *enforcers* étaient devenus de véritables légendes. L'intimidation faisait partie des règles là-bas et il fallait bien avouer qu'une bonne partie du public ne venait que pour ça, cette décharge électrique, l'impression que l'espace d'une minute le jeu devenait vraiment une question de vie ou de mort.

— T'étais pas un violent de toute façon toi, trancha le père Müller. C'est pas des trucs qui s'inventent à quarante piges…

— Ça dépend, répondit Christophe.

Et disant cela, il ne souriait plus, mais le vieil homme, lui, se marra, propriétaire et jovial, sûr d'avoir raison depuis cinquante ans facile.

Dans le chenil, ils furent accueillis par une brève salve d'aboiements, que le père Müller moucha d'un coup de sifflet entre ses dents. Les bêtes, aussitôt, se rassérénèrent et il ne resta plus que le bruit des griffes sur le béton froid, le cliquetis des colliers, le va-et-vient humide du souffle animal. Il y avait là une vingtaine de chiens courants, chacun dans son enclos, du carrelage blanc sur les murs, des fenêtres grillagées en hauteur, le tout bien propre malgré l'odeur entêtante. Les deux hommes se rendirent dans le fond où se trouvait le bac hermétique destiné à entreposer la nourriture. Ils se répartirent le travail sans avoir à prononcer une parole, le père Müller ouvrant chaque sac à l'aide d'un cutter tandis que Christophe versait les croquettes dans le bac. Quand ils eurent fini, Christophe chassa la poussière de ses vêtements, sortit les factures et un reçu de sa poche.

— J'aurais besoin d'une petite signature…

Le père Müller parcourut les papiers en diagonale puis, sans lever les yeux, il demanda à Christophe de se pencher. Ce dernier crut d'abord à une blague, mais le vieux type était sérieux. Christophe se plia donc, les mains sur les genoux, et attendit que l'autre paraphe les documents sur son dos. Il conclut par deux points qui lui piquèrent l'échine. Tout du long, le chien le plus proche avait fixé Christophe de ses beaux yeux mouillés, assis sur son arrière-train et l'air vaguement mélancolique.

Ce pénible épisode n'empêcha pas Christophe de se fendre de quelques mots aimables. On voyait que ces bêtes étaient bien soignées. On ne pouvait pas toujours en dire autant.

— Je m'en occupe, qu'est-ce que tu veux que je te dise ?

Le père Müller, tout de même assez flatté, souleva une nouvelle fois sa casquette pour se gratter le crâne avant d'ajouter :

— Tiens, je voudrais te montrer quelque chose de beau.

Les deux hommes quittèrent le hangar et prirent la direction du bois. Bientôt, Christophe découvrit au loin deux chalets miniatures cernés d'une clôture en fil de fer.

— C'est nouveau, ça ?

— Je me suis fait un petit plaisir, expliqua le maire en lui tapant sur l'épaule.

Ils poursuivirent à travers le pré, sous un ciel couleur d'ardoise où la possibilité d'une averse mûrissait dans de languides étirements. Autour d'eux, la campagne s'étalait loin, avec là-bas le ruban gris des arbres, et dans l'air l'odeur fauve des chiens mêlée à celle plus vive de l'humus et du grand air. Dans l'herbe haute, leurs pas produisaient un agréable froufrou, intime, et presqu'aussi entêtant qu'une berceuse.

— Tu vas voir, fit le père Müller, en ouvrant la clôture.

En réalité, ces petits chalets n'étaient rien d'autre que des niches améliorées devant lesquelles étaient disposées des écuelles remplies d'eau et de croquettes. Ils s'accroupirent à l'entrée et une fois leurs regards habitués à la pénombre, Christophe distingua deux formes moelleuses à l'intérieur, deux chiots superbes qui dormaient sur des plaids à carreaux.

— Qu'est-ce que c'est ?

— Des dogues du Tibet.

— Non ?

— Mais si. Approche.

Assis sur leurs talons, les deux hommes se mirent à caresser longuement les deux lourdes créatures. Leur pelage était d'une douceur incroyable et, en dessous, on pouvait sentir battre leur cœur rapide, entêté. C'étaient vraiment des bêtes magnifiques.

— Vous les avez trouvés où ? On n'en voit pas souvent par ici.

— Ma filière espagnole.

— Et combien ?

— Deux mille chacun. Plus le transport. Le père était un vrai champion.

Christophe siffla entre ses dents. Depuis quelque temps, une mode s'était abattue sur cette espèce et à la revente, avec un bon pedigree, on pouvait atteindre des sommes vertigineuses. Un spécimen s'était même monnayé plus d'un million d'euros quelque part en Chine. Christophe regarda sa montre.

— Je peux t'en garder un si tu veux, fit le père Müller, pince-sans-rire.

Un chiot, cependant, s'était dressé sur ses pattes et exécuta un tour paresseux sur lui-même avant de se recoucher en laissant traîner sur eux son regard langoureux.

— Celui-là, c'est Jumbo. Il va faire dans les soixante-dix kilos à l'âge adulte.

— C'est vrai que c'est beau, admit Christophe.

Rien ne le touchait comme les bêtes. À part le gosse bien sûr, qui avait d'ailleurs un peu les mêmes manières innocentes, cette sorte d'existence reniflante et première. Parfois, quand il l'observait devant la télé, tout démantibulé sur le canapé, les pieds nus et la tête en bas, il se disait *c'est ça*. Son petit mec, son petit garçon. Il songeait alors à l'après, à la mère du petit. Tout ça le prenait si fort qu'il était obligé de quitter la pièce.

— Mais c'est pas commode comme bestiau, reprit le père Müller. J'ai jamais vu des têtes de cochon pareilles. Pour monter la garde, on fait pas mieux. Quand je pense que je vais vendre ça à une pétasse en 4×4.

— J'ai lu quelque part cette histoire d'un Chinois qui avait acheté un dogue du même genre. Le truc arrêtait pas de prendre du poids. Il boulottait toute la journée. Des quantités astronomiques. Et puis un beau jour, le clébard s'est dressé sur ses pattes arrière. Et là, ils ont compris.

L'éleveur se tourna vers Christophe et, le sourcil froncé, attendit la chute. De près, on pouvait suivre sur ses joues et son nez le déploiement de minuscules veines rouges et grenat. On était toujours tenté d'y chercher sa route, de trouver un chemin dans l'épaisseur du cuir.

— On leur avait refilé un ours.

— Sans déconner ? gloussa le vieux.

— Je vous jure.

La face de l'éleveur prit soudain un aspect enfantin. Il fit Ah ! et frappa son genou du plat de la main. Ces cons de Chinois ! Ils étaient impayables, par milliards, loin là-bas, une nation d'êtres jaunes et mal membrés, redoutables d'efficacité par contre. Il les imaginait ainsi, avec leur ours, et s'en délectait. Dans son esprit, l'anecdote avait pris le contour net et plaisant d'une case du *Lotus bleu*.

Sur le chemin qui les ramenait à la maison, Christophe regarda une nouvelle fois sa montre, puis le ciel gris et embrouillé. Il faisait plus lourd à présent et de grosses gouttes avaient commencé de perler sur le front du père Müller qui poussait la brouette vide. À deux reprises, Christophe lui proposa son aide, mais le maire de Cornécourt ne voulut rien savoir. Ils allaient donc, le jeune et le vieux, sur le vaste terrain où poussait l'herbe crue, écrasés par l'immensité du ciel, deux silhouettes noires sur l'horizon. À mi-chemin, le père Müller fit tout de même une pause et s'épongea avec son mouchoir. Cette suée au grand air lui donnait bonne mine. Il était tout rouge, plein de souffle, l'œil piquant malgré le début de décoloration qui marquait sa pupille. Christophe se demanda quel âge il pouvait avoir. Il lui semblait l'avoir toujours connu ainsi, âgé, chauve, potentat mal fagoté, fortuné mais discret, acharné de prudence, de cette race des maquignons qui font les héritiers aplatis et les successions mouvementées.

Ayant repris son souffle, le père Müller lui demanda s'il avait entendu parler du dernier conseil municipal.

— Vaguement. Enfin, mon père m'a raconté.

— La Marina, elle fera plus long feu tu sais.

— Ah…

Lors de cette fameuse séance, l'adjointe en charge des loisirs et de la communication avait été prise d'un malaise et on avait dû la conduire aux urgences. Depuis quelque temps déjà, les couloirs de la mairie bruissaient de ses défaillances répétées. À plusieurs reprises, on lui avait vu des tremblements, des pâleurs soudaines. Lors d'une exhibition de twirling bâton, elle avait même été forcée de s'interrompre en plein discours, du flou dans le regard, avant de s'asseoir en prétextant un vertige. Ces symptômes conduisaient à divers diagnostics, tous amateurs et également définitifs. Elle n'avait pourtant que soixante-deux ans, ce qui inspirait à chacun des songeries métaphysiques et des ambitions nouvelles.

— J'ai pensé que ça pourrait t'intéresser, dit justement le père Müller.

Les sourcils de Christophe se rejoignirent.

— Moi ?

— Bah oui. Tu vis ici depuis tout gosse. Les gens te connaissent. Et puis t'as un nom qui rappelle des bons souvenirs dans le coin.

L'accent lourd enrobait chaque parole d'une épaisseur familière qui rassurait et pouvait convaincre. Christophe opina. Effectivement, il avait sa petite notoriété, ses faits d'armes. La finale de 1993 restait gravée dans les esprits.

— Et puis ta tête irait bien sur une affiche électorale, s'amusa le maire.

Christophe sourit malgré son embarras. Il détestait ce genre de situations. Depuis toujours, il avait l'habitude d'arranger les gens. Dire non restait une épreuve.

— Alors ? insista le père Müller.

— Je sais pas quoi vous dire.

— Bah, tu dis oui. C'est pas compliqué.

— J'ai jamais fait ce genre de choses.

— C'est pas sorcier. Dès que quelqu'un prend une initiative, tu lui dis que c'est formidable. Tu te méfies des socialos, et puis le reste c'est toujours pareil : le vivre ensemble, la démocratie, la promotion des territoires, les forces vives, tu déroules. Et surtout, tu dis amen quand les gens rouspètent.

— Je pense pas que j'aurai le temps, dit Christophe.

Le vieil homme détourna les yeux et sembla humer le vent qui s'était levé et collait les vêtements à la peau.

— T'as vraiment l'intention de te remettre à jouer ? À ton âge ?

Christophe se contenta de coller son menton à sa poitrine, soudain pensif. Personne ne comprenait ça. Chaque match appelait le suivant, chaque but celui d'après. C'était là, dans tout le corps, une mémoire des membres et jusqu'à l'os. Les gens imaginaient les carrières sportives avec une sortie au bout, des médailles au mur, le sentiment du devoir accompli. C'était tout le contraire. Sept ans après avoir raccroché, il lui arrivait encore d'en rêver la nuit, les sensations de glisse, le soulagement du palet qui claque, les bras tendus, le monde qui défile autour et les cris du public. Ses épaules, ses muscles et ses mains surtout étaient encore pleins de ces habitudes révolues. Il en avait presque mal parfois.

Il releva finalement le nez et osa fixer le vieil homme.

— Je suis désolé. Je peux pas vous répondre tout de suite.

Le père Müller haussa les épaules et secoua la tête comme sous l'effet d'une bonne blague.

— Bon. On en recausera de toute façon. Et il reprit sa brouette avant d'ajouter : Mais t'es sûr au moins qu'ils vont te faire jouer ?

Heureusement, Christophe sentit son téléphone vibrer dans sa poche. C'était son père.

— Je suis désolé, faut que je le prenne. Je vous rejoins tout de suite.

Le maire de Cornécourt poursuivit donc seul en direction de la maison, rapetissant avec sa brouette vide tandis que le ciel très loin se penchait sur la terre.

— Allô ?

Au bout du fil, le père de Christophe se mit à bredouiller avec véhémence. Il était question du petit, de l'heure qu'il était, de la maîtresse et des autres gosses à l'école. Christophe écouta de son mieux, se bouchant une oreille et la tête baissée pour se protéger du vent. Il dit oui à plusieurs reprises, puis d'accord, et promit de rappeler dans cinq minutes. Alors son père se détendit et il put rejoindre le maire de Cornécourt qui l'attendait, adossé à son 4×4.

— Alors ? Ton père ? Ça va ?

— Oui, oui, ça va.

— Tu lui passeras le bonjour.

— J'y manquerai pas.

Ils se serrèrent la main. Le maire lui dit que son offre valait toujours. Pour l'instant du moins. Christophe le remercia et promit de réfléchir. En quittant les lieux, il vit dans son rétro que le vieux restait planté là et le regardait partir, bien campé sur ses guiboles, pire qu'un juge.

Les premières gouttes s'écrasèrent sur la route au moment même où Christophe se garait sur le bas-côté. Il tira sur le frein à main puis regarda le ciel à travers le pare-brise. Alors l'averse sembla s'abattre d'un bloc, noyant tout du paysage. Avant de rappeler son père, Christophe prit le temps de tirer quelques bouffées sur sa clope électronique.

— Allô, papa ?

— T'as pas essayé de me rappeler ?

— Je suis *en train* de te rappeler.

— Je suis allé chercher le petit à l'école tout à l'heure.

— Qu'est-ce qui s'est passé ?

— Toujours pareil. Des petits cons qui l'emmerdent.

— Qu'est-ce qu'ils lui ont fait ?

— Je sais pas. Il pleurait dans la bagnole.

— Ils lui ont tapé dessus ?

— Je sais pas. En tout cas, il veut plus y aller.

— Tu lui as pas demandé ce qui s'était passé ?

— Il veut rien dire.

— Je vais reprendre un rendez-vous avec la maîtresse.

— T'y es déjà allé. Tu vois bien que ça sert à rien.

— Qu'est-ce que tu veux que je te dise ?

— C'est ton gamin. Si tu fais rien, c'est moi qui m'en occuperai.

Dehors, il ne restait aucun détail auquel se raccrocher, que le bruit continu de la pluie sur la carrosserie. Christophe sentit sa paupière droite tressaillir et passa deux doigts sur la minuscule cicatrice qui se trouvait juste sous l'œil, le petit morceau de lui devenu insensible suite à un mauvais coup.

— C'en est un surtout, expliqua son père. Un petit con, avec des baskets rouges. Si ça continue je vais l'attraper, il s'en souviendra.

— Passe-moi Gabriel, s'il te plaît, dit Christophe.

Après quelques secondes, il entendit la petite voix grêle qui disait trop les *s*.

— Allô.

— Salut, doudou. Comment ça va ?

— Ça va bien.

— Et l'école ?

— Ça va.

— Papi m'a dit que t'avais pleuré.

— Un peu.

— On t'a embêté ?

Le petit ne répondit pas et Christophe se retrouva seul avec le vide de l'habitacle où roulait l'écho sourd de la pluie. Il tira à nouveau sur l'embout de la cigarette, fort, que ça brûle.

— Ça va aller ?

— Oui, répondit la petite voix au bout du fil.

— Bon… Tu me repasses papi ?

Christophe n'eut pas le temps d'ajouter un mot, son père avait déjà repris le combiné.

— Tu rentres tard ce soir ?

— Un petit peu, ouais.

— Vers quelle heure ?

— Vers minuit je pense. Tu sais, je t'avais dit. J'ai rendez-vous avec sa mère.

— Qu'est-ce qu'elle veut encore celle-là ? grogna le père.

— Rien, c'est des détails, pour les vacances, des conneries.

— Bon. Moi je vais faire des beignets. Avec de la confiture de myrtilles. Ça fera du bien au moral.

— D'accord… J'essaie de rentrer pas trop tard.

— Bon, ben bonne soirée. Amuse-toi bien.

— Tu parles…

Il aurait peut-être dû repasser chez lui avant de voir Charlie. Depuis leur séparation, il vivait chez son père, avec le petit quand il en avait la garde. Mais à l'idée de retrouver la grande baraque mal chauffée, l'odeur si particulière de l'âge et des habitudes, en songeant qu'il faudrait une nouvelle fois subir les échos de BFM au fond du couloir et les patins à l'entrée, le courage lui manqua.

Il reprit la route et remâcha les mêmes vieilles idées, en vapotant vaguement. Toute sa vie, il avait eu comme ça le cul entre deux chaises. Pour commencer, il avait fallu faire le tampon entre son père et sa mère. Puis ç'avait été les autres grands dilemmes, le sport ou les études, Charlie ou Charlotte Brassard et maintenant ça, le froid perpétuel entre son père et la mère du petit, surtout depuis qu'elle avait annoncé son intention de déménager.

— Jamais je laisserai faire ça, avait prévenu le père.

Christophe revoyait la scène. Le vieux regardait la télé, un programme du câble avec des bricoleurs qui vous retapaient une baraque de fond en comble pour pas un rond. Il n'avait même pas pris la peine de détourner les yeux de l'écran.

— Je comprends même pas que tu la laisses dire des trucs pareils.

Il fallait les voir, le vieux et le gosse, comme ils s'entendaient. Le soir, quand Gabriel essayait d'échapper à l'heure du coucher, il pouvait toujours compter sur le soutien du grand-père et il n'était pas rare qu'ils finissent endormis tous les deux sur le canapé, le petit avec les joues écarlates et le vieux qui ronflait. Christophe se demandait de quoi son père serait capable si jamais le gosse venait à partir pour de bon.

Christophe arriva chez Marco sur les coups de dix-huit heures. Son pote vivait lui aussi chez ses parents, mais tout seul, puisque son père était mort et sa mère à l'Ehpad, dans une maison assez isolée, à moins de dix kilomètres de l'autoroute, dans un coin qui n'était pas vraiment la cambrousse et plus du tout la ville. Le foncier ne coûtait pas grand-chose à l'époque et ses vieux avaient pu bâtir la cabane de leur rêve pour une somme finalement modique. Mille mètres carrés de pelouse, deux étages, trois chambres et deux salles de bains. Les soirs de grande forme, Marco envisageait de faire creuser une piscine.

En tout cas, chez lui, les copains étaient toujours bienvenus. Le placard plein de gâteaux apéro et le fût qui gardait la bière au frais dans le cellier pouvaient en témoigner. Et si on savait à quelle heure on arrivait, le départ était en général moins bien documenté.

— Tiens, fit le maître des lieux en ouvrant la porte. Qu'est-ce qui t'amène ?

Marco était un de ces géants contrariés, qui font cent kilos à quinze ans et n'ont jamais le tempérament de leur force. Retrouvant sa bonne tête aux cheveux bouclés, Christophe se sentit tout de suite mieux.

— Je passais dans le coin. J'ai vu ta voiture.

— Pile l'apéro, observa Marco.

— J'ai pas beaucoup de temps.

— C'est bon, tu viens d'arriver.

— T'es tout seul ?

— Ouais.

Marco gagnait sa vie en conduisant un VSL, ce qui consistait à parcourir les routes à bord d'une Passat blanche flanquée de deux étoiles bleues, à fond de train et l'autoradio calé sur Fun Radio. Il transportait ainsi toute l'année des insuffisants rénaux, des leucémiques ou des vieillards diabétiques qui avaient besoin des services de médecine high-tech du CHU à Nancy. Il connaissait chaque kilomètre du département, les stations-services les moins coûteuses et l'emplacement du moindre radar. Son permis ne tenait plus qu'à un point. Il n'avait pas eu le moindre accident depuis 2007.

— Qu'est-ce que tu veux boire ?

— Rien. Comme toi.

Les deux hommes passèrent par la cuisine où rien n'avait changé depuis que la mère de Marco avait été placée. Sur la crédence, une peinture naïve représentait deux bûcherons et une schlitte à flanc de montagne. Des factures et des offres Daxon s'empilaient sur la table. Une ampoule dotée d'un abat-jour fantaisie jetait là-dessus une lumière aux accents andalous.

— Attends, on va aller dehors, je me suis installé un truc, tu vas te marrer.

— On va se les geler.

— Mais non, viens.

Marco prit deux bières dans le frigo, des pistaches, et ils sortirent sur la terrasse qui se trouvait à l'abri du balcon. Là, Marco avait installé deux parasols chauffants et un nouveau salon de jardin. Il alluma les parasols et, aussitôt, ce fut le Brésil.

— Ça tabasse, hein ? observa le colosse, le visage illuminé. Avec ça, tu peux faire des barbecs à Noël si t'as envie.

— T'es con, fit Christophe, qui se marrait déjà et tira sur sa clope électronique. Ça doit consommer un max.

Marco émit un petit bruit avec sa bouche qui valait un haussement d'épaules et ils posèrent leurs culs sur les chaises en plastique.

— Tchin.

— À la tienne, gros.

Les deux amis prirent une longue gorgée de bière et demeurèrent un moment comme ça, sans rien se dire, profitant du climat et du calme. Puis Marco se leva pour allumer les spots qui donnaient sur la pelouse, révélant la forme touffue des arbres et, à une dizaine de mètres, une corde tendue entre deux piquets sur laquelle pendaient des pinces à linge.

— Regarde-moi ça.

Marco venait de choper une carabine à air comprimé qui se trouvait calée dans un coin et épaula. On entendit un petit bruit pneumatique et aussitôt une pince à linge se mit à tourner là-bas sur le fil.

— Ah ! Mais c'est génial ! s'enthousiasma Christophe, qui avait reposé sa bière et voulait déjà essayer.

— T'as vu ?

— J'avoue, c'est l'idée du siècle.

Marco rayonnait. Il cassa le canon, introduisit un nouveau plomb et tendit la carabine à Christophe qui dut s'y reprendre à trois fois avant de casser une pince à linge. Cette dernière tomba dans la pelouse parmi d'autres cadavres. Apparemment, Marco s'amusait comme ça depuis un moment.

— Comment ça t'est venu à l'idée ?

— J'ai retrouvé la carabine de mon petit frangin dans la cave. Franchement, ça fait plaisir en rentrant du taf.

— C'est juste parfait.

Les deux hommes continuèrent à tirer à tour de rôle et prirent encore une autre bière, échangeant de rares paroles et s'amusant comme des mômes. Ils se connaissaient depuis la cinquième et ça se sentait. Quand Seb Marcolini avait débarqué au collège Louise-Michel, Christophe jouait déjà en benjamins et c'est lui qui avait convaincu ce nouveau venu de se mettre au hockey. Seulement, la famille Marcolini comptait trois gosses et un seul salaire, celui du père qui occupait un emploi de factotum dans l'école maternelle du centre. Il avait donc fallu que les parents de Christophe avancent le blé pour acheter l'équipement du petit Marco. Du pauvre matos Artis mais quand même, ça créait des liens.

Plus tard, les Marcolini avaient gagné une coquette somme au Loto, pas loin de sept cent mille balles, de quoi faire des jaloux et la une de *L'Est républicain*. Le pactole leur avait permis de construire la maison où Marco vivait toujours et de rembourser les Marchal, entre autres choses. Par la suite, le père Marco avait quelque peu dévissé, achetant une Chevrolet et s'adonnant aux bars à hôtesses où il avait pris l'habitude de rincer quotidiennement une multitude de nouveaux amis. Très vite, l'école maternelle l'avait foutu à la porte et l'histoire s'était achevée pour lui dans un talus, un soir de réveillon. La mère de Marco, qui s'en était tirée de justesse, avait toujours conservé par la suite une certaine défiance à l'égard de la Française des Jeux et des grosses cylindrées.

Quoi qu'il en soit, comme l'équipe des benjamins comptait déjà deux Seb (Seb Madani et Seb Coquard), le petit nouveau s'était fait appeler Marco et le nom lui était resté. Au niveau du jeu, ce dernier s'était toujours avéré plutôt lent et maladroit, et, malgré son gabarit, n'était jamais parvenu à intimider qui que ce soit. Mais il appartenait à cette catégorie de mecs faciles et bonne pâte qui mettent l'ambiance dans le bus et pour l'après-match. Vingt-cinq ans plus tard, il tenait la grosse caisse au sein du club de supporters, les Cannibales. Il fallait encore compter sur le troisième larron, Greg, ancien hockeyeur et pote de collège lui aussi. Ces trois-là ne passaient jamais une semaine sans se voir.

— Houla, fit bientôt Christophe, en rendant sa carabine à Marco.

Il venait de voir l'heure.

— Faut que j'y aille. J'ai rendez-vous avec Charlie.

— Ah merde.

— Non, c'est des bricoles cette fois.

— Je comprends mieux le costard.

Marco n'avait jamais porté Charlie dans son cœur non plus. Il n'aimait pas trop les meufs des copains de toute façon. Quant à lui, niveau sentiment, c'était le grand mystère. Il avait bien été question à un moment d'une meuf qui était infirmière en Meurthe-et-Moselle. Mais en un rien de temps, cette fiancée s'était muée en bonne copine qu'on dépanne. Pour elle, Marco avait tondu la pelouse et loué une camionnette pour transporter un dressing Ikea. Pour le reste, on ne savait pas.

Quand il arrivait à Christophe et Greg d'en discuter, ils aimaient lui imaginer une vie secrète. Ainsi, il n'était pas rare qu'ils sortent des trucs comme : "J'appelle cette fiotte de Marco, on se retrouve chez moi" ou "T'as des nouvelles de ce gros pédé de Marco ?". Mais tout cela ne prêtait pas à conséquence. Les trois potes passaient les uns chez les autres, des visites brèves, sans objet, le temps de boire un coup, causer de sport ou du boulot, famille et souvenirs, de l'actualité parfois. Presque jamais de politique. Le vendredi soir, l'apéro tournait souvent au traquenard. Et alors, très tard dans la nuit, dans l'éblouissement de l'ivresse, il pouvait arriver qu'on évoque le nom d'une meuf, une histoire mal cicatrisée ou de vagues espérances. L'amour toutefois restait tabou, caché loin dans la poitrine, inaccessible aux mots.

— Et c'est où votre rendez-vous ? demanda Marco.

— On va aux Moulins Bleus, à côté du bowling.

— Drôle d'idée.

— C'est elle qui a choisi.

— Remarque, c'est pas cher.

— Ouais enfin, j'étais pas à vingt balles près non plus.

Christophe peinait à quitter les lieux. Il aurait bien repris une bière pour la route, histoire de. Mais Marco éteignit les spots et les parasols chauffants. La nuit retomba sur la pelouse.

— Bon, dit-il.

— Ouais.

Dans l'entrée, avant de se quitter, les deux hommes restèrent un moment en arrêt devant la vitrine de soldats de plomb du père Marco. Une pub des éditions Atlas à la télé, et ce dernier avait acheté les trois premiers avant d'être pris dans l'engrenage. Grenadiers, chasseurs, hussards, dragons, l'Empereur en personne, ils étaient tous là, verticaux et en détail, avec les petits canons, leurs masques mal dessinés, leurs plumes de couleurs, à la fois ridicules et imposants. La collection les avait fait tellement marrer quand ils avaient quinze ans et fumaient des pet' dans la piaule du gros.

— Ah au fait, fit Marco, il t'a appelé le coach finalement ?

— Non, toujours pas.

— Merde…

— De toute façon, je sais pas si j'aurai le temps d'aller aux entraînements. Je suis déjà assez charrette comme ça, avec le taf et le gosse.

— Tu parles, fit Marco, goguenard.

Et Christophe sourit lui aussi. Tous deux se souvenaient parfaitement des matchs à Pétaouchnock, les fêtes dans des hôtels pourris à Nantes ou Chamonix, la trouille qui vous prenait dans le vestiaire avant le coup d'envoi, quinze mecs harnachés comme des CRS, assis sur leur cul et le cœur au bord des lèvres. Dehors, le grondement abstrait de la foule. *Allez les petits gars on y va.* Rien ne valait ce frisson.

— Bon, je décolle. Salut.

— Salut.

Ils s'embrassèrent et Marco lui souhaita bonne bourre.

— C'est ça ouais…

Avant de décamper, Christophe resta un moment dans sa caisse, à tirer sur sa clope sans bouger, une vitre entrouverte, profitant du calme, de l'obscurité, de l'air du soir qu'alourdissait un reste d'humidité. Au loin, un point lumineux clignotait, signalant la haute cheminée de l'usine de pâte à papier, le plus gros employeur de Cornécourt. C'est là que bossait Greg. Enfin de moins en moins depuis qu'il avait réussi à se faire élire au comité d'entreprise. Norske Tre avait d'ailleurs essayé de le lourder à plusieurs reprises, au motif qu'il passait ses heures de délégation au bistrot. Greg aimait bien raconter les convocations et les lettres avec accusé de réception, ça le faisait marrer. Son optimisme avait quelque chose d'assez mystérieux quand on pensait à la manière dont il vivait, célibataire, endetté à mort et même pas le permis. Au dernier réveillon, il s'était pointé en costard et santiags, avec trois cartons de Mumm. Vu l'état de ses finances, c'était limite kamikaze. Mais Greg n'en avait rien à foutre. Son père était mort jeune, diabétique et accro au paris-brest. Lui-même picolait pas mal et fumait deux paquets de Camel par jour. Dans la vie, il ne fallait pas s'en faire.

Puis Christophe se décida tout de même à y aller, et chercha sur l'autoradio une chanson pour l'accompagner sur la route. Souvent, quand il roulait comme ça et reprenait les rues archiconnues de cette ville où il avait grandi, aimé et déjà vieillissait, il appréciait de se laisser porter par un de ces vieux tubes sans noblesse qui passent sur la bande FM. Il n'y avait personne dans les rues, les lampadaires ponctuaient sa trajectoire, et peu à peu, il sentait monter les grands sentiments que procurent les paroles gravées des titres entendus quand on est môme. Alors il se laissait prendre. Johnny, qu'il avait longtemps méprisé, lui trouvait le cœur à présent. Il chantait les coups du sort, les hommes en morceaux, la ville, la solitude. Le temps qui passe. Une main sur le volant, sa clope électronique dans l'autre, Christophe refaisait l'histoire, un mec tout seul avec ses souvenirs. Les abribus où il avait perdu la moitié de son enfance à attendre les transports scolaires. Son ancien bahut, les kebabs qui avaient fleuri dans tous les coins, la patinoire où il avait connu ses meilleurs moments, les ponts d'où il avait craché dans la Moselle pour tromper son ennui. Les PMU, le McDo et puis le vide des courts de tennis, la piscine éteinte, le lent glissement vers les zones pavillonnaires, la campagne, le rien.

Ce soir-là, il tomba sur *Les Lacs du Connemara* et revit sa mère dans son tablier à fleurs, occupée à écosser les petits pois un dimanche matin, Sardou à la radio pendant qu'il dessinait un château fort, et le printemps par la fenêtre. Puis le mariage de sa cousine, quand il avait vomi derrière la salle des fêtes, une méchante cravate nouée autour de la tête, colorent la terre, les lacs, les rivières. Son père l'avait ramené à l'aube et, au feu rouge, lui avait dit tu fais le grand 8 on dirait. À vingt ans, le même *Tam tatam tatatatatam* dans une boîte de nuit située aux abords de Charmes, la fumée des Marlboro et Charlie dans l'éclat brumeux des lumières rose et bleu, avant de retrouver le froid piquant des parkings et le retour mortel des voies rapides. Dix ans plus tard au bistrot, sept heures du matin et la voix en sourdine du chanteur tandis qu'il prenait un café au comptoir, la fatigue lourde sous les yeux, à se demander où il trouverait le courage pour venir à bout de cette autre journée. Puis à quarante ans pour finir, un soir de réveillon après avoir déposé le petit chez sa mère, la voix qui scande autour des lacs, c'est pour les vivants, et lui tout seul au volant, ne sachant même pas où dîner ni avec qui, en être là au bout du compte, le cheveu plus rare et sa chemise serrée à la taille, surpris de cette sagesse de vieillard qui, à l'improviste, sur cette chanson roulant son héroïsme de prospectus, le cueillait dans une bagnole qui n'était même pas à lui. Christophe pensa à cette fille qu'il avait voulue à tout prix, et qu'il avait quittée. À ce gosse qui était tout et pour lequel il ne trouvait jamais le temps. Le sentiment de gâchis, la lassitude et l'impossible marche arrière. Il fallait vivre pourtant, et espérer malgré le compte à rebours et les premiers cheveux blancs. Des jours meilleurs viendraient. On le lui avait promis.

3

Hélène était sortie de ce premier rendez-vous complètement sonnée, même si le rendez-vous en question n'était sans doute pas la cause principale de sa confusion. En tout cas, au lieu de prendre la direction de Nancy pour rentrer direct chez elle, elle s'était laissée prendre par de vieux réflexes et avait fini sur la route de Remiremont sans même s'en rendre compte, celle qu'elle empruntait gamine pour aller voir ses grands-parents. Quelques secondes de distraction avaient suffi pour imposer ce chemin de mémoire. Le passé reprenait vite le dessus si on laissait faire.

Dès qu'elle avait constaté son erreur, elle avait aussitôt fait demi-tour, mais s'était alors perdue quelque part entre Dinozé et Archettes. Dans ces coins-là, la départementale n'offrait pourtant aucune surprise. Elle avait fini par s'arrêter sur le bas-côté pour renseigner son GPS, mais le truc ramait dans le vide et, à bout de patience, elle était finalement sortie pour fumer une cigarette dans le noir, adossée à sa voiture. À un moment, un automobiliste avait ralenti en se demandant ce que cette bonne femme foutait là, en jupe et talons, fumant à minuit au milieu de nulle part. Une pute peut-être bien. Hélène avait écrit à Lison : *Une catastrophe, je te raconterai.*

Au départ pourtant, la situation s'était présentée de manière plutôt favorable. Manuel ressemblait à ses photos, ce qui en soi était déjà une bonne surprise. La petite trentaine, chemise unie, New Balance aux pieds, l'air légèrement ahuri, en tout cas quelque chose d'un ado qu'on sort de son plumard, mais le regard doux et le ventre plat, ce qui la changeait. Ils s'étaient retrouvés en terrasse dans un café du centre-ville, à Épinal. Là, ils avaient pris un verre en papotant de tout et de rien.

Tout de même, Hélène avait eu du mal à se détendre. Elle n'aimait pas cette ville, et craignait beaucoup de se retrouver nez à nez avec une ancienne connaissance. C'était le drame des patelins, toujours pleins de visages familiers, de relations anté-diluviennes qui pouvaient vous alpaguer sans prévenir, comment ça va, ça faisait longtemps et tes parents ? D'ailleurs, ces derniers vivaient à trois kilomètres à peine et ça faisait drôle de venir dans le coin sans passer leur faire coucou.

Avec Manuel, ils avaient tout d'abord repris de vive voix nombre de propos tenus virtuellement, comme pour se véri-fier, l'un finissant parfois les phrases de l'autre, dans ce drôle de moment où chaque parole faisait un peu figure de mot de passe. En revanche, les échanges un peu olé olé qu'ils avaient tenus semblaient n'avoir jamais existé. Une fois face à face, ils s'en étaient tenus à une cordialité de bon aloi, puis avaient passé en revue des sujets anodins, leur travail, l'averse qui était tombée plus tôt, un film qu'ils avaient aimé tous les deux, cette histoire d'amour fou avec Vincent Cassel, par contre lui avait trouvé le dernier Tarantino chiant et trop bavard, ce qu'elle voulait bien croire, de toute façon, elle n'aimait pas tellement ce genre d'his-toires, les huis clos l'emmerdaient presque autant que les qui-proquos.

Mais à plusieurs reprises, Hélène avait senti affleurer dans les paroles de Manuel quelque chose de dérangeant, qui avait laissé une ride désagréable à la surface de leur conversation. Par exemple, il ne trouvait pas si absurde que les Anglais veuillent se tirer de l'UE. Même s'il n'avait rien contre l'Europe, évidem-ment. Il faisait aussi un emploi immodéré du pronom "ils", mot qui lui servait aussi bien à qualifier les médias, le législateur que les forces occultes responsables des prévisions météorologiques. Hélène ne s'était pas formalisée outre mesure, mais bientôt elle avait commencé à se sentir incommodée, la peau tiède, comme prise dans un sous-pull en synthétique, sans savoir si son malaise avait à voir avec la situation ou la pesanteur laissée par l'orage. Elle s'était excusée pour aller se rafraîchir et, une fois dans les toilettes, avait pris le temps de se dévisager un moment dans le miroir. Elle s'était regardée bien en face, constatant ici une ride, quelques filaments blancs aux tempes, peut-être un léger affaissement des joues, le regard invariable par contre, pétillant et profond. Et elle s'était dit *qu'est-ce que tu fous là, ma grande ?* Elle avait réfléchi à ce garçon, s'était demandé s'il en valait la peine. À vrai dire, il ne lui inspirait pas grand-chose. Peut-être qu'il fallait insister. L'aventure était à ce prix, sans doute.

D'un geste hélicoïdal et sûr, elle avait refait son chignon avant de regagner la terrasse, et là, avait commandé un autre verre, un Spritz cette fois, qui l'avait aidée à mieux apprécier les yeux gris-bleu de Manuel, ses avant-bras plutôt sexys, et mille autres détails invisibles dix minutes plus tôt et devenus soudain assez tentants. Le *prosecco* aidant, il avait cessé d'être un étranger.

Malheureusement, sentant le vent tourner à son avantage, ce dernier avait imprudemment pris la confiance et s'était laissé aller à des confidences. C'est ainsi qu'elle avait appris qu'il se préparait pour les sélections de *Koh-Lanta* depuis près de deux ans maintenant, chose qu'il s'était bien gardé de lui révéler plus tôt. Il courait trois fois par semaine, s'était mis à l'apnée, au yoga, et se rendait le plus souvent possible dans une salle de fitness près de chez lui où ses efforts se concentraient sur les exercices de cardio. Aux beaux jours, il randonnait dans le massif vosgien et s'affamait mensuellement en prévision des privations à venir. Hélène avait écouté le récit de cet aguerrissement avec un amusement décroissant. Il avait encore évoqué son indice de masse corporelle, sa vitesse maximale aérobie et les inconvénients comparés de diverses épreuves d'immunité. Mais tout bien considéré, ce qui comptait le plus, c'était le mental. Lui n'avait rien à craindre de ce côté-là.

Au troisième verre, la situation s'était encore gâtée quand Hélène avait reconnu une meuf en terrasse qui avait fréquenté le même collège qu'elle autrefois. Sonia Mangin, une blonde à la peau rosée, orpheline de père à douze ans, qui fumait déjà en cinquième et comptait quatre grands frères plus azimutés les uns que les autres. À l'époque, on disait qu'elle s'était tapé toute la ZUP. Et la voilà qui se trouvait assise à dix mètres, quasi belle, l'air prospère en tout cas, en compagnie d'un grand mec qui portait une chemise à rayures et des mocassins en suédine. Hélène avait senti sur elle ses yeux fureteurs, physionomistes et bleus. L'autre allait finir par lui faire un signe et vouloir engager la conversation, en plein rendez-vous clandestin. Tout cela était si inquiétant qu'Hélène en avait presque oublié son apprenti survivaliste. C'est alors que celui-ci avait eu la bonne idée de déboutonner sa chemise pour lui faire voir un tatouage maori. Hélène, alors, était revenue à elle, les yeux ronds, les joues soudain brûlantes :

— Mais qu'est-ce qui te prend ?

— Quoi ?

— Arrête ça, on n'est pas tout seuls…

Le trentenaire avait paru désemparé, ses sourcils émettant quelques subreptices signaux de détresse, avant qu'il ne se reboutonne d'une main rapide.

— Ça va, avait-il grommelé. On s'en fout des autres.

Il avait fallu cinq longues minutes pour qu'il sorte de sa bouderie, tandis qu'Hélène se cherchait une issue, consultant sa montre, son téléphone, le ciel au-dessus de leur tête. Au moins, Philippe n'avait pas cherché à la joindre, c'était déjà ça.

— Je crois que je ferais mieux d'y aller, avait-elle tenté.

— Non, écoute…

Il lui avait alors dit combien il était désolé. Ils n'allaient tout de même pas se quitter comme ça. Il tenait à l'inviter à dîner, en amis, pour qu'ils se quittent sur une bonne impression. Pendant ce temps-là, Sonia Mangin avait commencé à faire des messes basses et son mec s'était même retourné à deux reprises. Il fallait faire vite avant que son ancienne camarade ne provoque les retrouvailles tant redoutées.

— Écoute, OK, je veux bien qu'on dîne, mais vite et quelque chose de simple.

— On pourrait aller à L'Étiquette.

— Je préférerais un truc plus tranquille.

— C'est super calme en semaine.

— Moins central, alors.

— On va peut-être pas aller au Flunch…

Et comme Hélène rangeait ses clopes dans son sac à main, Manuel avait tenté son va-tout.

— Bon, allez. Je sais où on peut aller. On sera peinards.

C'est ainsi qu'ils s'étaient retrouvés aux Moulins Bleus, un resto franchisé qui avait l'avantage d'assurer un service rapide et de se trouver relativement à l'écart.

À l'intérieur, la disposition des lieux rappelait assez celle d'un *open space*, avec ses îlots de tables et les séparations à mi-hauteur que garnissaient des plantes vertes artificielles. Les serveurs décrivaient là-dedans des trajectoires empressées, le sourire alternatif, passant en coup de vent par les portes battantes de la cuisine d'où sortaient des effluves composites. Dès l'entrée, Hélène avait pris soin d'inspecter la clientèle, cherchant un profil connu, une silhouette susceptible de l'inquiéter, et une fois rassurée, avait tout de même choisi la table la plus à l'écart. Sur des écrans en hauteur, on voyait défiler des photos du patron en compagnie de vedettes mineures, Michel Cymes, Frank Lebœuf, Véronika Loubry. La carte pléthorique proposait aussi bien des pizzas que des gambas, sans oublier l'inévitable café gourmand.

— Tu trouves ton bonheur ? avait demandé Manuel.

— Je crois que j'ai pas très faim.

— Tu peux prendre le carpaccio. Ou la salade César.

— Oui.

— Oui quoi ?

— Le carpaccio. Ce sera bien.

Une fois la commande passée, ils s'étaient retrouvés seuls avec l'évidence de leur échec. Lui la fixait maintenant avec un regard de basset inquiet de sa gamelle. Elle n'osait plus un geste. La conversation ressemblait à du morse. Hélène s'était rabattue sur les tables voisines.

À leur gauche, trois femmes entre deux âges buvaient des cocktails en échangeant des histoires de salle des profs. Derrière Manuel, on reconnaissait à leurs costumes lâches des commerciaux en goguette qui commandaient des pichets et sortaient à tour de rôle pour fumer dehors. Plus loin, une tablée de huit personnes entamait déjà les desserts. On devinait à leurs vêtements tout juste sortis de l'armoire, aux minois proprets des enfants, à leur air bien peigné, qu'ils s'étaient mis en frais pour une occasion spéciale. Un anniversaire peut-être. Ailleurs, c'était un couple de quinquagénaires qui dégustaient des escalopes milanaises, une jeune fille à french manucure baratinée à mort par un garçon qui suffoquait dans sa chemise cintrée, un vieux monsieur au visage aplati qui mangeait des brochettes avec son fils. Et dans le fond là-bas, côté parking, cette femme au beau visage régulier et jaune qui dînait avec un homme de dos. Hélène s'était mise à la fixer, curieuse du débit de mitraillette des paroles qui fusaient entre ses lèvres, admirant son masque de combat tandis que l'homme en face semblait encaisser sans broncher. Qu'est-ce qui pouvait bien se tramer entre eux, dans cet orage public de basse intensité ? Quelle quantité d'amour ou de rage ?

Au moment où la serveuse leur avait souhaité bonne continuation, Hélène était tout même revenue à elle. De l'autre côté de la table, Manuel boudait. Ils avaient mangé en silence. De temps à autre, elle avait jeté un nouveau coup d'œil en direction de ce couple, retrouvant les mêmes attitudes, la femme jolie et impérieuse, la lourde silhouette de l'homme immobile. Puis celui-ci avait tourné la tête avant de se mettre debout et le cœur d'Hélène s'était dédoublé dans sa poitrine.

— Quelque chose ne va pas ? avait dit Manuel.

— Si si, ça va.

En elle pourtant, l'échafaudage de l'âge adulte venait de s'effondrer. Les mains tremblantes, elle s'était servi un verre de vin. La bouche pincée, son *date* avait demandé.

— Mais qu'est-ce qui t'arrive ?

Ainsi, Hélène avait voulu conquérir des distances, à coups d'écoles, de diplômes et d'habitudes relevées. Elle avait quitté cette ville pour devenir cette femme de fantasme, efficace et conséquente. Et là, comme une conne, dans un resto franchisé coincé entre un cimetière et un parking, elle venait d'avoir un coup de chaud en apercevant Christophe Marchal. Vingt années d'efforts n'avaient servi à rien.

À partir de là, elle n'avait plus été capable d'avaler quoi que ce soit. L'adolescence était remontée d'un coup, faisant barrage dans sa gorge, des impressions troubles de servitude et de légèreté, les larmes pour des riens, les copines, les garçons et la patinoire le samedi, les copies doubles perforées et ces petits mots grandiloquents qu'on écrivait sur une table à l'étude entre une flopée d'injures et le dessin d'une bite qui jute.

— Bon, on va peut-être y aller ?

— Quoi ?

— T'as l'air ailleurs.

— Je suis juste un peu fatiguée.

— Ouais, t'as surtout l'air de t'emmerder.

Le ton de Manuel s'était brutalement durci et Hélène avait presque eu peur. Là-bas, Christophe Marchal revenait des toilettes. Il n'avait même pas pris la peine de se rasseoir à sa table. Lui et cette femme avaient encore échangé une poignée de mots sans doute logistiques, quelque chose de douloureux dans l'attitude, puis ils avaient quitté les lieux sans se retourner. Hélène avait dû prendre sur elle pour ne pas se précipiter et regarder par la fenêtre s'ils montaient dans la même voiture.

Un peu plus tard sur le parking des Moulins Bleus, Manuel avait tenté un dernier rapprochement.

— Écoute, on s'y est mal pris. Mais on sait tous les deux pourquoi on est là. On va pas rentrer chacun chez soi.

— Ah si, je pense qu'on a bien fait le tour, avait répondu Hélène, en déverrouillant les portières de sa Volvo.

L'autre n'avait pu s'empêcher de l'attraper par le bras.

— Tu te prends pour qui ? Tu crois que t'as vingt ans ?

— Connard, avait conclu Hélène.

Et elle s'était tirée.

Dix minutes plus tard, le connard en question lui adressait des injures par texto et sur Tinder où il était question de salope et d'arrogance, de mépris et d'aller se faire foutre. Hélène l'avait bloqué partout, sans même prendre la peine de décélérer. Puis elle s'était trompée de route et fumait maintenant une clope sur le bas-côté, aux prises avec des impressions vieilles de plus de deux décennies. Sur son téléphone, elle googla le beau nom indigène de Christophe Marchal, mais elle n'avait pas assez de réseau et les informations demeurèrent planquées dans l'épaisseur du Net. Alors elle se décida à rentrer et si les habitants de ce petit bled vosgien n'avaient pas tous été pris par leurs écrans de télé, au lit ou bien trop vieux, ils auraient pu voir passer dans l'unique rue de leur village une Volvo noire qui flirtait avec les cent kilomètres-heure. À son bord, une femme faisait des plans sur la comète, anxieuse, pressée, le cœur chargé comme un revolver.

Une fois chez elle, Hélène gravit l'escalier qui menait du garage au rez-de-chaussée sur la pointe des pieds, ses talons à la main. Philippe avait laissé un petit mot sur la table. Finalement, la baby-sitter n'avait pas pu venir et il s'était occupé des filles tout seul. Un point d'exclamation signalait la fierté de ce père finalement à la hauteur. Suivaient des informations pratiques de moindre importance, puis un mot tendre où il appelait Hélène *minou*. Tandis qu'elle lisait, elle prit de l'eau pétillante dans le frigo et en but plusieurs gorgées, après quoi elle se rendit à l'étage, sa jupe remontée sur les cuisses pour pouvoir grimper plus à son aise.

Elle adorait ce que cette maison offrait de calme, la nuit, une fois que tout le monde était couché. C'était une bâtisse aux arêtes franches et à la toiture presque horizontale, plaquée de vastes baies vitrées assez exhibitionnistes, avec pour accéder au premier des marches de pierre noire sans main courante et qui faisaient craindre un accident domestique à chaque instant, une maison qu'en somme on aurait été tenté de qualifier de moderne. Dehors, les deux SUV de la famille reposaient sur le gravier, donnant une impression statique et ruminante, tandis que des arbres parfaitement taillés produisaient alentour leur moutonnement protecteur. Il se trouvait dans chaque ville des habitations du même genre, à l'aspect serein, inspirées du Japon et des hauteurs californiennes, et qui renfermaient en elles le secret de leur possibilité, l'indispensable désordre d'affaires et d'argent qu'il fallait pour s'offrir ces blocs de fausse éternité. Le confort était à ce prix, celui du sang et d'heures, mais quand il était bien tard comme maintenant, et que la ville reposait plus bas, il était bon de jouir de sa vraie place.

Hélène prit une douche expéditive, très chaude, puis elle passa dans les chambres pour jeter un coup d'œil à ses ouailles. Philippe dormait, un bras glissé sous son oreiller, les filles aussi, si loin dans le sommeil qu'on les aurait crues mortes, puis elle regagna la cuisine avec hâte, en peignoir et pantoufles. Moins d'une minute plus tard, son ordinateur sur les genoux, elle remuait le web à la recherche de ce type qui venait de refaire surface dans sa vie.

Après avoir saisi son nom dans la barre de recherche, elle croisa les noms, les dates et les lieux. Elle n'avait même pas pris le temps de chausser ses lunettes et se tenait courbée, le nez sur son écran qui crépitait de vieux souvenirs. Par moments, une goutte tombait de ses cheveux détrempés sur le clavier qu'elle essuyait aussitôt d'un revers de la main. En fouillant le blog d'un supporter de hockey, elle retrouva de vieux articles de presse où il était notamment question de la finale de 1993. Sur une photo, Christophe se résumait à un nuage de points noirs et blancs, pourtant parfaitement identifiable. Le journaliste avait repris une citation pour son titre : "Cette défaite n'est pas la fin."

Pendant plus d'une heure, elle s'amusa comme ça à remuer le passé à la baratte des algorithmes. Sur Copains d'avant, d'autres figures refirent surface. John Morel. Magalie Clasquin. Virginie Comte. Jean-Didier Trombini. Marc Lebat. Elle les avait tous oubliés et ils revenaient là, à la faveur d'une photo de classe, en rang d'oignons, avec leur physionomie de fantôme, leurs coupes de cheveux improbables, les gros pulls bariolés, cette dégaine mal fichue où la province et le grunge se cherchaient un équilibre, l'ardoise qui précisait l'année, et ce type au dernier rang qu'elle trouvait alors si mignon et qui lui semblait si gland à présent. Quant à elle qui s'était toujours sentie tellement gourde, elle se découvrait finalement pas si mal avec ses longs cheveux et sa fameuse veste Oxbow qui lui avait coûté trois semaines de négociations familiales. À l'époque, elle aurait vendu père et mère pour porter de la marque.

Surtout, il y avait sa grande copine Charlotte Brassard, juste à côté d'elle. Les deux filles portaient les mêmes vêtements ou presque, la même barrette sur le dessus de la tête, mâchaient le même chewing-gum fruit de la passion. Ça faisait drôle de la revoir avec son minois parfait et son pull Benetton. Pourtant, Hélène ne retrouvait pas dans ces pixels le visage gravé dans sa mémoire. Curieusement, c'était la photo qui semblait floue et le souvenir précis. Tout était pourtant là, le décor et la distribution d'un moment de bascule qui n'avait pas fini de compter : les anciennes copines trahies, la nouvelle meilleure amie, et les autres, qui formaient l'enfer bénin qu'elle avait voulu fuir coûte que coûte. Au fond, cette photo n'était qu'un monument aux morts, un mensonge fixe, le tombeau de ses treize ans.

Elle consulta sur Facebook les profils des uns et des autres pour voir ce qu'ils étaient devenus. Beaucoup avaient grossi, les hommes perdaient leurs cheveux, les femmes aussi en fait. Tous faisaient mine d'être heureux. Ils étaient comptable, artisan boulanger, *account manager*, *visual merchandiser*, prof d'anglais, mère au foyer et fière de l'être. Certains avaient constitué des albums où se trouvaient rassemblées les preuves de leur réussite. À chaque fois, on y retrouvait les mêmes enfants, les mêmes vacances, l'image d'une grosse moto ou d'un labrador avec un bandana autour du cou. Tout cela s'avérait finalement très déprimant.

Elle se concentra un moment sur Charlotte qui avait un compte LinkedIn et vivait désormais au Luxembourg où elle exerçait la profession d'agent de transfert. Elle avait fait l'institut d'économie scientifique et de gestion à Lille. Sinon, pas de photos récentes, aucune autre précision. Elle n'existait ni sur Facebook, ni sur Insta, pas davantage sur Twitter. Hélène en fut réduite à supposer son existence, quelque part de l'autre côté de la frontière. Dire qu'elles avaient dormi dans le même pieu, s'étaient même tripotées une fois, un soir de teuf chez Sarah Grandemange. Elle se souvenait encore de ses doigts fripés après.

— Qu'est-ce que tu fabriques ?

Philippe venait de paraître en haut de l'escalier, en caleçon et les cheveux en désordre.

— Rien. Je t'ai réveillé ?

— Il est deux heures du mat'. Ça va pas ?

Elle prit soin de ne pas refermer le capot de son ordinateur, ce qui aurait paru suspect, et au contraire lui montra le résultat de ses recherches.

— J'ai mangé un morceau et je me suis perdue dans ce truc-là.

Philippe posa ses mains sur les épaules d'Hélène et se pencha pour mieux voir.

— Regarde, dit-elle, en faisant défiler la page.

— C'est quoi ?

— Un site pour retrouver tes vieux potes de lycée. C'est dingue de revoir toutes ces têtes.

Le visage de Philippe s'éclaira, et il retrouva son habituel air goguenard.

— Ah mais ouais ! Je suis tombé là-dedans un jour au bureau. Ça m'a flingué mon aprèm. C'est l'enfer ce genre de trucs.

Pressés l'un contre l'autre, ils s'amusèrent un moment de ces tronches improbables, des parcours, des histoires que se racontaient les gens, tout le cinéma que font nos destins en s'étalant sur les réseaux.

— On fait pas tellement mieux, cela dit.

— Comment ça ?

— On photographie nos desserts. On se montre à la plage et au ski. T'as limite fait un feuilleton sur notre yucca.

— C'est clair…, admit Hélène.

Philippe se rendit vers l'évier et but un peu d'eau au robinet.

— On va se coucher ? demanda Hélène en refermant son Mac.

— Ouais, j'arrive tout de suite.

Mais elle savait qu'il allait passer dix minutes sur ses mails avant de la rejoindre. Il aurait peut-être un message en provenance des États-Unis ou d'Amsterdam et il y répondrait tout de suite, comme s'il appartenait encore à cette caste des gens sans nuit, la tribu des chemises blanches, princes mercantiles qui trament autour de la Terre, à coups de vols et de signaux, la rotation invisible des biens et des services. Hélène aussi avait voulu ça, une vie satellisée qui s'exprime en heures GMT, ne plus trimballer l'énorme valise des vacances aux Baléares, mais filer dans les aéroports avec sa minuscule Samsonite rigide, prendre des avions comme d'autres les trains, connaître des bars et des hôtels un peu partout, avoir un appartement superbe où l'on n'est jamais, ne pas se plaindre, ne plus connaître la fatigue, n'être plus que ce proton efficace qui participe de l'esprit du temps.

Au lieu de quoi elle pensait à Christophe Marchal.

Sous la couette, elle se demanda ce qu'il faisait, à quoi ressemblait sa vie, est-ce qu'il avait des gosses ? Demain, elle poursuivrait sa petite enquête. Elle se disait qu'il n'avait pas dû réussir grand-chose, puisqu'il vivait toujours dans les parages. Il avait sûrement épousé une fille du coin, foiré ses études et devait vivre plus ou moins comme ses parents avant lui, dignement, c'est-à-dire comme un blaireau. Quoi qu'il en soit, leurs places respectives dans l'échelle des prestiges s'étaient inversées. Le champion n'était plus. La première de la classe insignifiante avait bien changé.

Cette nuit-là, elle dormit peu, mais fit de beaux rêves.

4

À treize ans, Hélène est une petite bêcheuse.

C'est en tout cas ce que pense sa mère, parce qu'elle ne veut rien foutre à la maison, qu'elle parle mal, corrige ses parents quand ils font une faute de français, se met en colère pour un oui ou pour un non et vit dans une bulle où Jim Morrison et Luke Perry occupent la meilleure place.

Et surtout parce qu'elle passe son temps à marquer des distances et faire comme si elle était une princesse échouée par hasard chez un couple de paysans. Déjà toute gamine, elle faisait la leçon à ses parents. Et ça ne risque pas de changer car, autour d'elle, tout le langage a commencé de s'effilocher. Des tas de trucs qu'elle prenait pour argent comptant sont devenus suspects. Des gentillesses ont maintenant des airs de manipulations. Des candeurs la révoltent. Quand sa mère dit *tout le monde ne peut pas devenir ingénieur* par exemple, ou quand on lui demande de finir son assiette parce qu'il y a des pays où l'on n'a rien à bouffer. Sans parler de ces expressions toutes faites qui sont comme la sagesse des gagne-petit : *un tiens vaut mieux que deux tu l'auras, il ne faut pas péter plus haut que son cul, on n'a jamais vu un coffre-fort suivre un corbillard.* Quand ses parents font l'apologie de la simplicité aussi, lui donnent ses cousins en exemple, quand ils critiquent les ambitieux, les parvenus, ceux qui exhibent leur réussite, quand ils vantent le mérite des bosseurs, des manuels, des bricolos, des débrouillards, de ceux qui passent entre les gouttes, mamailleurs et autres contrebandiers du jour le jour. Quand ils lui disent on va t'envoyer à la campagne, ça t'apprendra à vivre, quand ils mettent l'article défini devant un prénom, le Dédé, la Jacqueline, le Rémi, alors Hélène sent un câble se tendre en elle. D'instinct, sans savoir, elle refuse tout cela en bloc. Chaque signe de cette manière d'être la gifle. Elle préfère encore crever que vivre comme ça, modeste et à sa place. Elle a la grosse tête. Une petite bêcheuse.

Chaque mercredi après-midi, elle enfourche le vélo de sa mère qu'elle n'a pas le droit d'emprunter pour se rendre à la bibliothèque. Le vélo est un peu trop grand pour elle et, même en réglant la selle, elle doit se mettre sur la pointe des pieds quand le feu est rouge et pendant tout le trajet qui n'est pas si long, elle craint de se vautrer et d'abîmer le beau VTT. Ses parents sont au travail et ne peuvent pas savoir. Alors elle quitte le petit pavillon, en équilibriste, ses fausses Doc Martens aux pieds, traverse le lotissement, descend la rue Jeanne-d'Arc, son énorme sac à dos sur les épaules. Près de la mairie, elle n'oublie pas d'attacher le vélo avec l'antivol bleu, puis se rend dans la minuscule bibliothèque que Cornécourt a constituée de bric et de broc, à force de dons et de legs. Une longue femme très jeune, avec un carré et des marinières, qui tient de l'asperge et de la garçonne, lui dit bonjour en l'appelant par son prénom. Hélène répond bonjour madame. Elle ne connaît pas le nom de cette femme qui a pourtant une immense importance dans son existence. Car la bibliothécaire la laisse fouiner dans les rayons, elle l'autorise à prendre vingt livres même si le prêt est limité à dix, et ne lui reproche jamais les retours en retard. Elle lui a même conseillé quelques-uns de ses livres préférés. *Mathilda* par exemple. Hélène avait onze ans, ce fut un choc. Depuis, elle lit comme une dératée, emmagasine tout, comme Mathilda justement, elle lit contre le monde entier, ses vieux, les autres, la vie.

En général, elle fait toujours le même tour. Elle commence par les bandes dessinées, la confiserie si on veut. Elle adore *Iznogoud*, les albums qui racontent l'histoire de France avec François Ier et Ravaillac, *Yoko Tsuno*. Ensuite, les romans, Bibliothèque Verte, 1 000 Soleils, Jules Verne et Emily Brontë. Et puis les périodiques pour finir. Bien sûr, il y a les vieux numéros de *J'aime lire*, *Géo* et *Historia*. Mais un beau jour, Hélène tombe sur une pile de magazines bizarroïdes qui sentent le moisi et se révèlent autrement plus intéressants. Un arrivage sans doute venu d'une cave, à l'occasion d'un décès ou d'un déménagement. Quoi qu'il en soit, la chose l'aimante aussitôt. Assise en tailleur par terre, elle se met à feuilleter les numéros les uns après les autres. Très vite, elle a un peu peur et se sent toute chose. Les pages sont remplies de personnages à poil, des gugusses de science-fiction inquiétants, des aventures avec des gros seins, et même parfois cette autre chose : le ventre des hommes. Elle ne peut plus s'arrêter de tourner les pages. Elle en a pris cinq pour commencer qu'elle a déposés sur le comptoir, tout en dessous de sa pile. Au moment de les faire enregistrer, l'Asperge lui demande :

— T'es bien sûre que c'est de ton âge ?

Hélène sent son visage changer de couleur. Elle dit oui et l'Asperge rigole avant d'enregistrer ses emprunts sur une grande fiche bristol. Vingt-cinq ouvrages dont cinq numéros de *Métal Hurlant*.

— Voilà, c'est tout bon.

De retour chez elle, Hélène glisse les magazines sous son lit et attend la bonne heure, après l'extinction des feux, pour dévorer les histoires de John Difool et Thorgal allongée sur le ventre, son oreiller coincé entre les cuisses. Pendant quelques jours, elle se tortille et relit beaucoup, craignant qu'on la surprenne mais ne pouvant s'empêcher. Le moindre bruit dans le couloir lui décroche le cœur et elle éteint sa lampe de chevet en hâte. Mais, irrésistiblement, elle revient aux vieux magazines qui sentent si mauvais et font tellement de bien. À la bibliothèque, elle les empruntera tous et l'Asperge enregistrera sans broncher.

C'est à peu près au même moment qu'elle tombe sur des bouquins que son père planque dans sa table de nuit, *Amok à Bali*, *L'Or de la rivière Kwaï*, *Requiem pour tontons macoutes*. À chaque fois ce sont les mêmes couvertures avec des femmes en petite tenue armées de gros flingues, l'air bravache et sexy. Les histoires s'avèrent plutôt débiles et répétitives, mais au moins elle apprend du vocabulaire. Vulve, vit, turgescent. Très vite elle prend l'habitude de parcourir les pages en diagonale pour dénicher les bonnes scènes. Décidément, les bouquins et le désir ont tout à voir.

Et puis un mercredi de novembre, l'Asperge lui dit viens voir. Ensemble, la grande femme et la petite bêcheuse s'aventurent dans les rayonnages, puis l'Asperge plie les genoux pour consulter l'étagère la plus basse, ses doigts courant sur la tranche des livres, avant que sa main ne s'arrête sur trois volumes qu'elle tire de leur sommeil pour les tendre à la jeune fille.

— Tu vas voir, ça va te plaire.

Il s'agit de trois romans de Judy Blume dont Hélène n'a jamais entendu parler auparavant. Et effectivement, elle adore. Des histoires de premières fois, d'amour, des trucs super qui donnent envie d'exister. Hélène dévore ces trois premiers titres en un rien de temps. Et lit tous les autres dans la foulée.

Mais c'est *Pour toujours* qui la marque sans doute le plus. Ce roman raconte l'histoire de Katherine, une adolescente de dix-sept ans qui rencontre Michael à l'occasion d'un réveillon de Nouvel An. Honnêtement, c'est assez cucul, mais c'est plus fort qu'elle. Dès les premières pages, elle est complètement happée et ne veut plus qu'une chose, que ces deux abrutis tombent amoureux. Et puis l'héroïne en arrive aux choses sérieuses. Hélène lit ces passages le cœur battant, les premiers pas, les timidités, ses seins à elle, son sexe à lui, tellement flippant et délicieux.

Parfois, elle se demande comment ça se passera quand viendra son tour. L'amour lui fait exactement le même effet que le permis de conduire. Tout le monde y arrive mais elle, elle en est convaincue, elle ne saura pas. Jamais elle ne sera capable de passer les vitesses, faire gaffe à droite, à gauche, regarder dans le rétro, elle est trop maladroite, tête en l'air, d'ailleurs sa mère n'arrête pas de le lui dire, mais bon Dieu fais attention où tu mets les pieds. À chaque fois qu'elle essuie la vaisselle, elle casse une assiette. Elle n'y peut rien, son esprit bat la campagne. Il lui arrive encore de mettre son t-shirt devant derrière ou de sortir de la maison avec du dentifrice sur le menton. Elle se sent inachevée et ne peut pas s'imaginer dans un lit avec un garçon. Elle n'y arrivera pas, c'est sûr. Du coup, elle les déteste, ce qui n'est pas difficile. Ils sont tellement gamins, et nazes. Des gros bébés agressifs à la voix qui déraille. Avec leurs boutons, leurs Adidas Torsion, les jeans qui vont aux fraises, les scooters et ces débuts de moustaches tellement dissuasifs.

Mais elle relit quand même *Pour toujours* et cette histoire fait son chemin en elle, y laisse son empreinte américaine. Hélène rêve de l'université, de toutes ces facilités auxquelles Katherine a droit, le père et ses deux pharmacies, les vacances au ski, la vie avec le réfrigérateur géant et les voitures climatisées, la mère attentive et de bon conseil, cette existence de cocon qui laisse toute la place au reste, l'important, cultiver en soi cette chose curieuse qui enfle comme une grosse plante carnivore, penser toute la journée au garçon qui fréquente le lycée voisin, l'inviter à la maison, attendre, oser, dire oui, avoir peur, il sera gentil, ce sera beau et avec un rideau qui bouge à peine dans la brise de l'après-midi, est-ce qu'elle va saigner, il paraît que pas toujours. Elle emprunte ce livre à quatre reprises et l'Asperge ne dit rien. C'est une complice discrète et diligente.

En attendant, à la maison, c'est moyennement l'Amérique.

Un jour, Charlotte Brassard organise une fête d'anniversaire chez elle et invite toute la classe. Charlotte est arrivée en début d'année dans les bagages de son père qui vient de prendre un poste de cadre à l'usine de papier. Avant ça, il a bossé en Allemagne et en Norvège, on le saura, Charlotte ne loupe pas une occase de le rappeler. Sa mère est prof d'éco, mais finalement femme au foyer, puisque le mari a une carrière et qu'ils ont trois enfants.

Quoi qu'il en soit, quatorze ans c'est important et une fête aidera sûrement Charlotte à s'intégrer dans sa nouvelle classe du collège Jeanne-d'Arc d'Épinal. Par conséquent, tout le monde est invité, sans exception. Quand Charlotte remet son carton d'invitation à Hélène, elle ne la regarde même pas. Elle est trop occupée à causer avec sa super-copine, Camille Millepied, et à faire sa petite parfaite, lisse comme une dragée, avec son carré nickel, la chaîne en or par-dessus le pull, la frimousse de connasse. Dans la classe, en tout cas, c'est l'effervescence. Parce que, chez les Brassard, c'est génial. Certains y sont déjà allés et prétendent qu'il y a même un billard. La fête aura lieu un samedi, l'invitation précise quatorze heures et de ne pas apporter de cadeau. Chez Hélène, c'est un peu la panique, car on n'est pas dupe de cette mention de politesse. Il faudra évidemment un cadeau, mais lequel ? De quoi a-t-on besoin chez ces gens-là ? Qu'est-ce qui fait plaisir ? Jeannot, le père d'Hélène, propose des fleurs, c'est simple et tout le monde aime ça.

— C'est pas l'anniversaire de sa mère, réplique Hélène, aussitôt hors d'elle.

— Des chocolats alors ?

— C'est nul des chocolats !

— Oh là là ! s'énerve sa mère.

Mireille est une femme énergique aux cheveux courts, incapable de prendre un gramme et dont les yeux clairs jettent continuellement des éclairs d'exaspération, notamment sur ceux qui n'ont pas la chance d'être aussi énergiques qu'elle, les empotés, sa fille. Elle a quitté l'école à quatorze ans, bossé dans une filature, puis s'est élevée au poste de secrétaire dans les bureaux, à force de cours du soir. C'est ainsi qu'à vingt-cinq ans, elle a pu intégrer une étude notariale. Elle en tire un orgueil libéral, même si ses journées consistent pour l'essentiel à trier des papiers et répondre au téléphone. Au moins connaît-elle le sabir légal, nonobstant, attendu que, dol, ce qui la distingue tout de même assez. De ce fait, elle est plus ou moins convaincue d'être l'intellectuelle de la famille, et considère son mari, Jean, avec un rien de condescendance.

Ce dernier ne s'en formalise pas. Il admet cette domination qui se compense ailleurs et lui évite d'avoir à se taper tout ce qui relève de la paperasse (terme où se retrouvent aussi bien les carnets de notes d'Hélène que la déclaration fiscale du ménage, les commandes de la Redoute que la location d'un appartement à la mer pour les vacances). Pour sa part, Jeannot aime aller aux champignons, bricoler dans son atelier, aller voir des matchs au stade avec ses frangins, faire du vélo dans les environs. Il cuisine merveilleusement bien, toujours une cigarette au bec, des Gauloises, et quand il est penché sur ses fourneaux pour exécuter une blanquette ou un soufflé, en suivant sur un cahier hérité d'une grand-tante des recettes écrites à l'encre violette, Hélène peut voir les touffes de poils qui broussaillent à l'encolure de son t-shirt bleu, les mêmes qu'il a sur les biceps, tandis que son crâne est déjà chauve, tout cela pris dans un nimbe de fumée grise.

Jean est un brave type qui a ses limites, gentil à condition de ne pas le pousser. Il a bossé lui aussi dans le textile, à la Gosse, la même usine que Mireille, mais le site a fini par fermer, et après quelques mois de chômage, il a dû accepter de se recaser chez son beau-frère, le mari de sa sœur, qui possède un magasin de peinture, revêtements de sol et papiers peints. Il n'y est pas si mal, même si le beau-frère a tendance à beaucoup la ramener et parade dans son Audi plus qu'il ne bosse.

Chez les Poirot, nom qui n'est pas si facile à porter quand on a treize ans, il flotte toujours un peu d'électricité dans l'air. Avant, Hélène ne s'en rendait pas compte. Mais maintenant, ses parents la dérangent, parce qu'ils s'embrassent, se font des papouilles, osent des grivoiseries. Elle les a vus cent fois s'enfermer dans leur chambre en pleine journée. Quand elle était petite, elle venait gratter à la porte et sa mère lui ordonnait d'aller jouer. La nuit, il arrive qu'elle les entende. Elle se bouche les oreilles. En général, ça ne dure pas. Ils sont de cette espèce étonnante des couples inlassables, qui continuent à se vouloir après quinze ans de vie commune, malgré l'habitude, le par cœur des corps, l'usure des répétitions. C'est drôle, quand on y pense, que d'autres enfants ne soient pas nés de tout ça. Mais Jean était trop inquiet. À quoi bon dans un monde où votre job peut se retrouver au Maroc ou en Turquie du jour au lendemain ? Et puis ils avaient déjà eu Hélène sur le tard, à trente ans passés. Tant pis, il faudra qu'Hélène brille pour plusieurs.

— Je peux pas y aller avec un cadeau pourri, geint justement cette dernière.

— On n'est pas chez Crésus, tranche la mère, sans qu'on voie très bien le rapport. Si c'est ça, t'y vas pas et puis c'est tout.

Hélène soupèse le pour et le contre, entre se payer la honte et louper ce grand moment de mondanités adolescentes. Après tout, qu'est-ce qu'elle s'en fout ? La fille Brassard est une pimbêche. Avec ses copines Béné et Farida, elles ne peuvent pas l'encadrer.

— T'as qu'à lui prendre un foulard, propose Jean.

— Pas bête, admet Mireille, qui sait qu'au Prisu, on trouvera ce qu'il faut sans mettre les économies du ménage en péril.

— Bon ben voilà. On ira samedi, tranche le père. J'ai le temps justement.

— Fais donc ça, ajoute Mireille, d'un ton définitif qui peut diversement s'apprécier.

Toute la semaine, Hélène et ses copines n'ont que ça en tête. Cette fête est l'événement de l'année. L'ambiance de la classe s'en trouve complètement chamboulée. Évidemment, Charlotte a une cote phénoménale, tout le monde est hyper sympa avec elle, même les mecs font des efforts et, pour quelques jours, la 4°B ressemble un peu à Cap Canaveral à la veille d'un lancement.

— T'y vas à quelle heure toi ?

— Pas trop tôt, répond Béné, que je me retrouve pas comme une conne avec l'autre.

— Ah ouais, moi j'avais pas pensé ! s'exclame Farida, souvent exclamative d'ailleurs.

— Le mieux, c'est un peu avant trois heures, comme ça t'as pas l'air d'attendre derrière la porte.

Chacune imagine l'événement à sa sauce. Pour Farida, cette fête d'anniversaire revêt l'aspect étincelant et rotatif d'un bal à mi-chemin de *Madame Bovary* (vue en cours) et de *Cendrillon*. Hélène envisage davantage la chose comme un cocktail chic, genre *Dynastie*, et Béné pense principalement aux sodas, aux gâteaux, espérant en son for intérieur des Curly et des M&M's, toutes choses rationnées chez elle depuis que son médecin a diagnostiqué une légère surcharge. En tout cas, l'excitation est telle que le vendredi après-midi, à la fin du cours de maths qui est le dernier de la semaine, même le prof principal leur souhaite de bien s'amuser. On se quitte à seize heures dans un état de fébrilité presque douloureux. Le sommeil viendra mal, la hâte est trop forte.

Le jour J, à l'heure du déjeuner, Hélène n'a pas fini son assiette quand son père regarde la pendule de la cuisine, bâille et s'étire :

— Bon… On va y aller dans pas trop longtemps.

— Quoi ? fait Hélène.

— Chez ta copine. C'est où d'ailleurs ?

— Mais c'est pas l'heure.

— Ah bah oui mais bon. J'ai pas que ça à faire.

— Mais je vais arriver la première.

— Je dois passer chez les Depétrini pour voir une fuite. Ensuite, chez le Dr Miclos. Il a un souci avec son chauffe-eau. Donc on y va maintenant.

Jeannot sait tout faire, à tel point que dans la famille on a l'impression que des tas de métiers n'ont pas lieu d'être. Carreleur, maçon, plombier, à quoi bon, on n'en a jamais vu chez les Poirot. Il jardine aussi. Derrière la petite maison, cent mètres carrés de potager en témoignent, avec des rangs d'oignons, des piquets sur lesquels grimpent des tomates, des haricots verts, de la rhubarbe et du persil. Pas mal de mauvaises herbes aussi. L'été, Hélène doit s'agenouiller et les arracher à la main, de mauvaise grâce et son walkman sur les oreilles, *Who Wants to Live Forever*. Pas elle en tout cas. Quoi qu'il en soit, les petits extras de Jean mettent du beurre dans les épinards et les bienséances d'un goûter d'anniversaire ne pèsent pas lourd en comparaison. Très vite la discussion s'envenime. Mireille coupe court.

— C'est comme ça ou rien. On n'est pas à ton service.

Hélène se dit qu'elle pourra toujours attendre dehors, planquée dans un coin. En ce jour de novembre, Alain Gillot-Pétré a annoncé des températures comprises entre six à Strasbourg et dix-huit à Bastia. C'est jouable. Elle enfile ses fausses Docs, enroule une écharpe autour de son cou, prend le cadeau, met son bonnet, son manteau.

— Dis donc, on dirait que tu pars en expédition au pôle Nord.

Hélène fait gnagnagna à part elle. Sa mère lui conseille de baisser d'un ton, elle n'y est pas encore chez sa copine. La jeune fille serre les lèvres et baisse la tête, bouffie de contrariété. Il faut toujours la fermer, se tenir à carreau, ravaler ses humeurs et son désir. Pourtant, c'est bien là, ça tourne comme des planètes à l'intérieur. Hélène voudrait que ça éclate, mais tout la contient, l'école, ses vieux, le monde entier qui est sa camisole. De son côté, Jean troque ses patins contre une paire de mocassins, les mêmes horribles et hyper confortables qu'il met pour aller au jardin, de toute façon il ne compte pas sortir de la voiture, puis il passe sa veste en velours doublée de mouton.

— Allez hop !

Il a posé sur l'épaule d'Hélène sa lourde main de père et, dans ce poids sur elle, la jeune fille sent le nécessaire. Ça va aller, ça ira. Et subitement, elle ressent une grande tristesse, qui ne s'explique pas. C'est chiant d'être comme ça, les sentiments en chassé-croisé, toujours le cœur sur un *roller coaster*.

Dans la 309 rouge, un peu plus tard, Jean sifflote en écoutant RTL à la radio, et sa fille se perd dans la contemplation de ses mains, qui vont et viennent, du levier de vitesse au volant, inconscientes et parcourues de veines épaisses, la courbe abusive du pouce, le mince trait noir sous les ongles, leur évidence calme, puis elle détourne son regard vers la ville invariable audehors. Novembre est gris des façades jusqu'au ciel, et la Moselle même n'a plus de couleurs. Sous les ponts, elle coule avec une lenteur d'huile, on dirait des larmes. De temps en temps, une affiche en quatre par trois rompt cette monotonie et laisse éclater les dorures d'un parfum, le vert acide d'un pré où paissent des vaches laitières. Ils arrivent enfin à destination, devant une grande maison des anciens faubourgs qui regarde les choses de haut. Hélène embrasse son père et dit merci. Elle respire son odeur, sent l'après-rasage, la peau toujours nette, tannée comme le cuir par la lame qui chaque matin coupe le poil à ras.

— Allez zou, amuse-toi bien, j'ai du travail.
— Oui.
— T'as l'air embêtée ?
— Non, ça va.
— N'oublie pas ton cadeau.

La 309 disparaît et Hélène se retrouve plantée comme une idiote dans la longue rue des maisons chics, son paquet sous le bras. Il ne fait pas si froid, mais elle grelotte un peu malgré tout. Elle tourne un moment dans le quartier, et il lui semble que chaque passant la soupçonne, que les façades la toisent. Une gamine l'espionne depuis sa chambre, le front collé à la fenêtre d'un premier étage cossu. Le temps s'étire et Hélène commence à avoir froid aux mains et aux pieds. Finalement, elle se décide à sonner chez Charlotte Brassard, tant pis si elle est en avance. Elle appuie sur la sonnette ronde et dorée et écoute en frémissant les deux notes ampoulées qui résonnent à l'intérieur.

C'est Charlotte en personne qui vient lui ouvrir.
— T'es déjà là ?

Sa camarade de classe porte un t-shirt *Never Mind the Bollocks*, du rose sur les paupières, du brillant sur les lèvres. Hélène se dit *elle est déguisée ou quoi ?* Elle se dit aussi, mais plus secrètement, qu'elle voudrait bien être comme ça elle aussi, jolie et classe, et rock en même temps. Elle lui tend son cadeau. Charlotte dit merci et la fait entrer. La vache, les plafonds sont tellement loin. Hélène traverse la maison. Aux murs et sur les meubles, il y a beaucoup de cadres, et pas mal de photos de famille, des tas de gens qui sourient, on les voit vivre à leur aise, plutôt contents et souvent en vacances. On dirait un catalogue un peu. Hélène remarque notamment des jumeaux dont on suit la croissance depuis le bas âge jusqu'aux pistes noires.

— C'est tes frères ?

— Ouais.

Hélène se garde bien de lui dire qu'elle leur trouve une drôle de tête. Puis les deux filles pénètrent dans une sorte de véranda vieillotte qui donne sur un beau jardin aux platebandes bien délimitées, aux arbustes vert-de-gris. Là, deux longues tables chargées de boissons, de gâteaux et de sucreries délimitent une piste de danse. Un peu à l'écart, la chaîne hi-fi attend son heure sur un guéridon.

— C'est super, fait Hélène.

— Ouais.

— Ah !

Mme Brassard vient de faire son apparition dans leur dos, en jean et t-shirt elle aussi, les poignets libres à part une montre extra-plate. À la main droite, une épaisse bague en argent assure à elle seule son imposant travail de décoration.

— Maman…, gémit Charlotte.

— Mais attends, je peux quand même dire bonjour à tes amis.

Très vite, il apparaît que Charlotte a négocié le confinement de ses parents pendant toute la durée des réjouissances. Mais voilà, Mme Brassard est tout de même assez curieuse de rencontrer les petits camarades de sa fille, elle est chez elle après tout. Hélène a à peine le temps de la saluer que Charlotte l'embarque avec elle.

— Bon allez viens, on va monter dans ma chambre en attendant les autres.

Hélène lui emboîte le pas, les yeux grands ouverts, un couloir, deux étages, un autre couloir. Si jamais elle doit retrouver le chemin de la sortie toute seule, ça risque d'être compliqué. Puis la chambre de Charlotte. Au-dessus du lit trône une superbe affiche de corrida. Un mur entier est recouvert de cartes postales : Jim

Morrison, Rimbaud, Gainsbourg, Duras, que des gens bien. Et d'autres qu'elle ne reconnaît pas.

— C'est qui ?

— Yeats.

— Et elle ?

— Virginia Woolf.

Hélène se penche pour mieux voir et fouille chaque image, les ombres, les nez busqués, les regards tous identiques. À chaque fois, la même leçon de mélancolie qui fait envie, de tristesse sur la langue qui fond comme du sucre d'orge. Elle aussi voudrait être de ce monde en noir et blanc, écrire des poèmes, des romans, connaître des amours fatidiques, disposer du décor adéquat pour une vie qui tient la route. C'est dans ces photos qu'elle se sentirait chez elle, dans ces vies exemplaires, ces ambiances difficiles à décrire, mais où elle serait heureuse, à coup sûr. Elle éprouve la même impression quand elle feuillette le *Figaro Madame* chez le dentiste.

En attendant, Charlotte s'est assise en tailleur sur la moquette et trompe son ennui en faisant des couettes au tapis à poils longs. Hélène devrait être mal à l'aise, mais la curiosité est la plus forte, et sans plus se soucier de son hôte, elle poursuit son inspection, tripote les CD, les babioles, détaille les bouquins, le mélange des lectures, Jack London et Roald Dahl, Balzac et *Les Quatre Filles du docteur March*. Sur les étagères, elle déniche des choses qui font envie comme des viennoiseries à la sortie de l'école. Des romans d'Américains qui se passent sur la route, Cocteau, et puis ça, les petits livres roses d'Anaïs Nin. Elle en tire un de la petite bibliothèque en rotin.

— Qu'est-ce que tu fais ? s'irrite Charlotte qui craint le désordre.

— C'est quoi ?

Henry et June. Hélène a déjà croisé ce titre quelque part et il en est resté une impression agréable, enrobante. Souvent, elle se sent attirée de cette manière par des trucs obscurs dont elle sait qu'ils la concernent personnellement, alors même qu'elle ne les connaît pas. Par exemple, elle a eu cette impression en voyant une photo de Marlon Brando dans le programme télé. Ou quand elle entend la voix de Jean Topart à la fin des *Cités d'or*. Ce sont des vocations par flashs, des affinités mystères, qui laissent sur elle une marque comparable à celle d'une empreinte digitale sur une vitre propre. C'est à la fois délectable et douloureux, parce que ça échappe et ça tente. Il faudra creuser. Tout son désir est là, à l'affût, prêt à l'emporter.

— C'est rien, répond Charlotte.

Mais elle a fait l'effort de se lever et approche.

— Donne, dit-elle encore.

Elle lui prend le livre des mains, le remet à sa place dans la bibliothèque qui retrouve son aspect implacable et fermé. Puis de l'index, elle fait basculer un autre volume tout proche et également rose.

— Ça, c'est son journal. C'est génial. Elle raconte tout.

— Tout quoi ?

— Tout.

Charlotte tend l'ouvrage en question à Hélène qui se jette sur la quatrième de couverture.

— Elle raconte sa vie, ses rencontres avec plein d'écrivains. Comment elle envoie chier tout le monde.

— Ah ouais ?

— Y en a des pires encore. En fait, c'est ma mère qui les a tous.

Charlotte a rejoint son lit. Elle s'y assied et ouvre le tiroir de sa table de nuit.

— Tiens.

Elle montre à Charlotte la couverture d'un mince petit livre sur lequel on voit une femme assise de dos, nue jusqu'à la taille et coiffée d'un chapeau empanaché d'une plume. L'épaisse police de caractères du titre rappelle la vitrine des sex-shops. Sous le bras levé de la femme, un peu de poil broussaille éhontément.

— Celui-là, je lui ai piqué, chuchote Charlotte.

Hélène la rejoint aussitôt sur le lit. Les deux filles se retrouvent épaule contre épaule, le visage penché sur le livre, leurs cheveux soudain emmêlés.

— Ça raconte quoi ?

— Des nouvelles. Des histoires de cul, explique Charlotte à mi-voix.

Hélène feuillette. Des mots lui sautent au visage. Il fait drôlement chaud tout à coup.

— Tu me le prêtes ?

À l'expression de son invitée, Charlotte reconnaît le sérieux des grandes causes. Elle devrait refuser, bien sûr. Elle-même n'est pas du tout autorisée à avoir ce genre de lectures. Elle a soustrait ce recueil à l'enfer personnel de sa mère, un coin dans la grande bibliothèque, derrière les livres d'art, où elle planque les textes interdits. Là, il y en a d'autres, de plus terribles encore. Charlotte l'expliquera bientôt à Hélène. Toutes deux iront fouiner, rieuses et brûlantes, et organiseront à partir de là tout un trafic merveilleux. Elles liront ainsi Pauline Réage, Régine Deforges, Arthur Miller et Sade un tout petit peu, *L'Amant de Lady Chatterley* qui ne leur laissera rien d'autre qu'un sentiment d'ennui pâteux.

Mais pour l'heure, Hélène est suspendue aux lèvres de Charlotte. Sa mère va peut-être venir et frapper à la porte dans une seconde. Ce sera l'incident. Elles sont grisées. Charlotte opine.

— D'accord. Mais tu me le rends dans deux jours.

— Je te le jure.

Hélène glisse le livre sous son pull. Il est là à présent, rigide et froid contre son ventre. Elle a très hâte et en même temps elle ne veut plus que cela finisse, ce moment entre elles, électrique, au bord de l'éclat de rire, la poitrine à saturation.

— En revanche, moi je t'ai pris un cadeau de merde, dit-elle. Je suis désolée.

Charlotte éclate de rire. Elle est si mignonne, tellement précieuse, on dirait un objet. Entre elles, c'est comme un coup de foudre, à la vie à la mort, c'est-à-dire au moins jusqu'à la fin de l'année scolaire.

Très vite, les autres invités déboulent et Hélène doit abandonner sa nouvelle copine pour rejoindre Béné et Farida.

— La vache, c'est trop beau chez elle.

— Ouais, cette voleuse.

Hélène et Farida se tournent vers Béné pour comprendre. Celle-ci hausse les épaules, on n'en saura pas plus.

Toute la classe se retrouve bientôt rassemblée dans la véranda. Le buffet est ravagé en un rien de temps, Charlotte ouvre les cadeaux qu'on n'était pas censé lui offrir et puis c'est l'heure de danser. Garçons et filles fricotent un peu, mais comme la mère de Charlotte passe régulièrement son museau par la porte, on n'ose pas de slows très poussés. Hélène, elle, ne danse pas. Avec ses deux copines, elle se contente de profiter du spectacle. Ça fait drôle de retrouver tous ces gens qu'on côtoie à longueur de temps en dehors du bahut. Les garçons ont l'air encore plus gamins, empotés, alors que les filles, qui se sont mises en frais, ressemblent par moments à des adultes miniatures. L'après-midi se poursuit dans un mélange d'effleurements, de regards en coin, de sarcasmes et de petites audaces. Comme quand Romain Spriet vient demander à Farida si elle ne voudrait pas danser des fois, ce qu'elle refuse, même si elle en a peut-être envie. Mais Béné veille et les copines l'emportent encore sur les copains. À la nuit tombée, Laurence Antonelli propose d'organiser une séance de spiritisme. La plupart des convives se retrouvent donc assis le cul par terre autour de quelques bougies et d'une poignée de lettres de Scrabble disposées en cercle. Pendant de longues minutes, on appelle vainement des esprits indisponibles, pris entre le fou rire et la frousse. Et puis soudain, toutes les lumières s'éteignent. S'ensuivent des cris, une brève cohue à tâtons, une table est renversée et des pieds déchaussés se blessent sur du verre brisé. Viennent des larmes et la mère de Charlotte qui accourt. Mais ce n'était rien qu'une mauvaise blague. On n'a pas le temps de tirer la chose au clair que déjà les premiers parents commencent à arriver pour récupérer leur progéniture. Il est dix-neuf heures. La fête est finie. En tout cas, c'était bien.

Il ne faudra pas plus de trois heures ce soir-là à Hélène pour achever la lecture du livre prêté par sa nouvelle amie, qu'elle trouvera aussi beau qu'horrible. Certaines pages la scandalise-ront si fort qu'elle les lira deux fois pour mieux les réprouver.

Les parents d'Hélène ont voulu que celle-ci fréquente un bahut privé parce que cet établissement a le double avantage de se trou-ver à proximité de l'étude où bosse Mireille et d'accueillir les gosses des notaires qui l'emploient. Ce pari sur l'avenir implique néanmoins quelques menus inconvénients, notamment faire la route chaque jour depuis Cornécourt, aller à la messe quatre fois l'an dans la chapelle de l'établissement et entendre ses parents lui dire que ça coûte. Pour le reste, ce n'est sans doute ni meil-leur ni pire qu'ailleurs. Sa mère la dépose très tôt chaque matin, puis elle retrouve Béné et Farida dans la cour vers huit heures moins le quart, côté rue des Passants, non loin d'une porte annexe moins fréquentée que l'entrée principale et qui leur donne l'impression qu'elles sont libres de se barrer si l'envie les prend.

Seulement, après cette fête d'anniversaire, Hélène change ses habitudes. Elle attend désormais Charlotte sous le préau côté rue Clemenceau. Parfois, cette dernière lui apporte un nouveau livre, ou Hélène lui rend celui qu'elle vient de finir. La plupart du temps, les deux filles se contentent de papoter. Ce sont des moments précipités, presque clandestins. Elles se rencognent dans le fond, près de la poubelle, se sentant épiées et fautives. Leur amitié ressemble à une histoire d'amour, presque un secret.

Quand la sonnerie retentit, Hélène se dépêche de rejoindre Béné et Farida. Mais ces dernières ont vite fait de repérer son manège.

— Qu'est-ce que tu fous à traîner avec cette meuf ?

Béné est plutôt cash, Farida moins sûre de son fait, mais ça ne l'empêche pas d'approuver véhémentement.

— Grave, c'est qui cette meuf ? C'est personne.

— C'est bon, on n'est pas en prison.

— C'est toi la prison, réplique Béné, la bouche dédaigneuse.

Et elle se casse, son sac à dos sur l'épaule, ses hanches qui balancent larges. Elle porte un jean, une veste de survêt aux couleurs de l'OM héritée de son grand frère et qui est déjà trop petite. L'an passé, un type qui se trouvait dans son dos en SVT a tiré sur son soutif, Béné lui a craché dessus.

Hélène a quand même un peu les boules de voir que ça part en sucette avec ses copines. Elles se connaissent toutes les trois depuis la primaire. L'été précédent, elles ont fait du camping, les meilleures vacances de toute sa vie, trois jours au bord d'une petite rivière du côté de Plombières, avec le grand frère de Béné, Farida avait un peu le béguin, c'était drôle. Elles ne se quittaient pas de toute la journée, se baignaient, faisaient des barbecues. On aurait pu croire à la liberté.

Elle ne sait pas ce qui se passe, pourquoi ce qui était si précieux hier devient tellement chiant tout à coup. Ces temps-ci, elle se sent tout le temps comme ça. Quand ses vieux lui parlent, c'est plus fort qu'elle, il faut qu'elle lève les yeux au ciel. Après le dîner, elle s'enferme dans sa piaule avec son walkman et ses bouquins. Mais même cette pièce dont elle a fignolé la déco depuis des années lui tape sur les nerfs à présent. Deux semaines plus tôt, elle a arraché le grand poster de Madonna et, à la place, elle a punaisé des photos de vieilles stars hollywoodiennes, le paquet de cent s'achète dix francs chez le buraliste. Elle regarde les beaux visages gris de Warren Beatty et Marylin dont elle n'a jamais vu aucun film. Et Brando bien sûr. Ça la travaille. Peu à peu, Hélène prend des distances. Elle aimerait bien savoir pourquoi, comprendre ce qui cloche chez elle. Parfois, elle en chiale, de rage et d'impatience, de vouloir que les choses s'accélèrent et de regretter en même temps que tout change. Quand elle pense qu'il lui reste quatre ans avant le bac, elle péterait tout tellement ça l'énerve. Elle compte les jours qui la séparent de ses dix-huit ans, quand elle pourra dire *je suis majeure et je vous emmerde*. Sa vie est comme une cocotte-minute. Elle sent la pression monter. Elle se dit qu'elle ne tiendra jamais, c'est trop, c'est pas assez, et des larmes coulent toutes seules alors qu'elle n'est même pas si malheureuse.

Il a fallu beaucoup ruser, et s'expliquer longtemps, mais elles y sont.

Hélène et Charlotte se tiennent la main, semblables sur la glace à des faons nouveau-nés qui cherchent leur équilibre. Toutes deux sont coiffées d'un gros bonnet de laine, même si Charlotte avait tout d'abord envisagé de porter un béret en feutre, mais elle s'est dit qu'elle aurait l'air tarte. De loin, on les dirait sœurs. De près aussi d'ailleurs.

Leurs parents les ont déposées à quatorze heures trente et reviendront les prendre à dix-sept heures. C'est pas beaucoup, mais il faut bien commencer. Devant l'entrée, la mère de Charlotte a serré la main du père d'Hélène. Ils étaient tous deux affables et souriants, manifestement satisfaits de voir qu'on était entre gens sérieux. On vous fait confiance les filles, vous êtes grandes, mais gare si ça se passe mal. Les deux copines n'avaient déjà plus d'yeux que pour les patineurs qui glissaient à l'intérieur.

Au début, elles se sont choisi un petit coin près de la balustrade à laquelle elles sont restées accrochées un bon moment, comme deux moules. Leurs joues avaient pris de bonnes couleurs et elles n'osaient pas trop s'aventurer, ne sachant que faire de cette première fois, le nez qui goutte et se contentant d'épier les autres en écoutant la musique que diffusaient les haut-parleurs. C'était génial.

— Il paraît qu'ils éteignent les lumières, à un moment, dit Hélène.

— Ouais, y a des spots, on dirait *La Boum*.

Hélène glousse, elle adore Sophie Marceau.

— T'as vu là-bas ?

— Quoi ? demande Hélène.

— Les mecs là…

Ils sont trois, sans gants et la tête nue, qui bavardent avec deux meufs assez vulgos, les cheveux choucroutés, du bleu sur les paupières, rondes et plutôt jolies. Des pouffes.

— C'est des mecs de l'équipe de hockey, explique Charlotte. On va voir les matchs avec mon père de temps en temps, il a des places gratos par son boulot. Le plus petit, il joue déjà en équipe première. Il a que seize ans.

— Ah ouais ?

— Christophe Marchal.

Hélène et Charlotte sont à l'âge où un visage peut devenir un sentiment. Ça leur fait ça avec Christophe, mais aussi avec Mathieu Simon ou Jérémy Kieffer, qui sont tous plus âgés, mignons, et surtout cools, car vouloir être embrassée, c'est aussi vouloir participer d'une clique, ceux qui comptent, ont une bécane ou un scoot, portent les bons vêtements et sont invités aux fêtes exclusives qui s'organisent ici ou là. Plus tard, Hélène et sa copine passeront des heures délicieuses à souffrir sur leur lit en écoutant Whitney Houston ou Phil Collins, désespérées et alanguies. Elles apprendront les paroles par cœur, elles chanteront à la récré, elles fumeront en cachette. Les chansons d'amour ont précisément été inventées pour ça, ressasser son drame et faire vivre ce théâtre d'ombres des grands sentiments, un garçon qui vous frôle, une nuque en classe de SVT, n'importe quoi.

— Faut absolument qu'on aille voir des matchs, fait Charlotte.

— Mais ouais.

— Je te préviens, je l'ai vu la première.

Hélène rigole :

— Tu peux te le garder, ton nabot.

Et elles se serrent, faussement soudées par le petit roman à l'eau de rose que Charlotte a commencé d'inventer. Pour l'heure,

Christophe n'est pas encore vraiment une personne. Il ressemble plutôt à une affiche, analogue dans sa lointaine perfection aux images punaisées dans leurs piaules. En tout cas, c'est délicieux de le vouloir, ça donne du relief à tout.

— Han ! fait Hélène.

Le garçon vient de s'arracher au petit groupe d'un gracieux mouvement de marche arrière, et après un demi-tour non moins élégant, il rejoint deux filles en doudoune qui se trouvent à l'autre bout de la patinoire. Il fuse, frôlant les autres patineurs avec un dédain appliqué, puis freine brutalement devant les deux filles en question, produisant un jet de glace oblique qui les frappe de plein fouet. Elles rouspètent bien un peu pour la forme en époussetant leurs vêtements, mais personne n'est dupe. Les mains dans les poches arrière de son jean, la vie devant soi, Christophe parade, seul au monde, intolérable et super *cute*.

— C'est qui ces mochetés ? demande Charlotte avec un air dégoûté.

Hélène ricane. Mais elles n'ont pas le temps de dégoiser très longtemps. La lumière vient de s'éteindre et les premières notes de piano tombent déjà, réverbérées et graves dans l'enceinte énorme de la patinoire. Alors les spots de couleurs commencent à balayer la glace. Des couples se lancent aussitôt, main dans la main, et tandis que la boule à facettes dissémine partout ses miettes de lumière, la voix de Bonnie Tyler entame son couplet triste et rauque. À partir de là, c'est toujours la même histoire, la même urgence. L'heure des slows est vite passée, comme le reste. Demain, ce sera dimanche et l'ennui. Il faut saisir sa chance. Là-bas, Christophe Marchal a pris l'une des deux filles par le bras et l'entraîne avec lui. Elle est blonde comme on l'est à dix-sept ans et ça fait drôle et mal de voir ce couple si enviable passer à deux mètres de soi. Hélène les regarde et voudrait mourir.

— Quelle déprime !

— Ouais, ça craint.

Charlotte arrache sa copine à la balustrade et elles se mettent à patiner à leur tour, incertaines, les bras écartés, attachées l'une à l'autre dans la pénombre zébrée de bleu. Hélène sent la main de Charlotte qui serre fort la sienne.

5

Christophe regardait son père et se demandait comment il allait bien pouvoir lui annoncer la nouvelle.

Les deux hommes se trouvaient encore à table, pris dans le foin tiède des habitudes et de la digestion. Ce soir-là, Christophe avait mis les petits plats dans les grands. En rentrant du boulot, il avait acheté deux tournedos à la boucherie du Leclerc et choisi une bouteille de saint-joseph à la cave. Quand son père l'avait vu déballer ses provisions sur la table, il lui avait demandé ce qu'on avait à fêter.

— Tu vas voir, avait répondu le fils.

Et il avait sorti le nouveau maillot de son sac, floqué du numéro 20 comme autrefois, sauf qu'il était vert et blanc désormais, et portait sur le devant une tête de loup stylisée. Les yeux du père, d'habitude d'une pâleur lacustre, s'étaient pour une fois illuminés.

— Et pourquoi un loup ? avait demandé le père.

— Tu sais bien. C'est le nom de l'équipe. La bête des Vosges, j'imagine.

— Ah oui.

Gabriel, qui fouinait dans les courses, avait poussé un cri de joie en découvrant des Apéricube et une boîte d'esquimaux, ce qui avait provoqué le départ en trombe du chat Minousse, lequel savait de source sûre qu'il était préférable de se méfier des démonstrations de joie de cet enfant.

Après ça, Gérard Marchal n'avait pas fait davantage de commentaires, mais il avait donné un coup de main pour mettre la table et abandonné sa polaire sur le dossier de sa chaise, c'est dire si c'était fête. Puis il avait servi l'apéro, un Coca pour le petit, des bières pour les adultes, tandis que Christophe s'activait aux fourneaux. L'enfant avait demandé du papier et ses crayons de couleur pour dessiner la patinoire et son père qui gagnait des matchs. À un moment, ils avaient trinqué :

— À nous ?

— À ta saison.

Et ils avaient bu, trois générations sous le même toit, sans femme ni mère, des hommes sous la lumière blanche, dans la chaleur du four et le crissement des chaises sur le carrelage.

Après quoi le petit s'était mis à taper sans ménagement dans les Apéricube, si bien que son grand-père avait fini par lui demander de se calmer, il allait se couper l'appétit à force. Comme l'enfant n'obéissait pas, il avait abattu sa grosse pogne à la peau talée sur la petite main ronde et Gabriel était resté une seconde sans bouger, le bras tendu, plein de malice derrière ses lunettes, couvé par le regard du vieil homme. Christophe les regardait. Derrière lui, du beurre grésillait dans la poêle et répandait sa bonne odeur dans la cuisine. La vieille table, l'évier profond et blanc, les placards et le ronron du réfrigérateur. Le décor immuable. Et pourtant tout passait. Charlie allait déménager. Cette vie-là était finie.

Ce soir-là, pourtant, ils avaient mangé de bon cœur, et pas seulement à cause de la bouteille de saint-joseph, vite négociée. Le grand-père avait même fait quelques-uns de ses habituels tours de magie et si Gabriel ne croyait plus à la volatilisation de son nez, le coup de la pièce de monnaie sortie de derrière son oreille l'avait stupéfié une nouvelle fois.

Puis, après le coucher du petit, les deux hommes étaient restés encore un moment à table. Il était à peine neuf heures et Christophe écoutait le lave-vaisselle tourner dans son dos. Il attendait le bon moment pour cracher le morceau. D'excellente humeur, un peu gris, son père pour sa part remuait le bon vieux temps, en grattant la tête du chat qui était monté sur ses genoux. Le plus curieux au fond, avec cette maladie, c'était de voir comme la mémoire en crevant régurgitait des souvenirs.

Gérard Marchal avait connu un destin de baby-boomer assez évident, qui devenait une sorte d'épopée une fois qu'il le racontait.

L'école jusqu'au certif, un apprentissage chez Cugnot, dans l'électricité, des déplacements dans la France des Trente Glorieuses, de chantier en chantier, Grenoble, Tulle, La-Roche-sur-Yon ou Guéret. Le pays s'équipait alors en hôpitaux, en immeubles de bureaux et bâtisses nouvelles qui faisaient fourmiller alentour tout un petit peuple de jeunes types joyeux et inconséquents, plâtriers, maçons, électriciens, chauffagistes, carreleurs, ascensoristes, peintres et couvreurs. Ces hommes sans inquiétude étaient logés à l'hôtel et vivaient le travail comme des colonies de vacances. La paie était bonne, les augmentations quasi mensuelles et quand un chef vous emmerdait, il suffisait de donner son compte, le boulot vous tombait tout cuit dans le bec dès le lendemain. Le soir, on mangeait au resto et faisait à la nuit tombée des belotes coinchées dans des salles à manger au décor rustique, avec nappes à carreaux et horloges au mur, en vidant de petits verres de gnôle locale. Vers une heure, le patron disait, bon ça suffit comme ça et les gars, de leur voix épaisse et mâle, faisaient des oh et des ah pour la forme, les chaises raclaient le sol et tout le monde se dispersait dans les étages en rigolant. Une fois dans sa chambre, allongé sur son plumard, on écoutait les résultats sportifs sur un petit transistor Braun, une Gitane au bec, on lisait quelques pages d'un mince roman noir dont la quatrième de couverture vantait les mérites virils du parfum Balafre ou des cigarettes Bastos. Puis on dormait du sommeil du juste, toute une génération joyeuse de prolos finalement chanceux et qui pensaient que ce moment était la norme, qu'il y aurait du boulot et du progrès à perpétuité.

Gérard Marchal se souvenait en particulier du mois de Mai 68 qu'il avait passé en Corse où il installait les courants faibles du nouvel hôpital de Furiani. Alors que l'Hexagone était en proie aux grèves et au désordre, les ouvriers avaient pu oublier pour quelques instants leurs mains noires et s'inventer des lendemains politiques, tandis qu'un peu partout, importants et installés pris de panique cherchaient refuge en Suisse, à la campagne ou dans la lecture de Chateaubriand. Quoi qu'il en soit, la Corse avait à la faveur de cette chienlit pu approfondir encore son insularité et, faute de matériel et d'instructions, le chantier

86

de Furiani s'était interrompu. Avec ses collègues, Gérard s'était donc retrouvé comme un Robinson, avec rien à faire et la mer.

Bien sûr, les gars avaient nourri quelques inquiétudes quant à leur sort, dans cette île où ils ne connaissaient personne et alors que la paie ne tombait plus. Mais le patron de l'hôtel Beau Rivage, calme et ventripotent, avait continué à leur assurer le gîte et le couvert, leur accordant même un peu d'argent de poche pour tenir le coup et se distraire. Cette parenthèse n'avait certes pas duré, mais était restée enchâssée dans la vie de Gérard Marchal comme un joyau spécial, à la croisée de sa jeunesse et du printemps, avec ses journées de plage sans fin, l'ivresse des anisettes, les soirées en terrasse, ces filles brunes et curieusement plus libres que sur le continent, c'est en tout cas ce qu'il racontait cinquante ans plus tard, un mince sourire sous sa moustache grise. Il avait d'ailleurs gardé dans son portefeuille la photo d'une Bastiaise aux longs cheveux. Il avait oublié son prénom, mais pas les heures passées dans les criques. À la fin, il ne lui resterait peut-être plus que ça, l'image d'un grain de beauté sous un nombril de femme.

Plus tard, las de cette existence semi-nomade, Gérard Marchal avait trouvé un emploi chez Rexel, où il avait pris du galon, puis s'était marié avec Sylvie Valentin avant d'ouvrir sa propre boutique de vente de matériel de sport. De l'épicerie, mais pour les raquettes, comme il disait. Progressivement, alors que leur situation s'améliorait notablement, son humeur s'était gâtée. Là résidait le drame des boutiquiers, cette inquiétude galopante, le casse-tête quotidien de l'approvisionnement et de la logistique, les stocks à gérer, les charges trop lourdes, les clients qui ne venaient pas ou faisaient chier, et puis ces deux salariés adroits et siffloteurs qui ne savaient que réclamer. Un contrôle de l'Urssaf particulièrement sévère avait fini de ruiner sa bonne humeur au mitan des années 1990. Avec Sylvie, ils avaient pourtant une belle maison, deux voitures, trois télés, le frigo était plein, et leurs deux gamins restaient des motifs de fierté malgré les incartades de l'aîné. Mais rien n'y avait fait. Le temps avait passé et ce tourment bilieux était devenu comme un bruit de fond, une migraine infinie.

Il faut dire aussi que Sylvie n'était jamais tellement d'attaque. À partir du moment où elle avait abandonné son travail après la naissance de Christophe, quelque chose en elle s'était froissé.

Une fois les garçons plus grands, Gérard lui avait conseillé de se trouver une occupation, de s'investir dans une association ou de faire des balades à vélo. Mais ces recommandations n'inspiraient à cette femme mésestimée qu'un haussement de sourcils circonspect.

— Je pourrais aussi me jeter dans la Moselle, lâchait-elle avec négligence en tirant sur sa Winston.

Enfant, elle avait toujours très bien marché à l'école, comme l'attestaient les carnets de notes entreposés au grenier. Sans parler de son fameux test de QI réalisé à seize ans et qu'elle ramenait toujours sur la table comme la preuve indiscutable de son gâchis, du mauvais sort fait à sa matière grise. Elle aurait pu faire des études si on l'avait poussée un peu, mais dans sa famille on n'avait pas vu l'utilité. Chez eux, on croyait à la paie, aux grossesses multiples, et sa mère n'avait même jamais daigné signer son carnet de notes.

— Tu pourrais reprendre, observait Gérard sans vraiment y croire.

Sylvie levait les yeux au ciel. Pour quoi faire ? Elle n'allait pas devenir prof ou ingénieure à son âge. Elle préférait encore sortir fumer une autre cigarette et contempler le petit étang, les arbres fruitiers dans le jardin. Leur quotidien avait donc été ce champ de bataille sans assaut, hérissé d'escarmouches toutes identiques et de bouderies plus ou moins justifiées. Julien, le grand frère de Christophe, avait très tôt choisi le camp de sa mère. Il lui ressemblait d'ailleurs beaucoup.

Comme elle, il était trop sensible, ombrageux, incapable de faire des efforts pour faciliter les choses, sûr de soi et pourtant complexé, et cet humour au rasoir, si fin et qui pouvait trancher jusqu'à l'os. Christophe pour sa part tenait plutôt de son père, même physiquement. En tout cas, tous avaient tenu leurs positions et leurs emplois, hostiles et s'aimant, conflictuels et sans issues, comme sont les familles. Heureusement, il y avait eu le hockey pour organiser une sorte de trêve. Là au moins, ils ne faisaient plus qu'un.

Pendant quelques années, Gérard avait d'ailleurs été sponsor de l'équipe, ce qui donnait droit à une loge et des entrées gratuites. Il avait pu inviter des fournisseurs, des clients et des copains. Là, ils avaient vraiment passé du bon temps. Même Sylvie était méconnaissable pendant les matchs. Quand un joueur adverse faisait voler Christophe contre la balustrade, on pouvait l'entendre de l'autre bout de la patinoire. Les supporters, qui en avaient fait leur mascotte, entonnaient parfois un "Allez maman !" caustique et revigorant. Et puis à la fin du premier tiers temps, le maire faisait le tour des popotes. On se serrait la main en échangeant quelques paroles obligeantes. Gérard appréciait ce genre de petites considérations.

— Tu te souviens ? dit le père.

Christophe se souvenait. C'étaient toujours les mêmes histoires, les mêmes anecdotes, il ne risquait pas d'oublier.

— Le petit va être content de te voir jouer.

— Je pense.

— On ira voir les matchs.

— Je sais pas si j'aurai beaucoup de temps de jeu. Ils m'ont surtout pris pour boucher les trous.

— On verra bien.

Christophe sourit, mais il savait à quoi s'en tenir. Madani, le coach, avait été plutôt clair sur ce point quand ils s'étaient vus trois jours plus tôt.

— Honnêtement, on va pas se mentir. T'es trop vieux. T'as déjà loupé cinq matchs et la remise en forme. Tu vas te traîner. La semaine prochaine, on joue Vaujany. Je sais pas si t'imagines.

C'était l'équipe où Grenoble formait ses futurs joueurs, des petits morveux bourrés d'énergie et prêts à tout pour se distinguer sur la glace. Ils manquaient de maturité, mais au troisième tiers temps, plus personne ne pouvait les suivre.

— J'ai plus qu'un Slovaque et, avec Pavel dans les buts, ma moyenne d'âge est à trente et un ans, avait repris Madani. La plupart des joueurs vont au boulot le lundi. C'est la merde.

Lui et Christophe avaient joué ensemble pendant presque dix ans par le passé, sans jamais pouvoir se blairer. Mais l'amitié n'avait pas de rapport. Le coach disait vrai.

Évidemment, le président du club lui avait fait entendre un tout autre son de cloche, c'était son job.

— J'ai contacté le directeur de la com chez Norske Tre, c'est un copain. Les Norvégiens ont du fric à plus savoir qu'en foutre.

Par contre, ils sont pas très chauds pour nous sponsoriser après la déconfiture des dernières années. Mais j'en ai causé avec mon pote, on a fait l'ICN tous les deux. Et son fils fait du tennis avec mon aîné. Je pense qu'il y a moyen de s'arranger.

Le président Mangin était un de ces entrepreneurs à veste Ted Lapidus, roses et toilettés, qui se trouvent toujours entre deux portes. Propriétaire d'un resto, de deux bars en ville et du bowling, il dirigeait également l'Union des commerçants et artisans d'Épinal. Il avait ses entrées à la chambre de commerce et à la mairie, et on le disait de gauche parce que sa sœur s'était présentée aux cantonales sur une liste socialiste. Partout où il passait, cet homme affable et énergique laissait derrière lui le même effluve d'aftershave et de joviale bonhomie. On n'allait toutefois pas jusqu'à le considérer comme un honnête homme.

— On va leur vendre une belle histoire. Si tu remets les patins, ça fait un vrai truc à raconter. Les journalistes seront contents. Le retour de l'enfant prodigue. Tu porteras les couleurs de la papeterie. Comme ça, on oublie le merdier de la liquidation judiciaire. La légende, quoi. Tu vois ?

Christophe voyait bien, oui, et s'était laissé tutoyer par ce parfait inconnu.

Dès le lendemain, les deux hommes s'étaient rendus chez Norske Tre où on leur avait fait bon accueil, cakes et jus de fruits, plus le tour du propriétaire. Le géant norvégien était implanté là depuis plus de trois décennies et pourtant, sa présence semi-viking continuait de déplaire, alors même que l'usine employait plus de trois cents personnes et assurait la prospérité de Cornécourt. Sans doute que l'odeur d'œuf pourri qu'elle dégageait certains soirs, et qui révoltait les zones pavillonnaires adjacentes, n'était pas pour rien dans cette hostilité qui donnait lieu à des rumeurs et des pétitions. D'après Greg, les émanations en question étaient sans danger et relevaient pour beaucoup du fantasme. En tout cas lui ne sentait rien, et il rallumait une clope pour souligner son scepticisme.

— On est très heureux de vous recevoir en tout cas, s'était réjoui M. Gailly, le directeur, un bel homme gris et bleu comme on en voit dans les banques d'images.

Il leur avait montré sur une photo accrochée au mur de son bureau l'étendue du site, soixante-dix hectares, des installations pour un milliard d'euros, pas loin de trois cents millions de chiffre d'affaires. Le dircom avait sautillé pendant presque toute la visite.

— On voudrait changer l'image de l'entreprise. Parce que les gens sont bien conscients de notre poids économique. Mais on continue à nous voir comme des étrangers.

Le président du club avait opiné complaisamment. Bien sûr, les mentalités, les habitudes, une certaine étroitesse d'esprit aussi. Mais on allait arranger ça. Les riverains eux-mêmes ne renifleraient plus de la même manière une fois qu'on aurait gagné quelques matchs.

Sur le parking en quittant l'usine, Christophe avait aperçu Greg qui fumait adossé au mur d'un atelier, reconnaissable à ses grandes cannes, ses santiags, son ventre en avant. Les deux amis s'étaient fait signe de loin. Ça faisait plaisir de le voir, même à distance.

Deux jours plus tard, Christophe avait touché son nouveau maillot. Mais la vie était ainsi faite que chaque bonne nouvelle semblait aussitôt contredite par un quelconque coup dur. Au resto, Charlie lui avait annoncé la chose brutalement, à la fois désolée et impérative, elle déménageait en janvier.

— C'est pas non plus une surprise. Je t'avais dit que je cherchais à partir.

En réalité, Christophe n'y avait jamais cru. Il s'était dit une lubie de plus, des trucs de gonzesse, on est bien comme ça.

— J'ai trouvé un poste de directrice artistique. À Troyes.

— À Troyes ? T'es sérieuse ?

— Ouais, dans une petite agence. GrazzieMille Communication. Ils ont des gros clients. La Foire de champagne, des institutionnels, la BNP. Je vais gagner presque six cents euros de plus. C'est une chance énorme.

— Et ton mec ?

— C'est pas tellement un problème pour lui.

Évidemment, les orthophonistes trouvaient du taf n'importe où. Elle le lui avait assez répété.

Au resto, devant sa bavette sauce au poivre, Christophe avait encaissé comme il pouvait.

— Et le petit ? Tu lui en as parlé ?

— Pas encore, avait répondu Charlie, le visage soudain cadenassé. Et je veux pas que tu lui dises. Je le ferai à ma manière.

La suite du repas avait donné lieu à quelques échanges tendus, mais Charlie s'était montrée implacable. Elle avait rappelé à Christophe le passif, ses absences, ses copains, ses putes. À la fin, il s'était levé pour aller aux toilettes. Qu'est-ce qu'il pouvait dire ? Il ne croyait pas tellement aux paroles, les larmes étaient exclues, le temps des gifles révolu. Il n'avait même pas la place de souffrir. Il pensait à son père.

Finalement, Christophe ne trouva pas le courage. Il débarrassa la table puis monta à l'étage pour s'assurer que son fils dormait bien. Le temps qu'il redescende, son père avait migré vers le salon et ronflait déjà devant la télé, le chat sur ses genoux. Il avait retiré ses dents et semblait alors si vieux, enfoncé si loin dans le grand âge, qu'il ressemblait presque à un petit enfant. Il ne restait que sa moustache pour rappeler l'homme qu'il avait été. Christophe rajusta le plaid sur ses épaules puis le considéra un instant. Par moments, il se demandait s'il n'aurait pas mieux valu qu'il soit mort. Il regarda l'heure à sa montre. Il n'était pas si tard, et Marco lui avait adressé dix textos plus ou moins impératifs pour lui dire de passer. Avec Greg, ils avaient un truc à lui montrer, une surprise, il fallait qu'il ramène son cul et en vitesse. Christophe pesa le pour et le contre. De toute façon, un verre de plus ou de moins, c'est pas ça qui allait changer la face du monde. Et puis on était vendredi. Il gratifia le chat d'une dernière caresse, et se tira, non sans emporter son nouveau maillot avec lui.

En arrivant chez son pote, Christophe ne fut pas surpris de trouver de la lumière à toutes les fenêtres. Les deux autres zigotos devaient déjà être complètement déchirés, ce que confirma le bruit des basses en provenance de la terrasse. Avant de sonner, il prit soin de glisser le maillot dans sa manche puis renifla l'air du soir. Il faisait un peu frisquet, mais sans plus, et tout était calme alentour. C'est à peine si l'on percevait au loin la rumeur continue de la voie rapide. Il regarda sa montre et se promit de ne pas rester trop tard. Dans deux jours, il reprenait l'entraînement et il devait courir le lendemain matin histoire de se décrasser un peu.

— Ah ! Voilà le plus beau, fit Greg en lui ouvrant la porte.

Christophe se marra. Son pote était vêtu d'une veste de treillis et portait deux traits de suie sur chaque joue. On aurait dit un G.I. ou un chasseur, mais ce qui dominait surtout, c'était la certitude de voir un mec qui avait sérieusement pris l'apéro.

— Qu'est-ce que vous branlez encore ? demanda Christophe.

— On monte en puissance, expliqua Greg, pince-sans-rire.

Dans la cuisine, la table était couverte de canettes vides et de papiers d'emballage, le frigo entrouvert. Greg y pêcha de nouvelles bières et fit signe à Christophe de le suivre. À mesure qu'ils progressaient dans la maison, la musique devenait plus lourde. Christophe crut reconnaître un titre des Stones. Avant de passer sur la terrasse, Greg souffla :

— Tu vas voir, c'est le délire.

Sur quoi il se marra entre ses dents, ksss ksss ksss.

Effectivement, Marco était en pleine action, le visage également barbouillé, vêtu d'un débardeur Sepultura, d'une chemise kaki et pointait en direction du jardin ce qui ressemblait à un tuyau de PVC. Tout cela sous les parasols au gaz qui chauffaient plein pot tandis que les enceintes en équilibre sur le rebord d'une fenêtre menaçaient de se casser la gueule d'une seconde à l'autre.

— C'est quoi ce truc ? demanda Christophe en désignant l'armement de Marco.

— Attends, fit Greg. Tu vas voir.

Il s'empara de la chose, la cala contre sa hanche, la poignée bien en main, et visant droit devant lui, pressa le petit bouton rouge. Un BROUM énorme s'ensuivit et le tube cracha son invisible projectile dans l'obscurité avec une puissance totalement inattendue.

— Mais c'est quoi ce machin ? fit encore Christophe en approchant pour mieux voir.

— Un lance-patate ! fanfaronna Marco.

— Mais qu'ils sont cons...

Et, feignant la consternation, il empoigna l'arme artisanale pour essayer à son tour. Il n'y avait plus la moindre place pour ses sombres pensées.

— Le problème, expliqua Greg, c'est qu'il faut une recharge de gaz à chaque tir.

— C'est toi qui as fabriqué ça ?

— Ouais, y a des tutos sur internet.

— Vous êtes vraiment graves.

Christophe apprit très vite que ses deux compères avaient eu cette idée dans le courant de la semaine, à la suite d'un apéro-carabine particulièrement arrosé. Depuis deux heures maintenant, ils vidaient des bières et canardaient tous azimuts, ce qui expliquait leur bonne humeur et l'accoutrement militaire. Ils balancèrent encore un bon kilo de pommes de terre dans la nuit vosgienne, sans souci de l'énergie que consommaient les parasols chauffants, impatients et brutaux comme des enfants. Puis vint une accalmie, Marco baissa le son des enceintes et Christophe en profita pour leur montrer son nouveau maillot.

— La vache !

Et Marco siffla entre ses dents.

— Il est beau. Fais voir.

Le tissu passa de main en main. On apprécia la couleur, la matière, le dessin. Greg hurla même à la lune, tel le loup qui ornait la poitrine des joueurs. Christophe, que tout cela réjouissait tout de même beaucoup, accepta une deuxième bière, puis les choses étant ce qu'elles sont, il en vida encore trois autres. Un peu après minuit, ils se laissèrent tomber sur les chaises de jardin et, les coudes sur la table en plastique, profitèrent de cette soirée qui s'éternisait pour causer. Ils avaient la tête lourde, plus tellement de vergogne, et Greg se trouvait dans de beaux draps.

Depuis quelque temps, il sortait avec cette fille qu'il avait rencontrée chez sa mère à qui elle livrait quotidiennement des repas préparés pour le compte d'une association d'aide à la personne. Plus jeune que Greg, cette fausse blonde forte des hanches qui faisait son job avec un indécrottable entrain lui avait tout de suite tapé dans l'œil. Avant d'oser le moindre mouvement, Greg en avait longuement parlé avec ses deux amis, d'une manière gauloise et faussement indifférente, et les deux autres l'avaient encouragé de leur mieux. Pendant des semaines, Greg s'était donc pointé chez sa mère à l'heure des livraisons, chaque fois qu'il le pouvait, vers dix heures du matin. Il avait même demandé des *shifts* de nuit exprès à l'usine pour avoir ses matinées. Ses rapports avec Jennifer Pizzato, puisque c'était son nom, s'étaient tout d'abord cantonnés à de rapides bonjours, des politesses évasives. La jeune femme déposait les plats sous vide dans le frigo, s'adressait à la mère de Greg en employant la troisième personne, elle a bien dormi ? elle a bien mangé ? en forçant la voix, ce qui irritait la vieille dame qui n'était pas sourde merci, après quoi elle se taillait, rapide sur ses Reebok blanches, son derrière considérable voguant vers l'adresse suivante. Depuis le balcon, Greg la regardait remonter dans son utilitaire qui allait se faufiler dans la ville, plus loin, et nourrir d'autres vieillards affaiblis.

À force, elle avait tout de même fini par repérer le manège du garçon, à moins que la mère de Greg ne lui ait glissé un mot. En tout cas, elle avait baissé d'un ton et s'était maquillée avec davantage de soin. Greg lui avait payé le café. Tandis que la mère regardait les jeux sur la 2, ils avaient tourné longtemps leurs cuillères dans les mazagrans en grès, assis face à face dans la minuscule cuisine du cinquième étage. La lumière tombait d'une fenêtre trop haute qui donnait sur une corniche où des pigeons venaient chier et faire leur affaire. Au printemps, trois œufs avaient paru dans un nid. Le jour où des oisillons en étaient sortis, Greg s'était jeté à l'eau.

Jusque-là, sa vie sentimentale s'était limitée à peu de chose. De temps en temps, il allait danser au Pacha, ou se pointait à l'un des thés dansants du Panache pour se ramener une quinquagénaire pas trop regardante, mais c'était à peu près tout. Avec Jennifer en revanche, il avait eu accès pour la première fois – et à quarante ans passés – à une histoire dans les règles de l'art, avec cinoches, petits-déj' au lit, présentation à la belle-famille et tout le merdier. Il avait même essayé de remonter les bretelles de Bilal, le gamin que Jenn avait eu d'un premier lit, un peu comme ce mec à la télé qui venait jouer le grand frère chez des inconnus. Mais à treize ans, le gosse faisait déjà un mètre soixante et en avait vu d'autres. Fils de pute, t'es pas mon père, avait-il répliqué, et les choses en étaient restées là. En tout cas, Jennifer et Greg avaient glissé dans cette routine des petits restos et de soirées tranquilles devant la télé. Leur vie à deux s'était tissée fil à fil, et au pieu, ça devait rouler, même si Greg, d'un naturel pourtant hâbleur et quelque peu mythomane d'ordinaire, n'en parlait pas, ce qui était déjà un signe en soi. Tout allait bien en somme, et personne ne parlait des sujets qui fâchent, mariage, emménagement, vacances ou compte commun.

Et puis c'était tombé quelques jours plus tôt, Jenn était en cloque.

Sur le coup, Greg n'avait même pas su quoi répondre au téléphone. Je sais, c'est chiant, avait admis la jeune femme. Mais qu'est-ce qu'on fait ? Lui n'en avait pas la moindre idée. Il avait surtout eu envie de prendre ses jambes à son cou pour partir écumer la route 66 sous une fausse identité. Il était passé la voir le lendemain et avait bu une bière sans même s'asseoir, pire que froid, un étranger. Jenn avait compris. Elle était de toute façon de ces femmes qui doivent toujours comprendre, les colères et les lâchetés, se trimballer les gosses et torcher les vieux, être toujours moins bien payée et dire amen. De mère en mère, c'était comme ça.

— Mais toi, t'as envie de quoi ? avait tout de même demandé Greg.

— Je sais pas.

Ce qui signifiait à l'évidence qu'elle envisageait moyennement de se débarrasser de l'avenir qui lui poussait dans le ventre.

Le père de Bilal s'était cassé depuis longtemps et elle en avait bavé pour refaire sa vie, entre ses journées à rallonge et son gosse qui n'était pas si facile. Elle avait tenu bon, farouche et souriante, sans jamais renoncer toutefois à la possibilité d'une vie à deux, la seule envisageable à ses yeux. Dans ce domaine, elle n'avait pas tellement de prétentions d'ailleurs, et sur l'amour, plus guère d'illusions. Il n'était plus question pour elle de coup de foudre ni de passion pied au plancher, le cœur à cent à l'heure et les mains moites. Là-dessus, Hollywood et la collection Harlequin pouvaient aller se faire mettre. À trente-deux ans, Jennifer ne se racontait plus d'histoire.

Elle avait eu dans sa vie des gentils garçons et des intérimaires fumeurs de pet', des allumés de la console, des brutaux ou des zombies comme le père de Bilal qui pouvait passer des heures devant la télé sans dire un mot. Elle avait eu des mecs qui la baisaient vite et mal à deux heures du mat' sur le parking d'un quelconque Papagayo. Elle avait été amoureuse et trompée. Elle avait trompé et s'en était voulu. Elle avait passé des heures à chialer comme une conne dans son oreiller pour des menteurs ou des jaloux. Elle avait eu quinze ans, et comme n'importe qui, sa dose de lettres et de flirts hésitants. On lui avait tenu la main, on l'avait emmenée au ciné. On lui avait dit je t'aime, je veux ton cul, par texto et à mi-voix dans l'intimité d'une chambre à coucher. À présent, Jenn était grande. Elle savait à quoi s'en tenir. L'amour n'était pas cette symphonie qu'on vous serinait partout, publicitaire et enchantée.

L'amour c'étaient des listes de courses sur le frigo, une pantoufle sous un lit, un rasoir rose et l'autre bleu dans la salle de bains. Des cartables ouverts et des jouets qui traînent, une belle-mère qu'on emmène chez le pédicure pendant que l'autre va porter de vieux meubles à la déchetterie, et tard le soir, dans le noir, deux voix qui se réchauffent, on les entend à peine, qui disent des choses simples et sans relief, il n'y a plus de pain pour le petit-déjeuner, tu sais j'ai peur quand t'es pas là. Mais justement, je suis là.

Jenn n'aurait pas su le dire avec des mots, mais tout cela, elle le savait de source sûre. C'était dans son corps et dans sa peau. Un bébé venait qui lui aussi ferait chaud et nuirait à la mort.

Pour sa part, Greg n'avait pas d'idée très avancée sur la question. Jennifer lui avait donc laissé quelques jours pour réfléchir, ce qu'il avait évité de faire autant que possible. Cette soirée avec les copains était encore une autre occasion d'avoir la tête ailleurs. Malheureusement, tard le soir et l'alcool aidant, Marco avait tendance à dépasser les bornes.

— Mais tu l'aimes au moins cette fille ?

— J'en sais rien moi, répliqua Greg, qui trouvait la question presque injurieuse. Elle est chouette…

— Ça suffit pas pour faire un gosse.

— Pourquoi pas ?

On pouvait effectivement se poser la question. Christophe et Marco la remâchèrent un instant avant que Greg ne reprenne la parole :

— J'ai l'impression de m'être fait piéger. Je sais plus quoi faire. J'aurai plus jamais la même vie après…

— En même temps, c'est peut-être pas plus mal.

— J'aime pas me prendre la tête.

— C'est sûr que les mômes, niveau prise de tête…, observa Marco qui, comme tous les gens qui n'ont pas d'enfants, ne résistait jamais à la tentation de donner son avis sur le sujet.

Christophe écoutait. Il pensa à Gabriel. Une semaine sur deux, c'était déjà peu de chose. Le temps allait s'accélérer encore une fois qu'il serait parti. Il n'aurait plus de son enfance que des bribes, des nouvelles télégraphiques. Le meilleur de la vie en hachures.

Sur ce, Marco alla chercher à boire et les deux autres restèrent sous les parasols, sans dire un mot, un peu assommés par la fatigue et la bière. À la radio, Nino Ferrer chantait "Le temps dure longtemps". Autour d'eux, la nuit régnait comme une mer. Et puis Marco revint avec trois canettes. L'ambiance n'était plus tellement rigolote.

— Au fait, j'ai reçu un drôle de truc, fit Christophe en décapsulant sa bière à l'aide de son briquet.

— Du genre ?

Il tira son téléphone de sa veste, et leur montra un petit mot que lui avait adressé une inconnue sur Messenger.

— C'est qui ?

— Une meuf de Jeanne-d'Arc.

— Beau gosse, ricana Marco.

— Elle a l'air pas trop mal, fit Greg en faisant défiler les photos de l'index.

— Ouais, on voit pas tellement.

Tour à tour, Greg et Marco relurent le message, vérifièrent le profil. Elle s'appelait Hélène et disait en très peu de mots qu'elle avait aperçu Christophe aux Moulins Bleus, que ça lui avait fait drôle. Qu'elle espérait qu'il allait bien.

— Elle te veut, c'est clair, fit Marco.

— Aucun doute. Celle-là, c'est du tout cuit.

— Vous êtes cons. Elle a deux gosses.

— Je vois pas le rapport.

Christophe tendit la main pour qu'on lui rende son téléphone, mais Marco s'était déjà mis à pianoter quelque chose sur l'écran.

— Qu'est-ce que tu fabriques ?

— Rien, fit Marco, en se levant.

— Arrête ça, putain.

— Mais oui ! gueula Greg, frappé d'une illumination soudaine. Je me souviens de cette meuf.

Le bras de Christophe restait tendu en travers de la table. Son visage, néanmoins, se tourna vers Greg.

— Tu te souviens de quoi ?

— Une petite meuf qui venait aux matchs. La grande copine de Charlotte Brassard.

Christophe ne prit pas la peine de confirmer, mais lui aussi se souvenait et ce message lui avait fait un drôle d'effet. Il avait retrouvé l'humeur de l'époque, les chansons des Pixies et de la Mano Negra, la respiration facile, toute la ville à soi, les matchs, sa finale. C'était loin et cruellement là.

— Voilà, j'ai répondu, dit Marco en lui rendant son téléphone avec un sourire satisfait.

Christophe empoigna le truc, mais dans son geste, l'application se ferma. Il lui fallut quelques secondes pour retrouver le message en question, et la réponse que lui avait adressée ce blaireau de Marco. Et merde, dit-il en découvrant l'étendue des dégâts.

Je serais ravi de prendre un café. L'autre soir, vous m'avez fait très envie.

Suivait son numéro de téléphone.

— T'es vraiment une merde, fit Christophe, dépité.

— Mais non, dit Marco, tu vas voir, ça va aller comme sur des roulettes.

— Dans mon souvenir, elle était pas terrible quand même, nota Greg avec une moue dubitative.

— Oh ça, fit Marco, en prenant soudain de la hauteur, ça peut changer.

Au réveil, Christophe avait mal aux cheveux et ne se souvenait même pas comment il était rentré chez lui. Il se retourna dans son lit, attrapa la bouteille de flotte posée par terre et la vida. Apparemment, il n'avait pas eu le courage de fermer les volets avant de se coucher et la lumière du jour passait à travers les rideaux de tulle bleu, presque aussi désagréable que du bruit. Justement, il reconnut un *toum toum toum toum* familier dans le couloir, et la porte s'entrouvrit sur le visage de Gabriel.

— Salut, doudou.

Sa gorge était encombrée malgré l'eau minérale, sa voix enrouée. Il dut ravaler une glaire avant d'ajouter :

— T'es déjà levé ?

— T'es malade ? répondit l'enfant, mais sans inquiétude particulière.

— Non, c'est rien. J'ai mal dormi.

Vêtu de son seul slip, le petit garçon sauta sur le lit et se trouva très vite une place sous les draps, dans la chaleur du père. Christophe tourna la tête et posa un baiser dans les cheveux légers comme l'air.

— Ça sent pas bon ! fit l'enfant en se pinçant le nez.

Le réveil sur la table de nuit indiquait dix heures et quart. C'était mort pour le footing.

— On joue à quelque chose ? demanda l'enfant.

Mais Christophe s'était laissé retomber et gisait comme une statue, un bras replié sur ses yeux fermés.

— À quoi tu veux jouer ?

— Tu préfères avoir une langue en caca ou dix canards qui te suivent toute ta vie ?

— OK, je vois le genre.

Un profond soupir, le temps de réfléchir, puis Christophe se lança.

— Tu préfères avoir des genoux en chantilly ou un œil derrière la tête ?

— C'est nul, dit l'enfant.

— Je suis fatigué doudou.

Alors le petit rejeta les couvertures et se mit à cheval sur sa poitrine.

— Allez ! hue !

— Oh putain, gémit Christophe.

Et il enferma son fils entre ses bras, les yeux toujours clos, le collant fort contre sa poitrine. L'enfant se mit à rire et à se débattre. Sa peau contre la joue mal rasée de Christophe était d'une douceur inimaginable. Ce dernier le serra encore davantage, puis ouvrit ses bras d'un seul coup et l'enfant roula sur le côté.

— Je t'ai fait mal ?

— Non, ça va.

La petite main se posa sur son bras, un pied refroidi par le sol toucha sa jambe.

— Papa ?

— Ouais ?

— C'est vrai qu'on va partir ?

— Pourquoi tu me demandes ça ?

— C'est maman qui l'a dit.

Évidemment. Les gosses ont toujours une oreille qui traîne. Christophe se racla la gorge une nouvelle fois et massa ses tempes, sans pouvoir ouvrir les yeux.

— C'est pas tout de suite, de toute façon.

— Je sais.

Puis il passa son bras autour du petit et le ramena plus près.

— Tu vas pas pleurer ?

— J'arrive pas à m'empêcher, répondit l'enfant.

— Je viendrai te voir. Et toi aussi. Tu viendras me voir jouer.

— Oui mais même ! fit le petit garçon avec une rage soudaine.

Christophe pouvait sentir le petit corps secoué de sanglots contre lui, puis la chaleur humide des larmes à travers son t-shirt. Il répéta c'est rien doudou, ça va passer. Les pleurs durèrent un peu. Puis quand le petit se fut calmé :

— Il faut rien dire à papi pour l'instant, d'accord ?

— Je sais, dit l'enfant.

Et Christophe le serra à nouveau, mais pour lui cette fois.

6

Depuis le matin, leurs parents n'ont pas échangé deux mots.

Ça leur arrive, surtout le dimanche. À l'heure qu'il est, leur mère doit se trouver au salon, occupée à éplucher des clémentines devant la télé, tandis que le père bricole dans son garage en écoutant la radio. Plus tard, il ira faire un tour, rendre visite à l'un de ses frangins ou à un copain. Il reviendra détendu avec sur lui une forte odeur de tabac brun et dans la bouche des nouvelles que Sylvie feindra d'écouter en préparant le dîner.

— Eh ben, fera-t-elle pour conclure. Allez à table.

En attendant, elle a mis ses fils dehors, parce que pour commencer elle ne supportait plus leur tapage, et qu'ensuite ça ne peut pas leur faire de mal. Elle leur a dit, vous me rendez zinzin, sortez ou je vais en prendre un pour tuer l'autre. Une fois dans le jardin, Christophe et Julien ont essayé de jouer au foot, mais ils ont vite renoncé. À deux c'est chiant, et le ballon qui passe tout l'hiver dehors était dégonflé. Ils sont donc là, assis sur le tronc couché que le père a verni pour en faire un banc, les mains dans les poches, de la buée qui leur sort de la bouche. Il faut vraiment ne pas avoir le choix pour traîner dehors par ce temps. Les deux garçons reniflent, regardent les arbres, le gris du sol, le petit étang couvert de glace. C'est moche la nature quand on a froid et le cœur lourd, surtout au mois de février à Cornécourt. À chaque fois que Julien crache par terre, Christophe crache aussi. Dans quatre ans, il aura quinze ans lui aussi, il faut s'entraîner bien sûr. Au-dessus de leurs têtes, le ciel est d'une blancheur sale et derrière eux se dresse la grande maison interdite où il fait bien chaud. Christophe sent ses yeux se mouiller.

— Hé, tu vas pas te mettre à chialer.

— J'en ai marre...

Julien pousse son petit frère de l'épaule.

— Allez, on s'en fout, on les emmerde.

Christophe fait oui de la tête et serre les lèvres.

— Bon, dit le grand frère. J'ai une idée.

Il s'est levé d'un bond et marche déjà vers le petit étang. Christophe essuie ses yeux dans sa manche, son nez avec le dos de sa main. Il sait bien que Julien pourrait être ailleurs, avec ses potes. Il est resté exprès pour lui.

Plus loin, Julien aventure déjà son pied droit sur la glace qui a durci voici quelques nuits sur les eaux du petit étang. On dit l'étang mais c'est plutôt un grand bassin. Leur père l'a creusé pour décorer le jardin et, au printemps, on y trouve des joncs, des herbes folles, des nénuphars. On y entend même des grenouilles, et des araignées d'eau dessinent des ronds à la surface de l'eau. Leur père a bien essayé d'y acclimater des truites et une carpe, mais on les a retrouvées deux jours plus tard le ventre en l'air. Quoi qu'il en soit, Christophe n'est pas d'un naturel téméraire et ça ne lui plaît pas du tout de voir son grand frère tenter le diable comme ça.

— Arrête !

— C'est bon, laisse-moi faire.

Julien avance encore d'un pas, les bras en croix comme sur une corde raide. Soudain, la glace craque sous son poids.

— Arrête ! gueule encore Christophe en se précipitant.

Mais le grand frère ne l'écoute pas. Il poursuit sa progression, et sous ses grosses semelles, à chaque pas, la glace rend le même bruit croustillant et grave. En quelques secondes, il a atteint le point le plus éloigné du bord et se retourne vers son cadet, triomphant, un large sourire aux lèvres.

— Allez, ramène-toi, dit-il.

Il est habillé tout en jean, et l'écharpe rouge nouée à son cou tranche sur la nullité du paysage et le ciel albinos.

— Allez, me force pas à me répéter...

Christophe a très envie de pisser tout à coup. À chaque fois qu'il a la trouille, c'est la même chose. Un jour qu'il se trouvait dans la cave et fouillait dans des vieilles affaires, des photos, des trucs de son père, il avait eu si peur d'être surpris qu'il a mouillé son pantalon. Sa mère n'a même pas pris la peine de l'engueuler ce jour-là. Elle s'est contentée de dire "il est pas fini celui-là", ce dont Christophe ne s'est pas formalisé. Elle dit bien "vivement que je sois morte" à la vue d'une pile de linge à repasser.

En attendant, Jules est là qui l'attend sur la glace.

Christophe ose un pied à son tour. Sous sa chaussure, il devine l'immense fragilité de la matière et, par en dessous, l'épouvantable mystère de l'eau noire et glacée. Un frisson lui passe sur la nuque malgré le tambour du sang à travers ses veines. C'est à peine s'il parvient encore à respirer.

— Alors tu vois, c'est pas si compliqué.

Julien l'a rejoint en pas chassés et le prend par la main pour l'entraîner vers le milieu de l'étang. Christophe a fermé les yeux. Il entend passer au-dessus d'eux un oiseau qui ne laisse dans son sillage qu'un frottement rapide de plumes et de ciel. Peu à peu, la crainte cède la place à quelque chose d'autre, une impression de facilité sous ses semelles qui monte dans ses jambes, et l'envie de pisser toujours.

— Ouvre les yeux, dit Julien, c'est bon maintenant.

Il sent la main de Julien quitter la sienne, puis la présence de son frère qui s'éloigne.

— N'aie pas peur. Tu bouges pas.

Christophe ouvre les yeux et le voit qui s'élance. À chaque fois que son pied heurte la glace, c'est un coup de tonnerre qui parcourt tout l'étang et remonte jusqu'au sternum.

— Arrête ! T'es malade !

Mais la silhouette de Jules n'est déjà plus qu'une glissade bleue barrée du trait rouge de son écharpe. Christophe contemple son passage à travers l'espace, sans entrave, cette impression de fluidité, la vitesse merveilleuse. C'est si beau. Il se pisse dessus.

Ce soir-là, dans son lit, Christophe a bien du mal à s'endormir. Il sent encore dans ses guiboles l'impression de glisse, d'écoulement vertigineux, la tête vide enfin, malgré le froid et son pantalon en velours trempé. Pourtant, il n'a pas pu profiter longtemps. Julien a voulu qu'il se change avant que leur père ne soit de retour. Quand leur mère les a surpris en train de manigancer dans la buanderie, elle s'est contentée de dire : "Vous faites une lessive ? Tout arrive…"

Le lendemain, il se réveille de très bonne heure et s'habille en vitesse avant de descendre au rez-de-chaussée sur la pointe des pieds. Dehors, il fait encore nuit, mais il sait qu'il pourra se fier à cette pointe de lumière que fait une applique fixée sur la façade de la maison. Il enfile ses bottes sans bruit, met son bonnet et se faufile par la porte de derrière. Il n'est pas sept heures et le froid très vif brûle ses yeux et les narines. Il se presse vers l'étang sur l'herbe croustillante et renifle la bonne odeur du gel, si nette dans le matin naissant.

Une fois sur la glace, il retrouve tout de suite le plaisir du mouvement sous ses pieds, le sol à la dérive. Il remet ça, galope, glisse, les bras tendus pour faire balancier, la rapidité du départ, et puis le sentiment d'évidence qui passe par ses semelles, remonte dans tout le corps. Bientôt, l'aube sort de terre, pâle, rose et bleue, arrondie à la surface, et le garçon la voit se répandre délicatement depuis le sol, infusant le ciel de sa tendresse progressive. Minuscule dans ce paysage de commencement, il se dit encore une, et puis j'arrête. À dix reprises, il répète ce mensonge de la dernière course. Mais le plaisir est trop fort et la fin impossible.

Sur le seuil de la maison, son père n'a rien loupé de la scène. Il regarde son fils en soufflant sur son café brûlant. Il pourrait crier, le punir. Mais au lieu de ça, il sourit. Il trouve un étrange réconfort à la vue de ce corps d'enfant qui abolit les résistances du sol et de l'air. Ce soir-là, à l'heure du coucher, il va le voir dans sa chambre et s'assied sur son lit.

— Je t'ai vu ce matin. Sur l'étang.

Christophe n'a pas le temps d'inventer un mensonge et, de toute façon, son père ne demande pas d'explications.

— Je veux plus que t'y retournes. C'est dangereux. On n'est pas au pôle Nord. Puis après que le petit a promis, son père lui dit : On ira à la patinoire, si tu veux. Mais je veux que tu promettes de plus jamais aller sur l'étang.

— Je te promets, dit l'enfant.

Il regarde les lèvres de son père qui bougent à peine sous la moustache. Dans la pénombre, on dirait que cette voix sort de nulle part.

— Tu vas voir, dit le père, ça sera encore mieux avec des patins.

Christophe imagine. Son frère a fait du hockey quelques années plus tôt. Bientôt il retrouvera l'équipement de son aîné au grenier. Il mettra les gants au cuir brûlé de sueur, le casque et son maillot bleu et blanc, et cherchera la crosse, en vain.

Les débuts sont difficiles. Christophe a douze ans depuis peu et tout le temps froid. En plus, dans l'équipe, il fait partie des plus petits, ceux qui sont en retard niveau croissance, et il déteste l'ambiance des vestiaires. Il faut dire que ça schlingue un max, une odeur de transpi, de pieds, de caoutchouc et de café brûlé aussi, car une machine glougloute continuellement là-dedans pour approvisionner l'entraîneur, M. Lukic, lequel est reconnaissable à sa doudoune rouge, son bonnet tricolore et le gobelet fumant qu'il tient toujours à la main. Sur la glace, il porte des chaussures à semelles de crêpe, ce qui est rigoureusement interdit, mais il s'en fout et il lui arrive même de fumer quand il est sûr qu'aucune huile ne traîne dans les parages, en gardant sa clope à couvert au creux de sa main, mais ça empeste et personne n'est dupe.

En plus, pas mal de gamins se connaissent déjà de l'école de glace. On dirait des missiles quand ils s'élancent sur l'ovale impeccable de la patinoire. Christophe, lui, galère pour chausser ses patins, s'équiper, il a mal aux pieds, et se trouve lent et maladroit.

— Marchal ! rouspète le coach. Qu'est-ce que tu fabriques ? T'es *slow*, Marchal. Trop *slow*.

Lukic parle comme ça un drôle de sabir plein d'anglais et de mots slaves. Et moins on le comprend, plus il utilise des mots inconnus.

L'entraînement a lieu les mardis et les jeudis soir après les cours. Pour Christophe, le plaisir de l'étang n'est plus qu'un lointain souvenir. Après quelques semaines de nullité et de bizutage, il a donc annoncé à ses vieux qu'il préférait arrêter les frais, mais vu le prix du matos et de la licence, ceux-ci n'ont rien voulu savoir. "Tant que tu perds pas un orteil, a dit sa mère, y a pas de problème."

Tout bien considéré, l'inconvénient principal reste quand même cette enflure de Madani. À chaque fois que Christophe est occupé à lacer ses patins, l'autre lui met un bon coup de gant sur la tête. C'est pas spécialement douloureux, mais tout le monde se marre. Ce salaud n'arrête pas de le chambrer. Et sur la glace, c'est un vrai bulldozer. Christophe a des bleus partout qui le prouvent.

— Il a deux ans de plus que toi, c'est normal, lui dit Julien. Faut que tu joues plus vite, que tu sois plus agressif, c'est le seul moyen.

Pour motiver son petit frère, Julien a l'idée d'un entraînement spécial, qui débute par un lavage de cerveau en règle. Au programme, *Rocky*, *Les Chariots de feu*, *Karaté Kid*, et *La Castagne*, tout y passe. À chaque fois, c'est plus ou moins la même chose : des acteurs torse nu et des séquences d'entraînement qui transforment de parfaits losers en machines à gagner.

— Quand je jouais, explique Julien, le meilleur c'était le fils Adam. Il avait des cuisses comme des poteaux. Des muscles, on aurait dit des câbles électriques. C'est les guiboles qui comptent.

Alors, quand il n'a pas entraînement, il va courir dans les environs, et s'exerce dans le garage avec un palet en mousse. Le samedi, il se rend à la patinoire avec Greg et Marco, ses potes qu'il a réussi à convaincre de rejoindre l'équipe.

Au moins, cette histoire a le mérite de rapprocher les deux frangins, parce qu'en dehors de ça, Julien n'est pas souvent là, trop occupé qu'il est à zoner en ville, montrer combien il est ravagé par le spleen et plus malin que le commun des mortels. Sur ce dernier point, on serait d'ailleurs tenté de lui donner raison. Il a quand même trouvé le moyen de vider les parcmètres autour de la basilique avec un tournevis. Cette rente a fait long feu mais la légende était née. À la maison, c'est moins glorieux. Pendant les repas, Julien reste le nez planté dans son assiette et ne s'exprime que par onomatopées.

— Il va falloir faire quelque chose pour tes cheveux, dit le père.

— Si on m'avait dit que j'enfanterais un engin pareil, ajoute la mère, flegmatique.

Aussi, il n'est pas rare que Julien quitte la table avant le dessert.

— Ça lui passera, espère Gérard Marchal. Et ton entraînement ? Ça s'est bien passé ?

Ensuite, la soirée des Marchal se déroule toujours à peu près de la même manière, devant la télé. Le père s'endort dès la météo et Sylvie en profite pour s'emparer de la télécommande et changer le programme en douce, ce qui occasionne le réveil en sursaut du père et des discussions sur l'égalité des sexes.

Pourtant, on s'aime dans cette maison, mais de cette manière maladroite et contrariée, où le manque de mots se compense par la profusion des dépenses. Parce que si Gérard se casse le cul douze heures par jour dans sa boutique, ce n'est pas pour se serrer la ceinture. Ainsi, aux anniversaires et à Noël, ou quand il s'agit de partir en vacances, on ne mégote pas. On va souvent manger à la Gondola, une pizzeria où la famille a ses habitudes, ou au Tablier, une brasserie qui donne sur la Moselle. Julien s'est même fait offrir un quad. Quant à Sylvie, elle donnerait un bras pour le bonheur de ses enfants. Elle veille d'ailleurs à leur réussite scolaire, avec un succès mitigé toutefois.

— Je te laisserai pas dégringoler comme ton frère, dit-elle à Christophe.

— Dès que j'ai dix-huit ans, ciao la compagnie, réplique le frère en question.

Christophe déteste quand Julien dit ça. Il n'ose pas imaginer ce que sera cette baraque une fois que son aîné aura foutu le camp. Sans doute vaut-il mieux ne pas y penser. Il a pour se changer les idées son entraînement, courir, patiner et, chaque soir, des pompes et des abdos dans sa chambre. Il prend des poses devant la glace pour vérifier sur pièce la progression d'une musculature qui, malgré ses efforts, se fait attendre.

— C'est bien, dit l'entraîneur serbe avec son accent à couper au couteau, dans cent ans, tu seras un vrai champion.

Il a l'air de se moquer mais c'est plutôt un compliment dans sa bouche.

Heureusement, il y a ces petits matchs que le coach organise à la fin de chaque session d'entraînement. Des parties à huit contre huit, des tiers temps de trois minutes et l'effectif qui tourne à toute vitesse.

— Ce qui compte, c'est les passes.

Et l'on entend Lukic gueuler *"Patch ! Patch !"* sous le dôme plein d'échos de la patinoire. De loin, les mômes ressemblent à des nains en armures, le palet fuse d'une crosse à l'autre, on entend tchac, tchac et le bruit des fers qui dessinent leurs lignes superficielles sur la glace. En général, c'est Madani qui marque le plus grand nombre de buts, mais là où il est le plus impressionnant, c'est dans les passes à l'aveugle, quand il envoie le palet dans son dos et trouve toujours un coéquipier.

— Il regarde avant de shooter, explique Julien. Il faut toujours savoir où sont les autres, même ceux que tu vois pas.

Cette leçon, Christophe ne l'oubliera pas.

Il adore aussi le rituel du samedi après-midi quand ils vont à la patinoire, avec ses potes. La faune des ados qui se cherchent, les filles agglutinées entre elles, les mecs en bande, leur manière de faire des tas puis de se disperser comme des volées d'oiseaux avant l'orage. Les familles aussi, qui viennent là pour passer le temps et ont toujours l'air plus heureuses que la sienne. Le déroulé est immuable, là aussi. Vers seize heures, on coupe la musique le temps que la surfaceuse remette la glace en état. Tout le monde patiente tandis que le gros engin va et vient en laissant derrière lui ses bandes de glace lisse et mouillée, puis vient la "minute de vitesse".

Bien plus que les slows, c'est le moment fort de l'après-midi, réservé aux patineurs les plus aguerris. Une vingtaine de mecs et quelques filles s'alignent au départ, le speaker donne le top et tous s'élancent, de plus en plus rapides, de moins en moins soucieux de la douleur et du risque. La plupart ne portent ni gants ni bonnet, les plus tarés se contentant même d'un t-shirt. La patinoire devient alors une énorme centrifugeuse où l'on n'entend plus que le bruissement bas des patins, cette grande roue incisive qui fend la glace, et parfois un encouragement tombé des gradins.

Les trois amis sont aux premières loges, et à chaque fois que passe le peloton, ils peuvent sentir l'air que déplace la masse des corps en mouvement, la grisante perturbation que provoque la vitesse dans l'air ambiant. Mais les secondes sont comptées et, bientôt, quelques leaders se détachent pour jouer des coudes aux avant-postes. Au terme de ces soixante secondes, un seul coupera la ligne d'arrivée imaginaire. Christophe les dévore des yeux. C'est peu de dire qu'il voudrait en être.

Cet été-là, le garçon passe des vacances assez merdiques avec ses parents sur la presqu'île de Giens. Au départ, son frangin ne voulait pas venir et il l'a bien fait sentir pendant les huit cents bornes qui séparent Cornécourt de leur lieu de villégiature. Sachant que ce périple s'est effectué dans une Renault 25 sans climatisation, on comprend mieux le coup de Trafalgar à l'arrivée, quand Julien s'est rendu compte qu'il allait devoir partager une chambre avec son petit frère.

— Je m'en fous, je rentre !

— T'as qu'à croire, a répliqué Sylvie Marchal en mordant dans une pêche.

Gérard, le père, n'a pas relevé, résolu à se détendre quoi qu'il arrive, ce qui est d'ailleurs un peu crispant.

Heureusement, une routine pas si désagréable se met rapidement en place. Christophe va se baigner tous les matins très tôt avec son frère. Quand leurs parents rappliquent sur la plage, avec serviettes, parasols et tout le bazar, Julien s'esquive. On ne sait pas très bien ce qu'il fabrique, mais le père a décrété qu'il fallait le laisser vaquer. À condition qu'il soit là pour le dîner et ne passe pas la nuit dehors, on s'en fout. Ensuite, Christophe attend que son père ait fini de feuilleter le journal *L'Équipe* pour le lire à son tour. Pour lui, le sport est comme un immense feuilleton, avec ses héros, ses rebondissements, et ses intrigues au long cours. Cette année-là, le XV de France a remporté le Grand Chelem, Lendl Roland-Garros et l'US Open, Platini a raccroché les crampons. Christophe a relu de long en large les papiers pleins de prouesses et de records que le quotidien sportif a consacrés à cette idole. Chaque jour apporte sa moisson de visages et de modèles. Faut-il être passionné comme Senna ou méticuleux comme Prost, infaillible à la façon Lendl ou punk tel McEnroe ? Christophe a tendance à privilégier l'hypothèse tout feu tout flamme, les raisonnables lui rappellent trop ses parents.

Pendant ce séjour, le garçon passe beaucoup de temps dans l'eau et se fait des copains dans la résidence avec lesquels il joue au foot et zone dans le parking jusqu'à vingt-deux heures. Mais il préfère encore aller fureter du côté du terrain de beach-volley, lequel aimante toute une clique de jeunes gens où se mêlent habitants du coin et touristes de passage. Les mecs portent tous des caleçons et Christophe se sent un peu con avec son slip de

bain. Il en a parlé à sa mère qui a réglé le problème d'une phrase :
"Tu vas pas à un défilé de mode."

Assis sur un muret, il les regarde jouer pendant des heures. Les types orgueilleux et bien bâtis servent comme des brutes, montent systématiquement au filet et se tapent dans la main à chaque point marqué. Ils ont les épaules qui pèlent, des sourires aveuglants et portent autour du cou des colliers heishi comme les surfeurs à Malibu. Mais ce sont surtout les filles qui intéressent Christophe, leurs fesses rondes et leurs queues de cheval qui volent quand elles cavalent, leur fausse indifférence, leurs petits groupes papoteurs sur les rochers qui cascadent depuis la route. Certaines ne portent même pas de haut. Christophe a notamment repéré deux sœurs, des Néerlandaises, la plus grande avec vachement de poitrine, les cuisses mouvantes et qui fait penser à une brioche tout droit sortie du four, et l'autre, plus élancée, les lèvres minces et des grains de beauté dans le dos dont il connaît le dessin par cœur. Elles viennent assez tard dans l'après-midi, la démarche lourde d'après la sieste et, à chaque fois, il leur faut des plombes pour rentrer dans l'eau. Frileuses, elles barbotent sans conviction, se mouillent les épaules et la nuque, font des mines. On sait qu'ensuite, elles iront se sécher au soleil et fumer une cigarette après avoir dénoué le haut de leur maillot. Tous les garçons attendent sans en avoir l'air cette seconde de leurs seins qui paraissent et Christophe comme les autres, les jambes ballantes et les yeux fixes. C'est vraiment chiant de porter un slip bleu quand on voudrait avoir sa place dans la vie de deux Hollandaises de dix-sept ans.

Parfois, quand il a trop chaud, Christophe remonte à l'appartement en hâte. Sa mère lui donne les clefs, non sans froncer les sourcils, les garçons on les connaît. Ses claquettes font dans l'escalier qu'il grimpe à toute vitesse leur battement ridicule, il ouvre la porte, attrape *VSD* ou *Voici* sur le comptoir de la cuisine, on y trouve toujours d'utiles photos de femmes à poil, et règle son affaire dans les toilettes en cinq minutes. C'est vite fait mais l'épisode peut se reproduire trois fois par jour. Ensuite, il se sent nul et coupable, il doit forcément y avoir quelque chose de malsain là-dedans. Mais c'est plus fort que lui.

Un jour, une fille de cette fameuse bande des volleyeurs vient lui parler. Il ne l'a pas spécialement remarquée auparavant. C'est une brune passe-partout, topless, les cheveux très longs, avec des taches de rousseur et qui mâche du chewing-gum. Elle s'assoit à côté de lui sur le muret et lui demande comment il s'appelle, ce qu'il fait là. Christophe la regarde en coin, n'ose pas trop, mais elle est de moins en moins insignifiante à mesure que le temps passe. Il découvre comme ça que le visage des gens change avec le bien qu'ils vous font. Quand elle surprend son regard sur ses seins, et lui dit qu'est-ce que tu regardes comme ça ? La malice dans ses yeux est bouleversante. Il répond rien. Elle lui dit qu'elle s'en moque. C'est comme s'il avait le droit.

— T'as quel âge ?

— Quatorze, ment Christophe.

— T'es déjà sorti avec une fille ?

Il rougit. Heureusement qu'il est bronzé, ça passe inaperçu. Il ne comprend d'ailleurs pas très bien ce qu'elle entend par "sortir". Pour aller où ? Et faire quoi ? La jeune fille s'amuse et lui explique.

Mais sur la plage, il commence à se faire tard, et tandis que la chaleur décline, on voit des familles qui, déjà, replient leur parasol et rassemblent leurs affaires. Le sable gicle des sandales des enfants tout bronzés et morts de fatigue qui rentrent en traînant des pieds. Là-bas, la mer a pris une couleur de métal sombre. Et il y a cette fille toute proche. Elle se moque un peu de lui et la pointe de ses seins a une jolie couleur brune et lustrée qui fait saliver. Elle lui dit : "Si t'étais plus grand…" Christophe apprend qu'il est mignon. Ça fait drôle, c'est une bonne nouvelle.

Mais le lendemain, elle ne lui adresse même pas un regard. Le pire, c'est qu'il n'a pas osé lui demander son nom.

Une nuit de la troisième semaine, Julien se fait embarquer par la police parce qu'ivre, il a pissé sur un bateau à quai dans le port de Hyères. Rien de bien méchant mais ça suffit à transformer la famille en camp de redressement. Dès lors, les garçons doivent rester à portée de voix et Christophe n'a plus le droit de s'aventurer tout seul du côté du terrain de beach-volley. Allongé sur le ventre, il doit se contenter d'épier les joueurs de loin, et cherche cette fille anonyme à laquelle il pense sans arrêt. Tu bouges pas d'ici, lui dit sa mère, vous en avez fait assez pour cette fois.

Sur le chemin du retour, Christophe emporte avec lui un cafard phénoménal. Dix heures d'autoroute avec les cons qui doublent, une chaleur de four dans la bagnole et les cigarettes que son père fume à la chaîne, le coude passé par la fenêtre. Pendant les bouchons à Orange et Vienne, il a le temps de se rendre compte. Cette année, il n'était plus assez petit et pas encore assez grand. À un moment, les Marchal se garent dans un sentier pour pique-niquer. Christophe se sent loin d'eux, même de son frère qui de toute façon est déjà ailleurs. Une fois à la maison, ce dernier grimpe illico dans sa chambre sans même aider à vider le coffre. Ce sera leurs dernières vacances tous ensemble.

Heureusement en août, Christophe passe trois semaines dans un centre aéré où il pratique le golf, le judo, navigue sur un Optimist et joue au Cluedo. Surtout, il se fait des copains, c'est de son âge. Il leur raconte cette histoire de fille aux seins nus sur la plage et les autres sont comme des dingues et demandent des détails. Christophe leur en donne, il en invente au besoin. Quand ils veulent savoir comment ça fait de toucher les seins d'une fille, Christophe leur montre même s'il n'en a pas la moindre idée, en leur faisant tâter ce renflement charnu entre le pouce et l'index, un nichon c'est exactement pareil promet-il. Les autres tendent un doigt respectueux. Effectivement, c'est doux et moelleux. Tous ces petits mecs sans expérience ferment leurs poings et se tripotent avec gravité. Est-ce que c'est vraiment ça ? Terrible mystère. Christophe n'en rajoute pas. De toute façon c'est l'heure du goûter. Il faut aller s'asseoir en rond dans l'herbe et manger un quignon de pain agrémenté d'une pâte de fruits. Un peu plus bas, le lac sent la vase et les planches à voile attendent un coup de vent qui ne vient pas.

Sinon, la journée, il rigole, nage, la cantine est dégueulasse et le mec qui dirige les écuries une brute épaisse, mais les monitrices sont plutôt jolies. Pas comme les moniteurs qui sont tous des crâneurs et flirtent avec toutes les filles, même des qui n'ont pas seize ans.

Le plus chouette dans cette histoire, c'est que Christophe a la cote avec Myriam, la mono chargée des cours de danse le matin et qui s'occupe des jeux calmes l'après-midi, activités qu'il choisit donc systématiquement. Vers quinze heures, quand le soleil cogne encore fort, ils se retrouvent avec quelques copains dans un des petits chalets ouverts qui donnent sur le lac. Entre une partie de mikado et une belote, on discute. Christophe et Myriam sont assis côte à côte et il peut sentir la proximité de son bras, leurs peaux qui se cherchent, même si elle a dix-sept ans et lui treize. Elle est blonde, avec des rondeurs d'enfant, un pli au cou et des joues pleines, et dans son short en coton clair, des fesses qui font un peu désordre. Parfois, pour rire, elle le chatouille, ou l'embrasse. Le lendemain du 15 Août, alors que la température flirte avec les trente-trois degrés et que le lac repose plus bas dans une inertie de flaque, Myriam grimpe sur ses genoux pendant une partie de Kem's. La veille, elle a pris une énorme murge avec les autres monos et se sent bizarre, à fleur de peau, à la fois langoureuse et la tête prise dans un étau. Christophe éprouve son poids sur lui, rebondi et mobile, respire l'odeur sucrée de sa nuque. Quand il ose une main autour de sa taille, elle fait hep hep hep. Mais à chaque mouvement, il expérimente à nouveau la mollesse élastique de sa chair. L'épouvantable chaleur a assommé tout le monde, tout le pays, et Christophe essaie de penser à autre chose pour ne pas durcir, mais c'est plus fort que lui, ce besoin torturant qu'elle le gobe, se referme autour comme une créature aquatique, une algue brûlante.

— J'en peux plus, dit-elle…

Elle a posé sa tête qui pèse une tonne sur sa main ouverte, et noue ses chevilles sous le banc en bois, puis se met à se balancer sur son derrière, la peau moite, grasse et sans force. Comme elle se tient penchée, il aperçoit dans l'échancrure qui sépare l'élastique de son short de son débardeur un peu de duvet blond. Il ravale sa salive. Karim Dahbane, les yeux moqueurs, n'a rien perdu de leur petit manège. On le sent d'ailleurs bien tenté de cracher le morceau, faire étalage. C'est un petit mec nerveux affublé d'un t-shirt Fido Dido qui passe son temps à faire le clown, il en faut bien un. Christophe le cloue du regard. Mec si tu fais ça, t'es mort. Puis Myriam se soulève et reprend sa place près de lui.

— J'ai trop chaud, dit-elle. Tu me colles.

Christophe se presse contre la table, serre ses cartes à deux mains. Karim glousse. Ça part. Un gros coup de poing dans l'épaule, pile à l'endroit où ça fait vraiment mal, comme les béquilles dans la cuisse si l'on vise bien. Christophe en a pris quelques-uns dans les vestiaires, au hockey. Seb Madani les distribue comme personne.

Durant cet été 1988, Christophe embrasse deux filles. La première derrière le cabanon qui sent le moisi et la chaussette et dans lequel les garçons se changent après la baignade. Elle s'appelle Émilie Costa. Une intrépide au cœur d'artichaut. La pâleur de ses yeux bleus rappelle un peu celle des chiens de traîneau. C'est elle qui a pris l'initiative en lui refilant un petit mot au réfectoire. Quand il arrive au rendez-vous, elle le plaque au mur direct et l'embrasse sans trop lui demander son avis. Pour être franc, ce n'est pas tellement agréable au début, cette langue qui fourrage dans votre bouche, sans compter la trouille d'être surpris, les planches du cabanon qui piquent dans le dos et l'odeur de pisse. Les deux ados tournent la tête dans tous les sens. C'est l'âge des pelles acrobatiques et des timidités relatives. Et puis finalement, Christophe commence à bien aimer ça et le soir même, ils se retrouvent au fond du bus, et il a le droit de la peloter un peu. Mais le lendemain, c'est déjà fini. Elle a jeté son dévolu sur un autre et Curtis, son grand frère, lui dit si tu touches encore à ma frangine, je te défonce.

La deuxième, il l'embrasse à l'occasion de la boum de clôture. Une grande meuf en short, plutôt moche, qui vient le chercher alors qu'il épie de loin la belle Myriam avec des yeux de merlan frit. Il se laisse faire, pour se venger et parce que cette fille a deux ans de plus que lui. Dehors, ils font leur affaire à l'ombre d'un peuplier.

— Tu t'y prends pas trop mal pour un puceau.

Au moins, après ça, il est définitivement du bon côté, celui des précoces, les garçons qui plaisent et ont de l'avance. Il a grandi.

D'ailleurs, dès le premier entraînement de la saison suivante, il est surpris de constater que son équipement est devenu trop petit. Et quand Madani vient le trouver dans les vestiaires pour l'emmerder comme à son habitude, alors comment que c'est petit slip ? Christophe se lève et l'autre comprend tout de suite que la donne a changé. Il ricane malgré sa surprise.

Petite bite, va. Mais les choses n'ont plus rien à voir.

Pour ce qui est des entraînements, on reste en revanche sur les mêmes fondamentaux, sauf que le coach Lukic a regagné sa Serbie natale et que les minimes sont désormais entraînés par Anthony Gargano, un joueur de l'équipe première que tous les mômes idolâtrent. Il a été sélectionné deux fois en équipe de France et en plus, il a une Ducati. Mais lui aussi ne jure que par les passes. Le *flipper* comme il dit.

— Quand vous êtes dans leur moitié, ça doit faire comme les *bumpers* d'un flipper. On doit rien voir, rien comprendre. Surtout, faut pas réfléchir. Si vous réfléchissez, c'est trop tard.

Une fois, Gargano va jusqu'à emmener ses joueurs dans le petit bistro qui se trouve en face de la patinoire et leur montre sur un vrai flipper, le Diamond Lady. Les mômes autour, il claque à trois reprises, plus l'*extra ball*, et c'est l'émeute dans le boui-boui.

— Vous voyez. Le truc, c'est de plus penser.

Pour le reste, il les fait patiner en avant, en arrière, slalomer entre des plots, le palet toujours collé à la crosse. Il leur montre au feutre bleu sur son ardoise Veleda ce qu'il attend d'eux : des automatismes. Pour ce faire, il constitue des lignes de cinq, chaque ligne devant reproduire les combinaisons qu'il a concoctées aussi vite que possible avant de quitter la glace pour laisser la place à la ligne suivante. Au début, c'est assez hésitant et Gargano s'époumone pas mal. Puis les joueurs finissent par intégrer les consignes, le corps se fait une mémoire et le palet accélère. Chaque ligne devient comme une vague, et leur succession a quelque chose d'implacable, de musical.

— Allez ! Plus vite. Allez. Allez !

Il faut voir ces gnomes casqués qui se démènent et ne font bientôt plus qu'un ruban de passes. Tchac tchac tchac. But.

Christophe a mis au point une nouvelle routine pour se faire du muscle. Chaque soir après le collège, il enfourche son VTT et descend vers le centre de Cornécourt, puis il prend la direction de la zone Suprema 2000 jusqu'à la côte des pompiers. Quand on la voit, on comprend mieux ce qu'entendent les gens quand ils disent que la ville est prise dans une cuvette. Pour un gamin de son âge, cette côte, c'est quasiment le Ventoux. Alors il s'élance, profite de la descente avant le feu et grimpe aussi loin que ses jambes le lui permettent. Au début, il ne va pas au-delà de l'arrêt de bus et s'écroule sur le trottoir, hors d'haleine. Mais à force, il gagne du terrain, un mètre après l'autre. C'est une aventure déprimante, car la côte est sans surprise ni clémence. Elle lui enseigne cette arithmétique du progrès où l'on n'additionne jamais que des miettes. Et quand par malheur il doit renoncer à cet exercice à cause des intempéries, il a l'impression de perdre un peu de sa force, de manquer un irremplaçable rendez-vous. Jour après jour, il réédite ce nécessaire supplice et parfois toute la vie semble résumée là, une pente dans un bled, un môme sur son vélo, un centimètre de plus à la tombée de la nuit. La côte résiste et lui s'obstine. Il faut tenir. Changer.

Enfin, un samedi aprèm alors qu'il est avec ses potes à la patinoire, la voix nasale du speaker annonce une fois de plus la sacrosainte minute de vitesse. Christophe décide de tenter le coup.

— Tu vas te faire ratatiner, observe sobrement Marco.

Le cœur à cent à l'heure, Christophe monte néanmoins sur la glace, bientôt rejoint par les habitués, des hockeyeurs, des vieux de la vieille, et le Gainz qu'on surnomme ainsi à cause de sa tête de chou, fumeur de shit invétéré et rebelle de HLM qui patine en t-shirt, un de ces héros de cités qui vivent chez leurs parents jusqu'à trente-cinq ans et compensent les coups du sort par des coups de poing dans la gueule.

La surfaceuse vient de quitter la glace, laissant derrière elle son habituelle étendue luisante et sans défaut. Le speaker et sa voix de fête foraine font monter la pression. Un employé de la patinoire dispose quelques plots orange pour délimiter la piste.

— C'est bientôt, c'est le moment. Une minute. Une minute seulement, fait la voix dans les haut-parleurs.

Christophe se met en positon, sourd aux vannes qu'échangent ses voisins plus aguerris, tout au piaffement de l'instant.

— Hé mon garçon !

Il se tourne vers un gros type en canadienne qui vient de l'interpeller.

— Fais pas ça. Tu vas t'envoler.

Mais la première ligne s'ébranle déjà, en douceur.

— C'eeeeest parti…, grince le speaker tandis que les patineurs allongent leurs premiers mouvements.

Ça démarre tranquille, en se guettant du coin de l'œil. Puis le peloton se disloque peu à peu. Au troisième virage, les patineurs de tête commencent à pousser plus fort. Christophe accélère lui aussi, bien en appui, ses bras accomplissant leurs amples mouvements de balancier. Et sans prévenir, le jeune garçon se détache et remonte toute la meute.

Derrière la rambarde, une sorte de fébrilité moutonnière s'est mise à courir parmi les spectateurs qui se demandent qui est ce môme, ce qu'il fout là. Le premier tour est déjà bouclé et Christophe qui s'obstine dans son échappée aborde le suivant en tête. D'ordinaire, les meilleurs ne démarrent guère avant la fin du deuxième tour, sachant qu'on n'en accomplit en général pas plus de trois. L'effort du garçon apparaît donc aussitôt pour ce qu'il est, courageux, impossible, suicidaire.

Mais lui creuse encore la distance avec le peloton, poussant sur ses cuisses, fluide, économe de ses mouvements et presque silencieux, fidèle à la courbe idéale qu'il s'est fixée, le chemin le plus court vers la ligne d'arrivée. Dans son dos, un sursaut d'orgueil. La horde se met en branle.

— Allez ! Plus vite ! crie l'homme à la canadienne.

Mais Christophe sent déjà le désordre des autres patineurs sur ses talons, le déplacement de l'air sur sa nuque. Il connaît la glace par cœur. Il pourrait presque fermer les yeux, s'abandonner à son élan dans le virage. Il les laisse venir encore une seconde et, à la surprise générale, accélère de plus belle.

Quelques sifflets fusent alors, des encouragements. Des gens se mettent même à frapper dans leurs mains.

— Plus que vingt secondes, annonce la voix tombée du ciel.

À partir de là, tout va très vite. Christophe finit le deuxième tour en tête. Il ne voit plus rien des spectateurs. Tous les visages se sont fondus dans une longue traînée floue qui emmure sa course. Mais ses poursuivants sont là. Il peut presque sentir leur haleine abstraite, leur vitesse hostile à ses trousses. Guillaume Papeloux, qui joue lui aussi en équipe première, le déborde alors par la gauche, heurtant son épaule. Christophe vacille, sent le sol se dérober sous lui, puis le Gainz le bouscule à son tour avant que deux autres corps anonymes, plus forts et rapides, ne finissent de ruiner son équilibre. L'espace d'un instant, la vitesse se poursuit pour lui hors du sol, en lévitation, le temps qu'il retombe à plat ventre, son menton claquant sèchement sur la glace.

Vingt autres patineurs franchissent la ligne sans lui, pareils à un troupeau sur la plaine.

Quand le garçon se redresse, prenant appui sur un genou, il reconnaît aussitôt ce goût de cuivre dans sa bouche, presque agréable, puis il passe deux doigts sous son œil droit où l'appelle un picotement. Le sang qui a coulé. La course est finie.

— Ça va ?

Papeloux est déjà devant lui, et l'aide à se relever. Christophe fait oui de la tête et découvre en souriant ses dents. Une incisive est brisée net, selon une ligne oblique qui rappelle étrangement le tranchant d'une lame de guillotine.

7

Diverses expressions passèrent sur le visage de Lison ainsi que des nuages dans le ciel.

— Bif bof quand même, dit-elle, très réservée pour conclure en rendant son téléphone à sa cheffe.

— Ah bon, tu trouves ?

— Bah je sais pas. C'est pas trop ma came ce genre de mecs.

Hélène devait bien reconnaître qu'aucune de ces images de Christophe ne lui rendait justice. Des clichés en famille et sur la plage, chipés sur son compte Facebook, une vieille photo à demi floue qui le montrait en hockeyeur, encore gamin et l'air un peu con. Rien de très convaincant.

— Au lycée, c'était un peu "LE" mec… Toutes les filles lui couraient après.

— Il a changé, non ?

Par ailleurs, il ne comptait que seize amis sur Facebook. Lison était navrée.

— Vous allez le revoir ?

Au Galway, les deux femmes évaluaient le problème depuis un moment déjà en buvant une pinte de Kilkenny. Sur le trottoir, des consommateurs emmitouflés fumaient en sautillant sur place. Il n'y avait pas foule ce soir-là, et c'était tant mieux. Hélène prit une nouvelle gorgée de sa bière et zooma sur le visage aux lèvres devenues plus minces.

— Ce sera toujours mieux que ton Tinder.

— Pas sûr, estima Lison.

Hélène dévisagea sa stagiaire, qui portait un chemisier couvert d'oiseaux de paradis, des bracelets de plastique rouges, orange et jaunes à chaque poignet, de grosses chaussures à semelles compensées et une veste à épaulettes achetée dans une friperie trop sympa du Marais. Qu'est-ce qu'elle pouvait comprendre à tout ça ?

De toute façon, Hélène était décidée. Ce mec, elle voulait le revoir. Elle en avait envie. Elle voulait s'offrir ce supplément d'adolescence, s'en foutre comme à l'époque. Et puis surtout, c'était l'inversion des forces qui l'excitait, voir comment l'idole de ses quinze ans allait réagir une fois confrontée à la femme qu'elle était devenue. C'était d'autant plus nécessaire qu'Erwann lui avait encore joué un de ces tours dont il avait le secret. Le jour même, il avait déboulé dans l'*open space* à peu près désert et s'était jeté sur elle, prêt à éclater dans son impeccable chemise.

— On peut se parler ?

Ni bonjour ni merde. Il n'avait même pas regardé Lison, qui s'était contentée d'exécuter quelques pas de *moonwalk* pour échapper à cette désagréable intervention.

— Dans ton bureau ? avait demandé Hélène.

— Ouais, vite fait. J'ai un rendez-vous dans vingt minutes.

Une fois dans son bocal, Erwann avait fermé la porte et s'était mis à arpenter la pièce, respirant fort, se tripotant nerveusement la barbe tandis que ses semelles de cuir produisaient sur le parquet en stratifié leurs menus couinements de synthèse.

— C'est la mairie ? C'est ça ?

— Ouais. Je viens d'avoir Schneider au téléphone. On devait déjeuner, pour un autre truc. Il m'a dit qu'il pouvait pas. Il m'a surtout dit que tu t'étais conduite comme une conne l'autre jour.

Hélène avait encaissé. Surtout rester calme, ne pas passer pour l'hystéro de service.

— Je t'écoute, avait-elle dit. Je préfère entendre leur version d'abord.

— Leur version, c'est que ton rapport était super partial et que tu leur as fait ton numéro de prof d'allemand castratrice.

— C'est tout ?

— Mais tu te prends pour qui ? s'était emporté le gros homme en bondissant vers elle. C'est nos clients, bordel. C'est eux qui raquent.

— Schneider est une baltringue, avait tranché Hélène, sans se démonter. Il est incompétent et les SI de la mairie peuvent collapser d'un jour à l'autre.

— Et donc ?

— Et donc, c'est mon job de leur dire.

Et cette fois, Erwann avait reculé de deux pas, comme effrayé par l'énormité des propos de son employée. Et levant une main tragique, il avait dévoilé une large auréole sombre sous son bras droit.

— Ton job, c'est de leur donner satisfaction.

— Depuis le départ, je gérais avec le directeur des services. Ils l'ont squeezé pour s'éviter des emmerdes. Ils n'ont pas le début d'un commencement d'idée de ce qu'ils font.

— Attends, avait coupé Erwann, au seuil de l'apoplexie.

Mais Hélène avait poursuivi, le clouant au mur comme un coléoptère.

— Je termine. Après je ferai carpette tant que tu voudras. J'irai leur faire la danse du ventre. Je démissionnerai s'il le faut.

Cette dernière phrase avait semblé rasséréner Erwann qui, magnanime, l'avait laissée finir tandis qu'il se laissait tomber dans son fauteuil managérial.

— Politi nous a mandatés pour faire un audit système. J'y ai passé deux mois. J'ai rendu un rapport en béton armé. Leur truc est une usine à gaz pas possible. Y a des failles de sécurité partout. Les organigrammes, c'est de la démence. Politi nous a donné carte blanche pour tirer tout ça au clair. Je l'ai fait. J'ai tout mis à plat. Et quand j'arrive, Schneider et son petit acolyte de la com me disent que Politi viendra pas. À la seconde où je commence, je sais déjà que mon rapport est mort et enterré. Et en plus, ils me l'ont fait à l'envers. Ils pianotaient sur leur téléphone pendant le rendez-vous. À la fin : super, on vous rappellera. J'ai pas fait une putain d'école du Top Five pour être traitée comme une bonniche. Maintenant, si tu veux que je pose ma démission, c'est sans problème. Tu me le dis, dans un quart d'heure, je fais mes cartons.

Tandis qu'elle déployait sa défense, un sourire gourmand s'était épanoui sur le visage d'Erwann qui faisait tourner son fauteuil sous son séant.

— Quel orgueil…

Ces deux mots, il les avait dits d'une voix douce, vaguement admirative, propriétaire presque. Et Hélène s'était sentie à la fois flattée et salie.

— Écoute, avait repris son boss en croisant ses mains sur son vaste estomac. On a une boîte à faire tourner. Avec ce genre de clients, soixante-quinze pour cent du taf est politique. Ils ne font que ça toute la journée, se couvrir, ouvrir le parapluie. Si t'arrives là-dedans pour régler les problèmes qu'ils passent leur temps à planquer, c'est comme si tu lâchais une grenade dans un seau de merde.

— Je sais bien.

Peu à peu, Hélène s'était détendue elle aussi. Elle aimait bien cette sorte de complicité onctueuse d'après l'orage. C'était plus fort qu'elle, elle avait eu envie de ronronner dans les jambes de ce maître soudain assagi, lui faire plaisir.

— Tu peux pas leur foutre une raclée parce qu'ils sont moins intelligents que toi et se la pètent toute la sainte journée au prétexte qu'ils ont fait trois quarts d'heure de Sciences Po y a quinze ans. Moi aussi, je traite sans arrêt avec ces gens-là, les petits chefs, les placardisés qui veulent s'essuyer les pieds sur un presta pour prouver qu'ils existent, des blaireaux qui n'ont pas eu une idée originale depuis 1981. Et tu sais quoi ?

— Tu te couches.

— Je rampe, ouais. Et tu sais pourquoi ?

— Ta boîte, ton pognon, ta baraque, Papeete.

— Exactement !

Tel un culbuto, Erwann avait oscillé gaiement sur son fauteuil, ragaillardi par ce bain de cynisme.

— Ils le savent au fond, qu'on gagne plus de blé, qu'on a des vies plus cools. Ces mecs tueraient père et mère pour avoir un quart de point en plus, un bout d'échelon, un petit bureau fermé, une prime de machin. Laisse tomber. Pense à tes primes. Carpette.

Et il avait accompagné sa conclusion d'un geste horizontal de la main qui signifiait table rase, pfuiiit, rien qui dépasse. Hélène avait souri, connivente malgré ce que lui inspirait cette piètre démonstration tactique.

— Je sais tout ça. On vend de l'expertise et de la servilité, j'ai aucune illusion sur le business. J'ai merdé. Voilà.

— En tout cas, tu vas y retourner. Faut m'arranger le coup. Tu les suces au besoin, j'en ai rien à foutre.

Cette provocation n'avait pas inspiré le moindre frémissement à la consultante. Depuis l'école de commerce, l'humour potache, les vannes de beauf, la solidarité entre couilles, elle connaissait par cœur.

— Je croyais qu'ils ne voulaient plus entendre parler de moi.

— Je vais appeler Politi. Un de ses gosses est dans la même école de musique que le mien, je crois qu'il joue du tuba. Enfin bon, on va s'arranger.

Sur ce, Erwann avait consulté sa grosse montre de plastique, un modèle indestructible sans doute inventé pour des commandos marines ou des cosmonautes, et s'était levé d'un bond.

— De toute façon, on s'en branle. Avec la fusion des régions, on va vendre de l'organigramme à la tonne, du matriciel en silo, tout ce qu'on voudra. Michael et Nath font des propales à flux tendu. L'ARS des Vosges et celle de Moselle ont appelé hier. Les mecs sont tellement à couteaux tirés, on peut leur vendre n'importe quoi. Tu vas vite devoir te mettre sur le coup, d'ailleurs.

— Le plus simple, c'est de proposer la même chose à tout le monde. On fait le job une fois, on le vend dix.

— Eh oui, le scalable, c'est ça le secret !

— *One-size-fits-all.*

— Ouais, pis ça empêche pas de facturer du "sur-mesure".

— À l'heure, qui plus est.

— Et dans le respect de la RSE.

— Sans parler des démarches qualité.

— Afnor ! avait éternué Erwann avant de la prendre par l'épaule pour la raccompagner vers la porte.

Au fond, rien ne vous rabibochait comme la perspective de gains faciles.

— Pour nous, cette fusion des régions, c'est un tournant.

— Pour les fusionnés par contre…, s'était émue Hélène, faussement affligée.

— Ah bah ça, au niveau opérationnel, j'ai jamais vu une connerie pareille. Ça fera pas économiser un centime à qui que ce soit et ils vont mettre dix ans à absorber le choc. Ce Valls est un génie.

Ils avaient échangé pour finir quelques paroles fleuries et cicatrisantes avant de se quitter passablement réconciliés. Erwann avait ouvert son ordinateur et commencé à pianoter. Mais au moment où elle passait la porte, il l'avait retenue une seconde encore.

— Au fait…

Hélène s'était immobilisée sur le seuil.

— On a recruté un nouveau.

— Ah ?

— Une flèche. Jean-Charles Parrot. HEC. Tu connais peut-être. Un mec très sympa. Tu verras.

Hélène n'avait pas pu en savoir plus. Au sourire soudain publicitaire d'Erwann, elle avait compris que sa réunion en ligne venait de débuter. Elle avait rejoint l'*open space* en hâte et s'était précipitée sur Lison.

— Ce soir on boit un verre, et c'est pas négociable.

Lison avait répondu d'un salut militaire. En attendant, elle avait proposé de faire du thé vert. C'était diurétique et antioxydant.

Dans les jours qui suivirent, Hélène n'eut guère le loisir de penser à Christophe qui d'ailleurs ne se manifesta pas non plus. Les missions déferlaient comme prévu et les recrutements (parmi lesquels l'embauche de cet inquiétant cador issu de HEC) prenant un peu de temps, Elexia peinait à absorber ce boum de l'activité.

Pour remédier à la situation, Erwann organisa donc une série de réunions ayant pour but de réinterroger les charges de travail et de rationaliser les *process*. Pour sa part, Hélène hérita des dossiers touchant à la fusion des agences régionales de santé et des directions régionales des affaires culturelles. Du lourd, en somme.

Car avant que n'advienne ce Grand Est qui devait faire la fortune des cabinets de *consulting* en général et d'Elexia en particulier, les anciennes régions disposaient naturellement de leurs propres organisations, lesquelles résultaient d'années d'usages, de replâtrages divers et de particularismes indigènes. Surtout, au sommet de chacune desdites organisations trônait un chef qui n'entendait pas céder sa place. Au départ, nul n'avait jugé utile de solliciter une expertise extérieure pour mener à bien cette fusion ordonnée depuis Paris, les ressources étant évidemment disponibles en interne. Mais après six mois de réunions improductives, de coups fourrés entre comités directeurs, et face à la menace d'une reprise en main par l'autorité administrative, le recours à un tiers avait fini par s'imposer.

Hélène débarquait donc en pleine guerre picrocholine et trouvait dans chaque organisme où elle intervenait des équipes irréconciliables et une poignée de cadres au bord de la crise de nerfs. L'étendue des dégâts ne la surprenait guère. Cent fois déjà, elle avait pu constater les effets dévastateurs de ces refontes imposées en vertu de croyances nées la veille dans l'esprit d'économistes satellitaires ou dans les tréfonds de *business schools* au prestige indiscuté. Ces catéchismes managériaux variaient d'une année à l'autre, suivant le goût du moment et la couleur du ciel, mais les effets sur le terrain demeuraient invariables.

Ainsi, selon les saisons, on se convertissait au *lean management* ou on s'attachait à dissocier les fonctions support, avant de les réintégrer, pour privilégier les organisations organiques ou en silos, décloisonner ou refondre, horizontaliser les verticales ou faire du rond avec des carrés, inverser les pyramides ou rehiérarchiser sur les cœurs de métier, déconcentrer, réarticuler, incrémenter, privilégier l'opérationnel ou la création de valeur, calquer le fonctionnement des entités sur la démarche qualité, intensifier le *reporting* ou instaurer un leadership collégial.

Les salariés, continuellement aux prises avec ces soudaines réinventions, ne sachant plus où ils se trouvaient ni ce qu'ils devaient faire au juste, restaient toute leur vie des incompétents chroniques, bizutables à l'envi. Dès lors, dans ces entreprises et ces administrations en perpétuelle mutation, demander une augmentation devenait une démarche quasi mégalomane. Quant aux syndicats, ils devaient faire avec, toujours deux trains de retard sur ces frénésies réformatrices, n'ayant pour eux qu'un peu de bonne volonté, de vagues capacités de nuisance et un passé glorieux qu'ils chérissaient comme une médaille dans un paysage en ruine.

Avec cette fusion des régions, le pouvoir central avait rêvé une fois de plus l'avènement d'une efficacité politique introuvable depuis presque cinquante ans. Mais il fallait pour cela bousculer des baronnies antédiluviennes. Le résultat était à la hauteur des attentes. On voyait partout des habitudes quasi préhistoriques se heurter horriblement dans le chaudron de la nécessaire homogénéisation des pratiques. De petites communautés humaines unies par quelques objectifs, un lieu de travail, une politique salariale et des tickets resto se découvraient soudain des semblables avec lesquels il fallait s'arranger de gré ou de force, et s'irritaient jusqu'à la haine des frictions qu'occasionnait cet impossible effort de mise en commun. Une secrétaire éclatait soudain en sanglots à son bureau parce qu'un chef sans visage venait de lui adresser un mail comminatoire. Un directeur adjoint à bretelles prenait deux ans d'avance sur son ulcère suite à une visioconférence à fleurets mouchetés. Chaque détail devenait l'occasion d'une bataille, chaque privilège acquis ici et inconnu là enflammait les esprits. La moindre singularité devenait le prétexte à des tentatives d'arasement dignes des guerres puniques.

Car avant d'entamer l'œuvre de remodelage, il fallait dresser le cruel inventaire des spécificités locales. Passe-droits sans conséquences, privautés diverses, menues prébendes, incongruités réglementaires donnant droit à un jour de congé ici, à un avantage en nature là, rien ne devait être négligé. Or toutes ces pratiques, hors du droit et pourtant intouchables, outre qu'elles arrondissaient les angles et facilitaient la vie, avaient surtout pour fonction de donner aux salariés le sentiment d'être bien lotis. Une fois l'énumération faite, chacun se comparait. On instruisait dans la foulée le procès des plus favorisés. Entre les directions, le ressentiment enflait vite. On en parlait à la cantine, dans les couloirs. La cafèt' était pleine de ces ruminations scandalisées. La passion d'égalité qui caractérise chaque Français trouvait dans ce travail de recension des droits acquis et des curiosités régionales un détonateur énorme.

Face à la grogne, le discours des hiérarchies était toujours le même : il y aurait à perdre et à gagner, mais en fin de compte, mathématiquement et si l'on se fiait à la médiane, chacun s'en trouverait mieux. Sauf que le dépit n'a pas l'âme mathématique. Une fois qu'un travailleur voyait son pré carré mis en péril, il exigeait par vengeance la tête des bénéfices adverses. Et cette fièvre se déchaînait avec d'autant plus de férocité que dans cette redistribution des cartes, on sentait bien que le seul moyen de n'être pas lésé consistait à abaisser l'autre le plus possible. Les grands ordonnateurs de cette affaire avaient déclenché sans le vouloir l'une de ces tempêtes de nivellement qui enflamme par période l'esprit hexagonal. C'était à se demander si on ne l'avait pas fait exprès.

Dans cet imbroglio de rancunes et d'urgences, Hélène, qui avait l'habitude de jouer les secouristes, trouvait facilement son chemin. Il suffisait pour commencer d'organiser une réunion avec la direction et les partenaires sociaux et d'annoncer la mise en ligne d'un questionnaire permettant de recueillir l'avis de toutes les parties prenantes. À partir de là, elle identifierait les attentes, les points de blocage, les opportunités et les faiblesses. Trois graphiques et deux camemberts plus tard, elle revenait faire son exposé devant les forces vives de la boîte réunies en assemblée plénière. Là, devant un parterre d'individus aux bras croisés, tous méfiants comme des taupes, elle se présentait d'un mot, projetait ses résultats, commentait les données récoltées, son pointeur laser à la main, parlant trop vite et se déplaçant sans cesse comme dans *The West Wing*, dispensant avec adresse anglicismes, noms propres et arguments d'autorité. Souvent, un ingénieur ou un informaticien qui savait compter relevait une erreur de calcul, une interprétation discutable. Hélène l'avait glissée là exprès, pour faire sortir le loup du bois. Une fois identifié, elle ne s'adressait plus qu'à lui, précise, aiguë, une lame. La salle tout entière s'identifiait à l'imprudent et se laissait convaincre avec lui.

Ce petit numéro de démocratie relative ne servait en réalité qu'à faire la démonstration de sa compétence et instaurer entre elle et l'assistance un rapport de confiance. Les statistiques étaient un support comme un autre. Elle aurait tout aussi bien pu passer un film ou faire un PowerPoint avec des citations de Gandhi et de Milton Friedman, tout cela relevant de l'artifice pur et simple. Hélène n'était pas dupe de sa pseudo-science.

Derrière l'armature mathématique, les théories managériales, les principes organisationnels (qui d'ailleurs pouvaient à l'occasion s'avérer d'une redoutable efficacité), ce qu'elle faisait relevait bien souvent du boniment de saloon. Les entreprises n'étaient jamais qu'un nouveau Far West pour les prédicateurs de son espèce et les administrations faisaient elles aussi d'excellentes églises pour ces prêches revisités. On vendait là les mêmes charlataneries que jadis à Tombstone ou Abilene. C'était un métier. Offrir des remèdes miracles, apporter à domicile des nouvelles de l'air du temps économique et acclimater dans ces fragiles écosystèmes les dernières créatures en date de la ménagerie néolibérale. Il lui avait fallu pour acquérir cet indiscutable savoir-faire six ans d'études supérieures et quelques semestres bien balaises dans des cabinets privés qui s'étaient soldées par un sévère burn-out.

Aujourd'hui, elle continuait à faire le même job, vite et bien, mais le plaisir n'y était plus, et la foi encore moins. Et bien souvent, alors qu'elle cherchait le sommeil, ou qu'elle conduisait sur une quelconque route de Meurthe-et-Moselle, seule et la musique à fond, elle considérait sa vie, son indéniable réussite, et se demandait amèrement : tout ça pour ça ?

Une fois par mois, Erwann organisait un pot, histoire de souder les équipes et de partager en interne les dernières infos. C'est à cette occasion qu'on se rendait compte de la croissance d'Elexia qui, forte de son succès, commençait à prendre pas mal d'ampleur. À chaque fois Hélène découvrait de nouvelles têtes, des gens qui ne lui disaient rien et lui semblaient aussitôt antipathiques.

Un mardi en fin de journée, alors qu'elle passait en coup de vent pour ramasser ses tickets resto, elle trouva disséminés dans l'*open space* des flyers décorés d'une licorne et qui annonçaient une beuverie de ce genre le 10 novembre au soir. Le programme était même précisé en détail :

- Point sur les résultats à date.
- Nouveaux aménagements prévus.
- Présentation des futurs collaborateurs.
- Cadeau surprise.

— C'est moi qui ai conçu le flyer, fit Lison qui venait de paraître dans son dos.

— J'avais reconnu ton style. Et c'est quoi la surprise ?

— Une bouteille de Veuve Clicquot. Le boss voulait que tout le monde soit là.

— Pas con.

Se tournant vers elle, Hélène trouva sa stagiaire changée, comme si elle avait grandi. Elle portait ce jour-là un t-shirt blanc tout simple profondément enfoncé dans un 501 qui lui arrivait un peu au-dessus des chevilles, des Vans et un fastueux trench Burberry des années 1980.

— Tu partais ?

— J'allais fumer une clope dehors.

— Je t'accompagne. Et à part ça, tu t'en sors ?

— Erwann est trop en train de me privatiser. Il me prend pour sa graphiste perso. J'arrête pas.

L'idée déplut à Hélène qui, ayant jeté un coup d'œil à sa montre, se ravisa :

— Bon, en fait je suis à la bourre. Je dois y aller. On se voit jeudi.

— Mais ouais, ça va être trop bien, j'organise tout.

Et pour illustrer son propos, la jeune fille fit ce geste de serveuse vintage, main en l'air et le poignet cassé. Hélène se dépêcha de rentrer. La nounou n'allait pas tarder à se barrer et elle avait encore du travail pour le lendemain.

Une fois les filles nourries, baignées et couchées, Hélène estima qu'il lui restait encore au moins deux heures de boulot avant d'en avoir fini. Philippe se trouvait à Bordeaux pour un déplacement pro et elle n'avait même pas pris le temps de dîner. Dans la maison, il régnait un silence parfait. Elle en profita un moment, debout dans sa cuisine inoxydable, en jouissant comme de vacances après le rush de la journée. Depuis le matin six heures, elle n'avait pas pu souffler une seconde. Elle était tellement crevée que c'était comme une ivresse.

Elle s'autorisa pourtant un verre, un petit whisky pour se donner du courage. Dès la première gorgée, une grande impression de relâchement s'empara d'elle et Hélène se mit à produire des *slides* sans le moindre effort, sans presque avoir à y penser. Il y avait dans cette activité quasi automatique une forme de griserie. Elle se dit que, plus tard, elle s'offrirait deux boules de glace à la *stracciatella*, avec de la chantilly. Dans les périodes de surmenage, elle avait toujours tendance à prendre un peu de poids. Tant pis. Elle avait bien droit à des petites gâteries. Justement, Christophe venait de lui écrire sur Messenger.

Il ne disait pas grand-chose. De son côté tout allait bien. Il espérait que c'était la même chose pour elle. Il s'excusait à nouveau pour le message de l'autre fois, celui que ses potes avaient envoyé pour le charrier. Il lui disait qu'il avait pensé à elle.

Et Hélène sentit ses yeux s'embuer. Ce fut si soudain, tellement inattendu, et même un peu ridicule, qu'elle en rit. Toute seule à sa table, devant son ordinateur, à bout de forces. Cet homme qui avait pensé à elle.

— Maman ?

La petite voix venait de tomber du haut de l'escalier. Hélène referma le capot de son ordinateur.

— Qu'est-ce que tu fais encore debout, mon chat ?

De son tabouret, elle ne voyait que les pieds nus et les chevilles de Clara, debout sur la première marche. Il y eut un moment d'hésitation, puis la petite fille répondit :

— Maman, j'ai oublié.

— Quoi ? T'as vu l'heure ?

— Mon anglais. J'avais une poésie pour demain.

— Mais non, gémit Hélène.

— Si. Le poème du garçon qui tombe en haut.

— Il est trop tard, mon cœur.

— On doit la savoir pour demain.

Hélène se leva dans un soupir, grimpa à l'étage et prit Clara par la main.

— Claire vous a pas fait faire vos devoirs ?

— J'ai oublié de lui dire.

— Elle regarde pas dans ton cahier de textes ?

— Non.

Une fois dans sa chambre, Clara sortit un grand cahier à couverture bleue de son sac d'école qu'elle feuilleta sans ménagement.

— Tiens, dit-elle, en tendant le cahier à sa mère.

Celle-ci considéra le polycopié où figurait le fameux poème.

— Ça va. C'est pas trop long. Tu l'as pas appris ?

— Si. Mais je l'ai pas récité.

— T'aurais pu te débrouiller toute seule.

— Mais si je me trompe...

— Bon allez, fit Hélène avec impatience. Je t'écoute.

— Elle a pas fait ses devoirs ?

Mouche venait de faire son apparition sur le seuil de la chambre, en culotte, toute fripée et brûlante de sommeil.

— Qu'est-ce que tu fais là, toi ?

— Elle va être punie ? demanda Mouche.

— Sors de ma chambre ! cria sa sœur.

— Oh ! Du calme.

La petite, dont les cheveux avaient frisé dans la chaleur des draps, haussa les épaules avant de faire demi-tour pour regagner son lit.

— Allez, on y va. Dépêche-toi.

Clara ferma les yeux, le menton collé à sa poitrine et commença à réciter.

— *I tripped on my shoelace...*

— Super. Ensuite.

— *And I fell up.*

— Oui, parfait.

Tout se passa bien pendant cinq vers encore. Hélène se dit qu'elle en aurait vite fini. Elle pensait au message de Christophe en bas. Elle avait hâte. Mais Clara buta sur un mot.

— *Blend in the sounds.*

— Pas *in. Into.*

— C'est quoi la différence ?

— La différence, c'est que *into* c'est juste et *in*, c'est faux.

— Je comprends rien.

— Tu dois réciter chaque mot comme il a été écrit. C'est pas à toi de réinventer le poème. Allez, vas-y.

— *Blend into the colors.*

— *Sounds.*

— Quoi ?

— C'est *sounds*, pas *colors.*

— Ah oui…

Clara sembla rembobiner une cassette dans sa tête, inspira profondément et le plus normalement du monde, répéta :

— *Blend into the colors.*

— Bon allez. On verra demain, c'est pas grave.

D'un claquement, Hélène referma le cahier, fit de l'index un mouvement impérieux en direction du lit et le visage de Clara s'affaissa subitement.

— Mais la poésie…

— Demain, mon chat. Il est tard.

Déjà, le menton de la fillette faisait son petit tremblement prémonitoire, et ses grands yeux se mirent à briller. Prise entre son impatience et la peine que lui inspirait cette détresse si dérisoire et pourtant si sincère, Hélène s'irrita encore davantage.

— Dépêche-toi, dit-elle. Allez, au lit !

D'un geste, elle venait de rabattre les draps. Mais Clara résistait. L'école, c'était important. Ses parents le lui avaient assez dit. En cinquième, il lui arrivait déjà de pleurer pour un onze en maths.

— Je dois réciter demain, bredouilla-t-elle.

— Bon écoute, fais comme tu veux.

Et Hélène quitta la pièce en refermant la porte derrière elle. Aussitôt, Clara éclata en sanglots et se rua hors de sa chambre. Une seconde plus tard, Mouche la rejoignait dans le couloir, ravie du spectacle et d'avoir un prétexte pour quitter son lit. Mais Hélène ne voulut rien savoir.

— Je veux plus vous entendre ! Allez vous coucher !

Une fois de retour dans la cuisine, elle éprouva un immense sentiment de lassitude. À l'étage, le psychodrame se poursuivit une minute ou deux, puis les cris et les cavalcades s'éteignirent. Hélène s'autorisa alors un autre verre. Depuis quand avait-elle l'impression de s'occuper de tout, d'être seule face aux emmerdes ? Évidemment, comme elle et son mec gagnaient pas mal de fric, ils pouvaient s'offrir les services d'une nounou, d'une femme de ménage, apporter les chemises de monsieur au pressing et confier le jardin à une entreprise spécialisée. Mais ça ne changeait rien au fond de l'affaire. Philippe avait une vie supérieure, manifestement plus essentielle, et c'était à elle en définitive que revenait l'intendance. Alors oui, une fois l'an, il débouchait l'évier ou tondait la pelouse, et on en entendait d'ailleurs parler pendant dix jours, mais pour le reste, il s'épargnait le gros des menues tâches qui maintenaient le navire familial à flot. Ils en avaient bien sûr discuté, on était entre gens ouverts et modernes, et Philippe lui avait toujours donné raison. Les preuves de ses efforts et de son empathie ne manquaient pas. Mais à la fin, comme ce soir, elle gérait toute seule. Elle se mettait en colère et le regrettait. Elle maltraitait ceux qu'elle aimait et n'y pouvait rien.

La bouche amère, elle ouvrit son ordinateur et Facebook, puis écrivit à Christophe. Elle aussi allait bien et pensait à lui. Elle espérait qu'ils allaient se voir un de ces jours. Dans pas trop longtemps si possible. Puis elle reprit ses *slides*, les bâcla, et vers onze heures monta à l'étage pour passer dans les chambres et déposer un baiser sur chaque tête endormie.

— Ô Grand Est ! clama Erwann, le bras tendu, politique et sanglé comme un sénateur romain.

Toute la boîte lui faisait parterre, une flûte à la main, chacun souriant des pitreries du chef qui, depuis la mezzanine, haranguait la foule.

— Ô Grand Est ! fit-il encore avant de faire rimer ce vers avec d'autres qui comprenaient les mots inceste, Oreste et moleste.

Il fallait le voir pour y croire, le regard lointain, maritime, prêt à faire éclater le twill de sa chemise bleue, postillonnant et roux comme un Irlandais, superbe. Hélène goûta fort ce moment. Les occasions de se marrer dans l'*open space* n'étaient pas si fréquentes.

Après cet accès de lyrisme à la gloire de la nouvelle grande région, il passa en revue les opportunités business et les excellents résultats obtenus au cours des semaines écoulées, ce qui lui valut d'être brièvement acclamé. Il remercia également les collaborateurs, certains nommément, et Hélène eut droit à un hommage particulièrement appuyé, puisqu'elle était un pilier, indispensable, tout ça. Elle opina en affichant l'air de fausse modestie qui convenait. Tout près d'elle, Lison sirotait un gin-fizz cranberries à l'aide d'une paille. Hélène lui demanda où elle avait trouvé ça et la jeune fille lui répondit qu'elle s'était chargée des courses.

Rendu à plus de sérieux, Erwann expliqua que cette fusion des anciennes régions représentait pour Elexia un moment assez extraordinaire.

— On va pas se le cacher. Les collectivités sont ultra-flippées. Tous les organismes régionaux sont aux abois. Ils ont pas la moindre idée de ce qu'il faut faire. Le robinet est grand ouvert. À nous de faire ce qu'il faut. Et pour l'instant, ça marche !

Sur ces paroles enthousiasmantes, il leva son verre et chacun, les yeux levés vers son chef, fit de même.

Hélène, qui pendant ce temps-là regardait par la fenêtre le ciel statique et bas, se dit que, décidément, novembre était un mois dégueulasse. Dans ce coin du monde en particulier. Et il était peu probable que l'avènement du Grand Est change quoi que ce soit à cette déprime des automnes lorrains.

Inventer une région, il fallait quand même être gonflé, et ne rien comprendre de ce qui se tramait dans la vie des gens, leurs colères alanguies, les rognes sourdes qui couvaient dans les villes et les villages, tous ces gens qui par millions, le nez dans leur assiette, grommelaient sans fin, mécontents d'être mal entendus, jamais compris, guère respectés, et se présumaient menacés par les fins de mois, les migrations et le patronat, grignotés depuis cinquante ans facile dans leurs fiertés hexagonales et leurs rêves de progrès. Aller leur foutre le Grand Est pour règlement des problèmes, les mecs osaient tout.

Hélène n'était certes plus de ce monde des rouspétances soumises où elle avait grandi et qui la dégoûtaient un peu à présent. D'ailleurs, elle ne rendait plus visite à ses parents qu'aux occasions indispensables, Noël et la bonne année, une fois l'été, leur montrer les filles et les leur laisser pour une semaine au bon air des Vosges. Mais malgré elle, elle conservait en soubassement des réflexes de gagne-petit, une sorte d'instinct de cocu qui lui faisait voir tout de suite la stupidité des ordres verticaux, l'inadéquation foncière entre les bonnes intentions des belles personnes et le désir lourd des existences moyennes. Et dans ce climat de méfiance universelle où chacun se cramponnait à son lopin, son nom, sa race, son petit drapeau, des importants avaient cru judicieux de rayer d'un trait de plume des appartenances centenaires pour faire advenir un… territoire. Erwann qui, lui aussi, était bien conscient de ces aberrations, s'en délectait avec un cynisme récréatif. Il avait notamment pour habitude, quand il se détendait un peu, ce qui n'était pas si fréquent, de produire une de ces odes au vivre-ensemble dont il venait de régaler l'auditoire.

— Il est temps maintenant de vous présenter les petits nouveaux, annonçait justement ce dernier.

Hélène chercha dans l'assemblée le visage de Parrot, qu'elle n'avait pas encore eu l'occasion de croiser en personne mais qui lui semblait déjà familier après qu'elle eut épluché son profil LinkedIn. À tout juste trente ans, le mec avait bossé dans deux des plus gros cabinets de conseil de la place, reçu des *awards* pour un truc innovant et fait un passage éclair au ministère de l'Environnement. À part ça, sur son profil, il se contentait de partager des articles inspirants où il était question des réalisations de ses potes, de la gestion des ressources humaines par l'empathie ou de sauver le climat grâce à la bienveillance ou la RSE. Sous ces articles, on trouvait des hashtags nigauds du type *#soproud* ou *#letsbuildabetterworld*. Quant à ses contacts, toujours la même chose, des tas de jeunes gens sortis des mêmes moules, affichant le même aspect propret et compétitif, se disant *founder*, CEO, *senior manager* ou dircab, voire *global strategists*, ce qu'ils étaient probablement.

Il n'y avait pas dix ans d'écart entre Hélène et ces gens mais déjà, c'était un tout autre monde, à la fois ridicule et inquiétant. Elle avait bien regardé le visage de Parrot sur sa photo de profil. Elle y avait vaguement cherché des marques, une aspérité, mais il était d'une perfection robotique, à part peut-être quelque chose de trouble dans le regard, moins qu'un strabisme, rien. Qu'est-ce qu'un type comme lui venait foutre à Nancy ? Tout ça ne lui disait rien qui vaille.

Elle fut tirée de ses pensées par une maigre salve d'applaudissements. Erwann venait de comparer Elexia au Barça et assurait que la boîte n'avait rien à envier aux cabinets plus importants, Cap Gemini, Arthur Andersen et consorts. Car ce qui distinguait Elexia, c'était évidemment son *agilité*.

— Bon les nouveaux, merci de lever la main pour qu'on vous voie. Et merci aux autres de leur faire bon accueil.

Erwann présenta ainsi Ninon Carpentier et Karim Medina, puis ce fut enfin le tour de Parrot. Hélène vit alors une main se lever un peu plus loin, mais Parrot se trouvait de dos et elle ne put que constater sa minceur, ses cheveux fournis et impeccablement coiffés, la coupe cintrée de son costume évidemment bleu. En attendant, Erwann en parlait comme du messie.

— Certains d'entre vous ont déjà entendu parler de Jean-Charles. Il a coprésidé le BDE de HEC et c'était une période assez punk d'après ce que je me suis laissé dire. À l'époque, il avait aussi créé une petite start-up très maligne, Alalouche.com, qui proposait aux acteurs publics un outil pour jauger la fréquentation de leur service en temps réel. L'idée, c'était que d'un clic on puisse savoir s'il y avait la queue devant la préfecture ou si la piscine municipale était bondée. Enfin, c'était le projet, il vous racontera peut-être comment ça a foiré grâce à notre chère bureaucratie française. Tout ça pour dire, avec Jean-Charles, on fait un pari, celui des idées, de la créativité. Il prendra donc la tête de notre nouveau pôle "innovation". Je pense qu'on a longtemps fait notre croissance sur les besoins de nos clients, en nous adaptant. Mais si on veut passer la vitesse supérieure, il faut qu'on anticipe, voire qu'on crée le besoin.

Ces propos furent eux aussi applaudis et Erwann conclut en invitant les gens à boire et s'amuser comme si c'était la fin du monde, ils l'avaient bien mérité. Les flûtes remplies d'un champagne devenu tiède s'élevèrent, mais le cœur n'y était pas vraiment. Chacun avait en tête le taf en souffrance et les délais à satisfaire. Il faudrait malheureusement attendre encore un peu avant de voir le monde finir.

En tout cas, Hélène n'attendit pas davantage et fendit la foule pour enfin rencontrer le petit prodige. Ils se serrèrent la main, se sourirent à se faire mal, lui-même était enchanté et avait naturellement beaucoup entendu parler d'elle. Il avait hâte de collaborer, blablabla. Elle le trouva beau, mais d'une manière presque désagréable. Derrière l'affabilité et la jolie petite gueule, elle devinait un double fond nettement moins cool.

Sur ces entrefaites Erwann, qui devait redouter ce premier face-à-face entre les deux étoiles de sa petite firme, rappliqua au trot, tactile et ondoyant, particulièrement rouge et s'esclaffant à chaque phrase.

— J'ignorais qu'on allait avoir un pôle innovation, fit Hélène.

— En fait, ça s'est décidé aujourd'hui, expliqua Erwann. Et, bras tendus et jambes fléchies, il fit un mouvement du bassin qui pouvait rappeler celui d'un surfeur prenant une vague.

— Et il y aura beaucoup de monde dans ce pôle ?

— On y réfléchit.

— Et au point de vue orga ?

— Ce sera évidemment transverse.

Hélène, qui pondait de l'organigramme au kilomètre, sut aussitôt tirer les conclusions de cette fâcheuse nouvelle. Parrot allait mécaniquement se trouver à un niveau hiérarchique ambigu, son pôle ayant vocation à se mêler de tout et pouvant produire des orientations stratégiques que chacun devrait suivre. Il n'aurait évidemment de comptes à rendre qu'à Erwann et disposerait d'un budget, d'une équipe. Selon les arbitrages, il serait en mesure de lui dicter sa loi. Niveau salaire, les grilles étaient connues, chef de pôle + HEC, c'était 70K sans les primes. Le petit nouveau avec sa gueule d'ange la lui mettait bien profond.

Aussi sourit-elle de plus belle, et trinqua, lui souhaitant de réussir, du fond du cœur.

Dès le lendemain, elle prendrait Erwann entre quatre yeux. Cette fois, c'était décidé : si elle ne devenait pas associée avant l'été, elle foutait le camp.

8

Chaque année, les parents d'Hélène prennent trois semaines en août, dont deux qu'ils passent dans un petit appartement loué à La Grande-Motte. C'est un F2 étouffant situé au huitième étage de l'un de ces immeubles des *sixties* qui, sur le littoral, font de longues vagues de béton semées de stores orange et brun. La location coûte bonbon et Mireille répète qu'il faut profiter, vu le prix qu'on paie.

Hélène dispose de sa propre chambre, laquelle est minuscule et donne sur le parking, mais est équipée de lits superposés, ce qui est dépaysant. Elle occupe naturellement celui du dessus et, par la fenêtre carrée, voit le ciel étoilé et goûte la rumeur de la mer, les voix des passants, l'activité inlassable des automobiles en contrebas.

Chez les Poirot, les vacances sont sacrées. C'est une affaire à la fois politique et existentielle. Ce temps-là rachète le reste, l'année studieuse, avec ses rythmes réitérés, debout à six heures trente, les courses le samedi, l'hiver dont on voit pas le bout, les chefs, les week-ends en forme de claquements de doigts, le marathon des jours. Et puis l'on songe aux sacrifices des ancêtres ; s'il a fallu des morts pour obtenir le droit de vote, on imagine les hécatombes pour arracher cinq semaines de congés payés.

Au bord de la mer, la routine annuelle cède la place à d'autres habitudes. Chaque matin, Jean descend au tabac-presse Le Grand Pavois en short et sandales, sans même avoir fait sa toilette. Le soleil de huit heures chauffe son visage mal rasé. Il achète ses deux paquets de Gauloises filtre et le *Midi Libre* qu'il va lire en prenant son café à la terrasse du Miami, un troquet sans prétention où l'on écoute RMC. Il déplie son journal, fume sa cigarette et sirote son café sans se presser. C'est le bonheur facile. Mireille le rejoint un peu avant neuf heures avec dans son sac une baguette fraîche, des abricots et des pêches qu'elle a pris au marché en passant. Elle aussi commande un café. Rien ne presse. Ils se le disent d'ailleurs en contemplant le va-et-vient des estivants.

Hélène, elle, se lève plus tard et petit-déjeune d'un Coca et de deux pains au chocolat tout en feuilletant des magazines. Vers dix ou onze heures, elle retrouve ses parents et ils se rendent à la plage tous ensemble. À l'abri des parasols, ils déroulent leurs nattes à la bonne odeur de paille, étendent des serviettes de bain aux couleurs bariolées. Chacun fait ce qu'il veut. On peut bouquiner, aller nager ou se balader les pieds dans l'eau, piquer un petit somme, creuser des trous ou acheter un pan-bagnat hors de prix aux vendeurs ambulants qui brament sous le ciel aussi net qu'un carré de faïence. Pendant le séjour, on ne s'inquiète plus des dépenses, même si l'on s'offusque des libertés prises par les commerçants locaux qu'on traite volontiers de voleurs ou d'escrocs.

Souvent, Mireille et Jean vont dans l'eau en se tenant par la main. Une fois le nombril sous la ligne de flottaison, ils s'enlacent et échangent des baisers. Appuyée sur ses coudes, Hélène les observe de loin, vaguement dégoûtée. Le soleil se reflète sur le crâne de son père et sur les épaules de nageuse de sa mère, son corps presque trop musclé de grande nerveuse que laisse voir le maillot deux pièces. Elle préfère ne pas trop savoir ce qu'ils fabriquent, ils sont trop vieux, et l'amour est encore pour Hélène une sorte de mirage qui ne souffre ni les rides, ni la calvitie, encore moins les poils dans le dos. Le sexe n'en parlons pas.

En fin d'après-midi, fourbue de chaleur, la famille rentre à l'appartement resté relativement frais parce qu'on a pris soin de fermer les volets et que deux puissants ventilateurs y tournent sans relâche. C'est l'heure des douches et des marques de maillot. Sur le balcon, les cheveux mouillés et la peau qui tire, Hélène feuillette *Femme Actuelle*. Son père fume une cigarette accoudé au garde-corps, et toute sa vie, l'odeur du tabac brun restera liée à ces profondes sensations de dix-huit heures, quand délassée et rayonnante, les jambes étendues et la peau propre, Hélène profitait du temps immobile et de la brise de mer.

Parfois, sa mère allume la télé dans la pièce voisine pour se tenir compagnie pendant qu'elle prépare le repas, quelque chose de vite fait, tomates, jambon cru, chips, fromage, éventuellement des pâtes. Le bruit des assiettes qu'on pose sur la table, le tintement des couverts sur l'Arcopal, le pschitt de la bouteille de soda, la rumeur des gens dans la rue qui flânent en regardant clapoter les bateaux. Ils dînent tandis que la lumière faiblit, devient orange et rose, et donne en plongeant des reflets de mercure à la Méditerranée. Ces heures-là sont les plus précieuses, meilleures encore que les soirs où ils s'offrent une pizza ou un resto de fruits de mer.

Aussi, quand Hélène annonce que Charlotte l'a invitée à l'île de Ré et qu'elle compte y passer l'été de ses quinze ans, c'est tout de suite la crise.

— C'est hors de question ! s'épouvante Mireille, que la nouvelle cueille en pleine vaisselle.

Dans son tablier, elle ressemble assez à Médée, avec ses yeux pleins d'éclairs et ses lèvres incrédules. Hélène, quant à elle, se tient sur le seuil de la cuisine, prête à battre en retraite, tandis que son père, les coudes sur la toile cirée, fume avec lenteur en attendant la suite des événements. Elle a bien choisi son moment, un samedi après le déjeuner, un jour de mai. Le ciel est couvert et, tout à l'heure, elle doit se rendre en ville pour retrouver sa grande copine à qui elle espère bien annoncer une bonne nouvelle.

— Je suis assez grande ! aboie-t-elle encore.

— Rien du tout, réplique Mireille qui abandonne son évier pour mieux affronter ce monstre nouveau, sa fille.

— On fait jamais de conneries. J'ai les félicitations tous les trimestres depuis la sixième. Je fais toujours ce qu'on me dit. J'ai le droit de passer mes vacances comme je veux !

— Je rêve, se désole la mère, en portant une main à son cœur.

— Pourquoi tu ne veux plus venir ? tente le père qui affûte sa cendre sur le rebord du cendrier.

Il relève la tête en attendant la réponse, et la fumée sort par ses narines amincies. Comme toujours, il porte un t-shirt qui sangle son buste étroit, ses bras habitués aux charges, sa taille extra-mince. Chez lui, le moindre mouvement des muscles est parlant comme un tressaillement du visage, et à voir la tension dans sa nuque, on devine que cette situation n'est pas non plus très à son goût.

— C'est pas ça, explique Hélène. Je veux juste être avec ma copine. J'ai bien le droit de voir autre chose.

— Tu verras rien du tout.

Hélène encaisse sans broncher. Il s'agit là d'une première escarmouche dans une campagne qui va durer. Elle doit se méfier d'elle, de la colère qui lui pique le nez, de sa hâte de vaincre. Et des surprises aussi.

— Et pourquoi c'est pas ta copine qui viendrait avec nous ? ose son père, avant de tirer une dernière bouffée sur sa Gauloise qu'il écrase ensuite avec une insistance significative.

— Mais n'importe quoi ! s'emporte Hélène, soudain affolée.

— Et pourquoi ? Explique-nous, demande la mère, qui d'instinct a senti la faille.

— Mais rien. Ils ont une maison là-bas. Ils y passent toutes leurs vacances. C'est tout. Je vais pas lui demander ça. C'est débile.

— Toi aussi t'as toujours passé tes vacances à La Grande-Motte. Elle a qu'à venir ta copine.

— Elle est bienvenue, renchérit Jean, bras croisés et le biceps saillant.

— Oui, pourquoi pas ?

Hélène ne sait pas quoi répondre. Le terrain est glissant. Évidemment, il n'est pas question que sa copine les voie, leur intimité, le relâchement, son père qui pète à table ou fait du bruit en buvant son café, la mère qui est toujours dans cette anxiété du ménage, leur petitesse infinie, tous ces bonheurs modestes et leurs manies qui lui font maintenant si honte.

Car son amitié avec Charlotte est devenue un instrument de mesure à partir duquel elle jauge sa propre existence. D'ailleurs, sa grande copine n'hésite jamais à la rectifier et se montre impitoyable avec quiconque déroge aux lois du bon goût. Quand elles se baladent en ville, l'adolescente tire à vue. Les femmes blondes aux racines noires, les hommes en chaussettes de tennis, ceux qui portent des shorts, les excès de maquillage, les corps boudinés, les filles qui ont cet air malpropre et gris des quartiers compliqués, les vieux aux arrêts de bus, les voûtés, les claudicants, les faux voyous en survêtement, les familles tuyau de poêle, les types en costard mal fichu et synthétique, tous ceux qui dévient de ses règles d'or en prennent pour leur grade.

Chez Charlotte, on a des idées sur les manières de table et les bouquets de fleurs. On sait mettre le couvert et s'habiller pour aller au théâtre. Être à l'aise et opportuns. Chez elle, on dirait que le bonheur même est le produit d'un certain art de vivre. Hélène prend tout. Elle gobe, imite et revient chez elle avec l'œil laser. Deux ans plus tôt, ses parents lui semblaient indiscutables et quasi transparents. Désormais, elle ne voit plus que des détails qui clochent. Sa mère parle trop fort, son père traîne des pieds, ils ont des colères déplacées, des rires qui détonnent, une sorte de laisser-aller qu'ils appellent se détendre et qui parfois lui donne envie de se planquer dans un trou. Et ces expressions infernales qui la rendent dingue : "chacun ses goûts", "il faut de tout pour faire un monde", toutes ces phrases de rudimentaire philosophie qu'elle déteste, tolérantes par faiblesse, agressives par soumission, revendicatives en apparence mais qui ne manifestent jamais qu'une position subalterne, sortes de poings tendus, de professions de foi du bas. Et à force de faire la chasse au faux pas, Hélène a fini par devenir ce petit procureur méprisant et inquiet qui ne sait plus quoi faire de ses vieux. En tout cas, si elle n'ose pas encore mettre des mots là-dessus, sa mère, elle, n'hésite pas.

— T'as honte de nous, c'est ça ?

Hélène se récrie, véhémente et au bord des larmes. De toute façon, ils ne comprennent jamais rien.

Dans les semaines qui suivent, elle revient à l'assaut à plusieurs reprises. Elle promet d'être sage, d'encore mieux travailler en classe, mais ces arguments pèsent peu vu qu'elle est déjà exemplaire. Qu'à cela ne tienne. Elle entreprend une grève du sourire. À table, elle garde les yeux dans son assiette et ne répond plus que par des borborygmes. L'humeur dans la famille s'en ressent. Dans le petit pavillon à un étage, il règne une ambiance de morgue. Mireille brique son intérieur comme si sa vie en dépendait et va jusqu'à nettoyer les serrures au coton-tige. Jean a trouvé à s'occuper chez un copain qui retape une vieille ferme du côté de Cheniménil. Il s'y rend avec ses outils chaque fois qu'il peut et en revient, bronzé et content, avant de déchanter en constatant la gueule qu'on tire chez lui. C'est si grave que Mireille lui dit pas maintenant quand il lui dépose un petit bisou dans le cou.

Un soir, Jean Poirot se décide et va trouver Hélène dans sa chambre. C'est encore une piaule de gamine, avec des posters des New Kids on the Block au mur, des peluches sur la couette, le papier peint fleuri, une table en pitchpin et la chaise de bureau Confo qui pivote. Et un miroir sur pied dans lequel Hélène aime bien se regarder en train de répondre à des interviews imaginaires, ou de se faire monter les larmes. Mais ce soir-là, elle est simplement étendue sur son lit, occupée à lire *La Mare au diable*. Quand son père s'assoit près d'elle, elle ne prend même pas la peine de lever les yeux de son livre.

— Bon, j'ai parlé à ta mère.

Hélène ne moufte pas, mais les mots sur les pages ne sont déjà plus qu'une procession d'insectes illisibles. Elle lève le nez, écoute. Surtout, elle espère.

— Ça peut plus durer comme ça.

Elle voit la main large posée à plat sur le drap bleu, parcourue de veines épaisses semblables à des orvets et qui font comme du lierre en grimpant sur l'avant-bras. Les mains de travail de son père, qui portent et protègent, qui font peur et qu'elle fixait lors des départs en vacances justement, arrimées au volant, légères pour tenir une cigarette et passer les vitesses.

De sa voix basse et tapissée de nicotine, Jean lui rappelle à demi-mot le passé de Mireille, ses cinq frères et sœurs, le père emporté par un cancer quand elle avait six ans, sa propre mère placée en maison de repos, plus jamais d'attaque après ça, la folie qui rôdait chez elle, les tristesses de petite fille qui sont les insomnies d'à présent.

— C'est pas facile pour elle.

Hélène voit le truc venir. Son père la prend par les sentiments, classique. Mais il est trop tard. Elle a déjà pénétré dans cet âge cruel où le nombril est maître, la souffrance des autres purement fictive. Les coups de blues de sa mère n'auront pas raison de son fantasme. Elle veut le maillot deux pièces sur la plage blanche et bleue, les balades à vélo, la grande vie qu'elle devine là-bas, dans leur île à l'autre bout du pays.

— Alors on va trouver un arrangement.

Son père lui explique le topo. Elle passe une semaine avec eux à La Grande-Motte et ensuite elle pourra aller chez sa copine. On verra pour les trains, on s'arrangera. Hélène attrape son père par le cou et l'embrasse. Merci ! Merci papa. Avant de déchanter.

— Mais on veut en parler avec ces gens. Il n'est pas question qu'on t'envoie là-bas sans savoir à qui on a affaire.

— Mais vous les connaissez.

— On les a croisés trois fois. On veut leur parler. C'est normal.

Oh merde, pense Hélène. Elle imagine le tableau, les cercles qui se croisent, les couacs, sa mère méfiante, et ses complexes, pour qui se prennent-ils ? Et elle avec sa montre à deux mille balles, tu l'as vue ?

Dès le lendemain, elle en parle néanmoins à Charlotte qui est ravie et ne voit pas où est le problème. Évidemment, la connasse… Ses parents sont super cools, sa mère ressemble à une couverture de magazine et son vieux a des cheveux et une Mercedes.

Des tractations s'ensuivent pendant deux semaines. Tout d'abord, les Brassard convient les Poirot à dîner chez eux, information qu'Hélène ne transmet pas aux intéressés. Les ambitions sont donc revues à la baisse, et on évoque un apéritif dînatoire. Hélène, qui ne parvient décidément pas à se figurer ses vieux dans la grande bicoque de sa copine, esquive encore. Par conséquent, c'est au tour des Poirot de convier les Brassard. Hélène censure derechef.

Finalement, les deux familles se retrouvent à la terrasse du Narval, à Cornécourt. Et curieusement, les Poirot et les Brassard ne sont pas si dissemblables quand on les pose côte à côte. Chacune des femmes porte une petite robe, les hommes des polos et des jeans. Ils sont souriants, se tiennent plus ou moins de la même façon. Les deux hommes prennent un demi, Mireille un jus de tomate et Mme Brassard une Badoit. Pour deviner ce qui les sépare, il faudrait regarder les détails, les montres, les chaussures, la peau, les dents, les bijoux, l'usure des mains, et puis des petits riens, un geste, une intonation, un arrondi ici, une fixité ou une mollesse là, le mouvement des corps, ce qu'on appelle plus largement l'attitude, mille nuances qui signalent en creux des régimes alimentaires différents, des activités sans rapport, des horaires qui ne se recoupent pas, des usages et des destins opposés.

Mais à la vérité, ce fossé entre eux se traverse encore à pied sec. Après tout, le père de Charlotte s'appelle Jean, comme celui d'Hélène. Ils sont tous nés en province, parlent la même langue, ont de la France une idée vague mais affectueuse, de l'État une vision haute qui suscite des attentes excessives et des reproches à la mesure. Ils ne sont pas racistes mais. Ils croient au travail, célèbrent Noël sans aller à la messe, mais fréquentent les églises à l'occasion d'un baptême, d'une noce ou d'un enterrement. Tous jugent volontiers leurs semblables d'après leur voiture, adorent le pot-au-feu, les pâtés lorrains et boire des vins de Bordeaux qu'ils tiennent pour les meilleurs du monde. Mireille Poirot et Nicole Brassard excellent pareillement dans la confection de tartes aux fruits, même si la première préfère les mirabelles et la seconde les cerises. Jean Brassard et Jean Poirot regardent les matchs de la Coupe du monde, le JT et *Ushuaïa, le magazine de l'extrême*. Mireille et Nicole pourraient parler de Christine Ockrent qu'elles admirent toutes deux, ou du *Grand Échiquier* parce que Karajan les fascine et que Pavarotti les enchante. Tout le monde s'accorde à ne pas parler de politique.

Aussi, les deux couples s'entendent-ils tout de suite à merveille, d'autant que l'apéro n'est pas non plus un insoutenable moment de stress. D'instinct, les femmes se sont assises l'une à côté de l'autre, les messieurs se sont mis à parler de formule 1. Hélène et Charlotte boivent des diabolos à la paille et peinent à masquer leur joie. Tout cela est de très bon augure. Pour l'heure, il n'est pas du tout question des vacances litigieuses. Une fois la première tournée éclusée, M. Brassard propose qu'on ne s'arrête pas en si bon chemin, et les adultes se mettent d'accord sur une bouteille de rosé. Les verres arrivent, on trinque, les Poirot ne veulent bien entendu pas être en reste et à vingt et une heures, tandis que le soir tombe, une deuxième bouteille est ouverte. On a désormais le rire facile, et Nicole Brassard pose la main sur le poignet de Mireille pour lui parler à l'oreille. Le père de Charlotte propose d'organiser une visite de l'usine à papier où il bosse et que chacun connaît.

— Vous verrez, c'est plutôt impressionnant.

On veut bien le croire. De toute façon, les usines qui restent méritent d'être visitées, par principe. Ici, on a encore en souvenir les crimes commis contre le textile et la sidérurgie. Un jour, ceux qui ont bradé ces bijoux de famille devront s'expliquer. C'est en tout cas le point de vue de Jean Poirot. Le père de Charlotte ne relève pas. Il a du cours des choses la vision fataliste des hommes bien renseignés, prompts à tout admettre puisqu'ils ont tout compris. Bientôt, il est temps de se séparer. Au moment des au revoir, on se promet d'organiser quelque chose, un dîner, un petit resto, on verra bien. La question des vacances n'est jamais venue sur le tapis. Mais elle était continuellement présente, entre les lignes.

Sur le chemin du retour, dans la voiture, les parents d'Hélène sont d'excellente humeur. Non seulement les Brassard sont très sympas, mais ce sont des gens simples : ils ne pètent pas plus haut que leur cul.

— Enfin, t'as vu sa montre à elle, observe quand même Mireille.

— J'ai pas fait gaffe, concède Jean.

— On voit qu'ils ont les moyens.

Dans la conversation, le mot "cadre" revient à plusieurs reprises. Le père de Charlotte est "cadre" et Hélène aimerait bien savoir au juste ce que ça signifie. Apparemment, il n'est pas question d'un métier, ni d'argent, encore moins d'un titre, genre patron, avocat ou ministre. Mais le terme nimbe Jean Brassard d'un curieux prestige et lui confère visiblement une position enviable et vaguement répréhensible.

— C'est quoi un cadre ? demande l'adolescente.

— C'est compliqué, répond sa mère.

Hélène sera renseignée deux mois plus tard, sur la route qui mène du Gillieux au Super U d'Ars-en-Ré. Ce matin-là, le père de Charlotte a dit allez viens, je t'embarque, on va faire des courses, et elle ne s'est pas senti le droit de refuser l'invitation. Charlotte et sa mère faisaient le marché de leur côté et après tout il avait peut-être ses raisons de ne pas vouloir qu'elle reste seule dans leur maison de vacances.

Voilà une semaine qu'Hélène est arrivée et, depuis le départ, elle est un peu gênée. Elle croyait bien connaître ces gens chez lesquels elle a dîné et dormi cent fois mais après seulement vingt-quatre heures, elle n'a plus reconnu l'ambiance à la fois détendue et de haute volée dont elle avait l'habitude. Chaque famille a ses égouts et, sous l'effet de la cohabitation, ceux des Brassard refoulent des odeurs inattendues. Par exemple, quand les parents de Charlotte se parlent, leur conversation est tramée de sous-entendus vipérins qu'elle n'avait jamais remarqués auparavant. Et Nicole Brassard ne peut pas s'adresser à sa fille sans lui faire des reproches sur sa conduite, ce qu'elle mange, les vêtements qu'elle porte, la manière dont elle se tient, même si c'est toujours sur le ton de la blague. Hélène avait déjà observé cette tendance au dénigrement, mais la chose prend des proportions toutes différentes quand on vit pour de bon sous le même toit. Elle commence à comprendre pourquoi les jumeaux préfèrent passer leurs vacances loin d'ici.

Et puis surtout, les Brassard passent leur temps à débiner les autres. Ils ont croisé un type qui conduisait torse nu, ça leur a fait vingt minutes.

Difficile dans ces conditions de se sentir à l'aise. D'autant que les parents de sa copine observent des horaires flous pendant les vacances. L'heure des repas varie d'un jour à l'autre, ils vont à la plage le matin, ou l'après-midi, voire pas du tout parce qu'ils préfèrent passer la journée à glander sur la terrasse, à lire des magazines et dormir à l'ombre. Si bien qu'Hélène a parfois le sentiment de passer son temps à attendre. Elle manque de repères. À l'heure du dîner, elle s'impatiente, zonant tel un spectre en espérant des consignes. Chez elle, on dîne tous les jours à dix-neuf heures, au moins c'est clair.

Elle peut tout de même compter sur le rituel du petit-déjeuner. Jean Brassard adore se rendre très tôt le matin au village voisin pour acheter du pain frais et la presse du jour. Quand

les filles descendent de leur chambre, encore engourdies et cha-
fouines, la table est mise et, dès l'escalier, elles peuvent sentir
les délicieux effluves du café et du pain grillé. Hélène reconnaît
aussi l'odeur du père de sa copine qui les attend sur la terrasse,
en chemise et les cheveux mouillés, ce parfum de mâle propreté et de bourgeoisie frottée d'aftershave, si agréable. Manches
retroussées, ses vieilles chaussures bateau aux pieds, ce dernier
remplit les bols et demande aux filles si elles ont bien dormi.
Puis Nicole fait son apparition, le plus souvent en marinière.
Pour les vacances, elle a noué à son poignet un petit bracelet
de coton rouge qui prend le sel et le soleil, et le goût de leurs
draps songe Hélène à part elle.

Tout ce beau monde déjeune en papotant distraitement. Les
adultes sont plongés dans les journaux qu'ils épluchent avec
négligence, sans rien lire que les titres et les légendes des photos. Nicole aime bien faire les mots croisés. Dans la maison, on
trouve pas mal de livres et des magazines féminins un peu partout. Pourtant, Hélène n'a pas l'impression que les occupants
lisent tellement. Ce sont des objets comme les autres, compa-
rables au lin qui recouvre le canapé, aux tableaux qui ornent
les murs, des sortes de bibelots qui participent au décorum et
confèrent à l'endroit un supplément d'âme.

— Qu'est-ce que vous comptez faire aujourd'hui, les filles ?
demande la mère.

— La Conche, annonce Charlotte qui décide pour deux.

Ou Trousse-Chemise, La Couarde peut-être bien. La plage
en tout cas.

— OK, dit Nicole. Et nous ?

Jean n'a pas d'idée. Il fera comme elle veut, il s'en fout. Lui
n'est difficile que pour la nourriture.

Il y a quand même un truc qu'Hélène adore, ce sont les avantages de la vie insulaire. Parce que dans le coin les délinquants ne
sont pas si nombreux et les kidnappings se font rares. Et même
l'afflux d'estivants ne change rien à cette atmosphère de surveillance mutuelle et de confinement cossu qui caractérise l'île.
Aussi, les filles sont-elles libres de vaquer sans chaperon, même
le soir. Elles se déplacent à vélo, vont se baigner et retrouvent
chaque jour des copains que Charlotte connaît depuis l'enfance.

Parmi eux Boris, un garçon avec un polo Lacoste blanc qu'Hélène trouve plutôt pas mal, même s'il est un peu petit et parle de lui sans arrêt.

Elles rentrent vers dix-sept heures sur les petits chemins qui traversent les marais salants au fort parfum de soufre. Elles sont fatiguées et sales, le corps plein de soleil, les chevilles encroûtées de sable, du duvet blond le long de la colonne et sur la nuque. Une fois à la maison, les douches prennent un temps infini. Parfois, il arrive qu'on sorte pour manger une glace, ou dîner quelque part. Hélène prend toujours ce qu'il y a de moins cher sur la carte. Elle goûte au vin que Jean Brassard verse dans son verre. C'est délicieux d'être ivre après trois gorgées quand on est brune comme du caramel, loin de chez soi, qu'on se pince le nez pour ne pas éclater de rire parce que le père de votre meilleure copine imite le brame du cerf au fond des bois. C'est si bon d'avoir profité toute la journée et de savoir que demain sera pareil.

Le soir, les deux adolescentes ont la permission de minuit et vont faire un tour à la fête foraine. Elles attachent leurs vélos et, les épaules brûlées, prises dans leurs vêtements clairs, elles se promènent en espadrilles parmi les manèges et les stands qui sentent bon le sucre chaud, la gaufre et les pommes d'amour. Charlotte a toujours de la monnaie pour acheter des confiseries, ou payer un tour d'auto-scooter. Elles regardent les garçons, ont rendez-vous avec les copains, rentrent à la dernière minute, rieuses, se croyant saoules parce qu'elles ont bu deux bières, puis cavalent dans l'escalier jusqu'à leur chambre et se jettent sur leurs lits dans un déploiement de cheveux, étouffant des éclats de rire et sans même se laver les dents.

Mais malgré ces plaisirs et ces heures sans maître, il demeure un rien de corset, une impression crispante qu'Hélène ne s'explique pas et qui l'inquiète d'autant plus que les limites de la contrainte sont fantomatiques, les seuils invisibles, la règle écrite nulle part.

En somme, il faut se tenir.

Mais à quoi ça tient ? Certainement pas au vocabulaire. Le père de Charlotte dit merde à tout-va et signale des connards à chaque carrefour. Ni aux vêtements. Nicole bronze topless sur la plage, et toute la garde-robe du père est élimée, pleine de taches, parfois trouée et ça lui est complètement indifférent. Ça ne relève pas non plus de la politesse, ni d'une sorte de respect conventionnel que les enfants devraient aux adultes. C'est autre chose, de plus subliminal.

Par exemple, une fois, Hélène s'est laissée tomber un peu trop lourdement dans le canapé du salon, et elle a senti passer la réprobation pareille à un courant d'air. Depuis, elle vit dans l'inquiétude et s'efforce de faire comme Charlotte. Elle imite ses déplacements, sa manière de mettre la table, bronzer et rire. Elle singe ses intonations. Elle a même adopté le petit claquement de langue que sa copine fait entendre à chaque fois qu'elle est contrariée. Pourtant, les Brassard sont gentils, ils lui font manger des huîtres en plein été et goûter des melons si sucrés qu'on dirait du sirop. Hélène tâche d'être à la hauteur de ces largesses.

Heureusement, après quelques jours, un petit jeu de rôle réconfortant s'est mis en place avec le père de sa copine. Jean aime bien la taquiner et fait mine de veiller sur elle, prévenant jusqu'à la comédie, lui demandant si ça va, si elle veut appeler ses parents, si elle se sent bien, n'a pas trop chaud ou trop froid, la traitant en princesse capricieuse dont on redoute les humeurs.

Hélène glousse, ravie qu'on s'intéresse, gênée et centrale tout à coup.

Quand Nicole annonce qu'il va falloir passer à table par exemple, Jean dit : "Je ne sais pas si Hélène sera d'accord." La jeune fille rougit. Il la charrie comme ça, toujours gentiment, sans insister, ce qui produit entre eux une sorte de complicité trouble. Voilà au moins un début de place où se lover. La grande copine, la petite protégée. Celle qu'on veut faire rire.

Cet été est aussi celui de la découverte d'un pouvoir qu'Hélène ne se connaissait pas. Jusque-là, elle était toujours passée assez inaperçue. Et soudain, dans les fenêtres qui renvoient son reflet quand elle passe à vélo, elle observe un changement d'envergure. À quinze ans, elle mesure plus d'un mètre soixante-dix et ses jambes qui n'étaient encore qu'un moyen de locomotion sans grâce un an plus tôt sont devenues une attraction. Quand elle pédale, court ou marche, quand elle les croise sur une terrasse de café, les étend après avoir trop mangé, quand elle s'assied en tailleur dans le sable et compte les plis de son ventre, quand elle se balade sur la plage, des garçons de vingt-cinq ans ou des pères de famille avec des gros bides la reluquent sans vergogne. Elle ne sait pas trop quoi faire pour l'instant de cet intérêt nouveau qu'elle suscite, qui tourne la tête et fout la trouille. Elle voudrait disparaître et pourtant qu'on ne voie qu'elle.

Un jour, alors qu'elle enfile son maillot dans la petite salle de bains à l'étage, elle surprend son reflet dans le grand miroir fixé sur la porte. Elle se tourne sur le côté, un profil, puis l'autre, son menton sur l'épaule, puis considère les marques de maillot si prononcées qu'on dirait un vêtement. Au bas de son dos, elle est presque surprise de trouver ce nouveau derrière qui a fait craquer la peau au printemps et laissé sur ses hanches des zébrures dont elle ne se console pas. Elle vérifie sa poitrine aussi, mais de ce côté, il n'y a pas grand-chose à signaler. Alors elle reprend avec une basse complaisance la contemplation de son cul, teste sa chute de reins. Elle aguiche son reflet, ce qui est beau et sans risque. Elle voudrait bien prendre une photo. Bientôt, il faudra rentrer et tout disparaîtra, les taches de rousseur et les métamorphoses de juillet, retour à Cornécourt et sa vie entre gris clair et gris foncé.

Alors elle se dit qu'un jour, il faudra qu'elle gagne beaucoup d'argent elle aussi. Ainsi elle sera belle toute l'année et pourra vivre à son tour comme ces gens qui ne comptent pas leurs sous et savent comment marchent les choses. Mais le néon au-dessus du miroir dénonce une grêle de petits boutons sur sa tempe droite. Elle se penche au-dessus du lavabo, sur la pointe des pieds, pour les percer. Puis s'éloigne. Des traces rouges, un point sanglant, elle s'est tout abîmée. Sur la tablette en verre se trouvent quelques effets de toilette, parmi lesquels le savon à barbe du père dont elle reconnaît l'effluve familier. Elle ouvre le pot et respire. Ça fait drôle. Puis elle porte la bouteille d'Habit Rouge à ses narines et retrouve l'odeur du matin, il ne manque que la peau d'homme, son usure, les mains couvertes de veines, les bras poilus. Elle est prise d'un trouble difficile, où l'envie se mêle au dégoût. Elle vaporise un peu du parfum sur son poignet pour mieux se rendre compte. Soudain, elle se fige. On vient de frapper à la porte.

— Dis. Charlotte et sa mère sont au marché. Je vais au Super U. T'as besoin de quelque chose ?

Très vite, elle passe son poignet sous l'eau et frotte avec du savon. Le sang lui est monté au visage et, sous l'effet de la panique, elle sent son front se tremper et ses cheveux devenir électriques.

— Hélène ? demande la grosse voix derrière la porte.

Elle répond qu'elle n'a besoin de rien. Elle arrive.

— Tu en as pour longtemps ?

— Non, non.

— Bon, ben alors tu m'accompagnes.

Oui, d'accord, elle veut bien.

C'est ainsi qu'elle se retrouve dans la Mercedes où la clim tourne à fond et donne la chair de poule. Et c'est là qu'elle repose cette fameuse question : "C'est quoi un cadre ?"

Jean rigole. Disons que c'est quelqu'un qui a pour tâche d'"encadrer" d'autres salariés, ses subalternes, qu'il appellera volontiers des collaborateurs. Il est question de responsabilités, de beaucoup de réunions et d'être à la hauteur.

— Et toi, tu comptes faire quoi dans la vie ?

— Comme bac ?

— Non. Après. Tes études.

Hélène n'y a pas vraiment réfléchi. Décidément, la clim tourne trop fort et elle croise ses bras sur sa poitrine, serre les cuisses. Le père de Charlotte garde les yeux rivés sur la route.

— Je sais pas trop, dit-elle. Peut-être du droit.

— Le droit ça mène à tout, mais ça sert à rien. N'importe qui fait du droit.

Elle ne saisit pas très bien ce qu'il veut dire par là. Chez elle, les stratégies se limitent à peu de chose. Si tu travailles bien à l'école, tu réussiras dans la vie. Si tu as des bonnes notes, tu auras peut-être le privilège d'"aller après le bac". Et pour sa mère, notaire, huissier, avocat, ce sont les carrières indépassables, qui rapportent et suscitent ce respect impressionné que le tout-venant doit aux gens rémunérés en honoraires.

Jean Brassard balaie tout ça d'un revers de la voix. Déjà, au lycée, il faut choisir la bonne filière. Un bac L ? À proscrire. C'est un coup à finir prof. Après, il faut éviter l'université à tout prix.

La fac, c'est le meilleur moyen de ne rien foutre et perdre trois ans de sa vie parmi le ramassis des indistincts.

— Ma sœur est prof d'anglais, explique-t-il. Elle a eu l'agrég du premier coup et elle gagne pas mal sa vie, surtout si on rapporte au nombre d'heures de cours. Mais même. Elle est sous anxiolytiques depuis deux ans. Cette année, un gamin l'a traitée de pute.

Hélène écoute sagement cette parole indiscutable. Selon le père de sa copine, il faut avant tout chercher les parcours réservés au petit nombre, options discriminantes, classes préparatoires, grandes écoles.

— Tu devrais prendre grec et russe. T'es sûre de te retrouver avec des bosseurs. C'est important l'émulation.

Plus tard, dans les rayons du Super U, il continue à lui expliquer ce qu'il faut faire et ne pas faire, tandis qu'elle pousse le caddie et que lui le remplit. Naturellement, la conversation dévie assez vite sur sa propre jeunesse. Parfois, Hélène sent son bras contre le sien et elle espère que c'est un contact accidentel, même si ça ne lui déplaît pas tout à fait. Il a grandi à Neufchâteau. Son père était ingénieur dans le génie civil, et son grand-père grammairien, prof de lycée. Chez lui, on ne plaisantait pas avec les études. On ne plaisantait pas beaucoup en général, d'ailleurs. Il était en prépa à Poinca, à Nancy, puis est monté à Paris. Comme dans ce roman de Barrès que plus personne ne lit. Il a fait du droit justement, et heureusement, par la suite il a pu intégrer Sciences Po, mais Sciences Po Grenoble.

À vrai dire, Hélène nage complètement. Poinca, génie civil, grammairien, Barrès, ce que Grenoble a à envier à Paris, tous les repères lui font défaut. Ce qu'elle découvre dans ce supermarché où grouillent les estivants en tongs, c'est une langue nouvelle avec sa curieuse syntaxe qui hiérarchise et ordonne, sa grammaire de trébuchet.

Une fois les courses rangées dans le coffre de la voiture, Jean lui demande si elle veut boire quelque chose. Ils ont encore un peu de temps. Il regarde d'ailleurs sa montre pour s'en assurer. Le bracelet de cuir marron donne à ses mains quelque chose d'aventureux, de publicitaire. Hélène sait bien que leur complicité n'est pas totalement bienvenue, mais elle ne peut s'empêcher d'apprécier cette bulle où elle tient la meilleure place. Ils se dirigent vers le petit café qui se trouve de l'autre côté de la route, et qui tourne le dos à une étendue d'herbe brûlée où paissent les bêtes exotiques d'un cirque qui vient de s'installer. Le père de Charlotte commande des Perrier rondelles et tous deux s'absorbent dans la contemplation de la circulation, sans plus se dire grand-chose.

Ils sont là, à l'ombre d'un parasol Orangina, pris dans le tourbillon de chaleur, sous l'implacable marteau de midi et dans la poussière que soulève le va-et-vient des voitures. Plus rien n'est possible. Hélène n'ose plus le regarder. Elle a l'impression qu'il attend quelque chose. Et ça dure. Enfin, un nuage passe devant le soleil énorme, le temps d'une respiration. L'adolescente sent son corps se relâcher un peu et s'aperçoit que son dos est trempé.

— Elles doivent être rentrées du marché maintenant, dit le père de Charlotte.

— Oui.

— On y va ?

Il est déjà debout, la clef de sa voiture en main. Hélène vide son verre puis se lève à son tour et, tandis qu'ils traversent la route, Jean prend sa main. Ce geste ne dure qu'une poignée de secondes, et il a l'excuse de la route, de la circulation toujours très dense à cet endroit. Une fois de l'autre côté, il la lâche d'ailleurs aussitôt. Mais dans la tête de la jeune fille, tout est brouillé, impossible à reconnaître.

— Ça va ? demande-t-il.

Elle acquiesce. Tout à coup, elle voudrait que ce soit décembre, porter un pull et des grosses chaussures, mais le soleil est exact à son point le plus haut, le jour le plus clair du mois le plus chaud. Elle sourit pauvrement et monte à bord de la grosse berline noire.

Sur le chemin du retour, ils écoutent les informations. Michel Rocard, le permis à points, et ces noms qui reviennent sans cesse et qu'on mélange : Serbie, Bosnie, Monténégro, toutes choses dont ils se foutent éperdument l'un et l'autre. Le père de Charlotte change de station et s'arrête sur France Musique qui diffuse de la musique religieuse. Les mains croisées sur ses genoux,

Hélène fixe ses pieds tandis que des voix de sépulcre envahissent l'habitacle réfrigéré par la clim.

Le reste du séjour se déroule dans le plaisir des bains de mer, la redite des jours et la mélancolie croissante de ce qui va vers son terme.

Désormais, Hélène évite Jean qui manifestement n'apprécie guère ce nouveau comportement. L'impression désagréable d'une faute ne quitte plus la jeune fille. Elle craint qu'il la coince et lui dise ses quatre vérités. Deux mots reviennent en boucle dans sa tête : "Petite allumeuse." Pourtant, elle n'a rien fait. Ou s'est laissé faire. Comme elle n'a personne à qui en parler, tout cela tourne interminablement dans sa tête en provoquant des élans de colère et des reflux coupables.

Heureusement, avec Charlotte, elles s'échappent dès que possible et retrouvent chaque jour la petite bande sur la plage. Les journées se passent comme ça, à jouer aux raquettes, se baigner et rigoler beaucoup, dans une sorte d'ivresse sans queue ni tête. De temps en temps, Angélique, une grande Parisienne du 16ᵉ aux cheveux ultracourts, rapplique avec son jeu de tarots et leur prédit l'avenir. Bien souvent, elles ne prennent même pas la peine de manger. Les cigarettes ont remplacé la nourriture et Boris, le petit mec aux polos blancs, continue de draguer Hélène, sans persévérance ni malice, ce qui la flatte et la repose.

Avec Charlotte, elles passent des heures à discuter à l'écart, étendues sur leurs serviettes, en se faisant bronzer sur le ventre puis sur le dos. Charlotte vient de finir *Moi, Christiane F., 13 ans, droguée, prostituée…* et n'en croit toujours pas ses yeux. Quant à Hélène, elle ne jure que par *Belle du Seigneur*. En réalité, elle ne l'a pas vraiment lu, mais elle adore l'idée. Leur prof de français leur en avait parlé pendant l'année scolaire en précisant bien que ce n'était pas de leur âge, trop difficile, volumineux, expérimental. Il n'en avait pas fallu davantage pour qu'elle l'emprunte à la bibliothèque. Elle a calé en cours de route, certains passages étant carrément imbitables, mais c'est tellement beau, la passion, la cruauté. Dans son esprit, l'amour a désormais partie liée avec la mort. Ça ne l'encourage pas à sauter le pas.

Le dernier vendredi des vacances, les filles rentrent plus tard que d'habitude et trouvent les parents de Charlotte avachis dans le salon. Sur la table basse, une bouteille de blanc est déjà vide.

— Alors vous étiez passées où ? demande Nicole, le regard légèrement à la dérive, un grand sourire aux lèvres.

Il y a aussi des anchois et des rougets, des tomates cerises, du pain tranché et du beurre salé. Charlotte s'assoit en tailleur sur le tapis et commence à se confectionner une tartine.

— On n'a pas vu l'heure, dit-elle avant de mordre de bon cœur dans le pain beurré.

— Vous voulez boire un coup ? demande le père en empoignant la bouteille de viognier.

Les deux copines se regardent, le sourire en coin. Nicole fait mine de s'y opposer, mais principalement, elle s'en fout.

Chez elle à Épinal, dans son environnement, parmi ses livres et ses plantes vertes, la mère de Charlotte ressemble à ces femmes qui font de la pub pour les crèmes antirides, chics et saines, la petite cinquantaine en sfumato, des joncs en or aux poignets, l'air d'une éternelle lycéenne. Mais au cours de ces vacances, Hélène a vu le vernis craquer. Plusieurs fois après le dîner, Nicole s'est enquillé des verres de blanc à la chaîne et il a fallu l'aider à regagner sa chambre. Le lendemain, elle avait une mine de déterrée et des cernes jusqu'aux genoux. Mais surtout, Hélène a surpris son expression, quand elle écoute les rodomontades de son mari, les théories qu'il a sur tout, ses blagues identiques depuis vingt-cinq ans. Il passe alors comme une ondée sur son visage, qui ne laisse qu'un paysage amer et sans relief. Depuis deux jours, elle n'a même plus pris la peine d'aller à la plage. Elle est restée avec ses livres blancs et jaunes, ses Marlboro, allongée dans le canapé à lire et écouter de la musique.

— Qu'est-ce qu'elle a ta mère ?

— Rien, elle aime bien être tranquille.

Ni son mari ni sa fille ne s'en mêlent. Hélène a fouiné dans les bouquins avec lesquels elle passe ses journées, des histoires de femmes, de mères et de malheur, exclusivement des romans, la plupart français. Elle se dit que ça ne doit pas être si déplaisant d'être comme ça, triste et riche sur son canapé, occupée à lire des histoires qui vous mettent en valeur.

En attendant, le père insiste.

— De toute façon, on fait pas à dîner ce soir.

— On va peut-être prendre une douche d'abord.

— Ouais, allez vous laver. On va ouvrir une bouteille en attendant.

Les deux amies cavalent jusqu'à l'étage, Charlotte devant qui se déshabille déjà dans le couloir pour pouvoir profiter de la salle de bains en premier.

Hélène est tout excitée. Elle a envie de faire la fête et de boire du vin, même si elle redoute un peu la présence du père.

— Tu te dépêches hein ! crie-t-elle à sa copine à travers la porte.

Puis, elle se rend dans leur chambre et se laisse tomber sur son lit. Là, elle regarde le plafond, écoute les bruits de la douche de l'autre côté du couloir, se tourne sur le ventre, jambes repliées, respire l'odeur surette des draps qui n'ont pas été changés depuis le début du séjour. Sous le lit de Charlotte, elle devine un sac grand ouvert et des bouquins. Elle se lève pour voir quels livres sa copine a emportés. Et là, elle tombe sur un gros agenda Creeks à la couverture souple. Le coin inférieur de chaque page utilisée a été déchiré en suivant les pointillés. Hélène parcourt cette curieuse éphéméride, n'en croyant pas ses yeux. Soudain, son cœur s'arrête.

Le 14 avril : "Christophe est venu hier. On a encore fait ça dans mon lit. Miam ! Je pense à lui tout le temps. On a regardé *Le Cercle des poètes disparus* en profitant que maman était pas là. Je crois que ça lui a plu. La cassette commence à être usée. Je lui ai dit que je porterais la même culotte pour son match. Il a rigolé. Je l'aime trop. En revanche, j'étais super en retard pour mon devoir de maths. Je suis crevée et heureuse."

Hélène feuillette encore. Les pages sont pleines de mots amples et ronds, de points d'exclamation. Elle pique une phrase ici, une autre là. Elle se cherche, mais n'y est presque pas.

Le 19 mars : "Aujourd'hui, je peux dire que je me sens vraiment bien dans ma peau. J'ai plus envie d'être quelqu'un d'autre. J'ai moins envie d'être toujours la meilleure et je me demande moins comment les autres me trouvent. Il faut dire que Christophe me fait des compliments sans arrêt. Je me sens joyeuse. C'est juste chiant le secret. Et sa pute."

En dessous, au feutre rouge, un couplet de *Let's Talk About Sex* de Salt-N-Pepa et un cœur gras et bleu.

Dans la salle de bains, le bruit de l'eau a cessé et Hélène tente de revenir à elle, mais le journal de sa copine est le plus fort. Comme un sachet de bonbons qu'on vide pendant une fringale en se jurant que chaque bouchée est la dernière, elle feuillette encore, une page de plus, encore une petite. Un monde vient de s'ouvrir devant elle, si luxuriant, dans son atrocité de jungle, sa beauté paludéenne, que la tête lui tourne. Elle se sent toute chose, un peu moite, excitée et perdue. Soudain elle glousse. Sur une pleine page, cette seule mention vient de paraître : "Christophe connard !" Au feutre, et en trois couleurs, ça a le mérite d'être clair.

Plus loin, un jour de mai. "Décision définitive : ne plus le voir. Exprimer mes sentiments. Penser à moi. Avoir une vie sexuelle et amoureuse ÉPANOUIE. Dire ce que je pense, même si ça doit blesser." Et en dessous : "Penser à l'anniv d'Hélène. Idées : le petit bracelet de L'Oiseau Bleu (cher), ou des chocolats (basique), ou lui prendre la VHS de *Rain Man* (Tom Cruise – cœur)."

De l'autre côté du couloir, la porte de la salle de bains vient de s'ouvrir. Hélène se hâte de remettre l'agenda à sa place et, à genoux sur le sol, le glisse dans le sac où elle l'a trouvé.

— C'est ton tour.

Charlotte vient d'entrer dans leur chambre, accompagnée de cette bonne odeur de bain-douche et de cheveux propres. Elle finit de s'essuyer sur le seuil, le buste pris dans une longue serviette de bain rose, les pieds nus et plus jamais innocente. Hélène la regarde avec un curieux sentiment d'admiration et de dépit.

— Dépêche-toi, fait sa copine, qui déjà s'est assise sur son lit pour enfiler sa culotte.

— J'y vais, dit Hélène.

— Ça va pas ?

— Si si.

Hélène est une piètre menteuse. Elle est tout de suite gênée, le regard fuyant. Elle se presse de quitter la chambre avant qu'une autre question ne la mette en péril. Sous la douche, elle laisse l'eau brûlante tomber sur ses cheveux empoissés de sel.

Les idées tournent à une vitesse phénoménale dans sa tête. Elle s'en veut de n'avoir rien vu, d'être si naïve. Elle en veut à Charlotte. Mais ce qui domine en elle, c'est une curiosité dévorante. Il faut qu'elle trouve un moyen d'en lire plus.

— Bon les filles ! Vous arrivez ou on finit la bouteille ?

Ce soir-là, trois autres bouteilles sont débouchées. Très vite, le petit salon clair prend un aspect ouaté et flou, et les parents de Charlotte se lâchent, médisants et charmeurs, multipliant les anecdotes et les oukases. Par-dessus la table en désordre, ils échangent des "tu te souviens" et des "ça me rappelle". Il faut dire que, grâce au vin, ils se sont trouvé un public plus que docile. Hélène rit avec excès et se gave non moins excessivement de tartines à la pâte d'anchois et de tomates cerises, de petits cubes de comté et de pain beurré. Charlotte n'est pas en reste. Elle relance son père, remplit les verres, gratifie Hélène de haussements de sourcils entendus. Très tard, Nicole décide de mettre de la musique. Elle danse même un peu, puis vient le coup de barre. Vers une heure du matin, elle sonne la fin de partie et, après quelques protestations, les filles montent se brosser les dents et se coucher. Charlotte, encore plus déchirée que sa copine, voudrait bien papoter encore un peu, et étouffe quelques rires dans son oreiller avant de s'endormir comme une masse.

Tout est redevenu calme dans la petite maison de vacances mitoyenne aux murs blancs et aux volets bleus. Sous la porte, Hélène voit la lumière du couloir s'allumer, puis s'éteindre. Elle reconnaît le pas de la mère, puis le souffle plus fort de Jean, son poids qui fait craquer le plancher. Enfin, le silence. Le sommeil s'abat sur elle deux minutes plus tard avec la soudaineté d'une anesthésie générale.

Mais vers trois heures, l'adolescente se réveille avec la bouche sèche et l'impression de n'avoir pas dormi plus de dix minutes. Elle reste un moment sans bouger, hésitant entre la flemme et l'envie de faire pipi, puis quitte son lit. Debout, c'est encore pire. Le sang cogne sous son cuir chevelu, son cerveau lui fait mal et sur sa langue, ce goût répugnant de chose morte. Tout près, Charlotte ronfle presque, en vrai mammifère, bestiasse tout à son immense besoin de repos. Hélène approche et souffle tout bas :

— Hé ? Tu dors ?

Et se penchant davantage, elle reconnaît le parfum des cheveux de sa copine mêlé à l'haleine macérée et fade du sommeil alcoolisé. Et cette chaleur de forge qui monte vers son visage.

— Hé, dit-elle encore.

Comme Charlotte ne répond toujours pas, Hélène s'agenouille et touche sa cuisse à travers le drap. Rien. Alors elle s'étend à plat ventre sur le sol et va chercher l'agenda sous le lit. Elle peut sentir son cœur cogner contre le parquet. Sa vessie continue de la torturer, et sous ses doigts qui furètent, rien que du tissu, de la poussière, tout un petit bordel impossible à déterminer. Enfin, le voilà ! Elle empoigne l'agenda, se redresse, glisse l'objet dans l'élastique de son shorty et passe son t-shirt par-dessus avant de sortir sur la pointe des pieds. Puis elle descend l'escalier sans bruit, à la fois minutieuse et pressée, et va s'enfermer dans les toilettes du rez-de-chaussée en prenant bien soin de tirer le loquet derrière elle. Alors elle allume les appliques et, à l'abri, enfin, s'assoit pour lire le journal de sa meilleure copine et se soulager longuement.

"Angine. J'ai regardé *Les Parapluies de Cherbourg*. Beau mais déprimant."

"(À l'encre rouge) Ne pleure pas ! Regarde-moi. On ne meurt d'amour qu'au cinéma."

"Je pense à Christophe. Son corps de rêve me rend folle."

"Maman m'a demandé de faire ma chambre, alors que j'avais de la fièvre et des courbatures. Elle était dans une de ses sales journées qui me rendent tellement triste. Heureusement, demain je vois Christophe. J'ai tellement envie par moments, que ça me fait des frissons."

Plus loin :

"Je crois que je suis en train de me faire lourder. Christophe est super distant, il passe tout son temps à la patinoire ou avec sa pouffe. J'ai pleuré cette nuit, et encore ce matin en me levant. Je me sens tellement crevée (crevée en majuscules et en gras). J'en ai marre. Hélène m'a emprunté mon pull Lacoste rouge. Elle me pique tout le temps des trucs, et j'ose pas dire non."

Hélène remonte le fil. Elle cherche quand tout cela a commencé. En décembre, le 7, cette page :

"À midi j'étais toute seule au foyer, et Christophe Marchal me regardait dans les yeux. Je savais plus où me foutre. On s'est recroisés trois fois dans la journée. Hélène me dit que je délire. Elle a sûrement raison. En tout cas, je vais y penser toute seule dans mon lit."

Plus loin : "J'ai tanné maman et j'ai enfin réussi à la convaincre pour mes Docs. Après trois semaines ! En revanche, elle veut pas qu'Hélène vienne dormir le week-end prochain parce qu'elle est venue pour la Saint-Nicolas. Ça me saoule."

Les minutes passent, et Hélène recompose toute l'histoire, une pièce après l'autre. Christophe tournait autour de sa copine et elle ne s'en est jamais rendu compte. Puis un jour, il a réussi à venir chez elle. Charlotte savait pourtant qu'il sortait avec cette sale keuponne, Charlie, mais elle s'est laissé faire. Sans doute que ça la flattait. Et qu'elle en avait envie. Hélène elle-même se sent toute chose à la lecture de ces pages où les faits s'étalent sans fard. L'agenda est plein de phrases brèves qui sont comme des détonateurs. "Il a essayé de rentrer, mais j'avais mal et j'ai dit non", "Son corps est trop beau". Le mot "branlette" répété dix fois autour d'une page, comme une guirlande, avec des cœurs et des zizis miniatures au stabilo. Des conjugaisons de verbes forts anglais, une photo de Jim Morrison, *Paris sous les bombes*, "Les dessous chics, c'est une jarretelle qui claque". À partir de fin décembre, cette phrase qui revient souvent : "J'ai envie de baiser." Cash.

Parfois, il est question d'un drame, une dispute, la fin du monde en quatre phrases. Il est trop con. Il comprend rien. Il va la plaquer. Sa pute le manipule. Et puis les victoires au hockey, des coupures de journaux avec les résultats et les photos en noir et blanc, les conseils *Cosmo* pour avoir un orgasme pendant l'amour, des passages qui concernent directement Hélène, la meilleure copine que Charlotte adore et débine, ça dépend des moments, à qui elle aimerait bien parler de tout ça mais elle a promis à Christophe. Alors elle se tait, c'est son secret, sa grande merveille, le cœur vibrant de ses quinze ans. Partout éclatent l'envie, le manque, le travail scolaire qui empêche, les parents insupportables, des cœurs, des *je l'aime*, des *je pleure*, *j'en ai trop marre*, et *sa pute* et la fierté des matchs remportés, en majuscules et points d'exclamation. Mais surtout, les détails de sa queue, de son ventre, ses cuisses, le tripotage, le sexe qui ne dure pas assez, parce qu'il n'a jamais le temps, qu'il doit toujours aller à l'entraînement, ou voir l'autre. Ou qu'il est maladroit.

Les avant-bras sur ses cuisses, la tête bourdonnante, Hélène dévore cette chronique pleine de couleurs. Elle froisse les pages, revient en arrière. Son amie est là, reconnaissable à chaque ligne en même temps qu'horriblement nouvelle. Hélène lui en veut, et l'envie. Il lui semble, à force, que ce sont ses mains et sa bouche avec Christophe, que cette histoire devrait être la sienne.

Mais un toc toc mesquin vient rompre le charme. Quelqu'un a frappé à la porte. La jeune fille revient aussitôt à elle et, l'agenda contre sa poitrine, attend la suite en retenant son souffle.

— Ça va ? murmure une voix duveteuse derrière la porte.

Hélène remonte son shorty et glisse l'agenda dans son dos.

— C'est moi, souffle encore la voix qu'elle ne reconnaît pas.

— C'est occupé, répond la jeune fille.

— Hélène ? dit encore la voix.

La voix d'un homme, très basse.

La poignée tourne dans le vide et, au bruit que fait la porte dans le chambranle, Hélène devine une épaule qui a poussé. Tout est resté en deçà du murmure. Mais il est là, avec sa force, son poids, ses possibilités de propriétaire.

Hélène tourne les yeux vers la petite fenêtre. Mais elle ne va quand même pas se retrouver à courir comme une idiote dans la rue au milieu de la nuit…

La poignée tourne à nouveau, le parquet craque puis elle sent la lourde présence s'éloigner. Après un moment, elle ose deux pas en direction du lavabo et éteint les appliques. Le couloir est plongé dans le noir. Pas un bruit. Quelques secondes passent encore, surabondantes et spéculatives, et dans son dos, la jeune fille sent passer quelque chose. Elle plaque ses deux mains sur sa bouche pour retenir un cri, se tourne vivement, prise d'un frisson, mais ne trouve derrière elle que le noir et le silence. Elle pense alors à ses parents. Elle pense alors à ses parents, les trouve loin et se sent bien petite tout à coup. Peut-être que c'est ça justement grandir, découvrir qu'on n'est qu'une gosse et que le monde est un risque terrible à courir. Puis une minute passe, qui a l'amplitude d'une heure. Immobile, Hélène se rassure peu à peu. Elle ose même boire une gorgée au robinet, dans le noir, et la fraîcheur de l'eau lui fait un bien fou.

Dans la maison devenue tellement étrangère, elle épie le moindre bruit, cherche le plus petit signe d'une présence. Mais il n'y a rien, rien qu'elle et sa frousse qui commence à se dissiper. Alors, elle actionne le loquet, ose un pied timide dans le couloir et se trouve idiote finalement, qu'est-ce qu'elle allait imaginer ? Et de son trot de souris, elle remonte très vite à l'étage, la tête dans les épaules et minuscule dans la nuit. Elle ouvre la porte de la chambre qui lâche son traître grincement diagonal puis se précipite dans son lit, remontant tout de suite le drap très haut sur sa tête. Là, elle peut enfin reprendre son souffle, dans sa bulle, sous sa tente. Un craquement retentit alors dans la cloison, qui monte jusque dans la charpente, comme si la pièce autour d'elle s'étirait sous l'effet d'une crampe. Elle sursaute, et glousse de sa couardise.

C'est là que la porte de la chambre s'entrouvre, tout doucement.

À nouveau, la peur s'abat sur elle, pareille à une douche de ciment. À deux mètres à peine, elle devine ce corps adulte, sa force et son regard. Son cœur cogne si fort qu'elle l'entend presque. L'adolescente serre contre elle le terrible agenda, en priant et en demandant pardon, par réflexe et en faisant toutes les promesses qu'on voudra. Puis la porte se referme finalement, et il ne reste qu'un vertige, son souffle court, un bourdonnement entre ses deux tempes. Elle pleure alors un peu dans son oreiller, de soulagement, l'agenda sur sa poitrine.

Le lendemain, il n'est question de rien. Hélène glisse l'agenda dans le sac de Charlotte, puis prend le petit-déjeuner avec toute la famille, passablement ensuquée. Il y a des croissants et du pain frais, le café a le même goût que les autres jours. Simplement, elle s'est mise à l'autre bout de la table, loin du père de sa copine.

9

Christophe avait bien bossé.

En faisant moins de cent bornes, il était parvenu à rendre visite à trois éleveurs, dont deux nouveaux prospects qui avaient bien voulu signer une convention d'exclusivité. Ça n'avait rien d'évident vu les cadeaux qu'on leur offrait, un blouson Cani-Good et des gamelles en plastique. Encore deux comme ça, et il aurait satisfait à son objectif quali de l'année. Mais son problème restait le même, l'objectif quantitatif sur la nourriture pour chat. Plus quinze pour cent, ils étaient complètement cinglés au siège. Tous les commerciaux étaient d'accord là-dessus. Ce chiffre ressemblait même à une ruse pour les empêcher de décrocher la prime qui représentait, quand on s'y prenait bien, un trimestre de salaire supplémentaire. Les représentants du personnel avaient fait remonter le mécontentement des troupes en comité d'entreprise. Résultat, une note de service avait réaffirmé cet objectif, assurant qu'il était parfaitement atteignable, et annoncé le déploiement d'une campagne de pub ciblée dans les semaines à venir. Il restait deux mois pour réaliser les chiffres attendus et le directeur commercial, Serge Pelekian, était confiant.

— Tu parles, ils vont encore nous niquer comme l'année dernière.

— Ouais, la moitié des mecs s'étaient plantés. Ils se foutent de nous.

— Et toi, qu'est-ce que t'en penses ?

— Ben oui, répondait Christophe, par politesse plus qu'autre chose.

Devant la machine à café, dans les entrepôts et par texto, la grogne enflait et certains allaient même jusqu'à envisager des blocages, des grèves du zèle, foutre le bordel un peu. Christophe, lui, se contentait de suivre le mouvement, l'esprit ailleurs. De toute façon, à la fin, il arrivait toujours à décrocher la timbale.

CaniGood disposait sur le territoire français de deux usines de fabrication, d'une flotte de près de deux cents commerciaux et d'une dizaine de centres de distribution. C'est là que se retrouvaient les itinérants, avec leurs breaks blancs, leur bonne humeur immédiate, leurs ventres d'hommes qui mangent trop souvent au restaurant. Les femmes étaient plutôt rares dans le métier, et chez CaniGood on n'en comptait qu'une et personne n'avait plus de cinquante ans. Les mecs se croisaient sans s'être concertés, passaient dire coucou dans les bureaux, chargeaient les produits et les *goodies* dont ils avaient besoin, puis échangeaient quelques mots dans un coin, près de la zone de chargement, fumant et vapotant en cercle, une main dans la poche, l'air détendu et sûr de soi, en jean et chemise, parfois en costume mais c'était exceptionnel. On profitait de ces rencontres inopinées pour se donner des nouvelles, la famille, les vacances à venir, partager des bonnes adresses, un resto routier dont on recommandait le petit salé, et pour se plaindre surtout, des conditions de travail, des clients, des objectifs, du management, des lenteurs de la logistique, de la nullité des stratèges, des actionnaires qui, à Miami, n'en foutaient pas une rame pendant qu'ici on se tapait des virées de deux cent cinquante bornes par jour facile.

En plus, depuis la fusion des régions, le siège avait décidé de réorganiser les périmètres opérationnels. Au lieu de quadriller deux départements, un commercial devrait bientôt s'en farcir quatre. Derrière ces expressions identiques, réorganisation des périmètres, mutualisation des forces, redimensionnement des champs de compétences, CaniGood ne cherchait jamais qu'à dégager des marges supplémentaires alors que le business ne progressait plus guère. Les salariés s'en plaignaient sans fin, à bas bruit, mêlant dans leurs discours les mots de la hiérarchie et des idées qui cherchaient à lui nuire. Ils se défendaient ainsi avec leur langue impuissante et schizophrène, sans comprendre que dans un marché parvenu à maturité ils constituaient désormais la seule marge encore compressible, la seule matière première dont le cours pouvait évoluer à la baisse, un coût voué à l'érosion. Ils feraient donc toujours plus de kilomètres, peineraient davantage pour satisfaire à des objectifs toujours moins réalistes, verraient leurs menus avantages tomber un à un au nom de la justice et de l'égalité, iraient toujours plus loin dans ce fonctionnement curieux où chaque progrès se traduisait par une régression, où chaque nouveauté donnait lieu à des rapports plus archaïques, où les gains à venir ne pouvaient passer que par des serrages de ceinture plus drastiques.

Enfin, tout n'était pas si noir et Christophe avait fait une bonne journée. Après avoir vu ses trois éleveurs, il avait encore trouvé le temps de passer au Gamm Vert de Corcieux pour lancer l'opération spéciale du dernier trimestre. La fille du magasin était sympa, elle lui avait payé le café et donné un coup de main pour mettre ses pancartes en place. À seize heures, il était passé en coup de vent au cabinet du Dr Désirant, un véto de Vittel auquel il avait promis des places de hockey. Mine de rien ces gens-là, parce qu'ils étaient en mesure de faire passer n'importe quelle croquette pour un soin, étaient encore ses meilleurs prescripteurs. C'est grâce à eux que Christophe commençait à développer la gamme CaniHealth, un assemblage de vitamines, de légumes et de viande de poulet *best quality* censé maintenir les animaux dans une meilleure forme et régler notamment leurs problèmes rénaux. Sur ce segment, on observait des ventes en hausse de quinze pour cent sur les dix-huit derniers mois, alors même que les produits étaient vingt pour cent plus chers. Preuve qu'on pouvait encore espérer un peu de bénéfice inédit, à condition de ne pas se montrer trop regardant sur les argumentaires. Un jour c'est sûr, c'est en vendant la promesse d'un monde décroissant qu'on gratterait les ultimes percentiles.

Quoi qu'il en soit, c'est fort du sentiment du devoir accompli que Christophe avait pu se rendre à Épinal pour son premier rendez-vous avec Hélène.

Ils s'étaient beaucoup écrit ces derniers temps, échangeant notamment des souvenirs, partageant l'image qu'ils avaient jadis eue l'un de l'autre. Le passé était leur occasion. Elle avait fait du bien à son ego. Puis ils s'étaient raconté leurs vies actuelles, en faisant tout d'abord un récit assez enjolivé avant de s'autoriser des confidences plus exactes. Aux abords de la quarantaine, l'aveu leur coûtait, mais il fallait bien admettre que l'avenir ne leur appartenait plus tout à fait et que le temps faisait son poids. Sans préciser beaucoup, ils s'étaient subrepticement montré des blessures, ecchymoses banales et coups durs qui figuraient à presque tous les bilans. Le taf, les parents, les gosses, l'amour, l'intime merdier qui ne va jamais bien pour qui que ce soit. Et puis comme Christophe ne se décidait pas, Hélène avait pris l'initiative d'organiser une rencontre. Elle lui avait laissé le choix du lieu, non sans fixer des restrictions. Il était évidemment exclu de se voir à Nancy et elle insistait pour qu'ils se retrouvent dans un endroit tranquille, à l'abri des regards indiscrets, où ils ne risqueraient pas de croiser une connaissance.

Dans leurs échanges, il n'avait guère été question de la situation conjugale d'Hélène, mais le compte Insta de cette dernière ne laissait planer aucun doute. De nombreuses photos la montraient en vacances, en Dordogne ou au Viêtnam, avec un homme qui était tout le temps le même. Un type assez costaud, brun bouclé, pas désagréable, mais l'œil narquois. On y voyait aussi deux petites filles dont on pouvait constater la croissance au fil du temps. D'autres images offraient des morceaux choisis d'architecture, des assiettes gastronomiques, un peu de street art, de grands miroirs aux cadres dorés, pas mal d'amis interchangeables et quelques indignations fugitives. Pour tout dire, Christophe s'était pas mal appesanti sur une photo d'elle en maillot. Hélène semblait avoir de belles jambes et un bon cul. Elle avait commencé à beaucoup lui plaire.

Christophe se rendait donc au Casque d'Or, une gargote située à l'ombre de la basilique, à Épinal, qui sentait un peu le graillon mais où le demi restait sous la barre fatidique des deux euros. L'endroit n'était pas du dernier chic, mais répondait aux exigences d'Hélène et Christophe y avait ses habitudes. Il y retrouva d'ailleurs avec satisfaction le décor bien connu, la mosaïque au sol et le formica des tables, l'énorme percolateur professionnel et les alcools tête en bas, sans oublier, devant le vaste miroir, l'enfilade classique des sirops Monin qui faisaient comme un orgue de couleurs.

Il choisit une table dans le fond. C'est là en général qu'il venait pour faire ses notes de frais et ses comptes rendus de visite. La

Joss, grande bonne femme filandreuse dont la voix rappelait par instants celle de Claudia Cardinale, lança son habituel "Qu'est-ce que ce sera ?" et Christophe commanda un café et un verre d'eau.

C'est elle qui faisait palpiter la carcasse à moitié morte de ce rade déchu, par son zèle inlassable, son souci constant de l'hygiène (qui expliquait la légère odeur de javel et les incessants coups d'éponge), en exerçant une autorité incontestable sur ses ouailles aussi, des vieillards surtout dont elle surveillait la consommation et les prises de médicaments, quelques juristes venus du palais de justice tout proche pour boire des canons en douce, des camelots les jours de marché, les facteurs assoiffés et d'authentiques poivrots bien sûr, épaves soucieuses qui savaient pouvoir trouver là un refuge dans leurs journées émiettées par la soif. Accoudés, ou discrets à une table, ceux-ci prenaient des boissons aux reflets dorés, des vins presque roses, vidaient un verre ou deux très vite, la veste froissée et la peau brillante. On les guettait comme ces créatures émouvantes et spectrales dans les grands aquariums des musées océanographiques. De temps en temps, un tabouret restait vide quelques jours. Un habitué n'était plus.

Christophe fréquentait l'endroit depuis des années maintenant, et toujours seul. Juste avant la naissance de Gabriel, il avait découvert ce refuge, qui au fond lui avait tenu lieu de ventre tandis que Charlie poursuivait sa grossesse. Vingt fois, elle avait voulu y aller avec lui. Il avait toujours tenu bon.

C'était drôle en y repensant. Cette fille, il en avait été dingue tout de suite, d'un amour de gosse, qui prenait toute la place et rendait con. Et il avait tellement ramé pour l'avoir. Il faut dire que Charlie était plus âgée et semblait appartenir à un monde sans rapport. Dès quinze piges, elle écumait déjà les concerts et traînait avec tout un peuple de bizarres outsiders où se mêlaient skins et keupons, tous gauchos en perfecto et bombers qui avaient en commun d'écouter le même rock cradingue. Elle fumait des clopes depuis la cinquième et dans la cour lisait des bouquins de la collection 10/18 écrits par des Américains paumés. Et tandis que la plupart des jeunes de son âge devaient batailler pour avoir la permission de minuit, elle avait déjà l'habitude d'aller en boîte et découchait à sa convenance.

Entre quatorze et vingt-cinq ans, ils s'étaient fréquentés en morse, par épisodes, mais tout le monde les considérait malgré tout comme un couple. Elle habitait une de ces petites maisons du Saut-le-Cerf, chez ses grands-parents qui n'étaient pas chiants et passaient leur temps à jouer au tarot chez des voisins. Il y avait eu les après-midi dans sa piaule sous les toits, les premières parties de cul vraiment débridées, la stupéfaction de ce qu'on pouvait faire, le corps de l'autre aussi neuf qu'une Play-Station sous le sapin de Noël, à se lécher de haut en bas, la sueur, les jus, les draps à tordre, tiens-moi, mords-moi, me lâche pas. Ils se retrouvaient ensuite tout surpris après deux heures de dinguerie sans débander, en nage et le regard au plafond, elle qui fumait une clope et lui demandant "Ça va ?" Bien sûr que ça allait, et ils remettaient ça jusqu'au moment où ils entendaient la porte s'ouvrir au rez-de-chaussée, juste le temps de se rhabiller, collants et salés, et d'allumer la télé l'air de rien. Vous n'êtes même pas sortis par ce beau temps, disait la grand-mère, vous voulez goûter ? Oui, ils crevaient de faim, et dans la cuisine, ils se goinfraient de pains au chocolat industriels en échangeant des regards pleins d'étincelles.

Tout bien considéré ils passaient sans doute encore plus de temps à se prendre la tête qu'à baiser. Lui avait ses entraînements, elle ses potes qu'elle ne voulait pas lui présenter, des mecs tous majeurs qui conduisaient des bagnoles pourries et l'emmenaient à des concerts dans des bleds reculés jusque dans les Vosges ou en Haute-Saône, des fêtes bizarres dans des entrepôts ou sous des ponts. Il avait même retrouvé des ecstas dans la poche de son jean. Une fois, alors qu'il faisait un stage de hockey à Prague, Christophe était allé aux putes avec d'autres joueurs et évidemment Charlie l'avait su. En représailles, elle lui avait mis un coup de tête et plus adressé la parole pendant deux mois.

Mais ce qui distinguait Charlie par-dessus tout à l'époque, c'étaient ses coups de *bad*, l'ennui, le cafard jamais loin. Il y avait dans cette meuf un truc noir qui bouffait toute la lumière autour.

— Qu'est-ce qu'on fait ?
— Je sais pas. Tu veux faire quoi ?
— Rien.

Et puis après dix minutes de silence et de soupirs, alors qu'elle faisait mine de ranger sa chambre, elle lui demandait de se casser. Il prenait son scoot et rentrait chez lui en faisant la gueule, sachant très bien ce qui allait se passer ensuite. Elle appellerait sa grande copine du bistrot, Natacha, pour manigancer on ne sait quoi avec les autres fils de putes, le Keuss, Karim, le petit Thierry, ces mecs sans emploi et constamment déchirés qui prodiguaient à longueur de journée leur pénible sagesse de losers qui s'ignorent. Christophe les imaginait dans une R5 sur le bord d'une départementale, occupés à fumer des pet', hilares dans la promiscuité de leur aquarium. Peut-être même qu'ils se pelotaient ou pire.

À l'époque, Christophe avait aussi une histoire avec la petite Charlotte Brassard, si mignonne et clean en comparaison. Cette meuf le vénérait, et sa totale disponibilité compensait les vents que lui mettait Charlie. Avec le recul, il se disait qu'il avait vécu une drôle de jeunesse, qui ressemblait au paysage qu'on voit depuis le train, ces panoramas pris dans la vitesse où rien ne se fixe. Le hockey occupait la meilleure place de toute façon.

Après son bac, qu'elle avait quand même eu du premier coup, Charlie s'était barrée à Dijon où vivait son père pour faire une fac de socio. Lui avait repiqué et ils ne s'étaient plus revus que par hasard, pendant les vacances souvent, quand elle repassait dans le coin pour rendre visite à ses grands-parents. Tous deux s'arrêtaient alors sur le trottoir, ou dans un rayon du Monop, et se trouvaient bien embêtés, Ça va toi ? Super. Qu'est-ce que tu deviens ?

Ces retrouvailles laissaient à chaque fois Christophe dans un état de gêne mal défini. Ce qui restait chez elle de l'adolescente l'irritait, ses yeux comme des petits cailloux au fond de la rivière, la peau parfaite, presque jaune, le côté sautillant et espiègle, ses seins menus sous son t-shirt sans presque jamais de soutif. Mais ce qui avait changé le blessait encore plus, les chaussures à talons au lieu des Converse, les bijoux, l'affabilité polie qui avait défroissé le pli terrible entre ses sourcils, son air de femme, c'est-à-dire d'adulte plus ou moins réconciliée avec l'état des choses. À chaque fois, il en apprenait un peu plus sur son parcours. Elle avait fait des études, s'était plantée, avait bossé ici et là, puis repris une école pour devenir graphiste, comme tout le monde. Quand ils se quittaient, Christophe devait prendre vachement sur lui pour ne pas se retourner dans la rue et vérifier son cul.

Et puis un beau jour, elle était revenue s'installer à Cornécourt pour être plus proche de sa grand-mère qui ne rajeunissait pas. Les choses alors s'étaient déroulées le plus simplement du monde. Ils n'avaient pas encore trente ans, des débuts de carrières, un peu d'argent, chacun sa caisse et son appartement, une vie qui semblait libre. Ils étaient allés au resto et au ciné, ils avaient fait l'amour et trouvé dans la présence de l'autre un réconfort paisible, qui se passait de mots, où les moments se succédaient sans heurts. Il suffisait de se passer un rapide coup de fil en fin de journée pour décider de passer la soirée ensemble, ou pas. Souvent, ça consistait à manger des lasagnes ou une salade composée devant la télé. Ils regardaient *Les Experts* et *Des trains pas comme les autres*. Quand sa bagnole à elle tombait en rade, c'est lui qui la véhiculait. L'hiver, ils faisaient des randos en raquettes dans les Vosges, mangeaient de la tofaille dans des restaurants d'altitude d'où l'on ressortait rouge et à moitié bourré. La terrasse de Charlie donnait sur la Moselle et ils y invitaient des copains, mangeaient des tartes aux mirabelles quand finissaient les beaux jours, jouaient l'hiver à *Crash Bandicoot* sur une vieille console que Christophe avait récupérée chez son père. Charlie l'écoutait raconter ses journées de boulot au garage Renault près du parc des expos, puis ses embrouilles avec le personnel du Campanile où il avait brièvement exercé des fonctions de manager. Elle avait été là pour le soutenir quand il avait repris la brasserie qui se trouvait dans la galerie Saint-Joseph, laquelle avait évidemment périclité, rien ne tenait le coup très longtemps dans ce tunnel des faillites. De toute façon, les boutiques du centre-ville semblaient toutes prises dans un tremblement de chaleur. On s'attendait à les voir disparaître d'un instant à l'autre, laissant un trou, une vitrine vide, tandis que les clients se pressaient vers les enseignes proliférant au pourtour, avec leurs produits merdiques et leurs parkings illimités. Durant cette période, Christophe avait enchaîné les jobs, presque un par an, jusqu'au moment où il avait décidé qu'il en avait ras le bol. Il avait alors profité de ses allocations chômage pour réfléchir, prendre le temps d'envisager l'avenir.

Même si ses indemnités lui laissaient le temps de voir venir, des questions d'argent s'étaient bientôt posées et Charlie avait résolu le problème en leur trouvant un F3 à Cornécourt où ils avaient emménagé en mai. Le soir de la pendaison de crémaillère, elle avait refusé de boire de l'alcool, et tout le monde avait compris. Marco avait pris Christophe dans ses bras pour le féliciter. Il était pas loin de chialer ce con-là. Le bonheur était passé en douce. Il faudrait revoir les photos pour se rendre compte.

C'est à peu près à ce moment-là que Christophe avait dégoté un job chez CaniGood et s'était mis dans la foulée à fréquenter le Casque d'Or. L'endroit était devenu son havre. Il ne buvait pas, mais passait des heures protégées à contempler les destins échoués là. Chacun était heureux de trouver son tabouret, un comptoir où poser le coude, une oreille où glisser des réflexions faciles sur le temps qu'il fait, ou le vol Rio-Paris qui venait de s'abîmer dans l'océan. Christophe goûtait les voix rauques ou fluettes, le bruit des dés et l'humour discutable, les silences qui faisaient comme un ralenti dans des journées trop brèves, il admirait cette sorte de conservatoire des peines, si calme au fond.

Ailleurs, on le pressait d'être un homme, bientôt un père, d'être ponctuel et de remplir ses objectifs. Toute la journée, il se sentait comme un outil, une chose à faire fonctionner. Et ce joug, il ne pouvait ni le nommer ni s'y soustraire. Mais une chose était sûre : c'était l'inverse de la jeunesse. Au moins au bistrot, il n'existait pas de feuille de route. La machine pour une heure suspendait sa marche. On lui foutait la paix.

Cela dit, quand il vit Hélène passer la porte dans un tintement gai, Christophe fut tout de même pris d'un doute. Peut-être n'était-ce pas exactement le genre d'endroit qui convenait à une femme comme elle. Et le nuage qu'il vit passer sur ses traits ne fut pas pour le rassurer.

— Ça ira ? fit-il tandis qu'elle s'asseyait en face de lui.

— Oui oui, très bien.

Et elle le gratifia d'un sourire total qui balaya son inquiétude.

— T'as trouvé facilement ?

— Oui. Je connais un peu le coin, tu sais.

À son tour, il sourit, sans trop savoir ce qu'il pouvait ajouter à ça. La Joss les avait déjà rejoints, mains sur les hanches et l'air amusé.

— Alors, qu'est-ce que ce sera ?

— Un Coca Zéro, répondit Hélène en levant un sourcil poli.

La Joss répéta la commande à voix haute et regagna son comptoir. Il faisait bien chaud dans le bistrot et Hélène semblait à l'aise. Derrière elle, un couple buvait des chocolats chauds. Au bar, maître Cécile Clément prenait un verre de blanc après une audience particulièrement pénible qu'elle racontait par le menu à deux habitués. Le premier qu'on appelait Nénesse, vivait tout près et ne décampait guère. Grisâtre et fleurant bon l'eau de Cologne, il affichait une de ces silhouettes d'après-guerre, gominée et le pantalon flottant. L'autre, plus jeune et les manches retroussées, reniflait beaucoup et abondait véhémentement. Le tribunal, il connaissait. Les condés, des salauds. La justice, des pourris. Nénesse se contentait d'écouter et de boire à petits coups millimétrés un peu de son verre d'anjou.

Tout cela composait en fin de compte un arrière-plan pratique. Les silences passaient pour de la curiosité. Hélène fit quelques commentaires élogieux. C'était assez exotique cet endroit pour elle.

— J'ai pas beaucoup de temps, dit-elle pourtant, sans se départir de son sourire.

Ça n'était pas tout à fait vrai. La baby-sitter devait s'occuper des filles et Philippe passait la nuit à Strasbourg. Mais en regardant sa montre, elle se ménageait une éventuelle porte de sortie.

Pourtant, elle n'était pas si mal dans ce rade. Il était dix-huit heures trente, on pourrait bientôt prendre l'apéro sans rougir. Et Christophe la regardait avec un plaisir évident. Quand il lui demanda si elle voulait boire autre chose, elle accepta de bon cœur, et il commanda deux Chouffe. Le goût copieux de la bière allait bien avec l'humeur du lieu et, dès la première gorgée, Hélène se sentit plus légère. La porte s'ouvrait avec régularité sur de nouveaux clients et les conversations faisaient derrière elle un bruit de fond capitonné et chaud. Se tournant, elle détailla quelques figures. Il y avait là un commercial ogresque au nez grenat, un directeur des services aux traits luisants dont la physionomie rappelait un peu celle d'un céphalopode, deux greffières du tribunal qu'on aurait pu prendre pour des sœurs, et un homme seul, long et penché comme un Giacometti, bien connu de tous dans cette ville où il exerçait le métier de professeur de dessin. Il participait à toutes les expositions d'artistes locaux et organisait en juin de curieux concerts de viole dans les ruines de l'ancien château fort. C'était un artiste en somme, qui vivait avec sa mère et n'avait que le Casque d'Or pour vacances. Hélène se sentait comme dans une peinture flamande. Revenant à Christophe, elle s'aperçut qu'il la regardait toujours.

— Quoi ?

— Rien.

Mais elle se sentit belle et c'était une réponse suffisante.

— Et Charlotte ?

— Quoi Charlotte ?

— Tu l'as revue ?

— Jamais, répondit Christophe.

Elle lui avoua qu'elle avait su à l'époque, pour leurs coucheries en cachette. Et disant cela, elle sentit bien qu'elle l'attirait de l'autre côté, celui des confidences et de la peau. Le Casque d'Or devenait leur île. La robinsonnade commençait.

— Elle était pourtant censée garder tout ça pour elle, dit Christophe.

— Elle m'en a jamais parlé, cette garce ! Mais j'ai trouvé son journal.

Christophe s'esclaffa et prit une nouvelle gorgée de bière.

— Et qu'est-ce qu'elle racontait là-dedans ?

— Plein de trucs. C'était plutôt détaillé, en fait.

— Vraiment ?

Elle le lui confirma d'un haussement de sourcil plein de sous-entendus qui ravit Christophe. Et dans ce sourire, elle revit l'ado d'autrefois, tellement mignon et disputé.

— J'étais hyper jalouse à l'époque.

— Ah bon ?

— Ouais, elle racontait tout. Ça me faisait quand même envie.

— Tout quoi ?

— Qu'elle prenait son pied !

Elle accompagna cette révélation d'une moue vaguement orgasmique et Christophe, flatté, joua de bon cœur la partition de l'embarras.

— Moi, je baisais rien du tout. J'étais ultra-coincée à l'époque.

— C'est pas mon souvenir, fit Christophe.

Ce fut au tour d'Hélène de faire des mines. Elle se souvenait bien sûr de cette soirée d'après bac, au stade de la Colombière.

— Hé ! Oh !

Hélène et Christophe se tournèrent d'un même mouvement en direction de la patronne qui venait de gueuler et faisait signe dans leur direction en claquant des doigts, son téléphone sans fil à la main.

— Ta femme qu'essaie de te joindre.

— Ma femme ? fit Christophe.

Il chercha son propre téléphone dans son sac et constata que Charlie avait laissé plusieurs messages en absence.

— Je suis désolé. C'est la mère de mon fils.

— Un problème ? demanda Hélène.

— Je sais pas.

Il se leva pour prendre le téléphone que lui tendait la patronne et chacun dans le rade put voir sa face se décomposer tandis qu'il écoutait la voix au bout du fil. Quand il rendit son téléphone à la patronne, sa main tremblait un peu.

— Je vais devoir y aller. Je suis désolé.

Sa physionomie avait changé du tout au tout. Il était maintenant très pâle, hésitant, et au moment de prendre son sac, il renversa un verre qui vola en éclats sur le sol. Quinze regards ne le lâchaient plus. Il se mit à fouiller ses poches dans l'espoir d'y dénicher son portefeuille. Alors Hélène prit son poignet dans sa main.

— Laisse ça. Je m'en occupe.

— Je suis désolé, dit-il encore.

— Mais non, c'est rien.

Et il quitta le café sans un mot, sans un sourire, son sac et sa veste entre ses bras.

Pour parcourir les cinq kilomètres qui le séparaient de chez son père, il fallut à Christophe plus de vingt minutes. C'était le mauvais moment, la sortie des bureaux. Chaque jour, les mêmes embouteillages engorgeaient les mêmes rues. Il klaxonna à dix reprises et risqua sa vie dans un virage pour gagner quelque chose comme trois secondes. Il n'aurait pas su dire ce qui lui mettait le plus la pression, la situation ou les reproches qu'allait lui faire Charlie.

En arrivant, il reconnut bien sûr sa silhouette dans la Golf stationnée devant la maison. Même de loin, on devinait que son ex était en rogne. Il gara le break tout près, entendit une portière claquer. Puis il la rejoignit dans le froid vif du soir. Un peu de buée sortait de leurs deux bouches. Même le vent semblait crispé.

— Alors ? fit Charlie.

— Je comprends pas. Ils devraient être là. Je l'ai dit à Gabriel ce matin en le laissant à l'école. Et j'avais laissé un mot à mon père.

— J'ai sonné pendant dix minutes. J'ai appelé vingt fois sur son portable. Il répond pas. J'ai même pas compris le message de son répondeur.

Charlie avait croisé les bras sur sa poitrine, et frissonnait.

— Ils ont dû faire un tour dans le bois, dit Christophe.

— Au mois de novembre ? La nuit ? C'est n'importe quoi.

— Ils sont sûrement pas bien loin.

— Je t'ai dit combien de fois de plus le laisser avec ton père.

Christophe demeura un moment silencieux, penaud. Au-dessus d'eux, le ciel était vide et il ne restait pour les éclairer que la faible lumière du plafonnier de la 308. Ils avaient peur.

— Bon, fit Charlie.

— Attends, je reviens tout de suite, on va y aller avec ma voiture.

Christophe courut jusqu'à la maison et revint bientôt avec une lampe projecteur. Puis ils montèrent à bord du break et se mirent en route. L'enfant et son grand-père aimaient bien aller se balader dans un coin de forêt tout proche. Ils y furent en moins de dix minutes et Christophe se gara sur l'aire de gravier qui servait de parking aux chasseurs. Il avait espéré y trouver la camionnette de son père. Elle n'y était pas.

— Ils ont dû venir à pied.

— Mais qu'est-ce qu'ils feraient ici à cette heure ?

— Ils répandent du maïs, pour le gibier.

— Encore la chasse…, grogna Charlie.

— Le petit adore ça.

— Je sais bien. On en a déjà parlé aussi.

Christophe passa devant et ils s'enfoncèrent entre les arbres par l'étroit chemin de terre que le vieil homme et son petit-fils avaient l'habitude d'emprunter. Le grand-père enseignait à Gabriel le nom des champignons, les espèces et les oiseaux, il lui apprenait à reconnaître les traces que les animaux laissaient derrière eux, toutes choses dont Christophe n'avait pas la moindre idée. Dès l'ouverture de la saison, tous deux participaient au rabattage du gibier. Autrefois, Gérard Marchal avait fait partie de la société de chasse, mais sa situation financière ne lui permettait plus de payer sa carte. Les commerçants, c'est bien connu, avaient des retraites misérables. Et puis, il avait connu nombre de déboires avec les investissements locatifs censés garantir ses vieux jours.

Gérard Marchal avait placé l'essentiel de ses économies dans un immeuble à la sortie de Cornécourt, sur la route de Chantraine, à mi-chemin entre la piscine et le Leclerc. C'était bien situé, d'anciens bureaux transformés en meublés, deux F2 et un F3. Il avait recruté ses locataires avec le plus grand soin, et mis là-dedans de jeunes couples solvables et prometteurs. Hélas, les mauvais payeurs étaient presque indétectables et deux de ces logements étaient restés occupés trois ans sans qu'il voie la couleur d'un seul loyer, tandis que la taxe foncière et les charges tombaient recta. Il avait tout tenté pour remédier à ce naufrage, courriers recommandés, huissiers, signalement à la police, harcèlement par téléphone. Il avait même fait retirer les volets, recourant pour accomplir cette tâche à des gens du voyage qui n'avaient pas froid aux yeux. Sans résultat. À la fin, il avait dû déclencher un départ de feu, les pompiers étaient vite arrivés, mais l'assurance avait trouvé des clauses dans son contrat qui étaient toutes à son désavantage. Résultat des courses, il avait dû perdre quelque chose comme deux cent mille balles, là où l'immeuble aurait dû lui produire une petite rente bien peinarde.

D'autres avanies du même ordre s'étaient produites en cascade, sans parler de la succession quand Sylvie avait eu son cancer.

Après toute une vie d'efforts, il se surprenait désormais à mégo-
ter sur la marque de la lessive au supermarché, ou à compter les
litres de fioul pour l'hiver.

En tout cas, ces mésaventures avaient fini de gâter son humeur
et il n'attendait désormais plus rien de son pays. Politiciens,
flics, magistrats ou assureurs, il les mettait tous dans le même
sac. Même chose pour la Sécu, la caisse de retraite ou l'État, qui
favorisaient les branleurs et les citoyens de fraîche date, même
s'ils ne savaient rien foutre que brûler des bagnoles, violer des
gamines ou brutaliser des chauffeurs de bus. Et chaque jour, il
attisait son ressentiment devant les débats des chaînes d'info où
se confirmaient ses intuitions et le progrès continu de ses idées.
Tout cela composait une vie chiche de plaisirs, aux relents aigres,
qui tirait en longueur et à laquelle il tenait pourtant.

Car, il y avait le gosse. Ensemble, ils passaient du bon temps.
Ils allaient dans les bois et jouaient aux Mille Bornes.

— On pourrait peut-être essayer d'appeler, fit Charlie. Ça sert
à rien là.

Avec Christophe, ils marchaient depuis un bon moment sans
oser une parole, attentifs aux craquements sous leurs pieds, le
regard fixé sur le faisceau de lumière qui leur ouvrait la voie.
Charlie cria le nom de son fils qui résonna à travers les arbres.
Christophe fit de même. Puis il appela son père :

— Papa !

Les deux syllabes résonnèrent pauvrement, comme s'il redevenait un enfant et appelait au secours. Autour d'eux, la forêt
semblait de plus en plus vaste, habitée et sombre. Il fallait s'en
tenir au faisceau de lumière. Quand il voulut appeler à nouveau,
Christophe sentit sa voix s'étrangler dans sa gorge. L'épaule de
Charlie se pressa contre la sienne.

— Mais ils sont où ?…

— Ils peuvent pas être loin. Ça va aller.

— On devrait aller au commissariat.

Ils poursuivirent néanmoins en tâchant d'appeler régulièrement malgré le silence têtu de la forêt. À mesure qu'ils progressaient, l'odeur noire de la terre devenait plus présente, et ils
entendaient mieux le bruissement des feuilles détrempées sur le
sol, le bruit mat des gouttes qui tombaient des branches jusque

sur leurs épaules. Par moments, le froid sur leurs nuques ressemblait à un regard. Charlie se blottit pour de bon, et il passa un bras autour de son épaule. Tous deux pensaient à Gabriel. Ils imaginaient son corps si petit parmi le désordre sombre de la végétation, ses larmes dans le noir, sans personne. Ils imaginaient sa peur sans frein qui devenait la leur. Christophe la serra fort.

— T'as entendu ?

Ils s'immobilisèrent, aux aguets, cherchant un signe dans l'obscurité. On aurait dit une voix dans leur dos. Mais ce n'était peut-être que le vent qui leur jouait des tours. Une fois qu'on était attentif, le silence se décomposait en une infinité de menus frôlements, de murmures trompeurs. Christophe balaya l'espace autour d'eux à l'aide de son projecteur. Mais c'est Charlie qui, la première, vit paraître le grand-père et l'enfant. Gérard Marchal tenait une minuscule lampe de poche dans sa main droite, et celle de l'enfant dans la gauche. Un seau en plastique pendait à son bras.

— Mais où vous étiez passés ?

Ils se précipitèrent. La peur cédait déjà la place à la colère.

— Comment ça ? répliqua le vieil homme en vidant le reste de son seau de maïs au pied d'un arbre.

— On vous a cherché partout. T'as vu l'heure ? Qu'est-ce que vous foutiez dans les bois la nuit ? En plus, je t'avais dit que sa mère venait le chercher.

Le vieil homme laissa passer l'orage sans rien dire, puis il haussa les épaules avant de cogner le fond du seau pour s'assurer qu'il était vide. De son côté, Charlie s'était agenouillée et serrait Gabriel dans ses bras.

— Ça va, doudou ?

L'enfant, qui avait lui aussi enlacé sa mère, déposa un baiser sur son front, comme s'il la bénissait.

— Oui. Ça va.

— T'es sûr ?

— Mais oui, tout va bien, répliqua le grand-père avec humeur.

Sur le visage du gosse, on voyait pourtant les traces qu'y avaient laissées des larmes. Ce dernier reniflait, mais sourit quand même. Tout allait bien.

— Bon allez, on va pas rester là cent sept ans.

Le vieil homme prit la tête du petit cortège qui se mit en route pour regagner le parking de gravier. Fermant la marche, Christophe se demanda ce qui se serait passé si les piles de la lampe de poche étaient tombées à plat… Mieux valait ne pas y penser. Ils arrivèrent enfin à destination et Christophe demanda à son père ce qu'il avait fait de sa camionnette.

— Elle est à la maison, répondit le vieil homme.

— Non. Elle est ni chez nous, ni ici. Qu'est-ce que t'en as fait ?

La bouche du père tremblota pauvrement, puis, ne trouvant rien à répondre, il se tourna vers le petit :

— Il est crevé celui-là. On va peut-être rentrer, non ?

De fait, Gabriel avait les traits tirés et il claquait des dents. Christophe soupira et chacun prit place à bord du break. Sur le chemin du retour, il n'y eut pas une parole, mais chacun savait à quoi s'en tenir. Le petit garçon finit par s'endormir, la tête sur le côté et la bouche ouverte. Alors, n'y tenant plus, Charlie se pencha vers le siège passager et posa la question qui la démangeait :

— Vous vous êtes perdus ?

Elle avait prononcé ces quatre mots le plus calmement possible, dans un soupir presque, mais on sentait par-derrière toute la colère, toute la peur emmagasinées.

— Quoi ? demanda le grand-père en tournant vers elle sa meilleure oreille.

— Vous vous êtes perdus ? C'est ça ?

Cette fois, elle n'avait pu réprimer une pointe d'agressivité.

— Mais non. On donnait à manger au gibier.

Le mensonge suscita un soupir exaspéré de la part de Charlie qui se renfrogna à l'arrière.

— De toute façon, ça va plus durer longtemps.

— Qu'est-ce que ça veut dire ? demanda le vieil homme.

— Chut, coupa Christophe, tu vas réveiller le petit.

Il roulait en respectant scrupuleusement le Code de la route, peu pressé d'arriver. Au bout, il y aurait ce qu'il cherchait à éviter depuis des mois : une explication. Alors il se rappela Hélène au Casque d'Or, tout à l'heure. Et cette pensée le bouleversa.

Une fois que Charlie eut déposé l'enfant toujours endormi à l'arrière de sa voiture, elle prit le volant et Christophe se crut tiré d'affaire. Mais la vitre côté conducteur s'abaissa dans un lent glissement feutré, et il n'eut pas d'autre choix que d'approcher.

— Je te préviens, dit Charlie, je veux plus de ça. Je suis sérieuse. Me force pas à te faire retirer la garde.

— Faut pas exagérer.

— J'exagère rien du tout. Ton père est malade. Je veux plus qu'il se retrouve tout seul avec le petit.

— Je sais.

Les avant-bras sur le toit de la Golf, la tête basse, Christophe attendait la suite. Tout le poids de la nuit pesait sur ses épaules.

— Vous avez vu un spécialiste au moins ?

— Bien sûr. On est allés consulter un neurologue.

— Quand ?

— Y a deux ou trois semaines. On attend toujours les résultats.

— De toute façon, on sait bien ce qu'il a. Et pour notre départ, tu lui as dit ?

— Pas encore. J'ai peur que ça lui foute encore un coup.

Alors Charlie passa la tête par la fenêtre :

— Tu vas lui dire. Sinon, c'est moi qui le ferai. D'accord ?

Christophe promit d'un signe de la tête, puis elle remonta sa vitre et il n'eut plus qu'à les regarder partir, la mère et l'enfant dans la voiture noire. Cette meuf qu'il avait connue au collège, avec qui il avait fait l'amour et des dettes, avec laquelle il s'était battu et séparé. Et maintenant : ça. Le petit partait. Il en prit vraiment conscience pour la première fois. Qu'est-ce qu'il allait faire avec ce trou au milieu de sa vie ?

10

La première fois que Christophe voit Charlie, il est en troisième et elle se prend une énorme tarte dans la gueule.

Elle vient d'arriver au collège Louis-Armand de Cornécourt en cours d'année après s'être fait virer d'un établissement privé du centre-ville et, dès le départ, elle ne laisse planer aucun mystère sur le fait qu'elle s'estime très au-dessus de la mêlée. On le devine à sa démarche, la manière dont elle toise le menu fretin, comment elle s'entoure et au fait qu'elle vient presque toujours en classe les mains dans les poches.

Les distractions sont rares dans ce petit bahut de ville moyenne et, à peine débarquée, elle devient tout de suite l'attraction numéro un. Comme elle est née en début d'année et a repiqué sa troisième, c'est une grande meuf de presque seize ans, avec des yeux gris, l'air bravache, une frange, des Converse même en hiver et un bombers noir doublé de toile orange. Très vite, les rumeurs vont bon train. On raconte qu'elle s'est fait jeter après qu'on l'a surprise dans les chiottes avec un pion, ou parce qu'elle revendait du shit, ou qu'elle aurait injurié un prof. On raconte aussi qu'elle s'est battue avec un mec qui avait tiré sa queue de cheval dans les escaliers. Il aurait fallu trois personnes pour les séparer et l'autre se serait pété le coccyx en tombant. Coccyx est un mot aux reflets rouges qui, lorsqu'on le prononce, nimbe la jeune fille d'un halo héroïque et inquiétant.

En cours, elle s'installe toujours au fond de la classe, souvent seule, avachie sur sa chaise, ou dormant carrément sur ses bras croisés. À la voir comme ça, gamine, femelle, masculine, dangereuse et pâle, on se demande. Elle inquiète jusqu'aux enseignants qui semblent espérer un transfert rapide vers un autre établissement mieux adapté à son cas. Marco a vite repéré la curiosité de Christophe pour cette créature inédite et il a sa petite idée sur le sujet.

— C'est une connasse, dit-il. Elle se la pète.

La première fois que Christophe voit Charlie coïncide sans doute avec le premier jour qu'elle passe à Louis-Armand. Difficile à dire. Le souvenir est capricieux, la légende l'emporte facile. En tout cas, elle fait face à M. Juncosa, un pion d'une quarantaine d'années qui porte des blazers bordeaux, des lunettes à la transparence louche, des mocassins avec un petit écusson en métal sur le côté et fait profession de surveiller des collégiens depuis des temps immémoriaux. Dans son dos, des taches d'encre disent assez le sort que lui font les mômes quand il circule dans les allées de l'étude.

Christophe l'aperçoit qui sermonne Charlie dans la cour, et même s'il ne l'entend pas, il imagine parfaitement la voix pincée, le vocabulaire chantourné, car M. Juncosa dit volontiers des mots comme "reliquat" ou "comparse". Et tout à coup, le visage de Charlie est pris d'un froncement, elle se pince le nez, et dit quelque chose qui laisse le surveillant stupéfait. Puis la gifle part, ordinairement brutale, après quoi l'homme s'éloigne à grandes enjambées, fouillant ses poches où il ne se trouve aucune aide. Après ça, il aura toujours la manie des Tic Tac.

Charlie est comme ça, elle craint. Elle s'attire des emmerdes à longueur de temps et les provoque si ça tarde trop à lui tomber dessus. Partout, on dirait qu'elle cherche des murs où se faire mal. Christophe n'a pas encore quinze ans et quand il la regarde il se produit dans sa poitrine des mouvements tectoniques sur lesquels il n'a pas la moindre prise. Souvent, il a l'impression d'être insuffisant pour contenir tout ça. À l'entraînement, il ne parvient plus à se concentrer. Il pense à Charlie tout le temps. Elle est présente comme une musique de fond, même quand il a la tête ailleurs. Chez lui le soir, il a le bourdon, refuse de mettre la table, ne fait plus ses devoirs, et reste le cul devant la télé avec l'air d'avoir gobé du Lexomil. Pendant le dîner, sa mère lui demande : t'as pas faim ? Il ne prend même pas la peine de répondre. Avec Julien, les deux frangins font la paire, dans le genre ado qui fait la gueule jamais content.

— Bonjour l'ambiance, observe Sylvie tandis que Gérard finit sa soupe avec des slurp révoltants.

Un jour de novembre, après une heure de maths particulièrement soporifique, Christophe va se poster à l'une des fenêtres du troisième étage en attendant d'aller en allemand et, le front collé à la vitre, il se laisse aller à des pensées amères et complaisantes en considérant la fourmilière des autres élèves en contrebas. Greg est là, lui aussi, nettement moins accablé, même s'il n'apprécie pas davantage cet interminable après-midi qui doit s'achever sur deux heures d'histoire-géo. Christophe soupire. Soudain, il reconnaît Charlie qui traverse la cour. Putain, même de haut, elle fait grande. Il la suit du regard, son pas martial et rapide, ses jambes comme des compas, sa queue de cheval qui ballotte, le sac Gotcha sur l'épaule. C'est plus fort que lui.

— Allez viens, on y va, dit-il.

— Quoi ?

— Viens, je te dis.

Et Greg dégringole les escaliers derrière son pote sans se faire prier. À l'inverse de Marco qui fait anglais en LV1 et n'est donc pas là, Greg n'est ni chiant, ni jaloux. En plus, comme ses parents tiennent un bistrot et qu'il pique dans la caisse, il a toujours du liquide plein les poches. C'est donc lui qui raque un peu plus tard quand il faut acheter deux tickets pour suivre Charlie qui vient de s'engouffrer dans un bus de la ligne 11.

Christophe a vite fait de la repérer. Elle est assise dans le fond côté vitre, ses écouteurs sur les oreilles, occupée à regarder le paysage qui défile. Il se demande où elle va bien pouvoir descendre. Et Greg aussi :

— On va aller jusqu'où comme ça ? demande-t-il, pendu à une poignée et ondoyant mollement en fonction des arrêts et des redémarrages.

— J'en sais rien.

— Et tu veux faire quoi ? Tu vas lui demander pour sortir avec ?

— Ta gueule…

Le bus poursuit son pesant cheminement à travers les rues piétonnes, passe le pont couvert, s'enfonce encore plus loin vers Saint-Laurent et, se vidant, dévoile peu à peu leur présence indélicate et voyeuse. Charlie finit par se lever et son regard glisse sur eux sans les voir. Adossée à une barre de maintien, elle attend que le bus s'immobilise dans un soupir. Les portes s'ouvrent enfin et elle saute dehors, laissant là les deux couillons qui n'osent pas la suivre et se contentent de la regarder rentrer dans un café qui fait l'angle, Les Mousquetaires. Ils descendent à l'arrêt suivant et remontent la rue vers le café. Une fois devant, Christophe hésite. Aucun des deux amis n'a l'âge légal pour entrer dans un troquet. Heureusement, Greg, lui, n'a pas ce genre de scrupules. Il allume une clope et pousse la porte, comme chez lui. Christophe est bien forcé de le suivre.

— Messieurs bonjour ! lance le patron.

À l'intérieur, les clients sont rares et le maître des lieux ne risquait pas de les louper. C'est un type entre deux âges et, avec son pull col en V et sa chemise à rayures, il ressemble à un mannequin de CCV. Greg commande un café et un verre d'eau, Christophe pareil. Par le passe-plat qui se trouve dans le dos du patron, on aperçoit une salle de jeux enfumée où des clients armés de queues de billard vont et viennent, dans le claquement net des billes et le pétillement électrique des flippers. Les deux garçons sirotent leur consommation en attendant la suite. Puis Greg quitte son tabouret.

— Viens, on va voir, dit-il.

— Où ça ? s'inquiète Christophe, qui a déjà bien du mal à faire les seize ans réglementaires.

Sans attendre, Greg contourne le bar et, avec une impassibilité de dromadaire, passe les portes western qui donnent sur la salle de jeux. Christophe sourit au patron, ravale sa salive. Puis se lève à son tour.

— Hé, jeune homme…

L'adolescent se fige, imaginant aussitôt le pire, la police, les parents, le scandale. Mais le cafetier se contente de désigner le porte-monnaie oublié sur son comptoir que le garçon récupère avec un petit hé hé contrit.

— Merci.

Bien sûr, il les repère au premier coup d'œil ces consommateurs qui ne devraient pas être là, mais son établissement étant situé à égale distance de deux lycées, l'un public et l'autre privé, il en voit défiler à longueur de temps des comme ça, qui font semblant et se donnent des airs. De temps à autre, il demande une pièce d'identité pour dire que, mais il ne va pas non plus y passer ses journées, et de toute façon, un écrémage trop scrupuleux ruinerait son commerce. Dans le coin, on ne peut guère compter sur les poivrots pour alimenter le chiffre d'affaires. Il faut se contenter de la jeunesse de passage, des Monaco et des petits cafés, deux flippers et beaucoup de cigarettes fumées, la parlote, des flirts, des cheveux longs, des chouchous et des duffle-coats. Depuis vingt ans, il contemple cette faune avec un flegme inentamé, les mêmes ados qui d'une génération l'autre se tripotent en douce, révisent, s'engueulent et déconnent. Une conso pour tenir trois heures et refaire le monde en mieux. Mais de son poste d'observation, le monde ne change guère justement. Il a toujours dix-sept ans et son bac à passer. Alors le propriétaire des Mousquetaires allume la télé et un petit cigare, c'est seulement le deuxième de la journée.

De son côté, Christophe vient de découvrir le Las Vegas miniature de la pièce voisine, soit trois billards, une cible de fléchettes électroniques qui scintille et carillonne, et deux flippers Gottlieb non moins bruyants. Une poignée de lycéens et quelques hommes plus âgés gravitent là-dedans avec nonchalance, une queue de billard à la main, la clope au bec et leurs voix curieusement assourdies par le feutre vert qui couvre les murs. Sur les tables, des verres rouges ou jaunes se disputent la place avec des carrés de craie bleue et de monstrueux cendriers Johnny Walker.

Christophe rejoint Greg qui, d'une main experte, a rangé les billes bicolores d'un billard 8 pool en triangle et se propose de casser. Dès le premier coup, il rentre une bille rouge dans la poche du milieu. Deux autres suivent avant que Christophe ne prenne son tour. Mais Greg lui fait signe. Charlie vient de paraître, accompagnée d'une petite blonde mignonne comme une poupée, avec les cheveux très longs, un blouson de cuir noir et les mains planquées dans ses manches. Les deux filles passent sans accorder un regard à quiconque, presque au ralenti. Tout se grave alors dans la mémoire du jeune garçon, la lumière, Charlie de profil, sa frange, la ligne parfaite de son visage, son indifférence, les étoiles que font les flippers derrière elle et le gai ding ding des cibles où se fichent brutalement les fléchettes.

— T'as pas une clope ? dit-il.

— Tu fumes ? s'étonne Greg.

À partir de là, oui.

Les deux copines passent les portes western, puis s'arrêtent au bar. La petite blonde demande au patron qui est son père de leur servir deux diabolos et elles se mettent à papoter sans entrain, l'air ultra-blasé, veillant bien à ne pas toucher leurs verres. Charlie est tellement jolie, elle s'en fout à tel point, Christophe serait prêt à se jeter du troisième étage pour attirer son attention. En attendant, il tire sur sa clope, c'est toujours ça de pris.

— Bon, tu joues ? demande Greg.

— Ouais.

Mais Christophe ne joue pas. Il s'est déplacé pour mieux la regarder à travers le passe-plat. Entre eux, il y a quoi, peut-être trois mètres, le bout du monde. Leurs regards se croisent alors. Un éclair de malice traverse l'œil de la jeune fille. On pourrait croire à un sourire, pourtant pas un muscle de son visage n'a bougé. Christophe pique un fard. C'est si peu de chose, une lueur dans l'œil. Ça le tiendra pourtant vingt ans et même plus.

Ce moment dans la salle de billard va produire sur l'existence du garçon divers effets plus ou moins heureux. En premier lieu, ses études deviennent absolument accessoires. Déjà qu'il n'était pas très assidu.

Ensuite, il se met à cultiver un for intérieur, c'est-à-dire un endroit où macèrent des pensées secrètes et quelques fixations dont il ne parle à personne, pas même Greg et Marco. Au départ, Charlie y occupe toute la place, le soir surtout, quand il est dans son lit avec ses écouteurs.

Enfin, le hockey devient une nécessité totale, lieu des purges, exutoires et grands projets. Jusque-là, il aimait surtout la glisse, la vitesse, voir les copains, échapper à la vie de famille. Mais maintenant que Charlie importe, tout change. Christophe a besoin de briller, et comme il ne peut pas tellement compter sur son parcours scolaire (dont elle n'aurait d'ailleurs rien à foutre) ni sur son jeu à la guitare, le sport s'impose comme son plus évident piédestal. Christophe décide de devenir un athlète de haut niveau. Il vise l'équipe de France, et un jour peut-être, partir à l'étranger pour jouer en Allemagne ou au Canada.

Toute la famille embarque avec lui dans ce fantasme de champion. Avec son frère, ils ont installé des cages dans le fond du garage. C'est là qu'il travaille ses shoots quand il n'a pas entraînement à Poissompré. Souvent les palets cognent dans le mur du fond et laissent une marque dans les plaques d'isolant. Son père descend de temps à autre pour constater les dégâts en enfonçant un index consterné dans ces plaies ébouriffées.

— Ah là là ! C'est pas possible. Tu détruiras la baraque à force.

Mais il les laisse jouer.

Un jour, Julien a l'idée de fixer des couvercles de casserole dans les lucarnes. Christophe s'entraîne et, de plus en plus souvent, fait sonner les disques en inox. Le corps est une mémoire et il faut y faire pénétrer le programme du palet, que l'enchaînement des mouvements devienne subconscient, intuitif, qu'une ligne infaillible s'ébauche du regard jusque dans les filets. Et pendant ces heures de répétitions, Christophe se raconte à l'infini les mêmes tragiques histoires de remontadas impossibles et de buts *in extremis*. Sous son crâne, des foules inconnues se dressent pour crier son nom.

Parfois, il arrive à Sylvie de descendre en peignoir pour regarder ses fils, le grand dans les cages et le plus jeune qui cogne. Ses deux garçons… Elle souffle sur sa tisane, fume une cigarette et remonte à l'étage non sans leur avoir demandé de faire gaffe, qu'on ne finisse pas aux urgences encore.

Sur la glace par contre, les choses ne sont pas si faciles.

— Lève le nez ! Regarde autour de toi. Regarde ! gueule le coach.

Assis sur ses talons, Gargano explique à ses joueurs assemblés en cercle autour de lui. Du doigt, il dessine des figures au-dessus de la glace. Ils doivent comprendre, les feintes, les combinaisons, la vista.

Par moments, Christophe croit saisir quelque chose de la trame secrète du jeu et, l'espace d'une minute, tout semble devenir évident. Les automatismes prennent le relais, chaque déplacement semble brièvement aller de soi et il pourrait presque jouer les yeux fermés, à l'instinct. Mais ça reste une sensation fugitive, une grâce qui se dissipe presqu'aussitôt, comme un mot qu'on a sur le bout de la langue et qui disparaît avant d'être prononcé.

À l'hiver 1989-1990, des parents de joueurs profitent d'un week-end pour organiser un petit tournoi à Morzine. Christophe et Marco sont du voyage, mais Greg qui s'est luxé l'épaule reste à la maison. L'événement doit opposer six équipes, parmi lesquelles Chamonix et Grenoble, qui sont des clients sérieux. Le père Müller, élu maire de fraîche date, s'est chargé de la location des véhicules pour transporter les joueurs, parmi lesquels son fils Lionel. Pour lui, il a choisi un monospace Mercedes. Le père de Christophe se retrouve pour sa part au volant d'un Fiat Ulysse beaucoup moins sexy.

Il faut six heures de route pour rejoindre Morzine et à l'arrivée, la Mercedes a mis vingt-cinq minutes dans la vue du monospace italien, ce qui se traduit naturellement par une certaine hostilité entre les ressortissants de chaque véhicule. En plus il faut jouer Morzine direct et les mômes qui ont passé le trajet à écouter les Red Hot et No One Is Innocent en se gavant de bonbons ont limite la gerbe. Ils débarquent sur la glace dans un état quasi second, irrités, maussades, grelottants presque tandis que les familles du coin les huent pour se marrer. Dès l'échauffement, le père Müller et Gérard Marchal ont compris que les jeux sont faits et les sept buts encaissés pendant le premier tiers temps tuent très vite toute espérance.

Pourtant dans le vestiaire Gérard Marchal s'efforce de galvaniser les troupes, mais son discours de série B tombe complètement à plat. Les joueurs n'ont qu'une envie, que ça se termine et le plus vite possible. Quand Christophe se lève pour aller pisser, Madani laisse ostensiblement traîner sa crosse en travers de son passage. Alors Christophe la lui brise d'un coup de patin bien net.

— Hé qu'est-ce qui vous prend ?! gueule Gérard Marchal.

— Toi fils de pute…, grince Madani.

Le match se poursuit dans une ambiance archi-pourrie pour finir sur un score de seize à trois. Une dégelée.

Le reste de la journée, les joueurs ont quartier libre et en profitent pour zoner aux abords de la patinoire, regardant les autres matchs d'un œil distrait, fumant des clopes quand les adultes ont le dos tourné et se prenant la tête pour des riens si bien qu'ils manquent d'en venir aux mains à plusieurs reprises.

Pour le dîner, le maire de Cornécourt a négocié avec la direction de l'hôtel un menu commun, carottes râpées, nouilles et rôti de porc, mousse au chocolat pour finir. À table, l'agressivité du matin est loin d'avoir disparu. On la sent flotter dans l'air comme des vapeurs d'essence et, face à ce déploiement de bêtise prépubère, Gérard Marchal et le maire de Cornécourt décident de ne pas se laisser abattre. Le premier commande une bouteille de bourgogne qui est vidée en un rien de temps, si bien que son commensal lui met la petite sœur. Tous deux se trouvent donc très vite de fort bonne humeur, mâles en goguette, ivres ce qu'il faut, à peu près d'accord sur tout, le sport qui forme la jeunesse, la gauche et la droite tous pareils, d'ailleurs le père Müller est sans étiquette. Il reprécise à toutes fins utiles, ce qui n'empêche pas les convictions cela dit. Il aurait bien besoin de gens comme Gérard Marchal dans son équipe d'ailleurs, des gens qui ont du bon sens et sont connus dans le coin. Le père de Christophe apprécie cette sollicitation et fait tinter son verre contre celui de son nouvel ami. Puis tous deux, la mine carolingienne et l'œil revigoré, contemplent la tablée où bâfrent mollement dix jeunes garçons ruinés de fatigue, aussi prometteurs qu'une assiette de tapioca.

— On va les mettre au lit, hein…
— J'offre le digestif, ose Gérard Marchal.
— Avec plaisir !

Christophe partage une chambre double avec Marco qui s'endort comme une masse, sans même s'être brossé les dents. Lui reste un moment dans la salle de bains à s'épier dans le miroir. C'est une habitude nouvelle. Dans sa piaule, il passe ainsi pas mal de temps à se mater sous toutes les coutures. Grâce au sport, il a réussi à se fabriquer un corps qui tient la route, le torse et les épaules bien dessinés, des cuisses d'adulte presque. En revanche, il est moins fan des boutons qui ont fleuri sur sa mâchoire et aux ailes du nez, et qu'il perce sans trop de conviction. Les mains sur le lavabo, il se dévisage avec complaisance. Il songe à Charlie. À leur nullité de tout à l'heure sur la glace. À son vieux et au père Müller. Au gros Marco dans la pièce voisine. Tout cela, subitement, le déprime horriblement.

Dans la douche, l'eau s'abat brûlante sur son crâne et ses épaules et il se met à se tripoter assez mécaniquement de la main droite, histoire de finir la journée sur quelque chose d'un peu plaisant. Sa queue, comme d'habitude, se dresse très vite, les veines gonflées, les bourses qui se rétractent, et Christophe ferme les yeux pour convoquer les images efficaces. Tout ce temps qu'il passe à renifler le sexe, le chercher chez le buraliste, dans les magazines, *Lui* ou *VSD*, une paire de seins, des gros de préférence, des fesses, avec un string encore mieux, et le rayon des films X au vidéo-club où ils furètent en gloussant avec Marco, tous deux éructant pauvrement en se montrant les jaquettes qui dégoulinent, la frontalité des images, l'intimidation de ces queues mutantes, noires ou roses, plus effarantes les unes que les autres, tout ce déballage dégoûtant et magnétique, et pourtant l'envie, la bestiole en soi qui en redemande. Avec ses potes, ils matent les VHS que le père de Greg planque dans sa table de nuit. Greg a même sorti sa bite une fois, il n'en pouvait plus, les deux autres se sont récriés, qu'est-ce qui te prend, t'es maboul ou quoi ? Mais bon, dans l'intimité, ils ne dégorgent pas moins, mammifères effrénés, rêvant de femmes en morceaux, toujours à bander, en proie à ces urgences qui les rendent sots et aboutissent toujours de la même manière, vides d'un coup, confrontés à la misère du Sopalin, une fois que l'envie a passé et qu'il ne reste que la honte du magazine entrouvert et des doigts mouillés. Et puis deux heures plus tard : rebelote.

En revanche, jamais Christophe n'oserait penser à Charlie quand il se touche. En lui, le cul et les sentiments ne se sont pas encore rencontrés. L'amour est un bromure et Charlie demeure trop haut, réduite à la perfection, un imprenable rêve de vitrail.

Sous la douche, l'adolescent s'invente donc une femme de puzzle… Disons une voisine, la porte d'à côté, en peignoir de soie avec un dragon dans le dos comme sur les jaquettes René Chateau, plus âgée mettons, et vachement de poitrine, rousse, ou plutôt brune, il hésite, mais il voit bien le pli des seins dans le décolleté, sa gorge, comme elle est enveloppante et moelleuse, ça va venir, il accélère son mouvement, quand tout à coup, on frappe à la porte.

Il coupe l'eau et s'essuie superficiellement tandis qu'on cogne encore. Quand il ouvre, il tombe nez à nez avec Madani, le fils Müller et Michael Santander, tous les trois les yeux rouges et en calbute sur le seuil de sa chambre.

— Qu'est-ce que vous voulez ?

Madani l'a déjà repoussé à l'intérieur et les trois visiteurs se pressent dans le couloir tandis que Santander referme la porte derrière eux.

— Ton père, j'en ai rien à foutre, crache Madani en l'attrapant par la nuque.

Christophe ne sait quoi répondre à cette saillie pour le moins énigmatique. Les intrus sont manifestement bien défoncés, et tous plus âgés que lui. Il se laisse donc faire en s'arrimant de son mieux à la serviette qui lui ceint les reins. Madani, lui, resserre sa prise.

— T'as compris ?

Derrière, ses deux acolytes semblent surtout souffrir de la lumière tombée du néon. Ils ont la bouche pâteuse et détournent intuitivement les yeux, l'air touriste et agressé.

— On va peut-être y aller, tente Santander.

— La ferme ! jappe Madani.

Et d'un geste, il arrache la serviette de bain qui protège Christophe. Ce dernier se retrouve complètement à poil, les mains en cache-sexe, à leur merci. Madani tente alors un coup de genou maladroit, puis attrape Christophe à la gorge et le plaque au mur. Sous l'effet du choc, un petit tableau fixé au mur dégringole et se brise sur le sol. La moquette est maintenant jonchée d'éclats de verre. Christophe regarde le paysage de montagne qui gît à ses pieds, son ciel étroit et ses pics escarpés, cette hideur rassurante où l'on distingue la minuscule silhouette d'un chamois qui contemple les lointains. Il sent alors la poigne de Madani se resserrer brutalement sur sa trachée.

— Lâche-moi maintenant, s'énerve Christophe en attrapant le poignet de son agresseur.

Madani lui assène un petit coup de tête. Mais lui et ses potes ne savent plus trop quoi faire dans ce couloir coupe-gorge à la lumière trop crue. Leur expédition punitive s'enlise. Christophe est toujours nu, sans défense, si ridicule, au bord des larmes.

— Bon…, tente le fils Müller. Je crois qu'il a compris, là…

Madani lève alors une main et assène une énorme gifle à Christophe, sur la tempe. Son mouvement a cinglé avec une violence si inattendue, que ses deux comparses ont sursauté.

— Arrête, maintenant, disent-ils.

Mais Madani est décidé. Cette fois, il lui fera mal. Depuis trop longtemps, son ressentiment tourne comme dans un bocal. De sa main libre, il cherche maintenant à attraper les parties de Christophe qui, sonné, les yeux trempés, se dérobe comme il peut.

— Arrête, geint-il à son tour.

Madani n'arrête pas. Dans ses yeux flotte un désir bizarre. Et c'est un spectacle bien lamentable que ce corps nu qui gigote, et cette main qui voudrait attraper sa bite. Christophe sent venir la peur. Il cherche les deux autres du regard qui semblent aussi démunis que lui. On ne chahute plus. Quelque chose va se produire qui sera définitif.

— Oh, c'est quoi ce bordel ?

Marco vient de faire son apparition dans le couloir, en pyjama et encore à moitié endormi.

— Toi, tire-toi, grince Madani.

Marco renifle. Plus d'un mètre quatre-vingts de force dans un débardeur des Red Bulls. Il jauge Madani, regarde ses acolytes. Et rejetant la tête en arrière, se met à mugir :

— Haaaaaaan !

— Ferme-la, abruti ! fait Madani, soudain paniqué.

Mais Lionel Müller a déjà ouvert la porte et se faufile courageusement à l'extérieur, aussitôt suivi par Santander.

— HAAAAAAAN ! répète Marco, bouche grande ouverte, le cou tendu, semblable à un cor de chasse.

Déjà, on entend des voix dans les chambres voisines, des récriminations.

— Qu'est-ce que c'est ?! crie quelqu'un quelque part.

— T'as de la chance, toi, fait Madani en assénant une petite tape sur le front de Christophe avant de se tailler à son tour.

Les deux amis restent seuls dans le couloir tandis que, plus loin, on entend des cavalcades et des rires, puis des explications entre un adulte mécontent et des jeunes qui minimisent. Christophe ramasse sa serviette d'une main pour se couvrir et Marco referme la porte à clef.

— Ça va aller ?

— Oui.

Puis le désordre s'estompe et les deux garçons vont se coucher sans un mot, dans cette chambre qui est comme une boîte.

— Heureusement que t'étais là…, dit Christophe, très bas.

— C'est rien.

Bientôt, il n'y a plus un bruit, sinon le froissement des draps, la respiration de l'autre si proche. Christophe écoute l'étrange silence qui s'est installé entre eux et qui ressemble à une attente. En lui, la frayeur a laissé place à un sentiment de gratitude ample et doux qui berce comme la fatigue.

— Hé…

— Quoi ?

— Ça va ?

— Oui, répond Marco.

Il doit être très tard à présent. Les voix ne sont plus que des murmures, un frôlement dans le velours de l'insomnie.

— J'ai tellement flippé.

— Je sais. Dors.

Et Christophe tend sa main dans le vide, entre leurs deux lits.

— Hé, dit-il encore.

Le matelas gémit sous le poids de son ami. La main de Marco trouve la sienne. Et ils restent un moment comme ça, l'un à l'autre dans l'hôtel muet.

Le lendemain, les Spinaliens perdront contre Saint-Gervais et Orléans. Puis le dimanche, face à Megève avant de l'emporter de justesse sur Grenoble. Pendant le trajet du retour, Christophe feindra de dormir. Marco, lui, gardera toujours dans un tiroir une pochette d'allumettes aux armes de l'hôtel Alpina de Morzine.

11

Ils ne roulaient pas depuis deux minutes quand Gabriel se mit à pleurer à l'arrière de la voiture.

— Qu'est-ce qui t'arrive, doudou ?

Dans le rétro, Christophe trouva l'habituel visage des grands chagrins, les joues toutes trempées de larmes, la morve, la petite bouche tordue, les lunettes embuées.

— Hein ? Qu'est-ce qui t'arrive ?

Au feu, il se tourna vers l'enfant qui continuait de pleurer comme si c'était la fin du monde.

— Parle, mon chat.

Puis il ouvrit la boîte à gants et en tira une boîte de mouchoirs en papier qu'il tendit à son fils.

— Tiens. Essuie-toi, chéri, arrête de pleurer.

L'enfant se moucha bruyamment, sécha ses larmes. Tout son visage était rouge et congestionné à présent. Le père se chargea de nettoyer ses lunettes avant de les lui rendre.

— Ça va mieux ?

Gabriel fit oui de la tête, mais sa bouche avait pris la forme d'un huit horizontal qui annonçait d'autres pleurs. Le feu passa au vert et le type qui se trouvait derrière Christophe lui adressa un bref appel de phares. C'était le rush de huit heures. Gabriel fut pris d'un hoquet et de nouveaux sanglots secouèrent sa petite silhouette sur le rehausseur.

— Calme-toi, doudou. Explique-moi...

Christophe vérifia sa montre. De la maison jusqu'à l'école, il n'y avait pas plus de cinq kilomètres, mais chaque matin c'était le même merdier, des embouteillages à n'en plus finir et dans chaque voiture les mêmes parents pressés, les mêmes femmes fraîches aux yeux pourtant lourds de fatigue, les gosses saucissonnés à l'arrière dans leurs parkas, les mêmes profils d'employés écoutant les nouvelles à la radio, le regard perdu ou un doigt dans le nez, tous enchâssés loin dans cette lassitude des jours ouvrés, chacun dans sa bulle, captif des mêmes transhumances qui conduisaient des zones pavillonnaires jusqu'aux écoles, des immeubles de logements jusqu'aux immeubles de bureaux, bétail nourrissant dans la cohue son interminable songe de réussite et de loisirs.

Christophe et Gabriel ne faisaient pas exception à ces existences rotatives. Il était huit heures sept et ils occupaient leur place dans ce flot des vies utiles. Bientôt, ils seraient à la bourre et la machine, d'une manière ou d'une autre, leur en ferait le reproche. Aussi, Christophe s'impatienta.

— C'est à cause de papi ? Parce qu'on peut rien lui dire ?

Gabriel fit non de la tête, éperdu, geignant toujours, décidément on ne comprenait rien à son drame.

— Alors quoi ?

— C'est… c'est…

Les mots restèrent pris dans sa gorge, beaucoup trop gros. Heureusement, on arrivait à bon port. Christophe se gara sur le trottoir à deux pas de l'école, mit les warnings, puis se tourna vers le petit garçon, un bras passé derrière l'appuie-tête.

— Il faut que tu me dises, sinon je peux rien faire.

— C'est Kylian.

— Qu'est-ce qui s'est passé encore ?

— Il me tape tout le temps.

— Il faut le dire à la maîtresse, mon chat.

— Je lui ai déjà dit ! s'emporta le petit, et les larmes redoublèrent, baignant ses joues et coulant jusque dans son cou. À nouveau, on ne voyait plus ses yeux à travers ses lunettes.

— Ben il faut que t'apprennes à te défendre, aussi.

— Je peux pas, dit Gabriel, sinon je serai puni.

— Mais si. Écoute-moi. On a le droit de se défendre.

L'enfant ne voulait rien savoir. Il était pris dans son grand chagrin, la vie impossible, le mur devant lui. Il se mit à pleurer de plus belle. La trotteuse courait toujours et Christophe ne voyait pas ce qu'il pouvait faire de plus. Il avait pris rendez-vous avec la maîtresse à deux reprises déjà et celle-ci lui avait promis de surveiller les récrés et d'expliquer à Kylian qu'on ne molestait pas ses petits camarades. Seulement rien à faire, ce petit con était toujours sur le dos du gosse.

— Doudou, c'est pas possible qu'il t'embête sans raison.

— Si ! s'énerva Gabriel.

Christophe toucha machinalement la petite cicatrice sous son œil droit. Il faisait chaud dans l'habitacle, de plus en plus, et un peu de buée avait commencé de recouvrir les vitres. Il entrouvrit sa fenêtre et soupira.

Alors voilà. On faisait des mômes, ils chopaient la rougeole, et tombaient de vélo, avaient les genoux au mercurochrome et récitaient des fables et puis ce corps de sumo miniature qu'on avait baigné dans un lavabo venait à disparaître, l'innocence était si tôt passée, et on n'en avait même pas profité tant que ça. Il restait heureusement des photos, cet air surpris de l'autre côté du temps, et un Babyphone au fond d'un tiroir qu'on ne pouvait se résoudre à jeter. Des jours sans lui, des jours avec, l'amour en courant discontinu. Mais le pire était encore à venir.

Car il arrivait cela, qu'une petite brute à laquelle vous supposiez des excuses socioéconomiques et des parents à la main leste s'en prenait à votre gamin. La violence venait d'entrer dans sa vie et on se demandait comment s'y prendre. Car après tout, c'était le jeu. Lui aussi devait apprendre à se défendre. C'était en somme le début d'une longue guerre. On cherchait des solutions, lui enseigner l'art de foutre des coups de pied et prendre rendez-vous avec la maîtresse, pour finalement en arriver là : avoir tout simplement envie de casser la gueule à un enfant dont on ne savait rien sinon qu'il était en CE1 et portait des baskets rouges.

À ce moment-là, une Clio klaxonna en longeant le break qui empiétait sur la chaussée et Christophe se décida.

— Allez on y va.

— On y va où ?

— Je vais aller lui parler à ton copain.

Cette nouvelle fit naître un sourire sur les lèvres de Gabriel qui descendit de voiture et prit la main de son père. Une fois devant l'école, l'enfant chercha son bourreau parmi les gamins qui galopaient dans la cour et désigna un petit mec en dou-doune, avec un bonnet à pompon sur la tête. Pourtant celui-là portait des baskets bleues.

— T'es sûr que c'est lui ? demanda Christophe.

— Oui.

— Bon, vas-y mon chat, je suis là.

Gabriel passa les portes de l'école, son sac sur les épaules, tandis qu'une surveillante frissonnant dans un cardigan trop long adressait d'aimables sourires aux parents qui déposaient leur progéniture.

Aussitôt, le gosse que Gabriel avait désigné du doigt se rua sur lui et se mit à sauter autour et lui parler avec frénésie. Gabriel se pressait vers le préau, telle une tortue sous son sac énorme. Il se tourna vers son père. À nouveau, sa bouche avait commencé de se déformer. L'autre était dessus. Il lui tapait sur l'épaule. Puis il lui asséna une claque sur le sommet du crâne. C'était un coup sans force, presque affectueux, mais le sang de Christophe ne fit qu'un tour. Il fondit sur l'agresseur.

— Monsieur ! s'émut la femme au cardigan.

Trop tard. Le père traversait déjà la cour en direction du préau. Quelques enfants se retournèrent sur son passage, se deman-dant qui pouvait bien être cet homme qui courait presque. Sur le sol, les couleurs d'anciennes marelles pâlissaient intermina-blement.

— Hé !

Christophe venait d'attraper le petit con par le bras et le secoua sans ménagement.

— Tu vas arrêter, oui ?

— Mais c'est lui qui m'embête…, tenta le gamin.

— Je veux pas t'entendre, coupa le père.

L'enfant aux baskets bleues se laissa faire, les yeux dans le vague, surtout préoccupé par ces explications qu'il n'avait pas le droit de donner. Très vite, Christophe sentit fondre sa colère. Il s'était fait une autre idée du tortionnaire de son fils. Ce n'était qu'un enfant à la peau claire et aux cheveux blonds. Sur son nez, de poignantes taches de rousseur décourageaient la haine.

— Je veux plus que tu touches à Gabriel, dit Christophe. Si tu recommences, j'irai voir tes parents. Tu comprends ?

L'enfant voulut s'expliquer encore, mais déjà, la surveillante en cardigan accourait avec l'institutrice de Gabriel. Christophe lâcha Kylian qui, d'ailleurs, ne semblait pas s'émouvoir outre mesure de cette algarade. De son côté, Gabriel avait rejoint ses copains et ne portait plus la moindre attention à cette affaire.

— Va t'amuser, Kylian, dit l'institutrice en s'interposant, souriante mais ferme.

Et le garçon s'éloigna sans demander son reste, d'une démarche dansante, cherchant un autre groupe d'enfants auquel se mêler. En réalité, il devait faire deux ou trois centimètres de moins que Gabriel.

— Vous ne pouvez pas entrer ici comme ça, monsieur.

C'était une femme fluette qui portait un boléro matelassé et des Kickers. Son sourire et ses yeux pétillaient froidement.

— Gabriel a encore pleuré ce matin, expliqua Christophe. Il en peut plus.

— Oui, mais vous ne pouvez pas entrer dans l'école. C'est interdit aux parents.

— L'autre gamin le harcèle. Ça fait dix fois que je vous le dis.

— Il est très présent oui…, répondit la jeune femme sans se départir de son calme sourire.

— Vous vous foutez de moi ?

La sonnerie retentit alors et tous les mômes disparurent en un clin d'œil. Seule la classe de l'institutrice de Gabriel demeura sous le préau. La jeune femme écoutait Christophe avec patience. Bien sûr elle voyait ce qu'il voulait dire. Elle avait de toute façon une longue habitude des parents d'élèves et connaissait par cœur leurs manies et leurs exigences, les ambitions prématurées qu'ils nourrissaient pour leurs mômes, cette façon qu'ils avaient depuis quelques années de vous traiter en employée de maison, certains allant jusqu'à vous expliquer en quoi consistait votre job. Elle les pratiquait depuis assez longtemps et ne s'émouvait plus de leurs manières patronales et intrusives. Elle savait qu'au fond de tout cela, une immense inquiétude régnait.

— On va en parler avec Kylian, conclut-elle une fois que Christophe eut vidé son sac.

— Et ses parents ?

— Ils sont au courant.

— Et ils s'en foutent ?

— Ce n'est pas si simple.

— Mais enfin, ça se passe sous vos yeux ! s'emporta Christophe à bout d'arguments.

L'institutrice se pencha vers lui de manière à pouvoir parler plus bas, et elle lui expliqua la situation. Ce petit garçon qu'il venait de secouer ne pensait pas à mal. Il avait certes des problèmes de comportement, mais on ne pouvait pas vraiment lui en tenir rigueur. Est-ce que Christophe avait déjà entendu parler de ce que l'on appelait les troubles du spectre autistique ? En réalité, si Kylian était tout le temps sur le dos de Gabriel, c'était plutôt une marque d'affection. Simplement, il ne savait pas très bien où mettre le curseur.

— Pour lui, c'est compliqué de comprendre que Gabriel n'est pas content.

La sonnerie retentit une deuxième fois, un son crénelé et métallique qui allait bien avec ce froid matin de novembre, l'acier du ciel et cette espèce de fragilité qui s'était emparée de Christophe.

— Je vais devoir y aller, dit l'institutrice en battant précipitamment des paupières.

— Bien sûr.

Ils se saluèrent et Christophe fit signe à Gabriel. Puis il repartit vers sa voiture qui gênait toujours la circulation. Dans deux mois, le petit déménageait et il n'aurait plus jamais à l'emmener à l'école.

Après s'être garé sur le parking de l'hôtel Kyriad de Ludres, Christophe rejoignit la chambre 321 en grimpant les marches deux par deux. Hélène l'attendait. Elle lui ouvrit et il l'embrassa sur les lèvres, puis pénétra dans la chambre, regardant autour de lui comme s'il craignait que quelque chose ne manquât.

— Ça va ? demanda Hélène.

— Oui oui. Ça va.

Mais elle sentit tout de suite que quelque chose clochait.

Suite à leur premier rendez-vous écourté au Casque d'Or, Hélène et Christophe s'étaient revus encore une fois, et puis Hélène avait proposé de prendre une chambre sur Airbnb, c'était simple et pratique et puisqu'ils en avaient manifestement envie, autant ne pas tourner plus longtemps autour du pot. Résultat, ils s'étaient retrouvés dans une piaule chez l'habitant, à Charmes – un bled à mi-chemin de Nancy et d'Épinal – chez un couple de septuagénaires qui possédait une jolie ferme sur les bords de la Moselle et avait vu d'un fort mauvais œil leur escale de deux heures seulement.

— Vous ne restez pas ? avait demandé la vieille dame en les voyant filer.

— On est un peu pressés, avait expliqué Hélène.

— Ah bah c'est du propre…

En plus la chambre qu'ils avaient louée, plutôt coquette sur les photos, s'était révélée dans les faits aussi glaciale qu'un abattoir, l'isolation laissant fort à désirer et le petit convecteur à peine plus efficace qu'un grille-pain s'avérant bien incapable d'y remédier. Si bien qu'ils s'étaient contentés de s'asseoir sur le lit, sous la lumière blafarde du velux dont le rideau ne fermait plus, ce qui ne donnait pas non plus très envie de se foutre à poil.

— On va pas faire ça ici, avait dit Hélène. C'est vraiment trop moche. Je vais nous trouver un petit endroit bien au chaud.

Christophe avait levé les yeux vers le velux, puis était revenu à cette femme près de lui. Son visage désormais habituel. Elle était dans sa vie.

— Je suis quand même content qu'on se voie, avait-il dit.

— Oui, moi aussi.

Ils avaient échangé ces quelques mots avec une gravité un peu ridicule. Ce n'était pas si facile de revivre ces choses-là à quarante ans, la nouveauté, les prémices, les progrès à pas de loup. Ils se redécouvraient débutants plus très dégourdis à leur âge, ce qui n'était finalement pas si désagréable.

— Tu crois qu'on va y arriver ?

Hélène était à moitié allongée, en appui sur ses coudes, et il s'était penché vers elle pour l'embrasser. Cette sensation soyeuse et rapide. Bientôt, on n'avait plus su qui embrassait qui. Les yeux fermés, ils s'étaient réglés comme ça, à tâtons, des baisers moelleux et lents, d'inventaire. Puis Christophe avait cherché sa main. Elle avait glissé ses doigts dans l'épaisseur de sa nuque et senti ses bras se refermer autour d'elle. Quelque chose entre eux avait cédé, un soupir d'aise montant tandis qu'Hélène se pressait contre son ventre. Ils s'étaient cherchés du nez, des joues et du front. Ils avaient oublié de penser.

— Ça va ? avait demandé Christophe en reprenant son souffle.

— Très bien.

Et ce soir-là, sur son ordinateur, Hélène n'avait pu s'empêcher de mettre cinq étoiles à l'affreuse petite chambre de Charmes.

Trois jours plus tard, ils se revoyaient à l'hôtel. Là, Christophe avait voulu faire les choses bien. Sur le lit, il avait remonté sa jupe, fait glisser ses collants, écarté le tissu de sa culotte, des dessous Eres achetés exprès pour l'occasion, puis après l'avoir renversée, s'était employé à la lécher longtemps. C'était bon. Lui au moins savait ce qu'était un clito et Hélène s'était allongée sur le dos pour profiter au maximum, un peu inquiète de ses poils toutefois. Avec Philippe, elle ne se posait pas la question, mais après des années de monogamie, ce souci lui avait un peu gâté le plaisir. Parce que la mode semblait être aux pubis lisses, en tout cas dans les films pornos, ces trucs d'Américains avec des nibards stratosphériques, les filles affichaient presque toutes des fentes de gamines. Elle en avait touché un mot à Lison et cette dernière qui, ce jour-là, portait un legging, et une chemise en jean sous un perfecto noir, s'était montrée catégorique : qu'ils aillent tous se faire foutre. Joignant le geste à la parole, elle avait ouvert sa chemise pour lui montrer. Effectivement, c'était nature sous les aisselles. Pour finir, Christophe n'avait pas semblé se formaliser. Il s'était appliqué, plongeant loin. Au bout d'un moment, Hélène avait préféré couper court :

— Allez viens.

— Quoi ?

— J'ai envie. Viens.

Elle avait ouvert son pantalon, sa chemise, embrassé son ventre, les mains hâtives, la bouche étonnée de ne rien retrouver de ce qu'elle avait imaginé. Évidemment, le lycéen n'était plus. Restait un corps d'homme, son odeur, sa chair épaisse, le poil encore. Et cette sorte de déception l'avait émue. Il était à elle.

— Mets une capote, viens.

Malheureusement, Christophe n'était pas du tout en état de la baiser. Sur le coup, Hélène avait ressenti cette trouille si banale de n'être plus désirable. Dans ces moments-là, on avait beau faire, les pires idées vous revenaient d'instinct, les réflexes les plus sots et les mieux ancrés. Le regard des hommes comme mètre étalon. Mais elle avait pu constater très vite que Christophe ne fanfaronnait pas tellement non plus.

Elle lui avait dit viens une nouvelle fois, et ils s'étaient glissés dans les draps, au chaud, s'embrassant encore, dans la pénombre et presque recouverts jusqu'en haut. Il avait senti sa peau contre sa queue, ses seins contre lui. Elle avait des fesses plus fortes qu'il n'aurait cru et il les avait empoignées à pleines mains, puis il l'avait mordue au cou, sa chair sous ses incisives. Finalement, c'est à l'oreille que ça s'était passé. Le froissement du tissu, les soupirs, leurs souffles, les bruits humides de leurs baisers, les halètements progressifs tandis qu'Hélène se frottait contre sa cuisse, qu'elle se cherchait une place contre lui, tout cela avait fini par produire son petit effet. Elle l'avait même aidé à mettre le préservatif et la chose, finalement, après tant d'années, s'était produite. Même si ça n'avait pas été un feu d'artifice.

Elle avait senti son poids, son odeur déjà familière, cuisses ouvertes et jambes pliées, le parcourant des mains, ses bras tendus, ses épaules énormes, son dos, ses fesses incroyablement douces, tandis qu'il lui donnait des coups de reins. Quand il lui avait demandé si c'était bon, elle avait fait oui d'un signe de tête. Regarde-moi, et elle avait obéi. Puis Christophe avait roulé sur le côté, après avoir joui trop vite et sans ressentir grand-chose.

Voilà. Elle s'était tapé Christophe Marchal. L'idée lui avait tellement plu qu'elle avait gloussé.

— Qu'est-ce qui t'arrive ? avait demandé Christophe, inquiet à son tour, en retirant la capote pour faire un nœud.

— Rien, c'est drôle.

— Sympa…

— Mais non, idiot.

Quand il s'était dirigé vers la salle de bains, nu et le préservatif à la main, elle avait pris plaisir à regarder ses mouvements, son cul moulé, son dos et les cuisses énormes. On verrait bien comment se passerait la suite, mais l'idée de pouvoir profiter de tout ça l'avait mise en joie.

Depuis, ils s'étaient vus à deux reprises dans ce même Kyriad qui avait l'avantage d'être facilement accessible et se trouvait à dix minutes de Nancy, dans un de ces lieux qui n'avait d'existence que pour satisfaire les automobilistes, pris en étau entre une bretelle d'autoroute et une quelconque ZAC.

— C'est incroyable de faire des endroits pareils, avait observé Hélène.

Christophe avait répondu que c'était partout pareil. Lui passait sa vie sur la route et ne voyait pas la différence.

N'empêche, la fois suivante, Hélène s'était munie de deux bougies parfumées, d'une demi-bouteille de Mumm et d'un foulard pour tamiser la lumière. Ils avaient baisé à nouveau, moins maladroits déjà, avec des regards et des patiences, des délicatesses significatives, à tel point qu'ils auraient pu commencer à se demander s'il n'y avait pas autre chose que le cul pur et simple.

— C'était mieux non ?

— Oui, beaucoup mieux.

Christophe n'avait pas voulu aller plus avant dans le débrief. C'est là seulement qu'elle avait remarqué la petite cicatrice sous son œil droit.

— C'est quoi ça ? J'avais jamais fait gaffe.

— C'est rien.

— Ça fait mal quand j'appuie ?

La pointe de la langue pincée entre ses lèvres, Hélène avait appuyé assez fort.

— Non. Des fois, je sens quelque chose. Mais pas là.

— Quand il va pleuvoir ?

— Non. C'est bizarre. Comme si je sentais que je sens plus rien. C'est insensibilisé en fait.

— Tu t'es fait ça comment ?

— Je me souviens plus.

Alors elle avait embrassé la petite cicatrice, puis son nez, sa bouche, son torse. Elle l'aurait bien sucé un peu, mais après avoir regardé sa montre, elle avait dit :

— Bon allez, j'ai juste le temps de fumer une clope.

Une seconde plus tard, elle était accroupie dans un coin de la chambre, occupée à fouiller dans son sac à main. Assis dans le plumard, Christophe lui avait alors demandé combien elle mesurait.

— Ah ça te tracasse. Un mètre soixante-seize.

— T'es plus grande que moi.

— Ben oui. Je sais.

Puis, elle avait fumé à la fenêtre, drapée dans sa chemise à lui et Christophe s'était dit qu'il allait respirer son odeur toute la journée.

— On se revoit quand ?

— Bientôt, avait promis Hélène en regardant les voitures sur le parking, les magasins étalés tout autour comme des cubes sur un tapis de jeu.

C'était drôle de revenir dans ce genre d'endroits. Chaque week-end, des familles venaient là pour faire des projets, acheter une table de ping-pong ou du papier peint, avant d'aller manger un *T-bone* avec des frites, ou se taper la cloche dans un buffet chinois à volonté. Hélène avait connu ces récréations hebdomadaires, les dépenses qui annulaient les semaines toutes identiques, le baume des petits achats inutiles. Elle aussi avait dérivé des heures avec ses parents dans ces archipels de béton, de hangars en parkings, remplissant des caddies et rapportant à la maison une plante ou un coussin, une quelconque babiole qui semblait rendre la vie plus supportable. À présent, quand il lui arrivait de traverser une zone du même genre, elle était prise d'une sorte de dégoût. Elle voulait aussitôt mettre le plus de distance possible entre elle et ces enseignes universelles. Mais ce jour-là, en contemplant le rond-point qui desservait un Saint-Maclou, le club de fitness et un magasin de literie, elle avait au contraire éprouvé un grand sentiment de tendresse. Tout était facile au fond, la beauté venait n'importe où. Et puis elle s'était dit ça fait quand même du bien de s'envoyer en l'air. Et cette expression qui lui ressemblait si peu l'avait fait rigoler toute seule.

Voilà, Christophe était devenu un amant, Hélène une maîtresse. Ils se voyaient, se faisant du bien en marge, vivaient leur histoire clandestine qui ne devait pas empiéter sur le reste. Pendant quelques semaines, ils avaient réussi à maintenir cette frontière entre la vie normale et les heures cachées. Et puis un jeudi matin, Gabriel pleura sur le chemin de l'école parce qu'il se faisait emmerder par un autre gamin de sa classe, et la digue céda.

— T'en fais une tête, dit Hélène, alors que Christophe restait planté au milieu de la chambre, infoutu de la regarder, les mains dans les poches et la tête basse.

Elle avait déjà observé chez lui ce penchant maussade. Quand quelque chose le tourmentait, il se mettait à remâcher son problème comme une bête de somme, avec la même obstination sourde, cette sorte de sottise sans remède. Il semblait alors si loin, on aurait presque dit un autre.

— C'est mon fils, dit-il.

Hélène lui tira les vers du nez, et une fois qu'il eut vidé son sac, lui extorqua un baiser.

— Ça va aller.

— Oui, je sais.

Il eut un pauvre sourire et ils s'embrassèrent à nouveau. Mais elle pouvait encore sentir le refus de sa bouche, la distance qui demeurait entre eux. Alors, elle le serra contre elle, un geste à la fois doux et comique, et imita le sérieux de ses traits, la contrariété boudeuse de son visage. Voyant cette sorte de reflet, Christophe roula des yeux, mais déjà, quelque chose en lui se dénouait. Elle prit alors une mine innocente, d'héroïne Disney, écarquillée et miroitante, et passa ses doigts sur sa queue, la dessinant à travers le tissu de son jean. Christophe la fixait maintenant avec quelque chose de poignant dans le regard, qui était à la fois de la peine et peut-être de la gratitude. Il y eut encore un baiser, un baiser lourd de sens cette fois, et elle le sentit céder contre elle, tandis que son sexe gonflait. Alors elle ouvrit son jean, fut tout de suite sur ses talons et engloutit sa bite avec un appétit de lendemain de fête, quand l'envie vous prend de nourritures lourdes, qui chassent le mal. Elle le suça comme ça, la tête vide, se saoulant de sa queue tandis qu'il la regardait faire, attrapant ses cheveux, touchant sa nuque, ses joues, et puis ses lèvres gonflées. Elle avait agrippé ses cuisses dans un geste d'appropriation, puis elle attrapa ses fesses, l'enfonça loin dans sa bouche jusqu'à sentir au fond de sa gorge la piqûre collante et suave, le sel brutal des gouttes qui avaient perlé. D'un geste, alors, Christophe la releva. Ils s'embrassèrent encore, les langues sans vergogne, le goût du sexe dans leurs deux bouches, se cherchant du ventre. Ils avaient envie de se salir maintenant, de s'attirer des reproches. L'angoisse de tout à l'heure fondait à toute vitesse. Ils se retrouvèrent sur le lit, il glissa tout de suite en elle, bougeant à peine, se sentant très large dans l'étroitesse de sa chatte, parce qu'elle le tenait et le voulait fort. Hélène l'enferma dans ses bras, resserra ses cuisses sur ses flancs.

— Merde, la capote.

— On s'en fout. Regarde-moi.

Ils continuèrent à baiser en se fixant, puis Christophe prit appui sur ses avant-bras, donnant des coups de reins plus solides, répétés, dont la force disparaissait en elle sans presque l'émouvoir. Hélène le tenait aux épaules, et encaissait, la bouche entrouverte. Quand elle ferma les yeux, il la rappela à l'ordre.

— Regarde-moi. Reste avec moi.

Pour la première fois, ils échangèrent des mots de métal, de ces mots chauffés à blanc qu'on se souffle à l'oreille dans les lieux clos, la nuit, dans le noir, loin des polices et du progrès, des injures qui valent tous les compliments, des paroles honteuses qui engendrent des liens spéciaux et des complicités hostiles au monde entier. Et peu à peu, ils basculèrent dans un de ces accouplements limites. La sueur de Christophe tombait de son front goutte à goutte et Hélène ouvrait la bouche, tirait la langue. Elle disait mords-moi, plus fort, encore. Lui disait tu me sens, tiens-moi, serre-la. Ils sentaient leurs ongles dans la viande, des douleurs et des impatiences qui ordonnaient d'autres postures, des odeurs de marée et de salpêtre, des fadeurs de cosmétiques qui fondaient, des pointes acides qui autrement les auraient dégoûtés, et sous leur langue des poils, du lisse, des fronces, l'enfer de la matière, versatile et inimaginable, l'autre comme soi-même, grand ouvert, liquide, révoltant, comestible, tout entier résumé dans l'enclos des jambes et des bras. Mon Dieu, ton cul, tes mains, ta bite. Il y eut bien sûr des pauses et des commentaires, l'étonnement de se retrouver là, haletant sur le rivage, et presque aussitôt, la reprise dans un glissement, le redémarrage en clapotis mécanique. Soudain une langueur de marécage, les pôles interchangeables, les rôles variés, le besoin tout au milieu, dans le cercle chaud qui mouille, elle se tournant, lui retombant les bras ouverts, attendant qu'elle s'accroupisse, et sans cesse la surprise de sentir un monde qui cède en tout. La civilisation, heureusement, refluait. Christophe, au bout d'un moment, admit qu'il n'en pouvait plus et resta sur le dos.

— T'as même pas joui, observa Hélène, appuyée sur un coude et les jambes ouvertes, sans même prendre la peine de remonter le drap.

— Je voulais pas que ça s'arrête.

— On aurait pu remettre ça après, dit-elle en contemplant la queue de Christophe qui déjà mollissait.

Il fit une moue dubitative et elle embrassa son épaule. Il regarda sa montre.

— Je vais devoir y aller.

— Ça m'ennuie de te laisser repartir comme ça.

— On va se revoir.

— Quand ?

La transpiration sur leur peau avait commencé de sécher. Il ne faisait déjà plus si chaud et Hélène sauta du lit pour chercher ses cigarettes. Christophe, de nouveau sombre, entreprit de ramasser ses vêtements répandus sur le sol. Au moment où il relevait les yeux, il surprit le geste d'Hélène qui allumait sa clope.

— T'es sûre que tu veux fumer dans la piaule ?

La question produisit son désagréable petit claquement disciplinaire. Hélène resta interdite une seconde, la cigarette au bec, son briquet à la main et carrément refroidie. Au moment où il passait dans la salle de bains, elle le retint :

— Écoute. On va pas commencer à se parler comme ça.

— Qu'est-ce que tu veux dire ?

— Se parler comme si on pouvait tout se permettre. Comme un couple. Comme des cons.

Christophe semblait ne pas très bien voir où elle voulait en venir et l'incompréhension donnait à son visage un relief agressif, plus très loin de la laideur en fait. Tout de même, il fit l'effort de retenir son soupir.

— Moi aussi j'ai mes emmerdes, dit Hélène. C'est facile pour personne. Mais je veux pas que ça nous foute en l'air.

Cette dernière phrase le fit frissonner. Elle avait dit nous pour la première fois.

12

Sur les conseils de sa prof principale de seconde, Hélène a choisi de faire une première scientifique, même si elle préfère les lettres et l'histoire.

— Quand on a ton niveau, on fait S, a tranché Mme Simon l'année précédente au moment de boucler les dossiers d'orientation.

Elle s'est donc retrouvée avec tous les petits bourges du lycée, les enfants de ceux qui savent comment ça marche et ont prévu de longue date que leurs gnards iraient sur ces bancs-là se préparer aux bonnes écoles, envisager médecine éventuellement, faire droit si vraiment rien ne va plus.

Charlotte a choisi la même filière bien sûr, même s'il a fallu que son père monte au créneau pour convaincre le directeur du lycée qui la voyait mieux en ES.

Charlotte a changé. Elle a pris du poids, ses seins et ses hanches ont poussé d'un coup et sa mère la surveille sans arrêt, convaincue qu'elle grignote en cachette et se relève la nuit pour vider le frigo. Dans la grande maison de la rue des Murmures, l'ambiance n'est plus la même. Les grands frères qui n'étaient déjà pas souvent là vivent désormais à Paris et La Haye, le père bosse non-stop et Charlotte s'est mise à souffrir d'un mal curieux. Chaque fois qu'elle a ses règles, c'est la fin du monde. Au début, Hélène a cru que sa copine en faisait des tonnes pour attirer l'attention, mais le même cauchemar se reproduit tous les mois. Pâle comme un cadavre, Charlotte se tord sur son plumard et pleure dans son oreiller. Ses seins lui font mal. Ça la prend dans le ventre, lui irradie dans les reins et elle a l'impression d'avoir de grosses olives à la place des ovaires. Elle saigne beaucoup et parfois la douleur va jusqu'à des vomissements. Personne ne sait quoi faire. Sa mère lui prépare des infusions et des bouillottes. Les médecins s'étonnent, mais au fond n'y croient guère, surtout le gynéco qui lui prescrit du Doliprane et conseille de faire davantage d'activité physique. De toute façon, elle ne va pas en mourir.

Cette sorte de stupeur du ventre qui la transforme en créature de porcelaine a mis pas mal de distance entre les deux filles. Bien sûr, Hélène a de la peine pour sa copine, mais c'est relou aussi de la voir allongée pendant des plombes, avec son masque d'outre-tombe, et devoir attendre que ça passe.

De toute façon, depuis l'affaire du journal intime, Hélène n'a plus jamais été capable de lui parler à cœur ouvert. Et puis elle s'est mise à fréquenter d'autres filles, Laurence Lefur, Magalie Conraud, Sonia Hadid et si Charlotte a gardé une place à part, elle n'est plus si centrale dans sa vie. Leur amitié est devenue moins pressante ; elle s'est chargée d'un caractère d'obligation comme si les liens électifs avaient laissé la place à la chaîne des souvenirs et des moments partagés. Hélène se demande quand même si sa copine continue à voir Christophe, s'ils ont encore ces heures planquées rien qu'à eux. Parfois, quand elle est toute seule dans son lit, elle se rappelle les mots du journal, ceux en rouge, les points d'exclamation. Tout cela enrobe Christophe Marchal d'une aura spéciale, de mystère et de cul, comme s'il était devenu une sorte de petite idole portative, associée aux plaisirs silencieux et aux rendez-vous en cachette. Elle imagine des trucs, elle s'imagine à la place de Charlotte. Et quand elle l'aperçoit finalement dans la cour, ou le croise au self, elle ne peut s'empêcher d'être troublée, les joues rouges, une vraie gourde. En plus, comme il a loupé son bac l'année précédente, Hélène le suppose sommaire, simplifié, cantonné aux possibilités physiques. Cette réduction, bizarrement, l'enchante.

Le truc cool, c'est que sa connasse de meuf, la punkette hautaine avec son nom anglais, n'est plus là pour faire obstacle. Elle est partie faire une fac on ne sait où et c'est tant mieux. Parfois, Charlotte et Hélène voient Christophe passer dans la cour fumeurs. Il est souvent seul à présent. Ses potes ont quitté le lycée, se sont dispersés à Nancy, Metz ou Strasbourg, où ils fréquentent des IUT ou des formations pros. Lui est resté là, avec sa bonne petite gueule, sa veste en jean sherpa et ses Vans. Il donne un peu envie de le cajoler. Les filles n'en parlent pas. Christophe est leur double secret.

Un jour, Hélène se retrouve par hasard dans le bus avec lui, sur la ligne 5, celle qui va du centre-ville jusqu'à Cornécourt en longeant la Moselle. Quand il tourne la tête dans sa direction, l'adolescente se fait toute petite. Elle n'a aucune envie de rentrer en contact. Car la réalité ne l'intéresse pas plus que ça. Ce qu'aime Hélène, c'est ça : mater, se raconter des histoires. À un moment, il finit par la reconnaître et lui décoche un sourire de politesse. L'adolescente est prise d'un épouvantable coup de chaud. C'est complètement ridicule. Le samedi suivant, elle en parle à sa mère.

— C'est plus la peine de m'amener au lycée.

— Ah bon ?

Comme toujours à cette heure-là, entre la fin du repas et le début du *13 heures*, Mireille brique sa cuisine.

— Je préfère prendre le bus, en fait.

— C'est nouveau ça…

Mireille ne se formalise pas. Elle essuie ses mains dans un torchon qu'elle étend sur un radiateur, plie soigneusement son tablier.

— Bon, bah je te donnerai des sous pour les trajets.

Mireille a cette manie quand elle réfléchit de battre des paupières à toute vitesse, on dirait qu'elle clignote. Les bras croisés sous sa maigre poitrine, elle considère un moment sa fille unique, la toise en maquignonne, c'est sa manière d'aimer, pratique, utilitaire. Elle est grande cette gamine à présent, pas spécialement belle, enfin disons qu'elle est encore un peu chiffonnée par l'âge ingrat, et puis elle a une drôle de dégaine depuis qu'elle s'est coupé les cheveux courts après ses fameuses vacances de riches à l'île de Ré, mais elle a de sacrées gambettes et par-dessus arbore désormais un pétard majuscule qu'elle exhibe ou cache, ça dépend des jours. En tout cas, à l'école, elle fait toujours des étincelles et c'est tout ce qui compte pour Mireille. Sa prof principale le lui a dit en fin de seconde : "Elle peut aller loin, il faut la pousser."

— Je peux te faire confiance ? demande Mireille.

Hélène lève les yeux au ciel. C'est le mantra de sa mère, la confiance. Qu'est-ce qu'elle s'imagine ? Qu'elle va lui dire non, j'ai qu'une hâte : prendre le bus pour me faire engrosser par un RMIste et foutre ma vie en l'air.

— Mais oui, maman…

— Ah là là, se lamente Mireille.

Mais c'est pour la forme, parce qu'au fond, tout ne va pas si mal dans cette famille. Avec Jean, ils en parlent parfois, tard le soir dans leur lit. Quand leur fille leur a annoncé qu'elle voulait faire une première S, ils ont tout d'abord voulu s'y opposer. Après tout, Hélène avait ses meilleurs résultats dans les matières littéraires et eux la voyaient plutôt embrasser une carrière de prof, ou de notaire, voire avocate si elle était vraiment à la hauteur. Mireille penchait naturellement pour cette dernière hypothèse. Mais un bac S avec deux langues vivantes et le latin, ça rime à quoi ? Ils s'inquiètent de ces voies royales dont on ignore les débouchés exacts. Dans la famille, on ne compte que deux bacheliers, qui sont en réalité des bachelières. Une cousine est devenue institutrice, l'autre bosse à l'Équipement. Ça reste des carrières faciles à comprendre, des gens dont on imagine aisément les tâches et les journées. Mais ces mots-là, maths sup, maths spé, puis les écoles de commerce ou d'ingénieurs, ça ne leur dit rien. Dans leur esprit inquiet, ces lieux ont pris des airs de guet-apens.

— T'es sûre que tu veux faire ça ?

Par prudence, ils ont donc fait défiler tout le cortège des arguments dissuasifs. Le niveau s'avérerait trop élevé. Elle serait broyée, punie pour ses prétentions, autant choisir quelque chose à sa portée. Et puis les autres étudiants, ces gosses de riches, est-ce qu'elle trouverait sa place dans ce marigot ?

— On ne veut pas te décourager. Mais il faut que tu saches à quoi t'attendre.

Et puis la jeunesse, c'est fait pour profiter, s'amuser. Qu'est-ce qu'elle allait s'enfiler dans ce genre d'épouvantables tunnels, des années de bachotage intensif, la vie sacrifiée et pour quoi à la fin, gagner des sous ? Chez les Poirot, on sait depuis belle lurette que l'argent ne fait pas le bonheur.

Hélène les a détestés pour ce scepticisme de gagne-petit, leur philosophie d'éternels baisés qui mue la modestie en vertu, le larbinat en sagesse, l'ambition en arrogance. Hélène, elle, veut tout !

Après quelques jours d'atermoiements, le père d'Hélène a fini par prendre le parti de sa fille. Il est d'un naturel plus confiant, ce que lui reproche d'ailleurs son épouse. Et puis les pères avec leurs filles…

Or dès le début de l'année scolaire, Hélène a fait des étincelles. Tout semble facile à cette gamine qui rapporte des dix-huit en maths comme en allemand.

— C'est drôle quand on y pense, fait Jean.

Mais ces facilités les inquiètent. Ils sont pris dans cette tenaille des parents qui encouragent leurs gosses et sentent bien que chaque pas accompli les laisse un peu plus loin derrière. Sur le quai de la gare, ils voient le train rapetisser au loin, et prendre de la vitesse. Parfois, c'est plus fort qu'elle, Mireille a envie de mettre un coup d'arrêt à cette épouvantable accélération. Quand Hélène étale sa science, les reprend sur la prononciation d'un mot (socialisTE et pas socialisse, eXpérience et pas esspérience, sans parler de l'anglais, la gosse se foutant carrément de leur gueule quand ils s'aventurent à prononcer *Dirty Dancing* ou *Star Wars*), quand elle leur coupe la parole, fait sa maligne en citant Jean-Paul Sartre à table ou qu'elle lit Virginia Woolf dans le salon, la mère s'emporte. Pour qui tu te prends ? Tu crois que les gens vraiment intelligents méprisent leurs parents ? Hélène assure que ça n'a rien à voir. Elle aime simplement la vérité, l'exactitude, se cultiver et elle a bien le droit de s'exprimer. Mais l'adolescente se défend mal. À chaque fois qu'elle crache sa supériorité au visage des siens, le bas de son visage a quelque chose d'odieux, le menton piqué, la bouche dédaigneuse. Ces épisodes finissent souvent par des larmes, la porte de sa chambre qui claque. Trahir est une vilaine besogne.

N'empêche. Les parents d'Hélène sont fiers et tout ne va pas si mal. Et Mireille n'a pas de mots assez beaux pour dire aux autres combien sa fille est une perle, un miracle, une promesse. Au bureau, on roule des yeux dans son dos dès qu'elle commence une phrase par "Ma fille". Maître Bienvenue, l'un des notaires associés, le lui a dit : "Il faudra nous la présenter un jour votre petite merveille…" Mireille a senti ses joues flamber. Elle se dit qu'Hélène sera de ce monde-là un jour, celui du commandement et du savoir, les gens qui donnent des ordres d'un ton évasif et marchent un dossier sous le bras, rigolent de trucs incompréhensibles et se conduisent avec les autres comme les adultes avec des enfants. Ça la dégoûte et la réjouit.

Jeannot lui aussi loue les mérites de sa fille, même s'il a moins l'occasion dans le magasin de papier peint où il bosse, d'autant que le gamin de son beau-frère n'est pas très versé dans les études pour sa part. Mais il faut le voir à table, comme il la regarde quand elle brille, ses yeux d'animal subjugué. D'où vient-elle donc cette créature ? Et les mots dans sa bouche, ces idées qui lui passent par la cervelle, son insatisfaction tout le temps, son intraitable enthousiasme, ce désir d'aller voir ailleurs, de marquer les distances, cet élan qui frise l'injure parfois ? Où va-t-elle chercher tout ça ?

Alors, quand leur fille a besoin de sous pour un voyage de classe ou acheter des livres, Mireille et Jean ne rechignent pas. Ils raquent. Ils font ce qu'il faut. C'est leur terrible métier de parents, donner à cette gamine les moyens de son évasion.

Cette fuite progressive ne va toutefois pas sans déconvenues.

Cette décision de prendre le bus par exemple. Parce que l'arrêt se trouve à près d'un kilomètre de la maison, trajet qu'Hélène doit accomplir avec son sac sur le dos, de nuit et dans le froid dès le mois d'octobre, et un sac à dos supplémentaire le jeudi quand elle a sport. Elle qui rêve d'aller dans la vie les mains dans les poches, ça la fout mal. À chaque fois qu'elle voit débouler dans la cour du lycée toutes ces petites meufs privilégiées qui ont la chance de vivre au centre-ville, dorment une heure de plus avant de venir en cours et n'ont jamais la cohue des transports à se farcir, qui voyagent léger parce qu'elles repasseront à la maison à l'heure du déjeuner, avec leurs grands cabas chics de pétasse, Hélène se demande si elle n'a pas fait une connerie en renonçant aux trajets avec son père.

D'autant qu'en réalité Christophe, qui s'est fait offrir un scooter, ne prend jamais le bus.

Alors pour passer le temps pendant ces heures de transport et d'attente sous l'abribus, Hélène bouquine. Pas mal de classiques encore, Balzac, Zola et Flaubert. Mais de plus en plus, ce sont les Américains qui la séduisent, Dorothy Parker, *Martin Eden* et *Beloved*, puis *Le Parfum* qu'elle dévore en trois jours, au point de négliger un devoir de maths à la maison. Résultat, elle se tape un douze et en a les larmes aux yeux. Charlotte est verte, elle a bossé comme une folle et ne fait pas mieux. Hélène se promet que ça n'arrivera plus.

Un matin de novembre, elle arrive au bahut comme chaque jour un peu avant huit heures et sent tout de suite qu'il se passe quelque chose d'inhabituel. Dans la cour, les élèves forment des petits groupes surexcités et se pressent les uns sur les autres autour du journal. L'adolescente jette sur ces désordres un coup d'œil inquiet, les mains enfoncées dans les manches de sa veste Oxbow. Tout cela ne lui dit rien qui vaille, d'autant qu'elle n'est pas très à l'aise parce qu'elle porte ce jour-là un jean trop court qui laisse voir un peu de ses chaussettes fantaisie. Elle a eu beau s'en plaindre, sa mère n'a rien voulu savoir.

— Les autres sont au sale. Tu grandis trop vite. On peut plus suivre, nous !

Elle rejoint donc Charlotte dans leur petit coin habituel, sous la cloche et près du cendrier rouge.

— Qu'est-ce qu'ils ont tous ?

— T'as pas vu ?

— Quoi ?

Charlotte aussi est dans un état pas possible. On dirait qu'elle a gagné au Loto. Elle tire de sa poche la première page de *La Liberté de l'Est*, qu'elle a soigneusement pliée en quatre.

En une, la photo de Christophe Marchal, les cheveux trempés, un sourire grand comme l'Amérique, avec son nom dans le titre.

— Il est passé au JT hier soir. C'était fou.

Hélène apprend alors qu'il a marqué quatre fois contre Caen lors du dernier match. Bien sûr, elle sait comme tout le monde qu'il joue en équipe première depuis qu'il a seize ans, une sorte d'exploit déjà. Mais jusque-là il ne s'était guère illustré, à part peut-être par son bizutage. À l'occasion de son premier déplacement, il a passé trois cents kilomètres scotché aux chiottes du bus et à l'arrivée il a fallu utiliser un cutter pour le détacher. Mais Christophe s'est montré bon camarade et a fini par trouver sa place dans l'équipe. La saison 1991-1992 s'est d'ailleurs terminée sur de bons résultats, Épinal accédant aux playoffs pour la première fois depuis des années et finissant quatrième du championnat de D1.

On est encore loin de l'élite, mais pour la première fois les planètes semblent s'aligner pour cette petite équipe appliquée et solide. C'est en tout cas ce que dit l'article de *La Liberté de l'Est* qu'Hélène dévore ce matin-là. Le noyau dur des "Loups" est en place depuis quatre ans maintenant. Des automatismes sont nés. Il y a eu par le passé des défaites abyssales, mais cette saison, la mayonnaise semble avoir enfin pris. L'article rappelle notamment le tournant que fut ce match amical contre Megève, au cours duquel Épinal a subi jusqu'au dernier tiers temps, mais n'a pas lâché, continuant à s'appliquer, à jouer collectif, bien organisé, avant de l'emporter *in extremis* par neuf buts à huit.

Le journaliste mentionne aussi le sort de Jan Pavlík, l'attaquant tchèque qui a rejoint l'équipe en 1990. Le pauvre type n'a eu le temps que de jouer trois matchs avant qu'on lui diagnostique un cancer des testicules. Le samedi suivant son hospitalisation, il régnait un silence de mort dans les vestiaires. Il paraît même que certains joueurs ont pleuré, et pas forcément les plus jeunes. Ce soir-là, le coach Villeneuve n'a pas dit grand-chose. On n'était pas dans un film. Un copain allait peut-être crever, il était jeune et père d'un petit garçon de quatre ans, le jeu paraissait bien peu de chose tout à coup. Plus personne n'avait envie de chambrer ni même de gagner. Le coach a seulement dit *Allez les petits gars*. Dans le bruit de l'adhésif qu'on déroule, des reniflements et des crosses qui raclent le sol, quelque chose a pris forme.

Aujourd'hui, Pavlík est à nouveau sur la glace. Il marque à chaque match, sans esbroufe, la tête froide, assidu aux entraînements, consciencieux et borné, pas très causant, mais toujours un bon sourire aux lèvres. Il est devenu un modèle qui fait honte aux pousse-palets et aux dilettantes qui ne pensent qu'aux bières de l'après-match. Grâce à lui, l'équipe de touristes s'est professionnalisée.

Par ailleurs, Pavlík a réussi à convaincre la direction du club de faire venir deux de ses anciens compatriotes, Zlatko Kovar et Bruno Pelc. Ces derniers jouaient à Zagreb avant la guerre. Pour venir, ils ont dû traverser la Hongrie, l'Autriche et l'Allemagne à bord d'une Fiat Panda chargée à mitraille avant d'être finalement retenus à la frontière française. Le président du club a été forcé de remonter de Juan-les-Pins entre le 14 Juillet et le 15 Août, abandonnant femme et enfants pour les sortir de ce mauvais pas. Quand il a vu ces deux épouvantails pas lavés depuis cinq jours, il s'est dit merde, on s'est fait baiser. L'histoire a vite fait le tour. Au moins, ça faisait un truc à raconter.

Pour fêter leurs retrouvailles, les trois Tchèques ont commencé par se saouler pendant trois jours et trois nuits sans interruption, avant de finir par un ballet aquatique complètement à poil dans une fontaine place de la Chipotte. Et puis les entraînements ont commencé, le foncier, l'épouvantable décrassage de fin d'été pour se faire de la caisse et, tout de suite, le coach a senti qu'un truc se passait. Lors du premier match amical contre Dijon, la ligne des Tchèques s'est montrée dévastatrice. À Épinal, on n'avait jamais vu ça. Un jeu d'une si parfaite fluidité, d'une telle vitesse. Les Dijonnais sont repartis avec plus rien que leurs yeux pour chialer. "Une équipe est née", a titré le journal du dimanche.

Dès lors, tout s'est enchaîné à la perfection. À Poissompré, les supporters sont plus enthousiastes que jamais et ceux qui avaient déserté les bancs de la patinoire après quelques saisons de médiocre intensité sont revenus. La presse s'intéresse. Les sponsors affluent. Les tribunes VIP sont bondées. Et samedi soir, Christophe Marchal a marqué quatre des cinq buts de la victoire contre Caen. Au fond, c'est ce que tout le monde attendait, qu'un enfant du pays se distingue, qu'il soit jeune, beau et doué. Qu'on puisse enfin imprimer la légende. On a si peu de raisons de se réjouir dans ces endroits qui n'ont ni la mer ni la tour Eiffel, où Dieu est mort comme partout, et où les soirées s'achèvent à vingt heures en semaine et dans les talus le week-end.

Aussi, quand Christophe déboule au bahut ce lundi matin, l'effet "vu à la télé" joue à plein. Tous les mecs veulent devenir son pote, toutes les filles le trouvent encore plus mignon. On veut le toucher et l'entendre. Lui se contente de faire "Hé hé" et se gratte la tête. On ne lui en demande pas plus. Enfin la sonnerie retentit et il prend la direction du bâtiment B avec à ses basques une bonne partie des ados du département. Sur le chemin, son regard croise celui de Charlotte et le sourire de la star est pris d'une légère hésitation. Charlotte tire sur sa clope, dédaigneuse comme une star déchue.

— Quel blaireau, dit Hélène.

Charlotte ne prend même pas la peine de relever. À partir de là, les deux filles iront voir tous les matchs à Poissompré.

Jusqu'à Noël, les joueurs d'Épinal remportent la plupart de leurs confrontations, sans faire des scores mirobolants, mais c'est suffisant. On connaît maintenant leurs forces et leurs faiblesses. Certes, une fois l'effet de surprise passé, l'admirable jeu des Tchèques n'est plus aussi irrésistible, mais les trois hommes pratiquent un hockey à la fois technique et rugueux sur lequel le coach peut compter. En soutien, les anciens apportent leur expérience. Notamment Papeloux, Giovaninetti et le capitaine, Anthony Gargano, qui, après une brève expérience à Mannheim, est revenu à Épinal pour finir sa carrière. Ses genoux sont en piteux état, son dos le fait souffrir, mais avec des infiltrations et trois séances de kiné hebdomadaires, ça passe. Et puis dans les vestiaires, tout le monde apprécie son humour à froid, sa gentillesse dissimulée. Mieux que le coach, il sait tempérer les grandes gueules, Madani, Petit, le gardien russe Dimitriov qu'on ne comprend pas très bien mais qui adore ronchonner en cyrillique. Il sait aussi galvaniser ses troupes quand la fatigue se fait sentir ou qu'il faut remonter au score après un but accidentel.

Dans ce dispositif, Christophe tient la meilleure place, celle de la fine lame. Sans qu'on sache exactement ce qui a déclenché la métamorphose, il est brusquement passé du petit con prometteur avide d'exploits individuels au gars sûr, dont le jeu elliptique, la pureté d'exécution produisent parfois des silences dans la patinoire, comme des points de suspension.

Malheureusement, et c'est là son drame, cette équipe est déjà vieillissante. Il est très possible que cette saison s'achève sur une montée en élite, mais que l'attelage exceptionnel qui aura permis cette performance soit aussitôt incapable de tenir son rang.

Pour toutes ces raisons, la saison 1992-1993 est celle qu'il ne faut pas manquer, la saison des grandeurs et de la dernière chance. Ce poids leste chaque rencontre. Tout prend aisément un aspect tragique lorsqu'on espère. Au moment de la trêve hivernale, Épinal est en troisième position derrière Megève et Strasbourg.

Les matchs qui ont lieu pendant les fêtes ont toujours une saveur particulière. Au cœur de l'hiver, les habitants du coin semblent venir chercher à Poissompré un peu de la chaleur qui leur manque. Ils sont en vacances, détendus. Ils ont bu du vin chaud au marché de Noël et on les voit dès la fin de l'après-midi monter en procession vers la patinoire, au long des rues, pris dans leurs doudounes, leurs écharpes, un bonnet sur la tête, les gosses qui courent devant et font parfois de sommaires batailles de boules de neige. À l'arrivée, les guirlandes blanches clignotent sur toute la façade et les petits peuvent rêver au pied de l'immense sapin orné de boules blanches et or, aux couleurs du club. Quand Tino Rossi entonne *Petit papa Noël* par les haut-parleurs, ils sont presqu'un millier dehors à reprendre sa chanson en chœur, frigorifiés et le nez rouge, tapant des pieds sur le sol pour se donner du courage.

Le premier match a lieu un 20 décembre et oppose Strasbourg à Épinal à domicile. On pourrait faire la liste des griefs et des cadavres accumulés entre ces deux villes au long de plusieurs décennies de derbies. On y trouverait des mauvais coups, des blessures et des erreurs d'arbitrage. La proximité géographique et la connerie des supporters aussi. Ou encore cette habitude qu'a contractée Strasbourg de se servir dans les effectifs spinaliens en fin de saison. Sans compter les efforts déployés par la presse locale pour entretenir cette rivalité picrocholine. Toujours est-il que ces deux équipes ne se croisent jamais impunément.

Ce soir-là, Hélène et Charlotte ont réussi à se procurer au Monoprix une petite bouteille de rhum qu'elles vident en chemin. À l'arrivée, elles retrouvent quelques potes du lycée qui font tourner une bouteille de punch à la mirabelle. Les deux copines se tiennent par le bras, la peau qui brille à la lumière des décorations de Noël. À un moment, Charlotte s'éclipse derrière la patinoire avec Fabrice Scandella, et quand ils reviennent, elle a les yeux rouges et la bouche pâteuse.

— Vous avez fait quoi ?

— Rien du tout.

— T'as fumé ?

— Hé ça va, t'es pas ma mère.

Hélène, elle, refuse de boire quand on lui passe la bouteille de punch. Elle n'aime pas s'afficher quand il y a des adultes à proximité. Elle pense à ses parents. C'est chiant d'être aussi disciplinée, inquiète du lendemain, une fille du dimanche quoi. Elle voudrait bien s'en foutre comme Charlotte, ou cette pute de Caroline Lambert qui traîne avec des étudiants de Nancy et va en boîte tous les week-ends. Hélène, pour sa part, demeure du côté des scrupules, ce qui n'empêche d'ailleurs pas ses parents de la faire chier continuellement.

— Allez, fais pas la tête, dit Charlotte.

Elle a pris sa copine par le bras et fourre son museau dans son cou.

— Je fais pas la tête, réplique Hélène.

— C'est bien imité alors…

Et Charlotte lui glisse un petit baiser sonore derrière l'oreille. Hélène sent la pointe glacée de son nez et un frisson descend le long de sa colonne vertébrale.

— T'es chiante, hein…

Charlotte lui fait un clin d'œil, elle est déjà repartie vers les autres. La petite bande s'anime de plus en plus. Ce grand crétin de Scandella s'est mis à chanter *On est les champions*, et le voilà qui incite les gens à reprendre avec lui : "Strasbourg ! Strasbourg ! on t'en… FUME !" Le public suit, bon enfant, surtout les gosses, trop contents de dire des gros mots ou presque devant leurs parents.

Quand la patinoire ouvre enfin ses portes, la foule s'y engouffre comme une mêlée de rugbymen et deux pompiers en faction doivent intervenir pour ramener quelques agités à la raison. Hélène et Charlotte ont réussi à se faufiler pour être dans les premiers et, leurs billets en poche, courent dans les gradins pour réserver les meilleures places. La foule se presse, les travées se remplissent, puis l'attente commence, survoltée, toute la ville semblant être là, rassemblée et qui s'épie.

Après une bonne demi-heure de piaffements, les joueurs pénètrent enfin sur la glace au son de *We Will Rock You*, dans le balayage des faisceaux de lumière et la pulsation des spots. Le public se lève tandis que la voix nasillarde des haut-parleurs égrène les noms des joueurs. Chacun a droit à son lot d'applaudissements et de cris. Les basses cognent dans les poitrines. Quand vient le tour de Christophe Marchal, Hélène et sa copine perdent complètement la boule.

— Vous êtes pas bien, fait Xavier Cuny, le fils du gastroentérologue qui a déjà une bagnole et est connu pour manger ses crottes de nez en cours.

— Ta gueule toi, réplique Charlotte, aux anges.

— Ouais ta gueule ! répète Hélène.

Xavier Cuny leur fait un doigt, mais c'est déjà au tour des Strasbourgeois de faire leur apparition sous les huées. On entend même quelques injures, enculés, casques à pointe, fils de pute, l'habituel tir de barrage. Enfin, le coup d'envoi est donné. Là, tout se précipite.

À la troisième minute, le Canadien Martial Maxwell marque contre Épinal d'un shoot parfait dans la lucarne. Piqués au vif, les Loups tentent de remonter très vite au score, mais un contre organisé par les frères Schwartz donne son deuxième but à Strasbourg, suivi d'un troisième marqué cette fois par Karim Ghazi, un ancien Spinalien, un mec du Saut-le-Cerf en plus, les boules. Les coéquipiers de Gargano semblent complètement assommés. Dans les gradins, une lourde torpeur d'après repas a remplacé la liesse de tout à l'heure et les premiers arrêts de jeu sonnent comme une libération. Ils sont alors des centaines à se lever comme un seul homme pour aller chercher un peu de réconfort à la buvette.

— Je me sens pas bien, fait Charlotte.

— Quoi ?

— Je crois que je vais vomir.

Effectivement, la jeune fille est livide, des cheveux collés à son front moite, le regard complètement à la dérive.

— Viens, fait Hélène en attrapant sa main.

Et elle leur fraie un passage à travers la cohue jusqu'aux toilettes où elles s'enferment toutes deux dans une cabine. Là, Charlotte tombe sur ses genoux, et les mains cramponnées au rebord de la cuvette, rend tout ce qu'elle a bu tandis qu'Hélène lui tient les cheveux. Puis, l'estomac vide, l'adolescente s'affale sur le sol, le dos à la paroi de contreplaqué et se met à claquer des dents.

— Ça va aller, promet Hélène en la prenant contre elle.

Et elle l'embrasse sur le front, frotte ses épaules et ses bras. Charlotte pleurniche et un peu de salive coule sur ses lèvres qui ont pris une drôle de teinte, d'un rose intestinal.

— J'ai mal…, gémit-elle.

— T'as mal au ventre ?

Mais Charlotte ne répond pas. Au loin, Hélène entend la clameur étouffée du public, les centaines de pieds qui cognent en cadence. Le match a repris, mais les deux filles restent là un moment sans bouger, comme un œuf tombé sur le carrelage. Charlotte s'assoupit même un instant sur l'épaule de sa copine qui ne se sent pas si mal, dans cette chaleur à deux, malgré l'odeur d'ammoniac, le froid sous leurs fesses, l'impression de saleté et les portes des autres cabines qui claquent.

Puis Charlotte reprend progressivement des couleurs.

— Ça va ?

— Ouais… Je suis désolée.

— C'est rien.

— Merci, murmure Charlotte.

Elles se regardent comme de petites amoureuses, ravies de ce regain. Et si ça ne dure pas, quelle importance ?

Au troisième tiers temps, Épinal est mené cinq à un et les supporters se déchaînent, conscients pourtant que la partie est presque jouée, d'autant que les joueurs de Strasbourg défendent comme des crevards.

— Ils sont quatre dans le but, c'est n'importe quoi ! s'emporte Scandella.

La ligne de Christophe monte sur la glace pour remplacer celle des Tchèques et les supporters ont à peine le temps de scander son nom que ce dernier envoie un tir canon en direction du but qui heurte de plein fouet le masque du gardien strasbourgeois. Un frisson passe dans l'assistance, épouvantée par le bruit trop précis du palet qui a résonné comme sur de l'os. Après une brève interruption, le gardien retrouve ses cages, la partie reprend, Papeloux récupère, passe, Christophe à Gargano : but !

À peine une minute plus tard, Christophe marque à son tour, un tir tendu à cent cinquante kilomètres-heure dans les filets. Cinq à trois. La patinoire convulse, pleine jusqu'à la gueule, lourde de cette vie délirante et sans question des samedis soir. Mais une autre ligne a déjà remplacé celle de Christophe. Les Strasbourgeois, un moment désorientés, manquent de précision et se laissent à nouveau subtiliser le palet. Le temps prend alors une courbure difficile et le coach spinalien demande un arrêt de jeu. Ses joueurs se pressent autour de lui et regardent les dessins qu'il esquisse au feutre vert sur sa petite ardoise. Puis il adresse quelques mots à Christophe qui fait non de la tête. S'ensuit une brève altercation entre eux, sous le nez de tous les spectateurs, et d'un geste assez théâtral, Christophe balance finalement ses gants sur la glace avant de rejoindre les vestiaires.

— Qu'est-ce qu'il fait ? s'étonne Hélène, stupéfaite.

— Le con ! ose Scandella.

La foule n'en revient pas. Tout semblait tellement possible. Mais la magie est rompue et la fatigue reprend ses droits dans chaque organisme. Les supporters découvrent qu'ils ont trop crié, les joueurs qu'ils sont peut-être vieux et ont tout donné. Le match reprend, mais tout le monde sait que c'est fini.

Dans *La Liberté de l'Est* du lendemain, l'esclandre est dignement monté en épingle. On reproche à Christophe son manque de maturité, son égoïsme, ses manières de diva. Au bistrot, on se demande pour qui il se prend. Un petit merdeux, tranche le président du club, mais avec un sourire et peut-être même de la fierté. Quoi qu'il en soit, Christophe ne s'excusera pas et lors du match retour, remporté douze à sept par Épinal, il marquera à trois reprises. C'est ainsi que naîtra la légende de cette saison presque parfaite, avec ses Tchèques robustes, le jeune premier parfois révoltant mais doué, le capitaine un peu alcoolo mais sur qui on peut compter, une équipe à deux doigts du déclin et pourtant au sommet de son art, qui devait saisir cette unique occasion.

Les Loups accèdent finalement aux playoffs après s'être classés troisièmes de leur poule. Là, ils se montrent toujours aussi besogneux, en veine, finalement moyens mais redoutés. En quart de finale, ils battent Caen, puis Lyon en demi. À chaque fois, il leur faut trois matchs pour parvenir à leurs fins. Tout le monde dans la ville commence à y croire. La presse en fait ses choux gras et certains joueurs se voient même demander des autographes dans la rue. Arrive enfin la finale contre Tours. À cette occasion, l'équipe d'Épinal réalise un match mémorable, alerte en attaque, audacieuse sans cesse, et spécialement robuste en défense. Mais Christophe, lui, offre sa prestation la plus médiocre de la saison. Il en vient d'ailleurs aux mains avec un joueur adverse et finit le match sur le banc des pénalités. Là, il assiste à la défaite de son équipe. L'occasion est manquée.

Au terme de son épopée, Épinal accède donc à l'élite, mais perd ses deux piliers, Gargano et Papeloux, qui prennent leur retraite, tandis que les Tchèques se dispersent à travers le pays, signés par Chamonix, Gap et Reims. Le rêve se clôt sur cette note amère et prévisible. Fin juin, le club organise pourtant un pot pour célébrer ce succès en demi-teinte, où se pressent le beau monde des environs, édiles divers et représentants de la CCI, sponsors et joueurs bien sûr, accompagnés de leurs familles et des amis, sans oublier les habituels pique-assiettes et quelques supporters triés sur le volet.

En leur qualité de jeunes filles plutôt mignonnes, Hélène et Charlotte parviennent à s'incruster sans grande difficulté et vident quelques coupes en écoutant discours insipides et remerciement obligatoires. Une fois qu'il a rempli ses obligations protocolaires, le président du club en vient tout de même au cœur du sujet.

— Bon, je voudrais qu'on parle de l'avenir maintenant !

Les filles, elles, n'ont d'yeux que pour Christophe, qu'elles ont repéré près du buffet sur lequel il se livre à des déprédations clandestines avec deux autres joueurs.

— L'année prochaine, les Loups joueront au plus haut niveau. Avec le coach Villeneuve, nous avons déjà bien avancé sur le recrutement. Et je dois dire que c'est très prometteur. Je ne suis pas en mesure de vous en dire beaucoup plus pour l'instant, mais enfin, on a des pistes au Québec et en République tchèque. Et d'autres idées, du côté de Valenciennes en particulier. Et puis surtout, nous conservons nos jeunes. Et notamment la révélation de cette saison. Il est là ? Christophe Marchal. Où est-il ? Je l'ai pourtant vu tout à l'heure.

Les invités échangent des regards interrogateurs et cherchent la vedette des yeux. Mais le numéro 20 s'est volatilisé. Papeloux se dévoue finalement pour partir à sa recherche. Aussitôt, Charlotte lui emboîte le pas.

— Je reviens, dit-elle.

— Genre… Je te vois pas du tout venir, fait Hélène, blasée.

— Je reviens, je te dis.

Hélène regarde sa grande copine se faufiler et disparaître en direction des toilettes. Le discours du président se poursuit une ou deux minutes sur des promesses de grandes victoires, quelques hommages subsidiaires et un toast à la santé du club. Hélène lève son verre comme tout le monde, vaguement dégoûtée. Ce n'est pas la première fois que Charlotte lui fait le coup. Elle sort un moment pour fumer une clope : le scoot de sa copine n'est déjà plus là.

Sur le chemin qui la ramène chez elle, Hélène en a gros sur le cœur. Cinq bornes à pinces, ça laisse le temps de réfléchir. Dans un mois, elle aura dix-sept ans et sa mère n'arrête pas de lui dire qu'elle vit ses meilleures années. Ça promet. Pour ce qu'elle en sait, avoir son âge, ça consiste surtout à s'emmerder les trois quarts du temps en n'ayant le droit d'à peu près rien. Et même quand ses parents la laissent sortir, il faut de toute façon faire gaffe, garder un œil sur sa montre, et il n'est pas rare que sa mère vérifie son haleine quand elle rentre d'une soirée avec des copains, si bien que le plaisir est toujours gâté par la trouille, les prudences à observer. Pour une malheureuse clope, elle s'est déjà retrouvée consignée pendant deux semaines.

Et tout est comme ça, négocié, arbitraire, rabotable. Apparemment, c'est pour son bien. Mais Hélène n'y croit plus. Elle pressent autre chose sous cette loi de la longe. Comme si sa mère craignait ce qu'elle devient, une bête, une femme, une rivale peut-être. Hélène ne pleure pas pour autant. Elle ne fait pas ce cadeau à ceux qui l'empêchent. Elle se contente de faire claquer les portes et s'enferme dans sa chambre où elle ronge son frein. Elle se dit je foutrai le camp, vous verrez, un jour j'aurai tous les droits.

C'est pour ça qu'elle potasse, qu'elle est la première dans toutes les matières. Parce qu'elle a un plan : avoir les meilleurs résultats pour se tirer le plus loin possible.

En classe, tandis que les autres croulent sous la charge de travail, Hélène se balade.

— Putain, un DM de math, une dissert et toute la Première Guerre mondiale à revoir, geint Charlotte. Ils veulent nous faire crever sans déconner.

— Je te filerai les maths si tu veux.

— Ouais, mais pour la dissert ?

— Je peux pas l'écrire à ta place.

— T'es sûre ?

Dans son bulletin, le prof de maths a écrit : Hélène est une machine. Et c'est vrai. Elle est méthodique, rapide, organisée, dotée d'une mémoire incroyable. Son seul problème, au fond, c'est l'impatience. Il lui arrive de trouver les enseignants médiocres, ses parents complètement cons. Parfois, en cours, elle soupire si fort que le professeur occupé à écrire des noms propres ou des équations au tableau se retourne :

— Un problème, mademoiselle Poirot ?

— Aucun, monsieur.

— Ça ne va pas assez vite pour vous ?

— Ça va.

— Vous n'êtes pas seule au monde, vous savez.

— Il paraît…

— Votre carnet de correspondance.

Le conseil de classe du deuxième trimestre a d'ailleurs relevé ce comportement qui a failli lui coûter les félicitations. Mme Collard, la prof de français, a fait tout ce qu'elle a pu pour foutre en l'air son dossier. Elle lui a reproché son arrogance et estimé qu'avec sa copine, elles étaient nuisibles au groupe et même "subversives". Le mot a ravi les deux filles qui s'en sont gargarisées pendant des jours. Elles l'ont su par la prof principale qui a convoqué Hélène. Mme Clair est une petite femme ronde, extrêmement chevelue, qui porte parfois la cravate et presque toujours un inénarrable blazer à boutons de cuivre. Elle enseigne les mathématiques aux classes scientifiques ; son agrégation et ses palmes académiques lui confèrent dans l'établissement un prestige considérable qui l'autorise à certaines excentricités, comme jouer de la scie musicale en cours, ou contraindre les élèves indisciplinés à monter sur leur table en posant les mains sur la tête. Quoi qu'il en soit, elle a Hélène à la bonne.

— Vous savez, moi aussi je viens d'un tout petit milieu.

Hélène tique. Elle déteste quand les adultes la regardent comme si elle était leur propre jeunesse.

— Pour les concours, vous avez besoin d'un dossier solide. Mme Collard est complètement toquée. Une hystérique. Je vais m'arranger pour qu'elle ne fasse pas trop de dégâts. Mais il faut impérativement que vous cessiez d'avoir ce comportement en cours.

Hélène lève les yeux au ciel.

— Oui, précisément, ce comportement-là.

Mme Clair la reçoit à plusieurs reprises, dans un petit bureau miteux où des archives se décomposent loin de l'agitation du monde, presque en sous-sol, une pièce où tout est brun et jaune. Le matin vers dix heures, quand un rayon de soleil printanier passe par la fenêtre, on peut voir un demi-siècle de poussière léviter dans cette pièce comme de la poudre d'or. À chaque fois, Mme Clair ferme la porte, ce qui n'est pas pour la rassurer, s'assoit puis se confie.

— Moi aussi j'avais d'incroyables facilités. Au concours général, je me suis classée deuxième.

Quarante ans plus tard, elle rabâche cette presque réussite et d'autres, une tentative au concours de Polytechnique, et un passage éclair à *Des chiffres et des lettres*, puis elle en vient à d'autres frustrations, ses difficultés avec l'administration, la nullité croissante des élèves, ses pieds qui lui font mal. Quoi qu'il en soit, Hélène a un avenir prometteur qu'elle refuse de voir gâché. Elle insiste aussi pour qu'à son tour la jeune fille tente sa chance au concours général. L'adolescente ne voit pas l'intérêt.

— Ce sera bon pour votre dossier, insiste Mme Clair, dans une supplique quasiment.

Bien sûr, elle sait bien qu'Hélène s'ennuie, qu'elle trouve les adultes insuffisants et la vie trop étroite. Et les boutons en cuivre à ses manches tintent dans le rayon doré et presque rose de ce matin d'avril.

— Vous avez raison, dit-elle. C'est trop petit ici. Vous ferez mieux.

La voilà émue, on dirait un épagneul. Hélène lui promet de mieux se tenir et, dans l'intimité de sa chambre d'adolescente, poursuit ses efforts scolaires, chaque jour, y met plus de sérieux, d'autant que sa copine lui tape sur le système, que ses parents la gonflent, que les garçons, de plus en plus, lui semblent une perte de temps. Hélène s'abîme dans cette consolation de l'effort. Elle commence en général par le par cœur, l'histoire, les langues, les longues leçons, mais dans sa tête, les choses sont gravées sitôt qu'entendues et elle engrange sans difficulté les dates et les définitions, le vocabulaire et la grammaire allemande. Puis elle poursuit avec les sciences. En plus des problèmes et exercices que tout le monde doit se farcir, Mme Clair lui réserve quelques gâteries qui ne seront pas au programme avant l'année suivante. Intégrales, dérivées, géométrie vectorielle.

— Surtout, ne vous laissez pas prendre à leurs histoires d'informatique. Les maths, c'est là que ça se passe, dit-elle en faisant rebondir la pointe de son index sur son front.

Hélène prend un plaisir quasi physique à tout cela. La possibilité d'établir un peu de vérité dans ce monde si mal fichu n'est pas qu'un réconfort. C'est une jouissance. Quand au terme d'une équation, en calculant une dérivée ou en traçant sur du papier millimétré une courbe à la pointe de son Criterium, elle trouve enfin ce qui s'affirme comme un résultat inattaquable, l'adolescente jubile. Cette solidité temporaire des mathématiques devient son refuge.

Parfois, sa mère la surprend tard le soir, penchée sous l'éclairage de sa lampe de bureau, ses cheveux pris dans une sévère queue de cheval. Elle vient s'asseoir sur le lit, près d'elle, et la regarde.

— Qu'est-ce que tu veux ? demande Hélène.

— Rien.

Mireille est en proie à des sentiments contradictoires, d'admiration et d'inquiétude, des sentiments de mère, qui s'étonne de voir son bébé devenu cette grande bringue avec des fesses de femme et des réactions de gamine, cette chevelure de Madeleine et les ongles rongés, qui traînaille au lit et veut faire les grandes écoles, cite des écrivains et ne sait toujours pas mettre son linge sale au panier, prononce des mots méconnus et renifle son t-shirt pour savoir si elle pourra le mettre un jour de plus, mange encore parfois ses nouilles avec les doigts, distraitement, et s'étire comme un chat à la fin du repas après avoir saucé son assiette avec du pain, une gamine qui veut des talons et la pilule. Elle la regarde, prise dans ce chassé-croisé des espérances et de la peur.

Car elle et Jeannot savent qu'ils ne peuvent plus grand-chose pour elle. Ils font comme si, mais ils ne sont plus en mesure de faire des choix à sa place. Ils en sont réduits à ça, faire confiance, croiser les doigts, espérer qu'ils l'ont élevée comme il faut et que ça suffira.

L'adolescence est un assassinat prémédité de longue date et le cadavre de leur famille telle qu'elle fut gît déjà sur le bord du chemin. Il faut désormais réinventer des rôles, admettre des distances nouvelles, composer avec les monstruosités et les ruades. Le corps est encore chaud. Il tressaille. Mais ce qui existait, l'enfance et ses tendresses évidentes, le règne indiscuté des adultes et la gamine pile au centre, le cocon et la ouate, les vacances à La Grande-Motte et les dimanches entre soi, tout cela vient de crever. On n'y reviendra plus.

Alors Mireille regarde sa fille. Elle l'envie, lui en veut, elle voudrait la toucher. L'amour au-dedans lui fait mal. Elle pense petite idiote, mon cœur, grande saucisse, ma chérie, pour qui tu te prends, ne t'en va pas. Elle est si fière. Elle a tellement de peine à lâcher. Ses yeux s'embuent, manquait plus que ça. Il faudrait pouvoir prendre le temps à rebours, remonter le fil. Quand elle avait dix ans, six ou trois. Même avant, ce corps hésitant sur ses deux pattes, petit robot au nez qui coule, la voix qui répète chaque mot, le petit poing potelé qui tient la cuillère et frappe le plan amovible de la chaise haute, ce sourire à deux incisives, le nez froncé, cet autre tout à soi.

— Tu travailles ?

— Oui, répond Hélène.

— C'est bien.

L'année se poursuit ainsi, à la fois facile et douloureuse. Hélène décroche évidemment son bac français haut la main. À l'écrit, elle choisit le commentaire composé sur un texte chiant de Julien Gracq qui lui vaut dix-sept sur vingt. À l'oral, elle tombe sur *L'Invitation au voyage* et l'examinatrice ébahie lui demande :

— Vous voulez faire quoi après le bac ?

— Prépa HEC.

— Ah… Je vous mets dix-huit quand même.

Charlotte ne s'en sort pas mal non plus, douze à l'écrit, dix-sept à l'oral. L'année scolaire est finie. Il était temps. En mai, Hélène a séché pour la première fois. Ses prouesses académiques lui sauvent la mise, mais dans le bureau du CPE, on lui explique que la vie ça ne marche pas comme ça. Les bras croisés, Hélène écoute négligemment en mâchant son chewing-gum. Le CPE lui tend la corbeille, elle crache. De toute façon, il connaît ce genre de profils, les petits futés qui sont déjà dans l'après et viennent au bahut en consommateurs, prennent ce qu'ils veulent et disent merde à tout. Dans cinq ou six ans, Hélène sera sans doute mieux payée que lui. Ça n'aide pas à trouver des arguments pour la sermonner.

Cette année, sa copine n'a pas proposé à Hélène de venir passer des vacances à l'île de Ré et c'est aussi bien. De toute façon, elles sont un peu en froid depuis que Charlotte l'a laissée en plan pour filer en douce avec Christophe. Et puis Hélène s'est dégoté un job dans une colo de petits musiciens. Le matin, les gosses doivent pratiquer leur instrument, et, l'après-midi, ils ont droit aux activités habituelles : poney, escalade, tir à l'arc, baignade dans le lac de Serre-Ponçon. Il paraît que c'est plein de petits prodiges, des gosses de riches un poil lunaires mais très attachants.

En attendant, elle se prépare pour la grande fiesta de l'après-bac. Sa copine a eu vent d'une soirée organisée par des terminales du côté du stade de la Colombière, sur les hauteurs d'Épinal, et les deux filles sont bien décidées à en profiter. Quand elle leur en parle, les parents d'Hélène font semblant de donner leur autorisation, mais ils savent que dans l'hypothèse d'un refus Hélène ferait le mur. Ils ne peuvent tout de même pas l'attacher à son lit.

— Tu feras bien attention.

— Mais oui.

— Tu te protèges.

Hélène roule des yeux.

Le jour J, Charlotte arrive avec une demi-heure de retard, l'air hâve, les épaules basses, on dirait un os de seiche.

— Qu'est-ce que t'as ? demande Hélène en empoignant son casque.

Mais elle connaît déjà la réponse.

— J'ai mal partout. On dirait qu'on me plante des aiguilles dans le bassin. Franchement, j'ai failli pas venir.

— T'as pris quelque chose ?

— Advil.

— T'as pas intérêt à trop picoler.

— Je crois que je vais pas rester, surtout.

Derrière les volets entrouverts, Mireille n'a rien perdu de la scène. Jean la rejoint, embrasse ses cheveux et prend son bras dans sa main. Sous leurs yeux, le deux-roues s'arrache péniblement en abandonnant derrière lui sa typique plainte trop aiguë. Les parents regardent le piètre attelage qui s'éloigne, les deux casques, les longs cheveux qui volent, les épaules étroites. Mireille se sent tout à coup bien vieille. Son mari lui dit que ça va aller et elle s'irrite. Bien sûr que ça ira. C'est encore le pire.

Les filles traversent Cornécourt qui est à peu près déserté à cette heure. Il n'est pourtant pas si tard, mais déjà, le déclin du jour arrondit les angles, renferme les rues sur des couleurs onctueuses et dorées. C'est un de ces soirs de semaine sans objet, où chacun est resté chez soi, profitant de sa terrasse, regardant les infos régionales ou les résultats du Loto. Quand un feu passe au vert, une voiture unique démarre. De jeunes imbéciles à moto ont commencé leur ronde des beaux jours et au loin, sur la voie rapide, on entend la giration des moteurs de sept cent cinquante centimètres cubes, satellites catastrophiques qui orbitent sans fin autour des villes moyennes. Les filles quant à elles tracent leur poussif itinéraire. À l'arrière du scooter, Hélène fume une cigarette. Elle a le cœur si léger. L'année scolaire est derrière elle et une semaine de paresse totale s'annonce avant son départ en colo. Elle ne fera rien que lire et attendre, se tripoter quand ça lui chante, s'autorisera peut-être des tours à vélo, ira en ville pour voir ce que fabrique Charlotte. Ensemble, elles zoneront agréablement à la terrasse du Commerce, pousseront peut-être jusqu'au skatepark, se lamenteront pour la forme qu'il y ait si peu à vivre dans cette ville de merde. Mais Hélène ne s'y trompe pas : l'avenir est grand ouvert, droit devant. Et ce soir-là, sa poitrine est toute gonflée d'une aube qui n'en finit pas.

Une demi-heure plus tard, la réalité est déjà beaucoup moins riante.

— J'en peux plus, je me casse, fait Charlotte qui se tient pliée en deux.

Hélène est dépitée. Elles viennent juste d'arriver et il leur a fallu dix minutes pour dénicher l'endroit où doit se tenir cette fameuse fête, un terrain de foot miteux cerné par des rogatons de forêt et qui à son extrémité offre une vue assez dégagée sur les quartiers les moins enviables de la ville. Pour l'instant, on n'y trouve qu'une quinzaine de lycéens occupés à boire de la bière en essayant d'allumer un feu. À part Nirina, cette grande meuf avec qui elle est en anglais, et quelques visages approximativement familiers, Hélène ne connaît personne.

— Moi, je vais rester, dit-elle pourtant.

Charlotte la fixe un moment, déçue. Sur son front pâle, de minuscules gouttelettes ont commencé de perler. Elle essaie de se redresser et soupire.

— Si tu vois Christophe…, commence-t-elle.

Hélène tâche de rester impassible. Ce pauvre secret entre elles, depuis le temps. Mais Charlotte se ressaisit.

— Non, laisse tomber.

Elle se contente de soulever le siège de son scoot et empoigne le petit pack de bière qui se trouve dans le coffre.

— Tiens.

— Merci.

Un moment encore, à se regarder, ne rien se dire.

— Bon.

— Ouais.

— Salut.

— Salut.

Hélène observe le départ de sa copine, brinquebalée sur le petit chemin cahotant, à demi pliée de douleur. Puis elle rejoint Nirina, son pack sous le bras.

Deux heures et cinq bières plus tard, l'ivresse gagne et Hélène se met à divaguer de groupe en groupe, une canette à la main, un peu molle, son sweat sur les épaules et les pieds nus dans ses baskets. Elle est heureuse, elle se sent libre et jouit de cette parenthèse idéale, quand l'année a pris fin et qu'existe encore ce moment suspendu, cette île temporaire des étés neutralisés, jours de pures vacances, sans enfants, soucis, ni rides, à peine un petit job et encore, ces deux mois de largesses dont on pense qu'ils reviendront toujours. Dans le velours du ciel très haut, elle voit les constellations pétiller pour elle seule. La tête rejetée en arrière, bouche ouverte et les dents dehors, elle sent qu'elle pourrait bouffer l'univers. L'estomac tiendrait, c'est sûr.

Vers onze heures, Christophe déboule avec ses potes en deux roues, l'habituelle petite bande de kékés qui font trop de bruit et se prennent pour les rois du monde. De loin, Hélène les guette qui se marrent autour du feu qui a finalement pris entre deux agglos, un peu méprisante, mais avec par-derrière l'autre envie, celle tenace. Les flammes redessinent à grands traits contrastés le visage de Christophe qui devient comme un son et lumière miniature, avec les rires, le bruit des moteurs qui vont et viennent au gré des arrivées et des départs, la rotation des ombres qui se cherchent et tanguent. Elle vide sa bière, puis se décide et fond sur Christophe.

— Salut.

Il se tourne vers elle, surpris, ses potes ricanant autour, mais Hélène s'en fout.

— Je peux te parler ?

— De quoi ?

— Un truc.

Le garçon se tourne vers ses copains qui se sentent autorisés à être encore plus cons que d'habitude.

— C'est qui celle-là ?

— Elle veut du gâteau ?

Christophe cède néanmoins et ils s'éloignent en laissant les lazzis et les babouinages s'éteindre dans leur dos. Hélène frissonne un peu, pourtant il ne fait pas si froid. À un moment, elle sent le dos de sa main effleurer la peau du garçon et cette sensation lui monte jusqu'au cœur.

— On va où comme ça ?

La jeune fille s'immobilise, un peu hébétée, se tourne vers lui.

— Je voulais te dire…

Ils se tiennent maintenant à la lisière des arbres, loin des autres, réduits à deux ombres sans détail ni visage. Ça cogne fort dans sa poitrine. Elle déglutit.

— Charlotte a dû partir, dit-elle.

— Quoi ?

— Charlotte. Elle se sentait pas bien.

— Ah.

Il faudrait faire quelque chose. Le coche est si vite passé. Il est là, tellement vrai. Elle n'a plus qu'à oser.

— Elle avait mal au ventre.

— D'accord.

Deux secondes encore, puis le garçon fait déjà un pas de côté. Alors Hélène attrape son bras, et l'embrasse au hasard, ne trouvant que son menton. Sans un mot, il se dégage et elle reste toute seule avec son mouvement idiot. Il a déjà rejoint ses potes autour du feu qui danse dans la nuit idéale, détourant des silhouettes qu'elle n'oubliera plus. Hélène entend leurs rires et le crépitement du bois qui flambe. Demain, elle aura dix-sept ans. Le meilleur de la vie.

13

Chacun menait son existence pleine à ras bord, avec ses œillères et son sentiment d'à quoi bon épisodique. Et cette nouveauté désormais qui occupait le centre, leur histoire.

Pour Christophe, il y avait les longues journées en bagnole à sillonner les routes, l'interminable tournée des clients, les prospects et les réunions à la con avec le service commercial, et puis, à vingt heures, les entraînements à la patinoire.

Quand il avait Gabriel, il ne s'entraînait que le mardi et le jeudi soir. Il avait trouvé un arrangement avec Marco qui passait prendre le petit à l'école et s'en occupait jusqu'à ce que Christophe vienne le chercher, souvent endormi, vers vingt-deux heures. Les deux hommes papotaient cinq minutes dans la cuisine et Marco lui racontait comment ça s'était passé, les devoirs et le steak haché purée. Christophe quittait les lieux en portant le petit dans ses bras, claquait la bise à Marco et déposait son fils à l'arrière du break, emmailloté dans un plaid, le plus doux qu'il avait pu trouver. Une fois à la maison, il portait l'enfant jusqu'à sa chambre, le déshabillait en tâchant de ne pas le réveiller, et puis remontait la couverture sur ses épaules. Il lui disait je t'aime à l'oreille, en respirant la bonne odeur de ses cheveux. Il restait debout un moment dans la petite chambre et regardait la veilleuse pirate, la collection de figurines *Star Wars*, le char d'assaut au canon brisé, la tapisserie où Gabriel avait dessiné des vaisseaux au Crayola.

Charlie déménageait en janvier et il n'en avait toujours rien dit à son père. Depuis quelque temps, le déclin des facultés du vieil homme semblait suspendu, ce qui ne l'avait pas empêché d'égarer une nouvelle fois sa carte bleue, ni d'avoir laissé le gaz sous une casserole pendant trois heures la semaine précédente.

Et puis il continuait de piquer ces effroyables coups de colère qui le rendaient méconnaissable et terrifiaient le gosse, après quoi il se confondait en excuses et retournait à sa télé.

Enfin, pour Christophe le rythme était soutenu, le sommeil mauvais, le corps de plus en plus incapable de soutenir l'effort. Il tirait de ces difficultés conjuguées de drôles d'impressions, comme si tout le maquillage coulait, que le visage des choses, subitement, apparaissait tel quel, nu, effroyable. Ces éclairs lucides fonctionnaient comme de grands coups de sonde qui plongeaient dans la mémoire, et faisaient jaillir des bribes, souvent à l'occasion de déplacements en bus avec le hockey tandis que, le front collé à la vitre, il se laissait porter par la route et le paysage.

Il se revoyait petit garçon dans la cour de l'école, l'ardoise avec son éponge ronde, le complément d'objet direct et le grand marronnier. Il se souvenait de Jacky et Corbier, de l'Orénoque et du parfum des clémentines, et puis la console Atari avec son frère, le bicross et les Noëls mieux que des armistices.

Longtemps on gobait chaque mensonge, on prenait chaque virage sans rechigner. Puis à partir du collège, la vie s'accélérait d'un coup. Il fallait porter un cartable de dix kilos, être cool et regarder les filles, écouter sans fin des professeurs toujours plus chiants pendant des années chaque fois plus courtes. Il y avait eu le hockey, les illusions qui allaient avec, Julien soudain si différent, toute cette mascarade de leur vie de famille tellement mal branlée, pleine d'amour quand même. Les virées à la fête foraine avec Marco et Greg, le Tokaido Express et le parfum des gaufres, la main de Charlie dans une rue du centre-ville un mercredi après-midi.

Et puis cette phrase qui coupait la vie en deux : maman est morte.

Alors, tout était allé encore plus vite, jusqu'à cette formidable course d'endurance : l'âge adulte, avec sa fatigue sans rebord qu'on n'avoue jamais, un effort après l'autre et puis derrière, le suivant, parce que le boulot, les enfants et déjà un peu la mort, discrète mais qu'on sent poindre parce qu'il faut deux jours pour récupérer d'une mine, que le sommeil est devenu une brume légère que chasse le moindre souci, et demain ce sera déjà fini.

C'est comme ça que Christophe avait compris, cette vie n'avait pas été la sienne. Elle n'avait fait que l'emprunter, comme un pont, une paire de chaussures, ne lui laissant à quarante ans qu'un chapelet de souvenirs flous. Au fond, il n'était bon qu'à donner sa force pour un dessein qui ne le regardait pas. À travers lui, le monde s'était perpétué sans lui demander son avis. Quand on regardait ça à distance, c'était à se flinguer.

Heureusement, de temps en temps, Épinal gagnait, et au retour on chantait dans le car en buvant de la vodka jusqu'à tomber.

De son côté, Hélène ne chômait pas non plus. L'embellie prédite par Erwann avait bien lieu, Elexia engrangeait les clients et une croissance mirobolante était annoncée pour la fin de l'exercice. Depuis des semaines, tout le monde à la boîte bossait donc sous pression et on avait assisté à deux crises de larmes en plein *open space*. D'aucuns étaient même allés jusqu'à menacer d'organiser un syndicat, mais tout cela se susurrait en toute discrétion, à la machine à café ou *via* les messageries perso, sans que personne n'y croie vraiment. De son côté, Jean-Charles Parrot concevait des solutions innovantes à la tête de son pôle innovation, ce dont on n'allait pas le blâmer. Grâce à lui, Elexia proposerait d'ici peu des formations au management inclusif, des conseils en transition, des modules de design comportemental, des audits des systèmes cognitifs, des outils de prospective environnementale et collaborative. Erwann ne se sentait plus de joie et les deux hommes passaient un temps fou dans son bureau, sur la mezzanine, à refaire le monde avec force moulinets et anglicismes visionnaires. Il était d'ailleurs prévu qu'Erwann fasse des annonces à l'occasion de la fête de Noël qui serait cette année plus enfiévrée que jamais – perspective plutôt inquiétante lorsqu'on songeait qu'à l'exercice précédent, on avait retrouvé du vomi jusqu'au plafond dans les toilettes pour femmes.

Mais ce qui irritait le plus Hélène, c'était de voir Lison se faire happer là-dedans. Ce petit con de Parrot lui avait notamment confié une mission de benchmark, histoire de voir ce qui existait dans les autres régions pour accompagner les organismes appelés à fusionner.

— Tu sauras faire ça ? avait demandé Hélène.

— Oh je vais surfer à droite à gauche, on verra bien. En géné-ral, c'est pas très compliqué : tu commences par dire des trucs du genre (Lison avait fait le geste des guillemets) "compte tenu des nouveaux enjeux", et puis t'enchaînes avec des mots du genre créatifs, agiles, blablabla…

— Ouais, enfin quand t'as dit ça, t'as rien dit.

— Je trouverai bien deux trois exemples, un peu de Rhône-Alpes, un peu d'Aquitaine… De toute façon, l'essentiel c'est de trouver la bonne triplette.

— C'est-à-dire ?

— Les trois B, les trois V, les trois I, on s'en fout, mais faut une triplette, sinon les mecs se mettent à angoisser.

— Et t'envisages quoi ? s'était amusée Hélène en détaillant sa stagiaire qui ce jour-là portait des baskets à semelles compen-sées, un jean *boyfriend* et un impressionnant manteau camel *oversized*.

— Je verrais bien les trois C. Collectif, concerné et.

— Complexe ?

— Trop facile.

— Créatif.

— Galvaudé.

— Coopératif.

— Je voyais plutôt "Calamiteux".

— Ça marche aussi, avait admis Hélène. Mon préféré étant quand même "Connard".

— Je mettrai un *slide* avec la gueule de Parrot pour l'illustrer.

Hélène et Lison avaient malgré tout sanctuarisé leur petit ren-dez-vous du jeudi au Galway. Philippe savait et rentrait tôt exprès pour s'occuper des filles. Là, devant une pinte, les deux femmes menaient des discussions enjouées, fielleuses et approfondies. Il était évidemment beaucoup question de l'idylle d'Hélène. Une fois le passage à l'acte consommé, un peu fière, en tout cas très contente d'elle, Hélène avait dit : "Ça y est."

— Non ? Bah raconte !

Hélène avait fait des mines et, très vite, avait tout balancé.

Pour eux, l'hôtel Kyriad était devenu comme une île. Ils s'y retrouvaient une ou deux fois par semaine, des rencontres brèves, l'après-midi ou dans la matinée, qui ne les assouvissaient pas et en appelaient d'autres.

En général, Christophe arrivait le premier. Hélène reconnaissait son break et se garait à bonne distance, en vertu d'une inexplicable superstition. Le personnel à l'accueil avait désormais l'habitude de les voir passer. Tout devenait familier et automatique. Elle montait l'escalier et grattait à la porte. Christophe lui ouvrait, pieds nus, attrapait sa main, l'emportait aussitôt à l'intérieur. Là, encore debout et les yeux fermés, ils s'embrassaient. Au départ, il ne s'y était pas pris comme elle aimait, mais peu à peu ils s'étaient réglés l'un sur l'autre, avaient trouvé leur manière, à force de tâtonnements et d'improvisation, au prix de quelques ratés bien sûr. Hélène avait aussi appris de nouvelles façons. Par exemple, au contraire de Philippe, Christophe n'était pas de ces mecs qui adorent faire la planche. Il n'était pas très porté sur les préliminaires non plus. Il l'empoignait, ouvrait son pantalon ou remontait sa jupe, faisait glisser sa culotte et ils baisaient comme ça, sans prendre le temps de se déshabiller. Les vêtements tombaient plus tard, en cours de route, quand ils reprenaient leur souffle et buvaient un peu d'eau à la bouteille. Et puis ils remettaient ça, lécheurs, curieux, se suçant âprement, Christophe évitant de jouir pour faire durer, Hélène agrippée à ses épaules, cramponnée à ses bras, imprimant le rythme en empoignant ses cuisses à pleines mains.

Au tout début, elle avait tenu à tamiser la lumière pour se protéger. Voilà si longtemps qu'elle ne s'était plus montrée complètement nue devant un autre homme. Toutes sortes de questions désagréables venaient forcément à l'esprit. Est-ce qu'il aimera le dessin de mes poils, mon ventre, est-ce que mes grossesses ont changé quelque chose, est-ce que je serai assez étroite, assez mince, assez lisse, assez jeune ? Elle avait eu envie de lui demander, qu'il la rassure, sans oser. Et quelquefois, le regardant sur le chemin de la salle de bains après l'amour, alors qu'il se déplaçait avec cette assurance bonhomme du type qui a l'habitude de fréquenter les vestiaires, elle s'était dit merde, je suis sûre que lui ne s'en fait pas, qu'il ne s'est jamais demandé s'il était baisable ou quoi. Cette pensée l'avait mise en colère. Elle avait eu envie de le blesser, de saisir entre ses doigts un peu de la graisse qu'il avait sur le ventre, tirer un de ces poils qui lui poussaient dans le dos, et lui dire regarde-toi, tu es épais, tu es lourd, tu changes, ta peau est moins élastique et tes cheveux, regarde quelle débandade, tu vieillis toi aussi, alors pourquoi je m'en fais, et pas toi ?

Ils se retrouvaient donc, le matin ou bien l'après-midi, faisaient l'amour en tâchant de prendre leur temps, malgré le chronomètre inévitable et le monde impatient sur le pas de la porte. À quatre pattes, en travers du lit, ou front contre front, les ventres ventousés, en nage et les yeux noirs, ils se donnaient. Christophe, lui, ne s'était pas posé tellement de questions. Cette fille, comme le hockey, venait d'avant, de ces années valables après lesquelles il courait, et au fond, selon son habitude, il s'était laissé faire. Et maintenant voilà. Il pouvait compter sur ces deux heures spéciales au bout de la route, le cocon de leur chambre, cette femme qui se souciait de lui, et qu'il trouvait de plus en plus belle, la familiarité agissant comme le plus efficace des cosmétiques.

Et puis il aimait bien aller à l'hôtel, dont elle réglait toujours la note. Il appréciait la simplicité des surfaces, le souci ergonome partout, la distance minime entre le lit et la douche, l'extrême propreté des serviettes de bain, le sol neutre et le téléviseur suspendu, les gobelets sous plastique, le cliquetis précis de l'huisserie quand la porte se refermait lourdement sur eux, le code wifi précisé sur un petit carton à côté de la bouilloire, tout ce confort limité mais invariable. À ses yeux, ces chambres interchangeables n'avaient rien d'anonyme. Il y retrouvait au contraire un territoire ami, une marge où ils pouvaient baiser tout leur saoul, crier s'ils en avaient envie et s'essuyer dans les draps, parler d'eux totalement. Tout bien considéré, c'est peut-être de ça dont ils avaient le plus besoin, un confessionnal. Christophe se plaignait de ne pas avoir assez de temps de glace et de son père qui perdait la boule, Hélène de son travail et de son mec qui, peut-être parce qu'il se doutait de quelque chose, était encore moins présent que d'habitude.

De toute façon, lorsque Philippe daignait faire acte de présence, le week-end par exemple, ça n'allait pas tellement mieux. On restait au lit tard, on traînait dans la salle de bains, les filles ne voulaient pas sortir, pas manger et restaient scotchées des heures devant Gulli. Et puis elle avait toujours un truc de boulot à finir, lui aussi. Finalement, les journées s'achevaient sans qu'on se soit vus vraiment. Parfois, à table, Hélène surprenait le regard lourd de son mec posé sur elle et d'un mouvement hargneux du menton lui demandait qu'est-ce qu'il y a encore ? Il n'avait rien à dire. Au coucher Mouche voulait toujours une histoire de plus. Clara avait du mal à s'endormir. C'était sûrement l'hiver, la fatigue, les vacances feraient du bien.

Tout de même, il arrivait à Hélène de regarder les filles et de se dire, qu'est-ce que je fabrique ? Elle avait alors l'impression d'un crime en train de se commettre. Puis elle consultait sa messagerie WhatsApp, trouvait un petit mot de Christophe et tout cela redevenait accessoire.

Mais, comme chaque année, Noël approchait et il fallut bien planifier des vacances. Hélène annonça la couleur d'entrée.

— Je peux pas prendre plus d'une semaine cette année.
— Pourquoi ça ?

Philippe se trouvait sur le canapé, en peignoir et son ordinateur sur les genoux, ses cheveux étaient encore humides de la douche. Les filles pour leur part étaient assises sur le tapis face au poêle, la grande occupée à jouer sur la tablette tandis que sa cadette attendait vainement son tour.

— On a un boulot de dingue.
— Pareil pour moi.
— Je t'ai déjà dit. Avec Parrot dans les parages, je peux pas dételer. C'est tout, c'est comme ça.
— Et tu comptes poser quels jours ?
— Du 17 au 26.
— On part pas, alors ?
— Si, on peut.
— Je vois pas comment. En plus, je vais me retrouver une semaine tout seul à la maison à pas savoir quoi foutre.
— Tu t'occuperas de tes filles.

Philippe la foudroya du regard.

— Bon, fit-elle sur un ton pacificateur, on peut prendre une loc' dans les Vosges du samedi au samedi. On fera Noël là-bas. Ça évitera les longs trajets.

Entendant cette offre, les filles avaient dressé l'oreille et attendaient maintenant le verdict.

— C'est des pistes de merde là-haut, répliqua Philippe.

— J'essaie d'arranger les choses.

Clara et Mouche assiégèrent alors leur père qui céda, non sans lâcher quelques remarques désagréables. De belles vacances en perspective, songea Hélène. Puis elle quitta la pièce et s'enferma dans les toilettes. Là, elle écrivit à Christophe :

On se voit demain ?

Les points de suspension annonçant une réponse apparurent aussitôt.

Tu me manques.

Elle sourit, son cœur soudain dénoué.

À quelle heure ? ajouta Christophe.

Onze heures.

Vivement.

J'ai hâte.

J'ai envie.

Ta queue…, dit-elle pour le provoquer.

Les points de suspension reparurent illico et elle sourit de plus belle. Ça ne loupait jamais.

Ton cul, écrivit-il.

Tes mains.

Tes seins.

Tes épaules.

Tes jambes.

Elle resta un moment suspendue, réfléchissant, puis, fine mouche, abattit une carte inattendue.

Ton GROS cerveau (avec un cœur).

Nouveaux points de suspension.

Si c'est pour dire des conneries, répondit Christophe.

Elle gloussa et écrivit très vite quelques mots dangereux, qu'elle effaça aussitôt, saisie par la trouille, comme s'il avait pu les voir.

Ainsi, dans l'à vau-l'eau général, ces rencontres expéditives à l'hôtel étaient devenues leur unique radeau. Ils s'y accrochaient et, au passage, s'apprenaient l'un l'autre. Hélène découvrait qu'il était doux, pusillanime, facilement de son avis, mais en même temps bâti autour d'un noyau profond, sorte de trou noir où le regard se perdait. Elle s'émerveillait de cette chose-là, le drôle de mystère planté au plus profond de ce mec apparemment fruste.

Christophe, pour sa part, admirait les facilités d'Hélène, les lieux qu'elle avait vus, les trois langues qu'elle parlait, son éloquence et ses opinions sur à peu près tout, qui ne le convainquaient pas spécialement, mais dont l'existence suffisait à l'épater. Son agressivité à l'égard des hommes aussi, qui, par contraste, donnait encore plus de prix à la délicatesse dont elle faisait preuve avec lui. Qu'une femme ayant sa classe, son niveau de salaire, des mains aussi belles, des joncs d'or au poignet et une montre à cinq mille balles puisse s'occuper de lui de cette manière le touchait à mort. En se frottant à sa peau, il avait l'impression qu'elle déteignait, qu'un peu de sa valeur retombait sur lui. L'avoir dans son lit, même une heure, même cinq minutes, c'était participer déjà de ce monde privilégié. Il regrettait juste de devoir garder ces incursions dans le grand monde pour lui, parce qu'il avait bien essayé de s'en ouvrir à Marco, mais la réaction de ce dernier l'avait calmé aussi sec.

— Ah ouais, ça doit bien sucer une grande cheminée comme ça.

Il n'y était pas revenu.

Et puis, elle était de ces femmes saint-bernards qui ne peuvent s'empêcher de vouloir sauver le monde autour d'elle. Quand elle voyait que quelque chose clochait, au détour d'un message, d'une réponse trop abrupte, quand repris par la course de la trotteuse Christophe redevenait soudain cet étranger mal luné et obtus, elle le désamorçait d'un mot, le reprenait au lasso avant qu'il ne bascule dans une de ses bouderies coutumières. Elle lui donnait des conseils qu'il ne suivait guère, voulait le changer pour son bien.

Et le regardant se débattre, elle se disait ouais, les mecs de son espèce n'ont pas de répit, soumis au travail, paumés dans leurs familles recomposées, sans même assez de thune pour se faire plaisir, devenus les cons du monde entier, avec leur goût du foot, des grosses bagnoles et des gros culs. Après des siècles de règne relatif, ces pauvres types semblaient bien gênés aux entournures tout à coup dans ce monde qu'ils avaient jadis cru taillé à leur mesure. Leur nombre ne faisait rien à l'affaire. Ils se sentaient acculés, passés de mode, foncièrement inadéquats, insultés par l'époque. Des hommes élevés comme des hommes, basiques et fêlés, une survivance au fond.

Quand il lui racontait ses soirées entre potes, à se bourrer la gueule et faire joujou avec des pistolets à billes, ou bien ses matchs de hockey à quarante piges, elle ne pouvait s'empêcher de songer à ces pauvres types qui se déguisaient pour refaire Waterloo le week-end, ou à ces grands gosses passionnés de paintball.

Oui, Christophe lui faisait peine par moments et elle éprouvait alors un malaise affreux, une honte sèche. Qu'est-ce qu'elle foutait avec un mec pareil ? Mais il lui inspirait aussi une tendresse presque insoutenable. Peut-être qu'il lui rappelait son père, tout bêtement.

Alors elle se défendait :

— Vous êtes chiants les mecs. On finit toujours par jouer les infirmières.

— De quoi tu parles, je t'ai rien demandé, répliquait Christophe, aussitôt sur la défensive.

Mais Hélène l'écoutait et Christophe osait avec elle poser cartes sur table, en peu de mots, son maigre lot de frustrations et d'impossibilités, entrecoupé de petits rires de poitrine, la vie quand même, on est con et si vite mort, presque toujours ridicule, l'aventure tu parles.

Il lui racontait par exemple que son père appelait le gosse Julien une fois sur deux.

— Pourquoi Julien ?

— Julien, c'est mon frère.

— T'as un frère ?

Il était aussi pas mal question de son fameux pote qui s'était laissé embringuer avec une aide à domicile et passait directement de célibataire endurci à soutien de famille. Le mariage était prévu pour le printemps.

— Ce serait marrant que tu viennes, disait Christophe.

— À la noce ?

— Ouais.

— Tu perds complètement les pédales, mon pauvre ami.

Mais elle lui donnait tout de même un baiser.

Hélène, elle, n'était pas si diserte. Sans doute que Lison suffisait à recueillir ses confidences, même si elle préférait encore lui poser des questions. Cette génération ne cessait pas de la surprendre. Peut-être parce que ses membres avaient grandi avec internet et les réseaux. Peut-être parce qu'ils annonçaient la fin du monde. Ou précipitaient son expulsion d'un territoire jugé conquis : la jeunesse. En tout cas, ce mélange étonnant de pudibonderie et de déchaînement, d'engagement et de je-m'en-foutisme, de déprime et d'illusion totale restait sidérant.

Une fois, les deux femmes en étaient venues à évoquer cette indémerdable contradiction à laquelle elles se trouvaient parfois confrontées dans l'intimité, quand le grand projet d'émancipation féminin se heurtait à ces drôles d'aspirations à la bassesse.

— Mais évidemment meuf ! avait clamé Lison, dialectique d'instinct. Ça n'a rien à voir.

— Ouais, je sais pas.

— Mais non voyons !

Elles finissaient leur deuxième pinte d'IPA et la stagiaire, passé le taux d'alcool réglementaire, s'arrogeait aisément les fonctions de management.

— Moi, par exemple, je kiffe quand on me crache dessus.

Hélène avait ouvert des yeux ronds et éclaté de rire, avant d'inciter la jeune fille à poursuivre. C'était quoi encore cette histoire ?

— Je sais pas pourquoi, ça me rend dingue. On en parlait l'autre fois avec un pote, Robin, il est gay, ingénieur qualité dans je sais pas quoi, irlandais à la base tu vois, un pur beau mec, super cool, tu verrais chez lui c'est magnifique, des plantes vertes partout, je sais pas comment il fait, moi elles crèvent toutes direct, et alors une traînée pas possible, ces mecs sont sans limite dans le cul en vrai, ils te racontent des trucs, tu te dis vous êtes pas sérieux ? Donc cracher, lui, il survalide évidemment. Mais y avait notre pote Laura. La meuf m'a mis la misère. Tu te respectes pas, le mec te crache dessus, c'est n'importe quoi. Ça a duré dix minutes, j'en pouvais plus. J'ai fini sur un *eye roll*. Qu'est-ce que tu veux faire ? En tout cas, je laisse le gouvernement de mon cul à personne.

Plus tard, Hélène avait partagé l'anecdote avec Christophe que l'idée avait plutôt séduit.

— On devrait essayer.

— C'est moi qui te crache dessus, ouais.

Il avait fait miam. Tout n'était pas si moche, en fin de compte. La complicité gagnait, leurs limites se faisaient plus perméables et parfois, au détour d'une phrase, des déclarations risquées se frayaient un chemin.

Un soir, Hélène reçut un appel de Christophe alors qu'elle était au volant. Elle décrocha tout de suite, présumant une catastrophe puisque d'ordinaire ils se contentaient de messages sur WhatsApp.

— Salut.

— Tout va bien ?

— J'ai eu un petit pépin. Un accident avec ma caisse.

— Comment ça ?

— Je sais pas trop. J'ai dû m'endormir au volant. En tout cas, j'ai planté ma caisse. Je suis à deux ou trois kilomètres de Saint-Dié.

— Tu t'es endormi ?

— Ouais, c'est possible. Je suis vraiment crevé en ce moment.

La veille, l'entraînement avait duré jusqu'à vingt-trois heures et la fin d'année s'avérait toujours super tendue au boulot. Ainsi, sa feuille de route du jour l'avait mené à Saint-Dizier puis Commercy, ensuite une zone industrielle aux abords de Metz, avant de redescendre vers Lunéville, Baccarat et enfin Saint-Dié.

— Tu vas finir par te tuer.

— Ouais… Enfin, c'est pas pour ça que je t'appelle. Je suis censé récupérer Gabriel à l'école tout à l'heure. J'ai personne. Marco bosse, Greg aussi. Mon père c'est même pas la peine d'y penser.

— Et donc ?

— Je me demandais si tu pourrais pas y aller…

Hélène se laissa bercer un moment par le ballet des essuie-glaces sur le pare-brise. Elle était prise dans les encombrements de dix-huit heures et pouvait voir le feu passer du rouge au vert puis du vert au rouge sans avancer d'un mètre. Elle était coincée.

— Je suis pas ta femme, tu sais.

Un lourd silence suivit. Elle se mit à chercher ses clopes dans son sac à main, qui évidemment n'y étaient pas. Puis tapota nerveusement sur le volant.

— Je comprends, dit Christophe. Je vais me débrouiller.

Il raccrocha et Hélène se retrouva seule dans sa voiture. La pluie tombait, douce comme la neige, et les yeux rouges des autres véhicules faisaient devant elle un long mouvement serpentin. Elle porta son index à ses lèvres, arracha un petit bout de peau d'un coup d'incisive. Et puis merde.

— Allô ?

— Ouais, bon. Je peux aller le chercher. Mais j'y suis pas avant une bonne heure.

— Oh putain, merci ! J'appelle l'école. Tu me sauves la vie.

— Et j'en fais quoi de ton gamin ?

— Tu l'emmènes boire un Coca quelque part. Je fais au plus vite. J'attends la dépanneuse. Le garage va me prêter une voiture. Le temps que je rentre. Ce sera pas long.

— Bon…

— Merci, dit Christophe.

— C'est ça, ouais, fit Hélène, faussement sèche.

Mais ils étaient contents tous les deux.

C'était un petit garçon avec des cheveux clairs, le visage rond, du noir sous les ongles et le nez qui coule, normal pour la saison. Un petit garçon tout ce qu'il y a de banal, sauf peut-être ces lunettes qui donnaient à ses yeux quelque chose de surdimensionné, de continuellement écarquillé.

— Je suis une amie de ton papa, lui avait-elle dit devant l'école.

— D'accord, avait répondu le gamin, sans s'émouvoir plus que ça.

Comme il ne demandait pas de précisions, elle lui avait encore expliqué que son père avait eu un problème avec sa voiture et qu'il ne tarderait pas. Elle s'appelait Hélène. Il ne fallait pas s'inquiéter.

— Je m'inquiète pas.

Et effectivement, il lui avait donné la main et l'avait suivie, sa capuche rabattue sur la tête, si bien qu'elle n'avait plus rien vu de son visage tandis qu'il cheminait près d'elle. Elle se sentait un peu intimidée, et n'avait rien trouvé à lui dire de plus. Une fois dans le café, elle lui demanda :

— Tu veux boire un Coca ?

Il réfléchit un moment.

— Un Fanta plutôt.

Elle avait choisi le premier rade venu, un truc sans prétention, une pièce unique en coup de fusil avec les toilettes dans le fond. Le petit s'assit en face d'elle sans prendre la peine de retirer son manteau. Ses yeux tout de suite s'étaient fixés sur un écran de télé qui diffusait du foot.

— Tu aimes bien le foot ?

— Ça va.

Le patron apporta le fameux Fanta et un thé. Hélène vérifia l'heure à sa montre, puis regarda l'enfant.

— T'es en quelle classe ?

Absorbé par les images, le petit ne répondit pas. Il avait posé ses deux mains sur la table, les doigts croisés, et cette posture, sa mine sérieuse, lui donnaient un aspect étonnamment adulte. Hélène sourit.

— Tu as des devoirs ?

— Non, dit-il.

— Tu peux me regarder quand je te parle ?

Il tourna la tête et se força à sourire. Puis il but un peu de son Fanta.

— Tu t'appelles Gabriel, c'est ça ?

— Oui.

— J'ai deux filles moi aussi.

— Ah ?

Ça n'avait pas l'air de le passionner beaucoup. Elle se dit que ses tentatives n'aboutiraient à rien. Ce n'était peut-être pas plus mal. Elle prit donc son téléphone et se mit à traiter des mails en retard. Il y en avait quatre cent soixante-seize qui n'avaient pas été ouverts, et pas mal parmi eux qui ne le seraient sans doute jamais.

Quand Christophe se pointa finalement, le petit rade était à peu près le seul point lumineux dans cette rue peu fréquentée. Il se posta un moment sur le trottoir et prit le temps de les regarder, Hélène et son fils comme en vitrine, tout seuls dans le café aux murs décorés d'assiettes et de fanions. Et il se dit qu'avec Hélène, ils faisaient une belle connerie.

14

À vingt-six ans, Hélène vit dans un bel appartement de deux pièces situé dans le 9ᵉ arrondissement de Paris. Elle gagne quatorze mille cinq cents francs bruts par mois, ce qui est bien pour son âge, ce qui aurait pu être mieux. Mais il aurait fallu pour cela réussir d'autres concours.

Car chez WKC, le cabinet qui l'a embauchée, on vend de la matière grise, du classement, de l'épate. Ainsi, un consultant qui sort de HEC peut se facturer jusqu'à six mille francs par jour. Son salaire est calculé en proportion. *Idem* pour un polytechnicien, un type qui sort de Centrale, de Ponts et Chaussées, ou pour les rares petits malins qui ont pu faire un MBA à Wharton, Harvard ou sont passés par la London School of Economics. Ensuite, ça dégringole très vite. On trouve les gens qui sortent d'écoles de commerce parisiennes ou sont diplômés de Supelec et Sciences Po. Un cran bien en dessous, ceux qui sont passés par des *business schools* de province. Enfin les profils qu'on dit "atypiques". Ainsi, il arrive que WKC embauche un doctorant en socio des organisations, ou un anthropologue qui a bossé sur le monde de l'entreprise ou l'esprit du capitalisme, ce genre de conneries. C'est moins bien qu'un normalien, mais ces sortes d'intellos sont supposés apporter un peu d'oxygène dans le grand corps monolithique de cette boîte qui compte quatre mille neuf cent six collaborateurs et réalise près de trois milliards de chiffre d'affaires chaque année sur le sol français.

Depuis qu'elle est entrée chez WKC, Hélène a parfois l'impression que la planète tout entière est aux mains de ces petits hommes en costumes bleus qui viennent dans chaque entreprise, dans les grands groupes et les administrations, pour démontrer à coups de diagnostics irrévocables l'inadéquation des êtres et des nombres, expliquer aux salariés ce qu'ils font, comment il faudrait le faire mieux, accompagner les services de RH toujours à la ramasse et apporter leurs lumières à des décideurs invariablement condamnés aux gains d'efficacité, forçats de la productivité, damnés du résultat opérationnel.

Hélène, elle, est passée par l'ESC Lyon. Pas la plus médiocre des écoles, elle aurait pu tomber plus mal, à Nancy ou Strasbourg par exemple, et là au moins, elle se trouvait encore dans le top 10. Mais si elle n'avait pas lâché l'allemand en prépa, elle aurait sans doute fait mieux lors des concours et pu accéder à une institution plus prestigieuse qui aurait changé le profil de sa carrière.

Seulement voilà, jusque-là, elle s'était toujours reposée sur ses lauriers. Première au lycée, relativement facile en prépa parce que les maths coeff 8, et puis beaucoup la fête après le bac. Quand elles avaient visité des studios, avant qu'elle n'intègre sa prépa au lycée Poincaré, sa mère l'avait pourtant prévenue :

— Tu fais ce que tu veux, tu es grande maintenant. Mais si tu redoubles, tu rentres à la maison et on n'en parle plus.

Hélène avait effectivement fait ce qu'elle avait voulu, heureuse de laisser derrière elle Cornécourt, ses parents, Charlotte à laquelle elle n'avait plus grand-chose à dire. En terminale, cette dernière avait finalement été transférée dans une classe de ES, supposée plus généraliste et moins exigeante au niveau des maths, et les deux filles s'étaient presque totalement perdues de vue. Hélène savait que son ex-copine avait eu des mecs, des difficultés scolaires, le permis et une petite Clio bleue. Pour sa part, elle était beaucoup restée à la maison, faute d'argent, par ennui, et un certain dégoût. Dans sa petite chambre d'adolescente, elle avait rongé son frein, lisant beaucoup, notamment Edith Wharton pour laquelle elle s'était prise de passion. Elle s'était dit qu'un jour, elle aussi découvrirait le "beau monde", ferait des voyages et serait une femme libre. L'expression "carrière internationale" allumait alors dans sa tête des feux de Bengale. Pendant toute cette période, sa mère lui avait souvent reproché de rester dans sa chambre, de ne pas faire de sport, de devenir sombre et malveillante. Mais au-dehors, presque tout la blessait.

Le manque de moyens, d'espace, d'ouvertures, les gens qui se connaissaient tous et se mêlaient de votre vie, la province qu'elle prenait en grippe, une haine des sous-préfectures et des routes départementales qui ne devait plus la quitter.

Hélène avait décroché son bac avec mention très bien et Charlotte de justesse. Elles s'étaient recroisées une dernière fois le soir des résultats, au Papagayo, une boîte foireuse du centre-ville qui changeait de nom tous les ans suite à une bagarre ou à la disparition du patron, souvent parti avec la caisse. Mais c'est à peine si elles avaient échangé trois mots. Leur amitié n'était plus qu'un sentiment zombie, un feu mal éteint. Hélène avait regardé son ex-copine faire la belle sur la piste depuis la mezzanine, en enchaînant les clopes. Elle s'était dit : toute cette merde, c'est fini pour moi.

En tout cas, la prépa n'avait pas posé de problèmes particuliers et en sortant de son école de commerce, Hélène avait immédiatement trouvé un employeur, en commençant par un stage chez Olympus, puis très vite après son embauche, elle avait eu la chance d'être sélectionnée dans un programme de détection des jeunes collaborateurs à haut potentiel. C'est là seulement qu'elle avait découvert la concurrence, la vraie.

Pendant quatre mois, elle avait ainsi eu droit à une formation coûteuse et ultra-sélective dans un immeuble de Levallois-Perret avec une dizaine d'autres heureux élus. Dans cette sorte d'incubateur, la multinationale s'efforçait de faire monter en graine le *top gun* des jeunes diplômés qu'elle avait réussi à attirer. Le recrutement des talents était évidemment un enjeu stratégique majeur pour le géant japonais.

Et si en prépa comme dans son école lyonnaise, l'ambiance était restée essentiellement potache et finalement peu compétitive, cette fois, Hélène avait senti sa douleur. Dès la première heure, chaque participant s'était présenté et il avait été facile de déduire des concours réussis et des cursus poursuivis la valeur de chacun sur le marché. Hélène s'était retrouvée la moins bien lotie de la bande et, par la suite, elle avait pu se rendre compte qu'on l'écoutait moins que d'autres et que les formateurs eux-mêmes semblaient la regarder avec un rien de commisération. Le vendredi, certains participants venaient en tenue décontractée et profitaient de l'occasion pour porter un sweat de leur université américaine ou de leur campus de Jouy-en-Josas. Elle s'était sentie comme une merde à maintes reprises. Elle n'avait pourtant ni pleuré, ni craqué. Ce n'était pas son genre.

Quant au contenu de la formation, c'était assez simple. L'entreprise avait tout d'abord à cœur d'identifier les forces et les lacunes de ces nouvelles élites en vue d'y remédier. Il s'agissait aussi de leur apprendre à se comporter en vrais managers, ne bougez pas trop vos mains quand vous parlez, posez votre voix, évitez les phrases à la forme négative, enfin toute cette psychologie tragique faite de lieux communs et de sommaire manipulation qui tient lieu de science dans les hauts lieux de la décision.

Mais l'essentiel du travail portait sur des cas : ressources humaines, gestion de crise, communication, management des équipes, rentabilité. Ce dernier domaine était naturellement le plus critique. En l'espèce, les exercices consistaient à gérer un grand nombre de données en un minimum de temps pour produire les décisions les meilleures. À ce petit jeu, Hélène déchirait et il n'y avait que ce grand type déjà chauve qui sortait d'X pour lui griller la politesse. Ce dernier, genre jeune giscardien d'un mètre quatre-vingt-dix, postillonneur et rapace, était capable de cracher un *EBITDA* arrondi à la deuxième décimale à partir de trente pages de data en moins d'une demi-heure. C'était à couper le souffle. Toutes ces années à se croire prodige et Hélène découvrait là, en fin de compte, dans une salle de classe aux murs blancs et parmi cette poignée de surdiplômés bien assis, qu'elle n'avait simplement jamais été exposée à de vrais adversaires.

Après ça, elle avait bossé au siège européen d'Olympus à Hambourg, une ville incroyablement cossue et tout aussi populacière, qui pesait de tout son poids de bateaux et de conteneurs à l'ouverture de l'Elbe, avec ses gros hommes roses et affairés, son âpreté au gain, ses innombrables touristes fourmillant sur le port dans un folklore maritime qui sentait bon la bière et la frite. Elle y avait fait ses armes, usant d'un allemand sommaire et d'un peu de globish pour commander sa petite équipe spécialisée dans les systèmes médicaux, et les endoscopes en particulier, dont Olympus était le leader mondial.

Après deux ans de ce régime, lasse du train-train et fatiguée de donner des ordres, elle avait décidé de passer des entretiens dans divers grands cabinets de *consulting*. Une ancienne copine de sa promo qui bossait chez Ernst & Young le lui avait vivement conseillé.

— Tu verras, c'est vachement intéressant. Ça change tout le temps. Bon après, faut pas trop se raconter d'histoires. On fait un peu semblant.

— Semblant de quoi ?

Elle lui avait expliqué comment ça marchait. Sous couvert de vendre de l'efficacité, de la performance, les cabinets promettaient en réalité des économies. Et ces économies, ils les facturaient au prix fort.

On l'avait reçue chez Deloitte, KPMG, dans un petit cabinet d'avocats qui cherchait à se diversifier mais c'est finalement WKC qui l'avait embauchée. Le recrutement s'était déroulé de la même façon à chaque fois. Des cas, puis l'entretien de personnalité. Pour les cas, c'était facile, toujours plus ou moins la même chose. Un entrepreneur quelconque qui vendait des fenêtres, des moules à gaufres ou des balais-brosses. En fonction de sa situation sur un territoire donné, du coût des matières premières, de la main-d'œuvre, selon la concurrence et d'autres considérations du même type, il fallait faire un rapide calcul mental pour l'aider à quantifier son marché. Hélène connaissait cette routine et les réponses par cœur. Il convenait surtout de ne pas faire preuve de trop d'originalité. La réflexion personnelle, à ce stade, n'était pas considérée comme un *asset*. Pour l'entretien de personnalité, le candidat devait se montrer vif, pertinent, plutôt sympa mais rigoureux, avoir des valeurs sans faire de zèle, donner l'impression d'être fiable, loyal, compétitif, bosseur, manifester un certain franc-parler mais sans dépasser les bornes. Grosso modo, le pragmatisme était le point cardinal, l'idéologie n'avait pas lieu d'être, à moins que le pragmatisme ne soit une idéologie, mais c'était un risque que d'envisager les choses de cette manière. Face au petit comité d'examinateurs qui étaient comme le reflet de son avenir, Hélène avait bien mené sa barque. Elle avait de la bouteille maintenant et, contrairement à ses débuts, les moyens de se payer un jean Zadig & Voltaire, un top Vanessa Bruno et des chaussures Sergio Rossi. Rien à voir avec le tailleur Zara de ses balbutiements.

Deux semaines plus tard, elle emménageait à Paris et commençait à travailler chez son premier client.

Les débuts sont difficiles. Son job consiste à prendre des trains et débarquer dans des universités qui cherchent à améliorer leur organisation. Car dans les ministères, où se croisent d'ailleurs les mêmes petits hommes bleus qui fraient dans les grands cabinets de conseil de New York, Oslo ou Puteaux, les maîtres-mots sont devenus rationalité, performance, évaluation. On est las en effet des déperditions d'énergie, du gaspi généralisé. On doit au contribuable des comptes, au citoyen un retour sur investissement, à l'électeur son bilan consolidé. Cet argent confié à la collectivité, il faut à présent le dépenser avec une sagesse calculable, d'une manière scientifique, l'affecter là où il produira ses meilleurs effets, qui seront ensuite dûment mesurés. Les leçons saxonnes sont bien apprises. Elles gagnent de proche en proche, dans les écoles, les palais, ruissellent ensuite dans les directions, gagnent les services, infusent les circuits de décisions, aboutissent dans chaque bureau, dans les agendas et, pour finir, dans les têtes, les artères, et voici un cœur qui palpite maintenant selon un rythme satisfaisant, un galop répétitif, reproductible et efficace. Vous faites désormais partie du *process*.

C'est une chose assez merveilleuse, quand on y pense, de voir quel chemin la règle parcourt, jusqu'à venir se loger dans un homme. À chaque fois, elle connaît des résistances, car les mauvaises habitudes ont la vie dure. Mais peu à peu, elle s'impose, selon sa poussée catégorique. Et il n'a pas fallu le moindre canon, pas la plus petite escopette, pour opérer cette mutation gigantesque. Il a suffi de l'évidence des chiffres, car rien n'est impératif comme un objectif, personne ne vous tord mieux le bras qu'un indicateur. Le nombre est un maître qui ne se contredit guère, à moins de vouloir passer pour fou. Ou pire : rétrograde.

Toutefois, les ordonnateurs de cette grande entreprise de rationalisation ont besoin, pour mener à bien cette révolution et orienter les efforts dans le bon sens, de toute une armée de conseillers et d'experts qui gagnent leur vie à faire baisser les coûts, font commerce de leur science des fonctionnements adéquats et vendent à prix d'or leur savoir de la mesure, de l'interprétation et du changement. Identifier, classer, prioriser, évaluer : à l'aide de quelques verbes du premier groupe, ils imposent le nouvel ordre scientifique, règne parfait de la performance appelé à durer toujours, puisqu'il n'est plus ni relatif, ni politique, ni historique, mais s'affirme comme le réel nu, devenu matière infiniment calculable.

Hélène travaille donc au sein de la *business unit* service public de WKC, laquelle se charge de faciliter la transposition à Bordeaux, Toulouse ou en Picardie des nécessaires changements qui s'imposent à l'échelle mondiale. Elle qui rêvait de voyage et de grande vie, la voilà servie. Elle prend des trains régionaux, dort à l'Ibis près de la gare et rencontre toujours à l'arrivée ce même homme avec une cravate qui lui adresse son regard double. D'un côté, elle est jeune et c'est une femme, ce qui l'inciterait plutôt à la traiter comme du menu fretin. En même temps, elle vient de Paris et gagne plus de fric que lui, ce qui reste intimidant.

L'homme en question, qui est généralement un quinquagénaire roublard aimant les déjeuners qui se prolongent et les mocassins parce que ça lui évite de se plier en deux pour faire ses lacets, s'arrange comme il peut de ces données contradictoires, en se montrant modérément charmeur et relativement directif.

— Ce que je veux, c'est qu'on fasse mieux à effectifs constants, explique-t-il en lissant sa cravate.

Ils disent tous ça, Hélène a l'habitude. Personne ne prononce jamais le mot masse salariale, c'est obscène.

Quand il la présente à d'autres hommes qui ont une importance moindre dans une salle de réunion agréable où des assistantes ont pris soin de disposer des viennoiseries, du thé et du café, il ose parfois :

— Messieurs, j'ai une jolie jeune femme à vous présenter.

Un syndicaliste aussitôt embraye :

— Combien ça va nous coûter ?

Dans ces cercles, les femmes sont plus rares mais pas moins dures, surtout celle-ci qui porte un collier en bakélite orange, des boucles d'oreilles à clips assorties, et dit d'une belle voix rauque de fumeuse, en sa qualité de patronne du département des langues appliquées :

— Je n'ai rien contre vous, mais je veux que vous sachiez qu'on n'est pas du tout d'accord avec cette nouvelle mode des cabinets privés.

— Je comprends, répond Hélène.

Parfois, elle loue une voiture et traverse la moitié du pays pour passer trois semaines dans une ville où coule une rivière, une ville avec ses rues Raymond-Poincaré, Georges-Clemenceau et Charles-de-Gaulle. Elle y retrouve le paysage de son enfance, trois grands lycées et un centre des impôts à l'architecture des *seventies*, des cafés qui s'appellent le Marigny ou le Bar des Sports, des parterres fleuris, des bancs de couleur verte, des périphéries d'une laideur raisonnée, une amicale de boulistes, une chambre de commerce, des jeunes aux terrasses, des vieux partout.

Là, elle fait son travail.

À la défiance des uns et des autres, elle oppose son calme souriant, sa puissance de travail, son nez presque infaillible, car Hélène sait dénicher très vite dans le ramassis d'infos qu'on lui fournit les endroits où ça coince, les redondances, là où l'argent se perd et les structures frictionnent. Elle qui n'a jamais été une polarde, elle se prend au jeu et devient de ces gens qui disent aimer *aller au fond des choses*. Bientôt, rien ne la réjouit plus que de dénouer un problème à la jonction d'un point de droit, d'une règle administrative et d'une ligne budgétaire.

Jusqu'au jour où ça coince à Orléans.

Deux mois plus tard, lors de son entretien d'évaluation, elle fait le point avec Marc Hammoudi, son manager.

— Écoute, pour ce qui est des compétences, du travail d'audit, piocher de la data, rien à dire. Tu le fais bien le boulot de pioupiou. Mais t'as pas su faire avec le client.

— Attends, je comprends pas. Je me suis investie à mort dans ce dossier.

— Un client, ça se gère. J'ai dû y aller deux fois pour le fouetter comme un fou. Toi, tu crois encore qu'on lui vend de l'organisation, des processus. Il faut bien que t'aies deux trucs en tête. Primo, le suivi des temps. C'est ça qu'on lui vend, des heures de cerveau. Si tu commences à lui donner du cerveau gratos, on est cuits. Donc, ses demandes, on s'en fout. Tu donnes ce qu'on a vendu. Basta. Deuzio, le spectacle.

— Je fais pas là-dedans, moi.

— Mais si. On fait tous là-dedans. On a un marché mondial de mille milliards et on n'a pas de produit. Qu'est-ce que tu crois qu'on vend ?

— Comment ça ?

— Le client casque, mais il a rien de tangible au bout. Il se retrouve pas avec une nouvelle Ferrari dans son garage. Ce qu'on vend, c'est des neurones. C'est ça notre business. Le problème, c'est que la matière grise ça se touche pas. Tu lui vends pas tes camemberts et tes graphiques, tes préconisations ou de la stratégie. Tu lui vends de l'intelligence. Il paie parce que t'es plus *smart* que lui. Faut justifier ta plus-value. Faut faire le show. Faut que tu le tiennes. Et en même temps, ils ont tous leurs petites manies, leurs petites fixettes. Si tu les écoutes pas, c'est foutu.

À partir de ce bref entretien, qui lui vaut la note B et une prime relativement merdique, Hélène est en proie à une admiration pour son supérieur hiérarchique qui n'est pas sans rappeler le syndrome de Stockholm. Pourtant Marc Hammoudi n'a pas l'étoffe d'un gourou, ni spécialement envie de convaincre. Sa libido est ailleurs. C'est un ambitieux sans collerette. Le désir de grimper, chez lui, ne s'accompagne d'aucun faux-semblant. Il n'a pas ce souci bourgeois des apparences qui pousse à transmuer le goût de l'argent en appétit pour l'art, les jolis objets, les chevaux, ou la gastronomie. Ce qui l'excite, c'est la position haute. Son désir est presque à nu, rustique, d'ailleurs toujours contrarié, mais que les contrariétés avivent justement.

Quand elle le compare aux autres employés de WKC, Hélène se rend bien compte qu'il n'est pas fait du même bois. À force et pour simplifier, elle a réussi à identifier trois catégories de consultants : les bons petits soldats, les zélotes, les touristes. Elle-même ferait plutôt partie de la première catégorie, ceux qui ont toujours bien travaillé à l'école, ont voulu un bon boulot bien rémunéré, avec des avantages et un rien de prestige, des promotions régulières, une carrière enviable, une vie de famille épanouie. Ceux-là apprécient le travail de qualité, la consolidation des dossiers, jouissent de parler à leurs interlocuteurs en connaissance de cause, trouvent intéressant de traverser différents univers et sont fiers de s'adapter à des contextes variés en donnant à chaque fois le meilleur d'eux-mêmes. Ils considèrent que leur travail va dans le bon sens, qu'on appellera le sens du progrès, de l'adaptation à un monde en perpétuelle évolution. Les zélotes, pour leur part, se reconnaissent à une sorte d'acharnement, de conviction catégorique. Le management parle par leur bouche du soir au matin, et ils impactent et priorisent même en famille, le dimanche encore, et servent à leurs gosses la même sagesse qu'à leurs clients avec des phrases recuites du type "Mon job c'est de t'aider à te poser les bonnes questions" ou "L'information, c'est le pouvoir". Ceux-là ne distinguent plus le monde du travail du monde réel. Le jargon les a pris. La performance est dans leur âme. On les reconnaît à cette sorte de regard planant, cette conviction profonde qui leur donne l'air impliqué des hommes qui savent que les choses doivent être prises au sérieux, mais sans crainte. Hélène croyait au début qu'ils se la pétaient ; ils ne font qu'y croire. Le plus surprenant étant que l'intelligence ne fait rien à l'affaire, puisqu'on trouve dans le lot de quasi-demeurés aussi bien que des gens ultra-brillants. On les voit qui marchent à grandes enjambées d'*open spaces* en salles de réunion, de *conf calls* en *kickoffs*, la foi chevillée au corps et le costume infroissable. Ils finiront millionnaires et porteront le week-end des polos Ralph Lauren, voire des mocassins à pompons. On ne peut rien pour eux que les regarder réussir. Enfin, il y a les touristes. Sans doute trouverait-on au départ de ces parcours une incertitude, un moment de flottement à l'heure de décider de son orientation, des parents qui poussent dans un sens inopportun, une école de commerce faite par faiblesse, conformisme ou de guerre lasse, des errances jusqu'à d'improbables doctorats qui ne débouchent sur rien. Quoi qu'il en soit, ces derniers semblent se retrouver là par hasard et expliquent en grande partie le turnover élevé qui caractérise la profession. Le vocabulaire maison leur demeure étranger. Ils n'ont ni le goût de la satisfaction client ni d'appétit particulier pour les primes exceptionnelles. Ils ne se sentent pas spécialement autorisés à donner un avis à des gens qui exercent leur profession efficacement depuis des décennies et vont comme des âmes en peine, dans les vastes bâtiments transparents de WKC, incapables de jouir de la conciergerie et du jardin japonais. Ils n'aspirent pas aux étages supérieurs où croisent les navires amiraux de la boîte et se donnent parfois en spectacle après avoir trop bu à l'occasion d'un week-end de *team building* dans les gorges du Verdon.

Marc Hammoudi, lui, à sa façon, est un barbare. Il engrange le cash comme d'autres rasaient jadis des villages. Et s'il met les formes avec les clients, et peut même se montrer servile à l'occasion, c'est en stratège, en expert du camouflage. Pour le reste, il est sans illusions et d'une intelligence au laser qui bouscule Hélène dans son adhésion aux valeurs de la boîte.

Ainsi, le président de WKC Conseil adresse chaque semaine un mail à l'ensemble des collaborateurs, le jeudi en général, message qui se situe à mi-chemin du compte rendu d'activité et de la tribune. Tous les destinataires le lisent religieusement, et si certains s'autorisent occasionnellement des réserves, c'est toujours en petit comité et à l'oral. D'ailleurs, ces mails sont en général remarquablement ficelés, avec des éléments sur l'actu du business, des perspectives, des pistes de réflexion, des citations inspirantes, et une insistance toute particulière sur les valeurs. Car le président est convaincu que WKC est une entreprise éthique. Ce qui la distingue dans le milieu, ce qui fait sa force et son attractivité, ce sont ses valeurs. Cette philosophie était notamment sensible dans un mail du mois de juin 2001 qui comprenait quatre points : excellence, courage, *together*, *for better*. Un must s'achevant sur ces phrases qui, pour être de son invention, n'en étaient pas moins prises entre guillemets :

"Notre probité s'exerce dans notre travail, nos rapports avec nos collègues et nos clients, en interne et à l'externe, mais aussi dans le cadre de nos amitiés et de notre famille. L'esprit WKC doit nous accompagner partout, de manière concertée et libre."

Or Marc ne lit pas cette littérature *corporate*.

Un jour qu'Hélène lui demandait ce qu'il pensait du modèle évolutif que WKC veut adopter, avec ses deux axes, celui de la modification et celui de la continuation, lesquels définissent le chemin de la transformation, il a simplement répondu :

— J'en ai strictement rien à foutre.

Ce qui ne l'empêche d'ailleurs pas de pondre ce genre de laïus et de graphiques au kilomètre.

Hélène admire cette force qui va, elle cherche son sillage, l'imite, se rassure à son contact. Hammoudi, de son côté, semble ne pas la voir. Il creuse son sillon, avec ses œillères et sa carotte, formidable de puissance, sans cou, les épaules énormes, la peau presque grise, des yeux jaunes et des cheveux au frisottis déclinant. De sa vie privée, Hélène ne sait rien. Il s'habille dans la moyenne, en bleu et gris, cravate unie sur chemise unie demi-mesure, mocassins souples, pas de boutons de manchette, une Omega passe-partout au poignet. Il est simple et net. Parfois, il ressemble si peu à une personne qu'il devient rassurant comme un ordinateur.

Et un soir, Hélène répète une présentation destinée à des pontes du ministère de l'Enseignement supérieur avec Marc et un type qu'elle connaît mal, Pierre-Antoine, lequel se distingue par le port épisodique du nœud papillon et une gentillesse surréelle. Les deux hommes lui posent des questions dans un bureau vide. Elle répond du tac au tac, un peu scolaire, mais béton sur son dossier. Le passage à la moulinette dure une petite heure, puis son manager regarde sa montre.

— Ça suffit comme ça. C'est bien. Mardi, je viens chez le client avec toi.

— À Pau ?

Marc est déjà en train de ranger son ordinateur. Pierre-Antoine file en lâchant un timide bonsoir. Ils restent là tous les deux, Hélène assise et Marc debout.

— Ouais, on prend le TGV, on louera une bagnole sur place. Mon assistante t'envoie tout par mail.

Hélène angoisse tout le week-end, se demandant ce qu'il peut bien lui vouloir, s'il s'agit d'une faveur ou d'une punition. Le mardi suivant, dans le TGV, Marc ne lui en dit pas plus. Il se contente de traiter ses mails, se déchausse, bosse ses dossiers en soulignant au crayon bicolore rouge et bleu, va sur la plateforme passer des coups de fil, laissant derrière lui une odeur légère de pieds et de vétiver. Ils sont en première évidemment, tous les collaborateurs de WKC y ont droit, mais malgré ce cadre favorable au travail nomade, Hélène est presque incapable de se concentrer. Le trajet prend presque toute la journée, et c'est à peine si son boss lui décroche trois mots.

Arrivés à l'université de Pau, Marc commence par rassurer le client. Chez WKC, on a l'habitude, on sait faire, tout va bien se passer. Évidemment, c'est cher, mais de toute façon ce sont les prix du marché. Le président de l'université les confie ensuite à une sorte d'intendant qui les conduit au bureau qu'on leur a réservé, un local convenable, propre et doté d'une fenêtre qui donne sur un cours d'eau. On leur a même préparé une thermos.

— Ce sera pas possible, tranche Marc.

— Comment ça ?

— Trop petit, pas de lumière. On est trop loin des gens qui travaillent ici. Trouvez-nous autre chose.

— Mais c'est tout ce qu'on a.

— Trouvez autre chose.

Il faut plus de deux heures, et solliciter l'appariteur, deux secrétaires et, curieusement, un électricien, pour qu'on leur déniche enfin un endroit qui convient à Marc. Là, on leur apporte les documents promis, qu'ils se mettent aussitôt à éplucher, même s'ils ont déjà presque tout reçu par mail. Après trois heures de travail, Hélène ose s'absenter un moment pour fumer une cigarette, mais son boss, lui, reste là, en chaussettes sur la moquette, son front dans une main et les yeux happés par l'écran de son ordinateur.

Ce soir-là, Marc et Hélène dînent en tête-à-tête dans une petite brasserie proche de leur hôtel. Elle a pris un tartare et lui une calzone avec de la salade verte. Il en enfourne une large feuille avec chaque morceau de pizza, qu'il découpe d'un geste lourd, venu de l'épaule. Avec ça, ils ont commandé une bouteille d'eau gazeuse et un pichet de madiran. Lui ne buvant que de l'eau quand il est en mission, Hélène se charge du vin et sent bientôt les tensions des derniers jours se dénouer sous la caresse de la boisson. Elle se permet même quelques questions et Marc répond de bonne grâce, la voix enrouée par la nourriture, le débit rapide. Puis vient un moment où, trompée par son excessive gaieté, elle ose un mot de connivence.

— Je suis contente de pouvoir bosser avec des gens comme vous.

Marc lève ses yeux jaunes sur elle, la paupière basse et la fixe un moment, comme pour s'assurer qu'elle ne se fout pas de sa gueule.

Hélène sent le feu lui monter aux joues.

— On est quand même pas dans n'importe quelle boîte, je veux dire. Je suis pas spécialement *corporate* mais enfin, ça a de la gueule.

— Qu'est-ce que tu racontes ? On est considérés comme les beaufs de la profession. Va voir chez Deloitte, chez les petits cabinets privés qui font du *merge* haute couture. Même chez Mercer, ils nous prennent pour des cons.

Hélène reste bouche bée, puis se reprend.

— Alors pourquoi ?

— Pourquoi quoi ?

— Pourquoi vous êtes là ? Vous pourriez aller n'importe où.

Encore récemment, on lui a raconté comment Marc s'est illustré à l'occasion d'une réorganisation, presque au flair, en survolant les données comme un chef humerait une bisque, dénichant le point de blocage en cinq sec : c'est là, cet endroit dans le service des achats. Ici, vous avez quelqu'un qui ne fait pas son boulot de la bonne manière. Le client était resté sur le cul. Ça semblait à la fois absurde et magique. De fait, Marc avait raison.

— WKC, l'avantage c'est qu'ils cherchent pas à faire chic. Ils s'en foutent de ton nom, de ta famille. Même les études à la limite. Je veux dire t'as fait l'ESC Lyon, t'es bien placée pour le savoir.

Hélène encaisse et lui, content de son petit effet, passe sa langue sur ses dents pour récupérer un morceau de salade.

— Je déconne. Ce qui compte, c'est qu'on me fout la paix, et qu'on me refusera pas une position d'associé parce que j'ai les cheveux frisés.

Les jours suivants, Hélène a l'occasion d'observer ses méthodes de plus près, comment il gère le client, toujours à l'écoute, satisfaisant ses lubies, le maltraitant aussi, ce qui semble beaucoup soulager ce dernier.

— Il faut que tu comprennes. Un client c'est toujours inquiet, parce qu'il a un besoin et qu'il ignore s'il sera satisfait. Il a peur de faire les mauvais choix. Il a peur d'être volé. Un client ça vit dans la crainte et ça se cherche un maître pour se rassurer.

Ces choses-là, Hélène ne pouvait pas les apprendre à l'école ou dans les manuels. Elle les découvre à Pau, dans leur bureau plein d'une belle lumière d'octobre, légèrement médusée, avec pour compagnie le fumet subliminal des chaussettes et de la coûteuse eau de toilette que porte Marc. Ce qui l'étonne le plus, c'est le mélange de perspicacité et de roublardise, voire de cynisme. Marc est parfaitement capable de prononcer des phrases du type : "Notre boulot, ça consiste quand même à ranger des pièces vides." Ou : "Un consultant, c'est un mec qui t'emprunte ta montre pour te dire l'heure et qui se tire ensuite avec la montre." Mais derrière ces sortes de haïkus mercantiles, elle observe aussi son coup d'œil, son talent quand il "crunche de la data", fouissant tel un cochon truffier, son gros groin habile et perspicace qui furète parmi les colonnes et les tableaux, dans les organigrammes et dans les comptes d'exploitation, décidé comme un soc, soulevant l'ordure des nombres, prenant ses aises, son corps devenu comme une pompe, un suçoir, vautré avec délice dans ce sanctuaire où se déballe le mauvais linge, où l'institution vide ses secrets et laisse voir l'intimité de ses organes profonds.

Dans cette bauge mathématique, Marc Hammoudi déniche des pépites, trie l'or à même la boue, et miraculeusement, dans un frétillement ravi, trouve. Lui n'aime pas beaucoup les entretiens. Les hommes sont tous menteurs et fats, les femmes paniquées et vaines. À son avis, il s'agit surtout de diplomatie, faire croire qu'on a écouté, pris en compte, des manœuvres dilatoires en somme. Et puis les verbatims le dégoûtent, les sondages l'indiffèrent, le qualitatif est à son avis une manière de se donner bonne conscience, et son travail, il le sait, ne relève pas de la morale. Ces manœuvres-là, il les laisse à d'autres. Il a passé l'âge d'accomplir le travail de commisération. Sa science des mécanismes se passe des acteurs. Il laisse la psychologie aux approximatifs. Lui s'en tient à la solidité des faits.

Après deux jours de ce régime, Hélène doit admettre qu'il lui a bien débrouillé le travail et même si elle ne se sent pas le moins du monde capable d'appliquer son style, elle n'envisage déjà plus son job de la même façon. Le jeudi soir, ils dînent à leur habitude, face à face et dans la même brasserie. Il semble satisfait, mobile et souriant sur sa chaise, mais ne précise pas si c'est le fait de rentrer à Paris qui le réjouit, ou les progrès de sa disciple.

— On va prendre l'apéro. Et du vin.

Puis il vérifie sur son BlackBerry.

— Le train part pas avant dix heures. On est peinards.

Ils se décident pour des tournedos Rossini et une bouteille de châteauneuf-du-pape, présumé moins lourd que les vins du Sud-Ouest. La conversation court essentiellement sur le boulot, les collègues. Marc se montre à la fois paternaliste et mesquin. Sa langue pique. Presque personne n'a grâce à ses yeux. Branleurs, suce-boules, incapables, fils à papa, quiches, abrutis, sociologues, les injures pleuvent. Hélène glousse et abonde. Tout à coup, dans cette parenthèse qu'organisent le vin et la connivence, elle le trouve très beau. Suivent le café, un pousse, et puis enfilant son imperméable, Marc décide que ce serait trop con d'aller se coucher si tôt. Hélène n'est plus très sûre à présent. Par réflexe, elle se méfie de ce genre d'hommes, les robustes qui vous enveloppent et vous épatent, écœurants et sexys, les arrivés qui bedonnent et savent. Le mot "cadre" lui revient en mémoire.

— Je préfère aller me coucher, dit-elle.

— Dis pas de conneries. On va prendre un dernier verre. Ça nous fera pas de mal.

Ce qui la rassure, c'est qu'il semble loin, tout absorbé en lui-même, un peu comme un bernard-l'ermite muni d'une carte Gold. Il règle l'addition et laisse un large pourboire qui lui gagne aussitôt les faveurs du jeune serveur. Finalement, Hélène accepte de le suivre, parce qu'au fond il ne demande pas son avis, et les voilà partis à travers les rues quasi désertes de cette petite ville qui n'a pas tellement le génie des jeudis soir. Il fait frais et sec, Hélène se laisse guider. Son chef ne dit pas un mot, mais on sent à son souffle court, sa démarche indécise, qu'il en tient déjà une bonne. Ils arrivent bientôt devant le Wilson, une boîte classique avec sa lourde porte de bois percée d'une ouverture coulissante. Le videur les introduit dans un long couloir où résonnent déjà les échos assourdis de la musique, puis ils débouchent dans une vaste pièce dotée d'un bar interminable et d'une piste de danse à deux niveaux où s'agitent quelques consommateurs décidés, pas si rares en fin de compte, à moins que ce ne soient les miroirs et la palpitation maladive des lumières qui donnent cette impression trompeuse.

Tandis que Marc se dirige vers le bar, Hélène plisse les yeux, comme si ça pouvait l'aider à supporter l'épouvantable volume sonore. Voilà un moment qu'elle n'est pas allée en boîte. Elle retrouve avec un plaisir coupable ce sentiment de puissance, les basses qui cognent dans la poitrine et jusqu'aux tempes, être fille dans cette bourse aux désirs cotés bas. Sans compter son surplomb parisien, parce que le Wilson est une boîte de province, forcément moins pointue et qu'Hélène a désormais de l'argent, les bonnes références et adopte à chaque saison et sans même avoir à y penser les manières nouvelles qui naissent sur les bords de la Seine avant de se décliner ailleurs avec retard. C'est ce qu'elle se raconte en tout cas.

Mais ce regard patricien est aussi là pour la rassurer, car, sur la piste, des filles de vingt ans aux petits tops clairs l'incommodent déjà. Les garçons aussi d'ailleurs, si récents dans leurs polos de rugbymen. Avec Marc, elle échange quelques paroles inaudibles, acquiesce et sent déjà la chaleur mouiller son dos. Au moment où elle allume une clope, elle remarque un drôle de petit mec, moustachu et en survêt, qui se déhanche d'une manière assez répugnante en contemplant son reflet dans un miroir. Marc l'a vu lui aussi. Cette apparition leur inspire un regard entendu, jacobin. Puis ils vont s'asseoir dans un canapé laissé libre par deux couples qui viennent de se tirer.

— C'est fou tout ce monde.
— Quoi ?
— Je disais il y a du monde.
— Ah ouais.

Une serveuse moulée dans un t-shirt Johnnie Walker apporte bientôt une bouteille de whisky, un seau à glace, deux verres et du Coca.

— C'est quoi ?! crie Hélène qui trouve que ça fait tout de même beaucoup.

— C'est rien. C'est pour moi.

Sans qu'on sache très bien si Marc veut dire qu'il raque ou qu'il a besoin de cette bouteille pour lui seul. Toujours est-il qu'il la sert et lui tend son verre.

— Coca ?

Hélène lit sur ses lèvres et dit non de la tête, puis elle ajoute deux glaçons à l'aide d'une pince en métal. Combien de fois s'est-elle déjà trouvée dans cette situation, la tête qui commence à tourner, l'enthousiasme qui menace, des élans qui ne sont plus tout à fait elle ? Plus jeune, quand elle sortait beaucoup, elle était abonnée aux black-out, ces moments de pure joie qui se finissent en amnésie et gueule de bois suicidaire. Au petit matin, il lui arrivait de se réveiller dans un appartement inconnu, se sentant brisée et sale. Il fallait alors recomposer son parcours à partir des quelques flashs disponibles. Plus tard, elle envoyait des messages à ses copines pour combler les vides de sa mémoire. J'espère que j'ai pas fait trop de conneries ? On est rentrées à quelle heure ? Les réponses venaient, avec leur lot de possibles soulagements, ou de révélations qu'il fallait ensevelir sous la promesse de ne plus recommencer. Hélène avait comme ça pas mal de cadavres dans ses placards, des garçons profiteurs, l'image d'un peu de coke sur une cuvette de chiotte, du vomi séché dans les cheveux, des dimanches horribles sous la couette, la honte et l'envie de crever, parce qu'on se dit qu'il n'existe pas d'éponge pour effacer tout ça. Parce qu'on se demande surtout qui est cette autre qui vient prendre la place chaque fois que l'ivresse est trop forte. Et si c'était le vrai nous ?

Son chef, lui, confortablement installé, jambes croisées, un bras étendu sur le dossier de la banquette, son verre posé sur le ventre, reluque avec béatitude le mouvement des corps à portée de main. Il a retiré sa veste et sa position laisse entrevoir, entre le noir de sa chaussette et le bas de son pantalon, un large bandeau de chair pâle. Hélène est prise d'un frisson. Elle repose son verre. Regarde sa montre, une heure du mat', demain est déjà là. La fumée lui pique les yeux. Elle sent les basses dans ses tempes. Marc se penche vers elle. Elle voit ses lèvres, la moiteur sur son front, le blanc de ses dents qu'exagère la lumière noire. Portant un doigt à son oreille, elle lui fait comprendre qu'elle ne l'entend pas. Alors il soulève ses fesses et glisse vers elle. Son bras se trouve maintenant dans son dos et elle reconnaît malgré la fumée son odeur, le vétiver, et derrière, quelque chose de doux, presque sucré. Il parle à son oreille.

— Tu veux danser ?

Elle a un mouvement de recul. Et lui sourit.

— Non. Je suis fatiguée je crois.

Le visage de Marc s'éloigne. Elle contemple sa face impassible, un peu plate, et toujours ce blanc terrible des dents. Lui se lève et rajuste son pantalon.

— T'es sûre ?

— Oui, oui, dit Hélène.

Alors il rejoint la piste et se met à danser seul, pour lui-même, les semelles de ses mocassins qui glissent sur place, bras levés et les yeux clos. Sa peau brille sous les spots de couleur. Hélène avale une nouvelle gorgée de whisky en regardant son chef se mouvoir avec une parfaite gravité, jouissant de son geste profond, solitaire, intégral.

La musique s'interrompt alors, et au murmure satisfait qui passe sur la piste, Hélène comprend que les habitués vont avoir leur moment. Les plus jeunes surtout échangent des sourires et se préparent, certains se prenant par l'épaule. Passée l'intro, la voix du chanteur scande son programme solennel, repris à gorge déployée par ces mômes aux mines tragiques :

Terre brûlée au vent
Des landes de pierres.

Cette chanson, Hélène la connaît, et tout un pays avec elle. Dans chaque village, chaque bled, dans les mariages et les bals, sur Nostalgie et au réveillon, elle revient, avec son lancinement du début, sa tessiture de Gitane, son crescendo sans effort et tout à coup la scansion, *Tam tatam tatatatatam*. Vingt danseurs soudain devant elle se mettent en mouvement, redoublant le tambour de la chanson au marteau de leurs pieds joints, le menton haut, parodiques et militaires, et elle voit Marc disparaître, happé par cette cohue de pistons. Ne restent que ces corps incassables de vingt ans, les mêmes qu'Hélène voyait quand elle était étudiante, les fêtes à tout propos, organisées chaque semaine par le BDE et qui s'achevaient invariablement sur ces *Lacs du Connemara*, pour faire comme HEC.

Tout remonte d'un bloc. Son petit studio à Écully, les soirées *open bar* et le week-end d'intégration organisé dans un camping non loin de Montpellier, les pipos forçant les bizuts à picoler et Blanche Goetz qui pleure en culotte et soutif dans sa tente, on ne saura jamais pourquoi. Un complexe hôtelier qui soigne sa clientèle future et les invite pour un week-end de ski à Val-Thorens. Heureusement, Hélène étant née dans les Vosges, elle n'avait pas l'air trop gourde sur une piste rouge.

Connemara encore quand, à peine débarquée à Paris, elle voyait Julien, Léandre et Clémence presque chaque soir. Tous débutaient alors dans la vie, Léandre et Julien en coloc, Clémence qui vivait chez sa tante. Ils menaient encore pour quelque temps ces vies d'étudiants attardés, sortant beaucoup et couchant les uns avec les autres sans que cela prête tellement à conséquence. Ils avaient de toute façon d'autres chats à fouetter. Car on avait beau se marrer, la découverte de ce qu'il fallait bien appeler "le monde du travail" n'allait pas sans désillusions. Dans leurs écoles, ils s'étaient rêvés entrepreneurs, managers, l'économie comme espace de conquête. Dans les faits, il s'agissait surtout de remplir des tableaux, assister à des réunions, faire carpette devant la hiérarchie et les clients, vendre du vent et subir les collègues. Quand ils se voyaient, ils n'abordaient guère la question, préférant croire que cet empoissement des choses relevait d'une autre sorte de bizutage, temporaire. Chez Léandre et Julien, ils buvaient du cahors à 14 degrés, acheté pour trois fois rien au Monoprix du coin et qui faisait la langue violette. Puis ils dansaient sur Jamiroquai et Britney, Daft Punk et Sardou jusqu'au moment où un voisin venait gueuler. On l'invitait alors à se joindre à la fête et il appelait parfois les flics, mais ces derniers se montraient compréhensifs : de cette jeunesse-là, on n'avait rien à craindre.

Hélène continuait à fréquenter les gens de sa promo avec qui elle papotait *via* des fils de discussions *ad hoc* sur Messenger. On s'y refilait des bons plans boulot et déconnait pas mal. On organisait encore des week-ends, des barbecues à la campagne ou des *pool parties*. Le bon vieux temps n'était pas si vieux. C'est comme ça qu'ils avaient fait une croisière dans les Cyclades. Voir le jour se lever sur la mer Égée après une nuit blanche, étendus sur le pont et la peau brune, Sardou en sourdine. Le pied.

À l'été 2001, Clémence et Léandre s'étaient mariés dans la Drôme aux abords d'une vieille ferme retapée qui appartenait aux parents de la mariée. Les futurs époux s'étaient rendus à l'église en Rolls et certains hommes portaient une jaquette, quand ce n'était pas un uniforme militaire. Le cavalier d'Hélène était un mec de l'Essec qui bossait avec Léandre dans le secteur *retail* à la BNP. C'est à cette occasion qu'elle avait fait la rencontre d'un type assez costaud, mignon, qui portait un costume clair et une cravate en tricot de soie, un petit côté british très assumé qui avait bien plu à la jeune fille. Il s'appelait Philippe Chevalier et tous deux avaient dansé sous le dais de toile claire, du rock et des slows. Tard dans la nuit, un petit plaisantin avait lancé la fameuse chanson de Sardou et tous les compères s'étaient retrouvés sur la piste, à gueuler et sauter comme jadis. Ils étaient encore si jeunes, si bien taillés pour la réussite, tellement au diapason de leur époque. Hélène et Philippe avaient promis de se rappeler, mais ni lui ni elle n'avaient pris la peine de faire ce premier pas. Le courant les avait repris jusqu'à ce qu'ils se croisent tout récemment et par hasard, dans un resto japonais du 17ᵉ. Il l'avait regardée avec ce drôle d'air, gourmand et narquois. Depuis, ils se voyaient et avaient baisé quelques fois. Ce type, c'était à la fois un soulagement et une angoisse. Il ne fallait pas le lâcher.

Sur la piste du Wilson, la musique enfin se tut et les danseurs, après les lamentations d'usage, évacuèrent la piste en traînant les pieds. Hélène découvre alors Marc qui, un autre verre à la main, continue de se trémousser, poignant de solitude. Et dans cette ambiance de cave, avec le sfumato du tabac et le silence soudain terrible qui a suivi le boucan de la fête, il lui rappelle la figure d'un homme en train de se noyer.

15

Gérard Marchal n'était pas malade.

Il perdait bien un peu la boule, mais les médecins et son fils avaient beau dire, il n'était pas malade.

Évidemment, à soixante-treize ans, il n'était plus en mesure de réciter des fables de La Fontaine au débotté. Encore que. Quand on voyait la nullité des gosses aujourd'hui. De son temps, les gens ne croulaient pas sous les diplômes, mais ils savaient lire, écrire et compter correctement. L'orthographe, comme tout le reste, était en perdition. Et son certif valait bien leurs baccalauréats bradés.

Non, Gérard n'était pas malade. Un peu fatigué, voilà tout.

Ce matin de décembre en particulier, alors qu'il prenait son café dans sa cuisine, il se sentait terriblement las. Il avait tant travaillé, toute sa vie. Une certaine fatigue était naturelle. Et puis son père aussi avait mauvaise mémoire. Il égarait des objets, et n'avait jamais été capable de retenir les dates d'anniversaire de ses fils. Gérard sourit en y repensant. C'était un autre temps. Les hommes alors ne prenaient pas toujours la peine. Tout cela était encore si net. Le visage de son père, la moustache et l'œil clair. Et sa mère. Le mot *maman* passa dans sa tête et il sentit l'émotion le prendre par surprise. Ça lui arrivait de plus en plus souvent. Si la mémoire flanchait, le souvenir était plus solide que jamais. Il revoyait la cour de l'école du Champbeauvert et les copains, Bino, Hubert Lebon, le grand Monce et Robert Spinerni, un véritable paquet de nerfs. Une fois qu'il devait ranger les bancs de l'église, il s'était coincé dedans, on n'avait jamais compris comment il avait pu s'y prendre.

Le vieil homme se leva pour porter sa tasse dans le lave-vaisselle et le chat en profita pour se frotter subrepticement dans ses jambes. Il lui prodigua quelques lourdes caresses à l'encolure avant de jeter un coup d'œil par la fenêtre. Dehors, l'herbe était couverte d'une mince couche de givre et les arbres inchangés dessinaient la même limite qu'autrefois, le long de la route. Il revoyait Christophe patiner sur le petit étang gelé. À cette pensée, il sourit, le visage frappé par la pâle lumière du matin. Les images en lui ronflaient comme le feu d'un poêle.

Il monta à l'étage, ses savates émettant à chaque marche un frottement sec, puis il fit sa toilette, prenant bien soin en se rasant de ne pas laisser de poils à la racine du nez, ou à l'angle de la mâchoire, comme ça lui arrivait parfois. Dans le miroir, il ne se reconnaissait plus tout à fait. Le cheveu devenu si rare, cet air de canari, et cette minceur étrange, lui qui avait toujours été plutôt bien portant et même un peu grassouillet vers la cinquantaine. Sylvie le mettait alors au régime d'office, ce qui avait le don de le foutre en rogne. Il devait se contenter de manger des fayots ou des haricots verts, même pas une patate ou un bout de viande dans son assiette. À présent, Christophe s'inquiétait de son appétit. Tu dois louper des repas, c'est pas possible autrement. Peut-être même qu'il l'avait fait monter sur la balance pour vérifier. Ce qu'on pouvait l'emmerder au bout du compte.

Dans sa chambre, le vieil homme hésita un moment devant son armoire ouverte. Il y avait là des vêtements qu'il ne portait presque jamais, les plus beaux naturellement, cette vieille habitude des habits du dimanche, pour les grandes occasions. Mais il n'y avait plus guère d'occasions, à part la chasse, et quand le petit venait.

Justement, il ne venait plus.

Il s'habilla comme chaque jour, un jean, un t-shirt et son gros pull camionneur dont il retroussa les manches. Avant de regagner le rez-de-chaussée, il passa par la chambre de Gabriel. C'était encore tout frais. Sa mère l'avait emmené deux jours plus tôt. Gérard n'avait rien dit, mais depuis, tout cela avait tourné sans fin dans sa tête. Ce jour-là, le petit l'avait serré fort, sa tête contre son ventre. Il avait passé sa vieille main dans les cheveux si fins. Depuis, il était comme une bombe à retardement.

Au rez-de-chaussée, il enfila ses grosses chaussures de marche, passa sa veste et enfonça un bonnet de laine tricolore sur ses oreilles. Le chat suivait chaque mouvement, l'accompagnant de pièce en pièce. Puis il se rendit dans le garage où il considéra un moment les deux carabines enchaînées à leur râtelier. Il y avait là une semi-automatique Browning et sa fameuse carabine Sauer 404, une merveille d'équilibre et de robustesse qu'il avait eue pour une bouchée de pain dans une vente aux enchères. Par un temps, il avait possédé jusqu'à sept armes de différents calibres, pour la chasse au canard aussi bien que pour le gros gibier. Puis peu à peu, il avait fallu tout revendre. Son fils s'était chargé de trouver des acheteurs sur internet. Mais il tenait à garder au moins une carabine chez lui.

Parce qu'une chose était sûre. Dans la vie, il ne fallait pas se laisser faire.

Quand il était gosse, il s'en souvenait bien, d'autres gamins du quartier de Bellevue venaient leur chercher des poux sans arrêt. Un beau jour, Hubert Lebon en avait chopé un et lui avait mis une raclée à coups de madrier. On n'en avait plus jamais entendu parler.

À l'époque, Gérard et ses copains se trimballaient tous avec une bille d'acier encapuchonnée dans un carré en cuir cousu au bout d'une longue lanière de chanvre. Ils faisaient tourner cet engin au-dessus de leurs têtes à tout bout de champ, en bas des immeubles où vivaient leurs nombreuses familles d'après-guerre, se menaçant pour rigoler, mais prêts quand même à les utiliser si jamais on venait leur chercher des noises. Il avait souvent imaginé les dégâts que pourrait occasionner ce genre de fronde maison. Il était sûrement possible de tuer quelqu'un.

Il s'aperçut alors que le chat l'avait suivi jusque dans le garage et il l'attrapa par la peau du cou pour l'enfermer dans la maison. Lui non plus n'était plus de première jeunesse. Mieux valait qu'il reste au chaud. Après quoi il laissa ses carabines et sortit. L'air du matin piquait le nez et annonçait une magnifique journée d'hiver, propre comme un sou neuf. Pendant la nuit, le thermomètre était tombé jusqu'à moins sept et le paysage en restait tout craquant et courbaturé de froid.

En arrivant près de sa camionnette, il constata une nouvelle bosse sur la porte coulissante. Il la caressa du bout des doigts pour s'assurer de sa réalité. Le métal était glacé, et le dommage irréfutable. Depuis quelque temps, il découvrait régulièrement de nouveaux dégâts sur son véhicule, tous inexplicables. Il avait déjà dû faire changer un pare-chocs, et une jante pliée. On devait lui en vouloir, ça ne pouvait pas être autrement. Pourtant, il faisait bien gaffe quand il se rendait au Leclerc de se garer un peu à l'écart, même si ça le forçait à marcher, parce que dans les parkings les gens n'en ont rien à foutre, des chauffards et des cons. D'ordinaire, quand il découvrait un dégât du même genre, il sombrait dans une colère noire et méditait longuement des représailles et des mesures politiques pour le moins radicales. Parce qu'il fallait bien reconnaître que la plupart de ses ennuis découlaient de l'incurie générale, les Français devenus incivils au possible, dangereux à force de paresse et d'égoïsme. Il aurait aimé que quelqu'un remît de l'ordre dans ce foutoir. Depuis trop longtemps déjà, on laissait trop faire. La guerre civile se pouvait désormais. Il en avait eu le pressentiment avant tout le monde, ses locataires impécunieux ayant servi de signes avant-coureurs. Mais cette fois, la tôle emboutie ne lui inspira qu'un reniflement humide et il prit le volant sans plus s'en soucier. D'autres ruminations autrement plus graves le requéraient ailleurs.

Sur le bref tronçon de départementale qui menait au centre de Cornécourt, il ne croisa pas âme qui vive. À un moment, des lignes à haute tension traversaient l'espace. En dehors de ça, c'était l'impassible défilé des maisons à un étage, une caserne, des ronds-points, la boutique de pêche qui n'avait pas encore ouvert ses portes. Un samedi matin paisible, presque mort.

Les événements tout de même, quand il y songeait, s'étaient succédé à une vitesse folle. À moins que certains faits ne se soient fondus dans le brouillard. Il arrivait parfois à Gérard de perdre des jours entiers, comme on perd de la monnaie ou ses clefs. Christophe évoquait une discussion qu'ils avaient eue, et il faisait bien entendu bonne figure, mais en réalité il n'avait pas la moindre idée de ce dont il était question. Parfois, il retrouvait dans ses poches ou dans son portefeuille des tickets de caisse avec des montants exorbitants qui ne lui disaient rien. Cent cinquante balles chez Bricorama pour de la peinture et des ampoules. Quelle peinture, quelles ampoules ? Ou bien il recevait par la poste un pyjama en flanelle qu'il n'avait jamais commandé. Il ouvrait un placard à l'étage pour ranger des rouleaux de PQ et le placard en était déjà plein. Son monde était comme ça, semé de trous, ses semaines hérissées de surprises et de questions sans réponse. Sans cesse, il devait improviser des répliques et s'inventer des explications. Parce qu'il savait bien qu'on attendait un faux pas pour l'envoyer à l'hôpital, ou pire, crever dans l'une de ces maisons de vieux qui sentent la javel et où finissent les vies d'à présent. Il devait se méfier des gens qu'il connaissait et des autres, être aux aguets et colmater sans cesse cette embarcation qui prenait l'eau de toutes parts.

Sauf avec le petit.

Le gosse, lui, ne le jugeait pas. De temps en temps, il disait pauvre papi, parce qu'on lui avait expliqué que son grand-père n'allait pas bien, mais en dehors de ça, il continuait de le regarder comme avant. Il ne mettait pas sa parole en doute. Quand il lui donnait la main, on sentait sa confiance et le vieux aurait préféré passer sous un train plutôt que de la lâcher. Ensemble, ils faisaient des balades dans le bois. Le grand-père allait le chercher à l'école et lui donnait son pain au chocolat, plus une de ces cochonneries de bonbons qui piquent. Ça n'était pas bon pour ses dents, mais le gosse était content, c'était l'essentiel. Ils regardaient beaucoup la télé aussi, des dessins animés de tordus comme on en faisait maintenant, avec des lapins débiles et des super-héros en pyjamas. Souvent, le vieux finissait par s'endormir et c'étaient ses meilleures siestes.

Être grand-père, ç'avait été une évidence. Alors qu'avec ses propres fils, il avait fallu le temps. Il se souvenait à la clinique, quand Julien était arrivé au début, ce petit corps replet et rougeâtre, la face de batracien, on voyait bien qu'il avait passé des mois dans la flotte et même si c'était son gamin, son sang, il avait ressenti quelque chose de pas évident, une inquiétude, un sentiment de devoir et presque de répulsion. Évidemment, avec le temps, les liens s'étaient tissés, en tout cas jusqu'à l'adolescence où, une fois encore, il était devenu le spectateur vaguement rebuté des mutations à l'œuvre. Le moins qu'on puisse dire, c'est qu'il n'avait pas du tout aimé ce que son aîné était devenu, ses manières de parler et de bouger, comme un petit voyou, un de ces Arabes du quartier de la Vierge avec qui il traînait, son allure débraillée, pantalon de survêt et veste en jean, l'air tout le temps blasé et les yeux rouges. Sylvie disait ça passera. Ça avait mis le temps et finalement ils ne s'étaient jamais totalement réconciliés. Puis un beau jour, il avait fait sa valise pour prendre un studio en ville, quand il était en BTS, sans demander d'argent ni rien. Gérard avait pensé, il reviendra la queue entre les jambes. Il n'avait plus remis les pieds à la maison.

Avec Christophe, c'était différent. Ce gamin n'avait jamais posé tellement de problèmes. Et puis le hockey l'avait canalisé. Si seulement il n'y avait pas eu cette fille dont il s'était entiché et qui plus de vingt ans après leur apportait ce grand malheur.

Quand Gabriel était né, Gérard menait une vie de vieux con en bonne santé dans sa grande baraque vide, avec pour tout loisir la chasse, son jardin, un abonnement à *Marianne*, des manies toujours plus rétrécies, et une sorte de douleur à être encore là. Et puis cette impression d'avoir les autres braqués en plein visage, trop bruyants, contredisants, devenus presque d'une espèce étrangère. Cette naissance avait ouvert grande la fenêtre. Il suffisait de le regarder cavaler à quatre pattes, ou se foutre de la purée jusque dans les cheveux pour se rendre compte que ça valait le coup. La joie était donc encore possible.

Gérard arriva bientôt dans le centre de Cornécourt et, au rond-point situé entre la mairie et l'ancienne cure, il fut repris par le flou. Ne sachant plus très bien ce qu'il faisait là, il fit deux tours à l'œil avant de prendre la direction de la nouvelle zone d'habitation qu'ils avaient construite du côté de l'usine, un peu après les tennis.

Les mauvaises langues avaient surnommé l'endroit *turkishland*, sans qu'on sache très bien si cette appellation était liée à l'origine de certains habitants ou à la nationalité de ceux qui l'avaient bâti. Quoi qu'il en soit, le lotissement s'était étendu comme une flambée d'urticaire, parti de rien et couvrant bientôt des hectares de terrain viabilisé. On trouvait là des dizaines de pavillons, en général modestes et de plain-pied, parfois significativement mégalos, avec une tour et des statues à l'antique sur la pelouse, et qui s'alignaient tous le long de voies aux noms hétéroclites. Au printemps, des maisons enrubannées de glycines et croulant sous les rhododendrons s'armaient pour d'improbables concours de fleurissement toujours remportés par les mêmes. Des piscines démontables occasionnaient à la belle saison des nuisances et des joies. Le soir, l'odeur des barbecues montait flatter les narines de dieux indifférents et l'on trouvait dans chaque garage une tondeuse et une table de ping-pong.

Mais la chose la mieux partagée restait encore cette rage sourde des délimitations.

Car ici comme ailleurs, la liberté ne se concevait qu'enclose, d'où ces herses obligatoires, haies de thuyas, grilles de métal, rangées de bambous et palissades amoureusement lasurées. Chaque propriété, en fixant son périmètre, organisait un dehors et son dedans, des espaces entre lesquels la frontière n'était jamais tout à fait hermétique, mais qui autorisait l'assomption d'un règne, celui du *chez-soi*. Là, on pouvait enfin faire ce qu'on voulait, maître à bord et selon son goût qui pouvait être rustique ou moderne, sobre ou baroque, mais au sujet duquel personne n'avait rien à redire. Chaque maison, en somme, se vivait comme une principauté relative, un domaine avec ses lois et ses ambassades, car on ne dédaignait pas d'échanger quelques mots avec le voisin, sur la pointe des pieds et par-dessus la clôture, offrant à l'occasion une salade fraîchement cueillie ou prêtant une scie sauteuse qu'il ne faudrait pas oublier de rendre. Souvent, on se plaignait du bruit, des autres qui ne savaient pas se tenir, de leurs gosses qui gueulaient toute la sainte journée, d'un chien qui s'était introduit par on ne sait quel subterfuge pour venir chier dans votre jardin, mais au moins on avait son pré carré et le sentiment de vivre sans seigneur à servir ni barbares à craindre. Au fond, ce qui se tramait dans ces quartiers répliqués et individualistes, entre les plants de tomates et un cellier plein à craquer, ça n'était jamais qu'une énième tentative de trouver son bonheur.

Quoi qu'il en soit, ce matin-là, le coin était parfaitement désert, à peine troublé par le glissement du canal qui, sous le ventre pâle du ciel très bas, allongeait pour rien ses kilomètres de scintillements bruns et noirs. Sur chaque pare-brise, le gel de la nuit avait collé les essuie-glaces et les pelouses blanchies semblaient prises d'un sommeil de conte de fées. De mornes parterres enlacés de macadam faisaient dans cette désolation de petites îles prometteuses. Plus tard, on sortirait peut-être un chien, on ferait des courses, mais pour l'heure nul n'osait encore s'aventurer sur les trottoirs et il n'y avait que les lumières aux fenêtres et les décorations lumineuses pour contredire cette expérience de mort avancée.

En passant pour la deuxième fois devant une baraque enguirlandée comme un sapin de Noël, Gérard Marchal constata d'ailleurs qu'il tournait en rond. Ça n'avait pas tellement d'importance. On ne l'attendait nulle part. Il roulait au pas, dévisageant les façades l'une après l'autre, et s'arrêtant parfois une seconde avant de repartir. Enfin, il arriva au bon numéro, dans la rue précise. Il ouvrit son portefeuille, et vérifia sur le post-it qu'il s'était fait. C'était bien là, le 22. Il se gara en face, côté impair, puis patienta.

Son cœur battait, régulier et calme.

Sa colère ne connaissait pas d'impatience.

Le petit était parti. Il ne serait plus jamais pressé.

Puis, un peu après dix heures, il quitta sa voiture pour traverser la rue. Au passage, il huma l'air froid où flottait une agréable odeur de feu de bois et celle, plus proche, mate, du macadam. Il ouvrit la porte grillagée du 22 rue Jean-Monnet qui émit un long grincement oblique. Aussitôt, un chien se déchaîna derrière dans le garage tout proche et Gérard se hâta de grimper la volée de marches qui menait à la porte d'entrée du pavillon. Là, il sonna et attendit. De son côté, l'animal ne désemparait pas, et à chaque fois qu'il se jetait sur la porte, celle-ci rendait un bruit de tôle énorme, presque injurieux dans le silence, que suivait immédiatement le cliquetis frénétique des griffes labourant le métal. Ce barouf tapait vite sur le système et le vieil homme regretta de n'avoir pas emporté une carabine en quittant la maison. Il s'imagina tirant une ou deux bastos de gros calibre là-dedans et cette pensée le satisfit si bien qu'il ne put réprimer un petit gloussement. En attendant, personne ne se décidait à venir lui ouvrir. Il sonna à nouveau. Le carillon égrena encore une fois ses notes espacées dans le pavillon tandis que le chien gueulait toujours. Se retournant pour inspecter les environs, Gérard crut apercevoir un rideau bouger de l'autre côté de la rue, mais ce n'était peut-être qu'une impression. Bientôt, il entendit une voix d'homme qui venait du garage, des ordres et des menaces. Il y eut quelques coups sourds, le chien gémit, enfin ce fut le silence.

La porte du garage bascula alors en arrière, découvrant le maître des lieux, en short et claquettes, un épais sweat jaune sur le dos. Il devait mesurer un mètre soixante à peine, avec des lunettes sans montures, les cheveux blond cendré, très fins, un peu dans le style Laurent Fignon, mais avec quelque chose de plus effacé, de presque diaphane dans l'allure, qui évoquait curieusement des choses désagréables comme une toile d'araignée ou la peau sur le lait. Cet ectoplasme, qui maîtrisait avec quelques difficultés un briard de belle taille, fit encore un pas avant de demander d'une voix désobligeante :

— C'est pour quoi ?

— Je voudrais voir le gosse, répondit Gérard.

— Quoi ?

— Votre gosse, ce petit con, ajouta le vieil homme.

L'autre observa une pause, les sourcils froncés.

— Vous êtes qui ? Qu'est-ce que vous voulez ?

Gérard tendit un doigt menaçant dans sa direction, la bouche tombante, déformée par le dépit.

— Je serais vous, je ferais pas le mariole.

L'homme resta stupéfait un moment, arrimé à son chien comme à une bouée.

— Vous êtes fou ? dit-il. C'est quoi cette histoire ?

Gérard fit non de la tête, amer, dépité. Lui savait pourquoi il était là.

— Allez, partez maintenant, reprit l'homme. Ou j'appelle les flics.

— Ce sera trop tard, répliqua Gérard.

— Je vais lâcher le chien, vous êtes prévenu.

— J'en ai rien à foutre de votre chien. Vous n'avez rien à faire ici, de toute façon.

Les choses, décidément, devenaient de moins en moins compréhensibles et plus que la présence d'un intrus, c'était désormais cette impression de bizarrerie, de déraison galopante, qui inquiétait l'homme aux cheveux blonds. Une bourrasque glacée souffla dans la rue, balayant le vide, et le briard fit mine de s'arracher à la poigne de son maître, récoltant un rude coup sur le museau. Il gémit, les oreilles basses, puis posa son arrière-train sur le béton en attendant une meilleure occasion de désobéir. Alors un enfant parut dans le garage. Il était pieds nus et en pyjama. C'était Kylian.

— Rentre ! ordonna aussitôt son père, le chassant d'un geste de la main.

Mais l'enfant, pâle et surpris, demeura sur place, contemplant le grand-père de son copain qui les fixait sans dire un mot.

— Mais rentre, bon Dieu !

L'homme blond sentait la situation lui échapper. Il attrapa son fils. Le chien aussitôt tira à contresens et se mit à aboyer.

— C'est toi alors, petit fumier, dit Gérard.

Il avait prononcé cette phrase d'un ton égal, assez froidement, mais on y entendait pourtant d'autres nuances, de chagrin, de colère. De désespoir peut-être bien. De son côté, le petit garçon résistait à la main de son père, souriant à demi. C'était un petit garçon très blond, aux yeux doux et un peu perdus. Une jambe de son pantalon de pyjama était remontée sous le genou. Sa chair, même à distance, avait l'air d'une extrême délicatesse.

— C'est ta faute, dit encore Gérard.

— Mais enfin ! Qu'est-ce que vous racontez ?

Gérard n'avait pas à se justifier. Du regard, il chercha le chemin le plus court pour rejoindre le garage et, les mains raides, grandes ouvertes, commença à descendre la volée d'escalier. Ce petit merdeux avait fait du mal à Gabriel. Et Gabriel était parti. Il s'en tenait à cette chaîne logique, la plus simple, qui avait le mérite d'établir des causes et de désigner un responsable au malheur qui venait de s'abattre. Dans sa tête, cette boucle-là tournait depuis des jours. Il n'en sortait pas. Elle expliquait tout, elle brillait la nuit quand il cherchait le sommeil, elle entraînait dans sa ronde tout le reste de ses pensées.

Ce petit, c'était tout ce qui lui restait.

Un curieux caquètement l'arracha à ses ruminations et il revint à lui, comme d'un rêve, s'immobilisant net. Là-bas, Kylian grelottait à cause du froid, du béton sous ses pieds nus et s'était mis à claquer des dents. Il entendit un vrombissement grave enfler dans son dos et il se retourna au moment où un Range Rover s'immobilisait au milieu de la rue. Le maire de Cornécourt en descendit.

— Bah alors, c'est quoi ces histoires ? Qu'est-ce qui te prend ?

Il fallut au vieil homme quelques secondes pour reconnaître son acolyte d'antan, mais dès que ce fut fait, son attitude changea du tout au tout, et il adressa un petit signe amical de la main au père Müller. Puis, jetant un coup d'œil par-dessus son épaule, il constata que Kylian, son père et le clébard avaient disparu. Il ne restait que le vide du garage, des étagères métalliques chargées de bocaux, un nettoyeur Kärcher, une luge et, sur le sol, un gros os en peau de buffle à demi dévoré.

Alors ? demanda le père Müller.

— Alors quoi ?

— C'est un voisin qui m'a appelé. Il paraît que tu fais encore des histoires.

— Encore ?

Gérard se demanda ce que l'autre voulait dire par là. Mais il ne s'attarda pas sur la question. De plus en plus, les propos qu'on lui tenait revêtaient cet aspect de chausse-trappe, et il préférait faire la sourde oreille. Si c'était pour qu'on lui explique une fois de plus qu'il perdait la boule.

Voilà longtemps en tout cas qu'il n'avait plus vu ce vieil animal de père Müller. Depuis des années peut-être bien. Mais il se rappelait tout, les barbecues avec les parents du hockey, les tournois, les tombolas, les campagnes électorales, quand il faisait l'assesseur et que ce nom revenait presqu'à chaque enveloppe : Paul Müller. L'amitié de cet homme l'avait flatté. Il lui avait racheté sa BM et ils avaient bu ensemble. Et il reparaissait là, le maire de Cornécourt, au cœur d'un dernier hiver. Une fois de plus, Gérard éprouva cette étrange sensation de flou. Tout à coup, il n'avait plus la moindre idée de ce qu'il faisait là. Loin au bout de la rue, une voiture de police parut. Elle n'avait pas pris la peine d'actionner son gyrophare et les rejoignit à une vitesse excessivement moyenne.

— On va arranger ça, dit le père Müller, avec une moue rusée.

Et il fit un geste d'apaisement en direction de la voiture de police. Gérard, lui, ne s'en faisait pas. Il était tout au plaisir de cette rencontre, à l'impression réconfortante que lui inspiraient ce visage familier, la voix au lourd accent des hauts et ce sourire qui charriait tant de bons souvenirs.

16

D'ordinaire, Christophe ne se souvient jamais de ses rêves, mais quand Charlie le réveille ce matin-là, il a le temps de sentir des images de piscine s'effilocher dans sa tête, dans un miroitement étouffant et bleu. Il ouvre les yeux et aussitôt, il ne reste rien qu'une impression désagréable, un battement précipité dans sa poitrine.

— Ça y est, dit-elle.

Elle est assise près de lui, sur le lit, très calme. Dans leur chambre à coucher, une petite veilleuse laisse les objets s'ébaucher dans une sorte d'éloignement paisible. Christophe se redresse et prend une gorgée d'eau, ses paupières battant très vite sur un regard encore engourdi par le sommeil.

— Il est quelle heure ?

— Cinq heures, répond Charlie.

Dans la pénombre, ils se sourient. Christophe repousse la couette et frissonne un peu. Il est tout de suite sur ses pieds.

— Ça va, on a le temps, dit-il.

Mais il se presse déjà vers l'armoire où se trouve le sac préparé depuis des jours et qui renferme les affaires indispensables, chemise de nuit, sous-vêtements, trousse de toilette, un peu de lecture pour tromper la longue attente à venir.

— N'oublie pas le chargeur de ton téléphone.

— Je vais prévenir ma mère.

— Attends, on fera ça plus tard.

Dans le petit appartement, le branle-bas programmé de longue date se déploie sans heurt. À partir de là, tout est important. Christophe passe sous la douche, s'habille en buvant son café et jette un dernier coup d'œil à la check-list aimantée sur le frigo.

De son côté, Charlie reste assise dans la cuisine, le sac à ses pieds, recueillie sur son ventre énorme. Quand il le regarde, Christophe a parfois l'impression de contempler un objet autonome, un œuf parfait qui mène déjà sa propre existence en dépit d'eux. Charlie et lui se sont mis à graviter autour, et bientôt le monde entier. La jeune femme semble inquiète malgré le grand calme sous-marin qui l'entoure. Ça fait drôle d'être là, si près du bout, alors que le ciel a commencé de bleuir. Les voisins dorment encore, l'immeuble repose dans le silence du petit matin et par la fenêtre on voit les lampadaires, les façades, la Moselle qui coule en contrebas.

— Ça va ? demande Christophe.

— Oui.

Comme toujours, il fait ce qu'on attend de lui. Il est doux, ne panique pas, vérifie ses poches, son téléphone, les clefs de la voiture, leurs papiers d'identité, attrape le sac au passage.

— Allez, on y va.

Au feu rouge, il prend sa main et la garde dans la sienne un moment. Il ne faut pas avoir peur. Tout va bien se passer. Charlie n'a pas peur. La ville s'ouvre sous le tranchant de l'aube rose, orange et bleue. C'est l'heure grave du saut dans l'inconnu. Le bonheur est quand même un drôle de truc.

À l'accueil, une femme aux paupières mauves enregistre leur arrivée avec une indifférence robotique, puis leur demande de patienter dans la salle d'attente, on viendra les chercher. À partir de là, la prise en charge de Charlie se déroule dans une ambiance poussive et hygiénique légèrement irritante. Ses contractions ont presque quelque chose d'incongru dans le décor blanc de la chambre médicalisée. Une infirmière vient leur rendre visite à intervalles réguliers, les cheveux nattés, avec un badge sur la poitrine qui précise : Coralie. Elle mâchouille un chewing-gum et porte des bas de contention dans ses Crocs. À chaque fois qu'on lui demande quand aura lieu la péridurale, elle répond bientôt. Il ne faut pas dix minutes à Charlie pour souhaiter sa mort. Car la douleur est déjà là, avec ses pics et ses vagues qui creusent les reins et cassent le dos. Par moments, Christophe la voit pâlir et son visage se creuse d'un coup, tandis qu'elle roule sur le lit, en proie au drame de son ventre.

— Appelle-la !

Christophe obéit. Coralie refait alors son apparition, mâchouille, prend le pouls de la parturiente, propose un peu de Doliprane. Après quelques allers-retours tous aussi vains, elle se résout à leur confier un de ces ballons destinés aux exercices prénataux.

— Essayez ça, ça vous fera du bien.

Charlie n'en revient pas. Elle regarde Coralie sortir calmement, la porte qui se referme au ralenti sur son uniforme bleu.

— Elle se fout de ma gueule.

Pour l'heure, elle n'ose pas encore s'en prendre à l'infirmière, et concentre son ressentiment sur Christophe qui encaisse avec placidité.

— Ça va peut-être te soulager, ose-t-il imprudemment.

Le regard de sa compagne ne laisse planer aucun doute sur le fond de sa pensée. Il va falloir vite trouver une solution et quelque chose de plus scientifique que cette connerie de ballon.

Dix minutes plus tard, Charlie se tord pour de bon, les dents serrées, à l'agonie.

— Va chercher quelqu'un !

— L'anesthésiste va pas tarder.

D'un brutal coup de pied, Charlie fait voler l'une de ses baskets à travers la pièce.

— Magne-toi, bordel ! J'ai mal.

Christophe file ventre à terre et trouve Coralie dans la salle de pause où elle prend un café avec quelques collègues. Manifestement, elles n'ont pas l'air très satisfaites de le voir débarquer en plein milieu de leur conversation.

— C'est ma compagne, elle en peut plus là…

— Le docteur va arriver.

— Vous voulez pas lui donner quelque chose ?

— Il faut être patient.

— Non, mais elle a mal.

Coralie se lève dans un soupir et le suit jusqu'à leur chambre. Dans son dos, Christophe entend les Crocs qui couinent sur le sol plastifié. Il voudrait hâter le pas mais n'ose pas, de crainte d'incommoder encore davantage la terrible infirmière qui détient les puissances du soulagement.

— Bon alors qu'est-ce qui se passe ici ?

Charlie est agenouillée sur le sol, en position de prière, fesses en l'air et bras tendus. Quand elle lève les yeux, on voit tout de suite qu'il n'est plus du tout exclu qu'elle puisse se jeter sur Coralie.

— Je veux mon anesthésie, grince-t-elle.

— L'anesthésiste est pas encore arrivé, réplique l'infirmière, imperturbable.

Des comme ça, pleines jusqu'à la gueule, Coralie en voit défiler tous les jours, des qui geignent, des pour qui ça passe comme une lettre à la poste, des complications aussi, la corrida se poursuivant pendant des heures et débouchant parfois sur un drame, une petite tête bleue, le cordon enroulé, la vie brute, comme elle vient, et puis des premières fois qui déchirent le ventre, des femmes rodées par cinq grossesses, toute une industrie de la mise bas, sans apparat, la routine. Elle ne s'en émeut plus. Pour elle, l'habitude a pris le dessus et le professionnalisme fait barrage. Sans compter l'exemple des médecins qui bien souvent tirent fierté de leur froideur et considèrent ces patientes hypertrophiées avec le regard jupitérien de celui qui peut se prévaloir de sept années d'études supérieures. Et vu de là-haut, il faut bien le dire, elles font un peu bestioles, toutes ces bonnes femmes en couches, et n'incitent guère à la sollicitude.

— Trouvez-le, répète Charlie, les dents serrées et prête à mordre.

— Je pense qu'il faut aller le chercher, abonde Christophe, qui commence lui-même à ne plus se sentir très bien.

— Il va falloir être un peu patiente, répète l'infirmière sans se départir de sa calme indifférence.

— Oh bordel…

Une contraction vient de traverser Charlie qui se tord à nouveau et se retrouve sur le dos, bras tendus et les poings fermés. Puis la douleur reflue. Ses mains s'ouvrent tandis que deux larmes coulent sur ses tempes.

— Dis-lui d'aller chercher ce putain de docteur, ou je vais vraiment me mettre en colère.

Christophe, un pauvre sourire aux lèvres, entraîne l'infirmière dehors.

— Je crois qu'il faut faire ce qu'elle dit, maintenant.

— Vous n'êtes pas tout seuls dans cet hôpital.

Christophe s'est mis à suer. Il regarde par la fenêtre et inspire profondément.

— C'est les voitures du personnel sur le parking, là ?

Coralie jette un coup d'œil intrigué et fait signe que oui.

— Si vous faites pas quelque chose, je vais être obligé de casser des pare-brise.

— Non mais ça va pas bien ?

— Trouvez quelqu'un. Vite. Ou je descends et je pète tout à coups de barre à mine.

L'infirmière a beau avoir l'habitude, ça fout un coup.

— Je reviens, dit-elle en s'éloignant d'un pas rapide et courroucé.

— Merci, souffle Christophe.

Il passe le dos de sa main sur son front et respire un bon coup avant de rejoindre Charlie. Il sait qu'il descendra s'il le faut.

Cinq minutes plus tard un grand type avec une coupe militaire et une chevalière armoriée à l'annulaire rapplique. Sous le sourcil réprobateur, l'œil frise.

— Bah alors, c'est quoi ce bordel ? C'est vous le vandale ?

Christophe sourit encore, une aimable expression de déconfiture sur le visage.

— On n'est pas dans le Far West ici, monsieur.

— Vous êtes l'anesthésiste ?

— Vous êtes le père ?

— Je croyais que vous étiez pas encore arrivé.

L'homme lui tend la main, peinant à masquer l'amusement que suscitent ces promesses d'expédition punitive.

De son lit, Charlie n'a rien loupé de la scène.

— Vous dites si je vous dérange.

À partir de là, les choses s'enchaînent de manière relativement fluide. Charlie est transportée dans la salle de travail où elle reçoit une injection péridurale et tombe amoureuse de l'anesthésiste de l'Action française. Alors la véritable attente peut commencer. De temps en temps, une infirmière qui n'est plus Coralie vient vérifier l'ouverture du col de l'utérus. Elle enfonce ses doigts gantés dans le vagin de Charlie qui, pendant ce temps-là, fixe le plafond. À chaque fois, l'infirmière paraît déçue. Il faut prendre son mal en patience. Les heures passent, gorgées d'une fatigue étrange qui est à la fois irritante et lourde. Assis près de sa compagne, Christophe tâche de lui changer les idées. Il prend sa main, lui dit qu'il est là. Ça lui fait une belle jambe. Charlie songe par moments qu'elle aurait mieux fait de ne pas se mettre dans un pétrin pareil. Mais à d'autres moments, elle regarde aussi Christophe avec des yeux pleins de tendresse, puis s'assoupit, et Christophe en profite pour jouer à Tetris sur son téléphone et envoyer des messages aux copains. Quand son père apprend ce qui est en train, il répond aussi sec :

— J'arrive.

Vingt minutes plus tard, Gérard Marchal annonce qu'il se trouve quelque part dans cet hôpital labyrinthique et trompe son désœuvrement en glissant des pièces de monnaie dans un distributeur de boissons. Christophe n'a rien pu faire pour le dissuader. Et tant mieux. Cette présence, même lointaine, le rassure.

Après pas mal d'atermoiements, il se décide également à prévenir Julien, joignant à son texto une photo de lui et Charlie. Voilà presque dix ans qu'il est sans nouvelles de son frangin. La dernière fois qu'ils se sont vus, il était remonté de Montpellier pour assister aux obsèques de leur mère.

Justement, c'est à la naissance de Christophe que cette dernière avait quitté sa place à l'auto-école du Centre pour s'occuper des enfants. Bien plus tard, lorsque son cadet était entré au lycée, elle avait voulu reprendre un emploi, mais le marché du travail avait beaucoup changé entre-temps. En 1975, il suffisait d'être énergique et volontaire. En 1990, on vous jetait les mots compétences et flexibilité au visage. Plus question de faire la difficile.

Or Sylvie n'était plus disposée à courber l'échine. Elle avait trop longtemps vécu en semi-bourgeoise, avait décidément trop mauvais esprit. Le succès du magasin aidant, Gérard et elle étaient devenus des figures locales, des gens qu'on voyait aux pots de la mairie, au 14 Juillet, qui donnaient des coups de main pour la salle des fêtes et le hockey. Chez eux, on organisait de petits apéros auxquels étaient conviés d'autres commerçants aisés, un adjoint aux affaires scolaires, un couple de pharmaciens venus en voisins. Le champagne coulait facile et quand Sylvie piochait une pistache, l'or teintait à son poignet. Ils n'étaient pas exactement riches, mais à force de travail, ils avaient pu s'offrir une Mercedes, une télé pour chaque pièce ou presque, et faire aménager les combles. Gérard envisageait épisodiquement d'acheter un petit chalet dans les hauts, pour passer le week-end.

Alors reprendre un travail payé une misère, qui les ferait peut-être changer de tranche d'imposition en plus, à quoi bon ? C'est ainsi qu'elle avait renoncé à mener une carrière professionnelle.

— De toute façon, j'ai horreur d'être utile, tranchait-elle, en tirant sur sa Winston.

À vrai dire, Christophe ne savait pas à quoi elle avait passé son temps, toutes ces années. Elle devait jardiner un peu, regarder les feuilletons de l'après-midi. Elle s'occupait aussi pas mal de ses parents qui ne rajeunissaient pas. Sans doute manquait-il quelque chose à cette vie d'intérieur, prise entre la véranda où elle soignait ses plantes et le salon de coiffure qui avait le mérite de l'occuper une heure chaque semaine. Elle ne s'en plaignait pas, mais elle aurait peut-être aimé voir davantage de monde ou apprendre à jouer d'un instrument. Après tout, elle rappelait souvent ce test de QI réalisé à l'adolescence et d'après lequel elle appartenait au décile le plus intelligent de la population, ce qui avait le don d'horripiler Gérard. Peut-être aussi qu'elle avait voulu se tirer, mais était restée là faute de moyens propres, d'une retraite suffisante, d'économies bien à elle. Sylvie dépendait d'un mari et même si ce dernier n'abusait pas de la situation, c'était là. Longtemps, sa vie avait fait du surplace.

Et puis, un beau jour, alors qu'elle poussait son caddie dans le rayon frais de l'Intermarché de Cornécourt, Sylvie s'était effondrée. À l'hôpital, le médecin était venu parler à Christophe et son père dans le couloir. On avait trouvé une sorte de marbrure, comme une petite plaque de lichen grisâtre sur l'abdomen de Sylvie, au côté droit, quelques centimètres sous son aisselle. Sans doute était-ce là depuis des semaines. Elle n'en avait parlé à personne et Gérard n'avait rien vu.

— C'est un mélanome. On va faire des radios.

— C'est grave ?

— On va voir.

Quand Gérard avait demandé à sa femme pour quelle raison elle n'en avait rien dit, elle s'était contentée de répondre qu'il n'y avait pas de quoi en faire tout un plat. Les radios avaient plutôt démontré le contraire. On y distinguait clairement des pâleurs, comme des soufflures claires qui chatoyaient dans le poumon, s'épandaient en canaux minuscules dans la cage thoracique. Le cancérologue qui savait lire ces sortes de canopées avait affiché une mine de circonstance. Christophe l'avait d'ailleurs surpris en grande conversation avec des internes dans un couloir, chacun y allant de son hypothèse et préconisant les remèdes les plus efficaces. Mais le professeur Truchy avait coupé court. Des cancers il en avait vu défiler des ribambelles, et surtout depuis que le nuage fameux de Tchernobyl s'était prétendument arrêté à la frontière. À l'entendre, il était inutile de martyriser cette pauvre femme. Benzodiazépines, antiémétiques, alprazolam, c'est tout ce qu'on pouvait faire. Christophe avait ressenti un grand vide dans la poitrine. Alors c'était fini, déjà, sans prévenir. Il était redevenu un enfant pendant quelques secondes. Maman. Il avait soudain eu le sentiment de si mal la connaître. Et puis il avait fallu faire bonne figure, avec cette hantise au fond, qu'elle l'ait fait exprès, pour s'échapper. Un autre de ses sarcasmes en quelque sorte.

Bientôt, sous l'effet des médicaments, Sylvie s'était enfoncée dans une sorte d'état cotonneux et curieusement jovial, quand elle était consciente en tout cas. Le père restait le matin, Christophe venait en fin de journée. De toute façon, elle dormait la plupart du temps. Il avait fallu l'intuber parce qu'elle ne parvenait plus à déglutir, ce qui ne l'avait pas empêchée de perdre beaucoup de poids en un temps record. C'était le phénomène le plus incroyable, ce que pouvait un corps une fois qu'il était en proie au mal, la peau comme du parchemin, tendue à se fendre, sur l'arête du nez, aux jointures, le ventre gonflé malgré le vide, et ces teintes inhabituelles qui venaient vous barioler, le bleu profond et chiffonné du tour des yeux, les arcs-en-ciel qui surgissaient sur les bras alors même qu'elle ne se cognait pas, le violet électrique des veines, et déjà cette noce atroce des jaunes et des verts qui à la surface chassaient les bonnes couleurs de la santé. Et sous le menton, au pli de l'aisselle, ces fripures épaisses qui rappelaient la peau d'un dindon.

Cette saison-là, l'équipe végétait en milieu de tableau et, à vingt-cinq piges, Christophe ne se faisait plus d'illusions sur sa carrière sportive. Le très haut niveau et la carrière pro demeureraient à jamais hors de portée. Mais il continuait d'aimer le jeu, les sensations du samedi soir, les virées avec les potes et le statut spécial que sa position de joueur lui conférait encore. À présent, c'est lui qui emmerdait les petits nouveaux, des mômes de dix-sept ans tout mal branlés et qui volaient comme un rien quand on les bousculait.

Une fois, à l'occasion d'un déplacement à Villard-de-Lans, les joueurs s'étaient glissés hors de leur hôtel en catimini, pour aller en boîte. Ils avaient suivi la glissière le long de la route, vingt mecs à la queue leu leu, en pleine nuit, tels les nains de Blanche-Neige. Au bout, ils avaient trouvé un quelconque Macumba où ils avaient pu boire et danser, Christophe parvenant même à emballer une serveuse, une belle brune dont on voyait le nombril, avec des seins considérables et des anneaux dans les narines et les oreilles. Vers cinq heures, tous deux avaient fait leur petite affaire dans le local où l'on entreposait l'alcool et quand Christophe en était ressorti, les autres zigotos qui l'attendaient sur le parking l'avaient applaudi. Après quoi ils étaient rentrés comme ils étaient venus, mâles abrutis de boisson et de fatigue, en file indienne. À l'arrivée, le coach les attendait dans le hall et leur avait passé la soufflante du siècle. À huit heures, tout le monde avait dû se mettre en tenue pour courir autour du stade qui jouxtait l'hôtel. La plupart des mecs avaient vomi, et Villard avait gagné sept à deux, mais Christophe était rentré content.

Cette équipe le gardait des choix difficiles, le tenait à l'abri des renoncements liés à l'âge. Et quand il avait passé deux heures au chevet de sa mère, son besoin d'aller sur la glace devenait presque insupportable. Là, il se vidait la tête et patinait jusqu'à l'épuisement. Après l'entraînement, assis à poil dans le vestiaire, il se regardait dans le miroir, sa queue qui pendait entre ses cuisses épaisses, les épaules endolories et massives, ses cheveux trempés de sueur, son ventre soulevé par l'essoufflement et ses muscles tous dessinés, du cou au nombril et jusqu'au jarret. Il constatait alors cette vitalité tellement visible en lui, qui lui passait par la peau, rouge aux joues, brûlante par tout le corps. Chaque jour, il se dépensait pendant deux heures, et le lendemain au réveil, sa force était toujours là, reconstituée, apparemment inépuisable. Il refusait de croire au corps de sa mère qu'il n'osait même plus toucher. Le hockey le tenait loin de sa vieillesse, le jeu réfutait la mort. Parfois, il se réveillait en pleurs et ne dormait plus jusqu'au matin.

Au bout de trois semaines, le déclin s'était accéléré. Sylvie avait commencé à ne plus être éveillée que deux heures par jour, puis n'avait plus ouvert ni la bouche ni les yeux. À la fin, elle levait deux doigts pour signifier qu'elle entendait, mais de toute façon elle n'avait plus la moindre idée de qui lui parlait. Un soir, Christophe l'avait embrassée sur le front pour la dernière fois. Une odeur chimique s'exhalait de sa peau presque froide, d'une humidité de gastéropode. Elle était morte quelques heures plus tard. Sur le coup, c'est le soulagement qui l'avait emporté.

Quand il était allé chercher son frangin à la gare, la veille de l'enterrement, Julien avait tout de suite annoncé la couleur :

— Tu me déposes à l'hôtel. Je vais me débrouiller.

— Papa a fait un baeckeofe. On a préparé ta chambre à l'étage.

— J'ai bouffé dans le train.

Malgré tout, Julien s'était laissé faire. En arrivant, il avait contemplé la grande maison dressée dans la nuit, encore chargée de cette présence qui irait en s'amenuisant, leur mère.

— C'est Versailles ici, avait dit le frangin, en constatant que trois fenêtres étaient illuminées.

— Il a même mis du chauffage dans les étages.

— Eh ben.

À l'intérieur, les deux frères avaient été accueillis par la bonne odeur du baeckeofe qui avait envahi le rez-de-chaussée, une odeur de patience, de soins prolongés, qui était comme une preuve.

Julien avait laissé tomber son sac dans le couloir, mais gardé sa veste, puis les deux garçons s'étaient dirigés vers la cuisine où les attendait leur père, assis à sa place, ses demi-lunes sur le nez, plongé dans une grille de sudoku. Il portait son tablier de cuisine et la table avait été mise avec soin. Il avait même sorti pour l'occasion le service en Lunéville. Le néon situé au-dessus de l'évier dispensait là-dessus une lumière efficace et crue.

Voyant son aîné, Gérard s'était écrié "Ah !", puis il s'était levé avec un rien de maladresse. Christophe avait pu constater ses efforts vestimentaires. Pour une fois, il ne portait pas son habituel pantalon de survêt qui lui tombait aux fesses et bâillait aux genoux. En revanche, il n'était pas allé jusqu'à mettre des chaussures et ses savates lui donnaient un petit air désarmant. La dernière fois que Julien l'avait vu, presque huit ans plus tôt, son père était encore un homme aux prises avec la vie, le travail, mille soucis liés au gagne-pain, à ses employés. Les contrariétés le tenaient. Ça se voyait dans le muscle, aux épaules, aux traits de son visage, ça se voyait dans l'œil quand tout à coup vous deveniez un problème de plus qu'il faudrait régler. Mais à présent, retraité et désormais veuf, presque seul et voué à finir, Gérard s'était totalement relâché. C'était presque un autre homme, doté de savates et d'un tablier, qui avait mis la table et acceptait de dîner après dix-neuf heures. Avec son grand, ils s'étaient fait la bise dans le vide puis le père avait proposé de boire un coup. Julien avait objecté qu'il était déjà tard.

— Allez. On n'est pas aux pièces.

Le fils aîné avait finalement posé sa veste sur le dossier de sa chaise, et pris place à table. Ils avaient trinqué en levant leurs bières.

— À maman.

— À nous.

Sur la nappe blanche, les bouteilles laissaient une empreinte circulaire bien nette. C'était du linge épais, comme on en faisait jadis, d'increvable matière, des savoir-faire enviés et capables de parcourir les générations. Elle avait servi beaucoup cette nappe, des dimanches et à Noël, pour le gigot pascal, des occasions et des fêtes. Elle avait vu des hommes boire des vins de garde et bâfrer des viandes en sauce, des hommes avec leurs grosses pattes, leurs engueulades politiques, des rires d'ogre, le cul vissé à leur chaise tandis que des épouses tempérantes et soucieuses faisaient la navette de la salle à manger vers la cuisine, se retrouvant finalement pour la vaisselle et papotant alors à leur aise, en secret, le rire facile et la dent dure, alors qu'avachis, la ceinture ouverte et s'offrant des coups de gnôles locales, leurs bonshommes tentaient une parole définitive en écrasant un mégot au fond d'une tasse à café.

Sur cette nappe des mains d'enfants avaient couru, des doigts humides de salive qui ramassaient les miettes de pain entre la poire et le dessert. On y avait vu défiler des mets de familles prospères et simples, potées, choucroutes, bœufs bourguignons, et beaucoup de bonnes bouteilles. Autour d'elle, des corps avaient rapetissé, des maris étaient morts de vieillesse, des femmes de chagrin, et inversement. La nappe aurait pu tout raconter. Le tissu renfermait dans sa trame le secret total d'une famille, qui remontait loin. Il y avait même eu un cousin qui aimait les garçons et qui, une fois, avait ramené son "copain". C'était le lot commun, la banale affaire. Des héritages avaient tué des fratries, des crises s'étaient succédé pour rien, on avait versé des larmes et un peu de sang, perdu des sous et refait sa vie, le temps avait passé, mais la nappe était restée blanche. Un père et ses deux fils mangeaient dessus. Ils burent un pinot noir d'Alsace qui les dérida et, dans la chaleur temporaire d'une veille d'enterrement, se retrouvèrent.

— T'aurais pu venir plus tôt, dit Gérard, après avoir mis les assiettes dans le lave-vaisselle.

Julien, qui avait un peu trop bu, se contenta d'un mouvement vague, sa tête dodelinant d'une épaule à l'autre. C'était une concession bien suffisante et le père ne poussa pas plus loin son avantage.

Les voyant là, quasi rabibochés, Christophe ne retrouvait plus les raisons de leurs anciennes disputes. Pourtant, il y en avait eu, des engueulades. Ils en étaient même venus aux mains. En réalité, ils s'étaient toujours battus, sauf que Gérard foutait des trempes à son gosse quand il était petit, comportement admis, pédagogique même, tandis que le jour où Julien avait été en mesure de se rebiffer, la chose avait aussitôt pris les dimensions d'un mini-fait divers. Il avait collé son père au mur, et lui avait dit, la prochaine fois je te crève. À présent, la mère n'était plus là. Ils auraient voulu s'empoigner qu'ils n'auraient plus su comment. Ces rapports-là venaient de disparaître avec elle.

Ensuite, les trois hommes avaient siroté des fonds de quetsche et de framboise en se rappelant le bon vieux temps, si bien que le père avait fini par sortir les albums photos de leur placard. Il y en avait une dizaine qui commençait par les ancêtres et finissait au début des années 1990. Les photos des *seventies* avaient mal vieilli. Leurs couleurs semblaient s'éteindre douloureusement, tirant sur des verts chiasseux, des blancheurs opalines, des hideurs marronnasses. Ils s'étaient néanmoins amusés des audaces décoratives de l'époque, des motifs abracadabrants qui ornaient aussi bien les murs que les robes des femmes. Puis leur vie avait défilé, Julien bébé, le parc, un tas de sable, sa bouille avec une cagoule, l'arrivée de Christophe en combinaison de ski devant un bonhomme de neige. Ce qui surtout leur avait fait drôle, c'étaient les parents à l'arrière, ce que la pellicule avait capté malgré eux, leur jeunesse, l'affection et les sourires, des choses qu'on avait oubliées par la suite dans le grand bain des dimanches maussades et des prises de bec. On les voyait bien pourtant, à trente ans puis quarante, au camping et sur la plage, avec une poussette, un enfant tenu par la main, si frais, à jamais fixés.

— Regardez, disait le père en posant son doigt sur un visage. Tiens, ta mère avait encore les cheveux longs à l'époque.

— Je me souvenais plus de cette doudoune Chevignon.

— Ouais, j'avais tanné maman pendant des semaines. T'as jamais su le prix qu'elle l'avait payée, d'ailleurs.

— Ah bon ? avait fait le père.

Et pour un instant, le rapport de force ancien s'était ravivé, le père dupé, la mère complice, les petits secrets contre le pouvoir, les manigances dans le dos du maître.

— Bon, je crois que ça suffit, avait dit Julien.

Et il s'était levé, la mine sombre, laissant un verre plein sur la table.

— Ta chambre est prête.

— Merci. Bonne nuit.

— Bonne nuit, mon grand.

Le lendemain, il y avait eu beaucoup de monde à l'enterrement. Sylvie Marchal avait toujours vécu à Cornécourt, ce qui créait des liens naturellement. Gérard avait tenu son emploi de veuf avec un discret ravissement. Il avait toujours bien aimé qu'on lui accorde de l'importance, et n'avait pas boudé son plaisir, même en cette triste occasion. C'était là son vice, le goût des rubans, des gratifications. Le maire, d'ailleurs, avait fait le déplacement et les deux hommes s'étaient entretenus un moment. Ils s'étaient aussi retrouvés côte à côte pour la brioche de circonstance servie au Narval.

— Il s'est taillé la moustache ce con, avait observé Julien qui de l'autre bout de la table observait son père, tout sourire, empressé et comme en campagne.

— T'as bien ciré tes pompes, avait répliqué Christophe.

L'aîné avait souri, pas si mécontent d'être là finalement. Il avait demandé à Christophe des nouvelles du hockey. Et puis rien. Christophe s'était imaginé que Julien voudrait en savoir plus au sujet de leur mère, les dernières semaines à l'hosto. Mais ces paroles-là étaient restées coincées. Finalement, Julien était reparti le soir même, par le train.

— T'es sûr que tu veux pas rester un peu ? avait dit le père.

— Non, je dois y aller. Je travaille demain.

Ils s'étaient embrassés devant le café, le fils gardant ses mains dans les poches avant de se tirer avec son silence et ses griefs. Alors Christophe avait compris qu'il n'avait plus de mère.

Sous l'effet de la fatigue, Charlie s'est assoupie. Au moment où elle rouvre les yeux, elle surprend Christophe occupé à faire un selfie.

— C'est pour mon frangin.

— Ah. M'étonnerait qu'il réponde.

— Je sais même pas si c'est encore son numéro.

— Et ton père ?

— Il zone quelque part dans l'hôpital. Il est capable de nous engueuler parce que ça va pas assez vite.

Charlie sourit un peu, le visage renversé, l'air d'une sainte en pâmoison.

— Il est vraiment dans les starting-blocks lui.

— Ouais. Des fois, je me demande s'il attend pas cet enfant encore plus que nous.

Les heures passent, de plus en plus longues mais au moins, Charlie ne souffre plus. À chaque fois que l'anesthésiste passe une tête pour savoir si tout va bien, la jeune femme lui adresse des regards énamourés et Christophe soupire.

— Écoute, je peux pas m'empêcher de lui trouver un truc.

— C'est les analgésiques.

L'infirmière vient elle aussi régulièrement vérifier sur le monitoring l'avancement du travail. Elle reste souriante et s'adresse à eux avec une voix haut perchée, celle qu'on réserve aux petits vieux ou aux gens qui parlent mal la langue, mais en dépit de cette jovialité de bon aloi, on sent que les choses ne se déroulent pas exactement comme il faudrait.

Vers midi, le monitoring émet une sonnerie.

— C'est quoi ?

Les futurs parents restent un moment en arrêt, paniqués. L'appareil sur lequel on peut suivre les signes vitaux de la mère et de l'enfant continue d'émettre son bip ultra-crispant. Christophe quitte la pièce et revient deux minutes plus tard avec une troisième infirmière qui vérifie sur le petit écran noir où courent des sinusoïdes vertes.

— C'est rien. Il fatigue un peu. Vous en êtes où de l'ouverture du col ?

L'infirmière enfile un gant en caoutchouc et vérifie sous le drap. Charlie grimace.

— On n'y est pas encore.

— Et donc ? Qu'est-ce qu'on fait ?

— Rien pour l'instant. Le médecin va passer.

Le couple reste seul, épiant le rythme cardiaque du bébé. L'alarme se déclenche puis s'interrompt. Charlie, à bout de forces, se met à pleurer.

— Je vais pas y arriver. Je suis crevée.

— Mais si.

— On voit bien que c'est pas toi qui dois y passer.

À nouveau, elle verse quelques larmes, vite essuyées d'un revers de main. Ils se sourient.

Après des semaines d'entraînement avec la sage-femme, après avoir lu les bouquins à la con pour devenir un bon papa une bonne maman et savoir faire avec M. Bébé, ils en sont rendus là, dans l'expectative brute. Par moments, Charlie, qui souffre d'aérophagie, lâche un long pet inodore qui n'amuse personne. Christophe, sobrement impuissant, s'efforce de ne pas trop regarder sa montre.

Un peu plus tard l'obstétricienne passe à son tour et réalise un sommaire état des lieux. Nouveau coup de sonde manuel. La situation ne s'arrange guère, quatre centimètres max, cependant que l'appareil sonne une nouvelle fois. Dans les yeux cernés de

Christophe et Charlie, la même supplique. L'obstétricienne se montre rassurante sous son chignon considérable.

— Tout va bien. On a juste un petit problème avec les contractions. Ça commence à fatiguer le cœur du bébé. Il ne faudrait pas que ça dure trop longtemps.

— Sinon quoi ?

— Ça va aller, fait la femme en blanc.

— Je veux rentrer, réplique Charlie, et les larmes à nouveau ruissellent sur son visage gris de fatigue.

Le regard de l'obstétricienne passe sur elle tel un scanner, dans un sens puis dans l'autre.

— Détendez-vous, dit-elle avant de disparaître. Il n'y a aucun risque.

Deux heures encore de ce régime, le stress, l'incertitude et la fatigue, puis Charlie arrache l'équipement de son ventre et les sonneries s'interrompent enfin.

— On peut pas faire ça...

Mais la jeune femme essaie déjà de quitter son lit. Elle pose un pied par terre, et Christophe la rattrape de justesse avant qu'elle ne s'effondre.

— T'as plus de jambes avec l'anesthésie, ça sert à rien.

— Je veux rentrer !

Mais au bout de trois mots, son agressivité n'est déjà plus qu'un sanglot.

Christophe l'aide à se rallonger et va chercher du secours, encore. Cette fois, il ne trouve personne. Le couloir est vide. Des portes ouvertes sur des pièces abandonnées. Il demeure là, pantelant, sans force, avec son devoir impossible. Lui aussi a bien envie de se tirer. Il s'assied un moment le dos au mur et reprend son souffle. Il faut tenir. Un temps débute dont il n'a pas idée. Déjà, faire de son mieux ne suffit plus.

Trois heures passent encore, dans cette hébétude ouatée, la chambre devenue un radeau à la dérive où délirent deux rescapés au bord de la haine. Heureusement, Charlie finit par sombrer dans un sommeil en pointillé et Christophe en profite pour adresser des messages à ses potes. Greg et Marco répondent en rafale, des encouragements brefs, des petits mots pleins d'applaudissements et de points d'exclamation. Puis l'obstétricienne reparaît et les engueule parce qu'ils se sont permis de débrancher le monitoring. Une infirmière est appelée à la rescousse pour remettre les sangles et les deux capteurs. Charlie grogne. L'écran se ranime, chiffres rouges et gras, la sonnerie à nouveau.

— C'est pas bon, fait l'obstétricienne, penchée sur l'écran. Le rythme cardiaque du bébé est trop lent. Ça fait combien de temps que vous êtes là ?

— Dix heures.

— Pas si long pourtant.

Dans les yeux de Charlie, Christophe voit passer le djihad. L'obstétricienne poursuit du même ton impavide :

— On va devoir intervenir.

— C'est-à-dire ? demande Christophe.

— Césarienne.

Même si l'idée de se faire charcuter ne lui dit rien qui vaille, Charlie respire. Le bout du tunnel, enfin.

Après une nouvelle injection de l'anesthésiste, on la transporte en salle de travail. Christophe est resté auprès d'elle, tandis que, de l'autre côté du champ opératoire, l'obstétricienne, une infirmière et la sage-femme s'activent, masquées, en tuniques et bonnets bleus.

— Vous faites du sport ? demande l'obstétricienne.

— Un peu. Pourquoi ?

— Vous avez une ceinture abdominale super développée, j'arrive pas à le sortir de là.

— Vous avez déjà ouvert ? demande Charlie, qui se redresse pour vérifier.

— Ne bougez pas, ordonne l'obstétricienne derrière son masque.

Christophe a des sueurs froides. Des images d'épouvante lui traversent la tête. Toutes proches, les entrailles de sa compagne sont à l'air libre.

— Attendez ! crie Charlie, qui sent subitement un épouvantable tiraillement au niveau de l'abdomen.

Trop tard. Deux mains soulèvent une forme replète, ensanglantée, où se devinent vaguement dans l'orbe massif du crâne les traits fermés d'un visage. Cette apparition ne dure qu'une seconde. Le corps minuscule a déjà disparu, puis viennent les pleurs, éperdus, sidérants, d'une nouveauté inimaginable.

À partir de là, les événements se précipitent. L'enfant emmail-loté est confié à sa mère qui a à peine le temps de l'embrasser, de sentir sur sa poitrine la peau toute chaude du bébé. Déjà elle doit partir se faire recoudre. Et une sage-femme emporte le nouveau-né en priant Christophe de la suivre.

— Vous allez l'appeler comment ?

Christophe la suit dans sa blouse jusqu'à une pièce voisine.

— Gabriel, dit-il.

— Ah oui, on en a pas mal, ces temps-ci.

L'indélicatesse de la sage-femme glisse sur la sidération du père. Puis cette inconnue, dont il oubliera le visage mais pas les gestes, entreprend de faire la toilette de l'enfant, avant de le confier à la surveillance de Christophe, le temps d'aller chercher du coton. Celui-ci se retrouve alors seul avec cette chose, son fils, qui a froid et pleure à pleins poumons de toute sa petite bouche rose et vide. Du regard, le père cherche du secours autour de lui, puis se penche sur le petit qui, allongé sur le matelas à langer, com-mence à prendre des couleurs. Il pose ses avant-bras de part et d'autre du corps minuscule, incline son buste, embrasse la tête fragile, le buste et les bras moelleux. Il souffle un mot doux à son oreille et les pleurs de l'enfant s'interrompent.

— N'aie pas peur. Je suis là.

Le bébé n'a pas ouvert les yeux et s'accroche à ce petit rien de familier, le timbre de cette voix. Christophe pose ses lèvres sur son front, respire l'odeur douce des produits d'hygiène dans le duvet infime.

— Ah bah, on fait connaissance ! s'exclame la sage-femme de retour avec du coton dans la main.

D'un tour de main, elle noue une couche autour de la taille du bébé, lui passe un body, puis le pyjama, coiffe sa tête d'un bonnet de coton clair, puis tend ce paquet impeccablement ficelé au père qui se demande comment il va faire pour ne pas le casser en mille morceaux.

— Mais non, vous allez voir, c'est costaud.

Les voilà dans une autre chambre à présent, aussi neutre que les précédentes, où l'infirmière fixe un capteur à l'index du nourrisson.

— C'est quoi ?

— C'est rien. Juste pour s'assurer que son cœur bat bien comme il faut. Je vais vous laisser maintenant.

— Vous déconnez ?

Christophe, le petit dans les bras, jette des regards affolés à cette femme pesante qui, elle, sait comment on s'occupe d'un enfant.

— Ça va bien se passer, dit-elle, inconséquente et convaincue. Vous allez voir. Vous allez prendre le coup.

Puis elle lui désigne une chaise et Christophe s'assied en douceur, précautionneux comme s'il tenait une bulle de savon entre ses bras. La sage-femme lui adresse cette moue des gens qui croient vous rassurer, bouche de canard et les yeux fermés, tout roule, vous allez voir.

Christophe se retrouve à nouveau seul avec le bébé. Il le regarde, occupé à dormir comme un forcené, et ce souffle ténu qui est tout ce qu'il a. Comment une telle créature peut-elle survivre ? Puis l'enfant s'éveille et semble chercher quelque chose de ses yeux incapables et sincères.

— Je suis là, dit Christophe à voix basse.

Les paupières battent.

— Je suis là.

Il passe son doigt sur le nez de l'enfant qui par réflexe ferme ses paupières.

On vient de frapper à la porte. Gérard Marchal paraît sur le seuil, les bras chargés, un large sourire sous sa moustache grisonnante.

— Ça va ?

Christophe fait signe que oui.

— Et la maman ?

— On s'en occupe. Elle a eu une césarienne.

— Aïe.

Le grand-père a fait deux pas dans la chambre. Il cherche un endroit où poser ses fleurs, les chocolats, l'énorme ours en peluche café au lait. Une fois les bras libres, il approche à pas menus.

— Je peux le prendre ?

Christophe hésite, puis se lève pour lui tendre l'enfant.

— Il s'appelle comment ?

— Gabriel.

— C'est un nom de fille, ça.

Le vieil homme a pris le bébé dans ses bras.

— Il a déjà une bonne petite tête de Marchal, dit-il en se penchant plus près, jusqu'à embrasser le mince bonnet de coton blanc.

Christophe n'a pas le cœur de le contredire.

— Dors mon biquet, reprend le grand-père, dors. T'as bien le temps, va.

17

Pour la fête de Noël, Erwann s'était adressé au meilleur traiteur de la ville et le buffet reflétait à lui seul les ambitions et les succès d'Elexia. Plateaux végétariens avec légumes de saison, plus de quinze variétés de fromages, des huîtres et des fruits exotiques, et tout un tas de mignardises alambiquées qui voisinaient avec des empilements de cadeaux vides, des bouteilles de bourgogne et des bassines de glace hérissées de bières locales.

Pour leur part, Hélène et Lison appréciaient surtout le Ruinart. Erwann s'était vanté d'en avoir commandé vingt cartons. Cadeaux clients. C'était déductible des impôts.

— Ça va être long ? demanda Lison.

— Plutôt, répondit Hélène.

Chaque fête de Noël débutait plus ou moins de la même façon. Dans l'*open space* aménagé en *dancefloor*, on alternait les commentaires pénétrés sur l'activité de la boîte et des propos plus badins. Ici et là, un histrion déclenchait des rires faciles. Des collaboratrices qui avaient réussi à caser leurs gosses montraient déjà les crocs, résolues à s'en payer une bonne tranche. Plus tard, elles seraient forcées de prendre un taxi et regretteraient le lendemain les excès de la veille, ce qui ne les empêcherait pas de remettre ça dès que possible. De leur côté, une poignée d'hommes à la mine verticale évoquaient l'avenir des voitures hybrides ou la politique monétaire de la BCE, incapables pour l'instant de se départir de leur allure compétente, tandis que les consultants juniors vibrionnaient gaiement, dissimulés et blagueurs comme des premiers communiants, avec au cœur l'envie de s'en coller une bonne et de baiser si moyen. Tout le monde était gai, tendu et méfiant.

Car à chaque fois, c'était pareil. Au milieu de l'hiver, il y avait ce traditionnel rendez-vous juste avant les congés de fin d'année où l'alcool coulait à flots et la pression se relâchait d'un coup. Il s'ensuivait des confidences malheureuses, des coïts honteux et parfois une maladresse qui pouvait ruiner devant la hiérarchie plusieurs trimestres d'efforts. Les plus raisonnables anticipaient d'ailleurs ces défaillances et s'étaient promis de partir tôt. Mais le vernis, quoi qu'il arrive, finirait par craquer. Depuis des mois qu'ils bossaient tous sans souffler, leurs *deadlines* en ligne de mire, pris entre les clients et leurs managers, déchirés entre leurs objectifs à remplir et les besoins à satisfaire, ils ne pouvaient espérer garder longtemps ce stoïque détachement.

— Et Erwann, il est passé où ?

Lison, qui portait ce soir-là un cardigan en angora sur un t-shirt des Ramones, se haussa sur la pointe des pieds pour mieux voir, mais sans succès.

— Il ménage ses effets.

— C'est pas bon signe.

— Non…

Un peu après vingt heures, la stagiaire brancha une paire d'enceintes à son téléphone et lança une playlist de sept heures qui s'intitulait *"turning shit into gold"* et de fait, l'ambiance s'en trouva notablement changée. Le taux d'alcool dans chaque organisme, clairement orienté à la hausse, vint en renfort et les gens se mélangèrent alors avec plus de hardiesse, se mirent à danser et parler plus fort, soudain tortilleurs et tactiles. Parrot lui-même semblait pour une fois avoir remisé son air de premier de la classe. Il se gaussait, ce qui donnait à son visage un aspect juvénile, et assez sexy pour tout dire. Hélène en profita pour l'aborder.

— Alors ? dit-elle.

Aussitôt, elle vit passer sur son visage la méfiance comme un coup de peigne, et il ne resta plus de son grand sourire qu'un pli ironique à la commissure.

— Alors quoi ?

— Je ne sais pas, minauda Hélène. On se parle jamais. Je me demandais si t'étais un homme heureux. Savoir comment ça se passait pour toi.

Ninon Carpentier et Karim Lebœuf, deux consultants juniors connus pour coller aux basques de Parrot en permanence dans l'espoir d'obtenir on ne sait quelle gratification, échangèrent un regard en biais et se planquèrent derrière leurs verres.

— Écoute, oui. On a plutôt fait des choses intéressantes pour l'instant.

— J'ai entendu parler de ton truc. Une offre premium grands comptes.

— Oui.

— C'est bien. Tu vas leur offrir quoi, des PowerPoint plaqués or ?

Parrot força son sourire, mais derrière la façade, Hélène pouvait presque entendre la mécanique tourner, les ressorts se tendre.

— Je veux juste qu'on soit prêts pour le deuxième semestre 2017. C'est tout.

— La présidentielle ? fit Hélène, soulevant un sourcil circonspect.

Parrot confirma son intuition d'un léger mouvement du menton.

— Et tu paries sur quoi ?

— Sur une surprise.

— Genre ?

— On verra bien, répliqua Parrot. Quoi qu'il en soit, l'État ne peut que réduire la voilure et se recentrer sur le régalien. L'État social de papa, c'est fini. C'est trop lourd, c'est trop lent.

— C'est trop cher surtout, coupa Hélène que cette averse de lieux communs irritait tout de même assez.

— Oui. C'est une question de ressources, évidemment. Je sais que ça planche partout sur les nouveaux équilibres. C'est là qu'on peut faire quelque chose de bien.

— C'est tes potes des cabinets qui t'ont raconté ça ?

Parrot fronça fugitivement le nez. Il peinait de plus en plus à masquer sa contrariété et ses deux séides convinrent qu'il était temps de se replier sur le buffet. Comme le brouhaha dans l'*open space* ne facilitait pas la conversation, Parrot se pencha à l'oreille de sa collègue.

— Je suis sûr que des opportunités de dingue se profilent. Les ministères se méfient de plus en plus de leurs administrations. La nouvelle génération qui bosse à haut niveau n'y croit plus. Chaque fois qu'ils auront besoin de gérer une crise, d'implémenter une réforme, quand ils auront besoin d'experts, ils préféreront recourir à des petites équipes.

— L'âge de la *task force*, résuma Hélène, ses yeux dans ceux de Parrot, vaguement flirtante.

Puis elle porta son verre à ses lèvres, ironique et pourtant sérieuse.

— On devrait peut-être bosser ensemble, fit Parrot.

— On innoverait tellement... Puis, après un instant de réflexion, Hélène reprit : Mais qu'est-ce qu'on va faire de tout ça en province ?

— Justement, c'est là qu'il y a le plus de business. Entre Paris et les territoires, ça passe plus. Les grandes régions doivent tout inventer. Les départements font la gueule parce qu'ils récupèrent les missions sans avoir les moyens qui vont avec. Les administrations territoriales tirent la langue. Les rivalités, la contraction des ressources, l'inertie, les problèmes structurels, c'est infini comme merdier. Ça fracture de partout. Dans les ministères, les mecs naviguent à vue. Je les ai vus faire. Ils ont besoin de poissons-pilotes, de courroies de transmission. Ils ont besoin qu'on leur fasse remonter l'info et qu'on aille faire le sale boulot.

— Ouais, le mercenariat de la matière grise. Ça fait juste vingt ans qu'on ne fait que ça.

— Oui mais version de luxe. Repackagée.

— Plus chère ?

— Comme toujours.

— Pas con.

Ils trinquèrent.

Trois coupes plus tard, Hélène s'avisa de l'heure et songea qu'à ce train-là, son retour à la maison pouvait s'avérer acrobatique. Elle consulta son portable. Philippe avait voulu la joindre à plusieurs reprises, ce qui la convainquit de prendre une coupe supplémentaire. À vingt-trois heures, Erwann restait toujours introuvable. La piste était désormais encombrée de danseurs, et l'impertinente stagiaire voulut se livrer à une expérience. Elle lança *Don't Be so Shy* d'Imany et enchaîna sur quelques autres titres également lascifs et tortueux. Très vite, les gens s'apparièrent et entreprirent de se frotter.

— Si on n'a pas une portée après ça, dit Lison.

Hélène sourit. Elle regardait la jeune fille, cette grande sauterelle qui ressemblait à un dessin, et la trouvait décidément très belle. Son élégance à peu de frais, son profil équin, ses cheveux superbes et l'écart entre ses yeux, tout chez elle rendait une impression d'enviable singularité. Sans se l'avouer, Hélène était fière d'être dans les petits papiers de cette jeune fille qui semblait à la pointe de l'époque. L'ivresse aidant, elle la cherchait de l'épaule, et avait un peu envie de l'embrasser.

— Tu veux danser ?

Elles se retrouvèrent toutes deux sur la piste, la stagiaire ayant même brièvement pris sa cheffe par la main. Comme Hélène portait des talons, elle n'avait rien à envier à la taille de Lison et elles se mirent à onduler, se donnant mutuellement en spectacle, leurs regards se trouvant par instants, évasifs mais lourds d'intentions. Hélène avait horriblement besoin de plaire.

Pourtant, depuis qu'ils se voyaient avec Christophe, elle s'était beaucoup rassurée sur ce point. Bien sûr, elle n'était pas plus conne ou aliénée qu'une autre et n'avait nullement besoin du regard d'un mec pour exister. N'empêche, ça lui faisait du bien, voir comme sa queue était dure parce que son cul, sentir comme il devenait féroce et doux, ses grosses épaules, son ventre collé, les grands coups loin au fond, parce qu'elle était nue et ouverte pour lui. Elle était belle, la preuve.

Ce qui était plus emmerdant en revanche, c'était le retour sur terre, en famille, le train-train avec Philippe. Ce qui d'ordinaire l'irritait un peu sur les bords était devenu presque intolérable. Ses absences pour cause de boulot et la manière dont il se défilait systématiquement dès qu'il fallait faire à bouffer ou baigner la petite. Des phrases autrefois anodines du type "Ce serait bien que t'appelles les Menou pour qu'on fasse un dîner" étaient devenues son détonateur. Les disputes s'étaient donc multipliées.

— Mais qu'est-ce que t'as en ce moment ? faisait Philippe.

Cette question aussi la rendait dingue.

Au fond, les vieilles amours étaient comme ces tapisseries décaties aux murs des châteaux forts. Un fil dépassait, vous tiriez dessus par jeu, et tout se détricotait dans la foulée. En un rien de temps, il ne restait plus que la trame, les manies et les névroses à découvert, le rêve agonisant en ficelles sur la moquette. Et pour remédier à la chose, les psys n'étaient d'aucune utilité, leur replâtrage narcissique restait vain. Aucune cure ne pouvant rapiécer ces loques. Il aurait fallu pour bien faire revenir en arrière, effacer ces vingt années de vérité en retard qui venaient de vous exploser en plein visage.

Mais le pire, c'était encore avec les filles.

Un soir de la semaine précédente, Hélène avait profité d'une absence de Philippe pour organiser une soirée télé. C'était une vieille habitude dans la famille. Quand maman avait la flemme, on pouvait manger des tartines avec du chocolat chaud devant un dessin animé. Mouche avait sauté de joie et Clara sobrement observé que c'était cool. Toutes trois s'étaient donc retrouvées sur le canapé qu'Hélène avait pris soin de recouvrir d'un plaid, les accidents de Nutella n'étant pas rares. Mouche avait fait un peu de *drama* pour le choix du programme, mais Clara s'était montrée intraitable. Et pour la centième fois, on avait donc eu droit au DVD de *Madagascar*.

— Encore ? s'était désolée Hélène.

— Jusqu'à la mort, avait répliqué Clara.

Ce qui avait fait rire sa mère.

Pour Noël, son aînée avait demandé un smartphone. De plus en plus, elle la sentait happée par le monde au-dehors. À la sortie du collège, Clara avait maintenant le droit de zoner avec ses potes une petite demi-heure et pendant le week-end elle la laissait se rendre toute seule dans un petit parc voisin où ils se retrouvaient à trois ou quatre. Hélène était allée les épier une fois, une poignée de préados serrés les uns contre les autres sur un banc, tous recroquevillés, rieurs, les chevilles nues, pas d'écharpe, bizarrement câlins et dans leur bulle. À part ça, Clara faisait un peu de skate et cartonnait comme une bête en classe, dix-huit et demi de moyenne générale, sans avoir besoin d'aide pour les devoirs ni rien. Elle avait lu la saga *Harry Potter* au moins trois fois et commençait à vouloir acheter ses vêtements sur Vinted. Dans à peine plus de deux ans, elle serait au lycée. Puis le bac et ce serait déjà fini. Regardant ses filles absorbées par l'écran de télé, Hélène s'était demandé ce qu'elle était en train de faire. À quel gâchis elle se préparait. Les jours s'enchaînaient si vite, les semaines puis les années, dans ce claquement de doigts d'une vie tous ensemble. Les enfants qui dépendaient au départ si fort de vous, jusqu'à vous rendre cinglé, l'usure de la disponibilité, le lait et la sueur, et puis qui commençaient un beau jour à se détacher, devenaient peu à peu des presque étrangers. Clara avait maintenant douze ans, Mouche presque huit. Et leur mère voyait un mec en cachette. Le drame était là, au bout des doigts. À un moment, c'est sûr, il y aurait une déflagration et des choses seraient abîmées pour toujours. Hélène avait alors ressenti une telle bouffée d'angoisse qu'elle avait dû se réfugier dans la cuisine pour reprendre son souffle. C'est là qu'elle avait reçu un nouveau message de Christophe.

Un émoticone qui envoyait un cœur du bout des lèvres.

Depuis le canapé, Mouche avait crié : Maman vite ! et Hélène avait mis son téléphone sur mode avion, avec un rien de dépit. Elle avait rejoint ses filles et Mouche s'était pelotonnée tout contre, se tripotant machinalement les pieds et portant de temps à autre un doigt à ses narines pour renifler l'odeur suave glanée entre ses orteils, ce qui révoltait sa sœur, mais ça n'avait pas d'importance et elles avaient passé la soirée ainsi, comme avant, dans le coton des habitudes, le feu doux des heures rejouées.

Au moment du coucher, après l'histoire, Hélène avait cédé à sa cadette qui chaque soir inventait un nouveau stratagème pour garder sa mère un peu plus longtemps auprès d'elle. Elle s'était glissée sous la couette et Mouche, les yeux au plafond, avait repris l'une de ses habituelles litanies.

— Je veux pas que tu meures, maman.

— Moi non plus.

— Ou dans très très longtemps.

— Oui voilà.

— Dans deux cent cinquante millions de milliards d'années.

— Bon, on va éteindre.

Et du coq à l'âne, la petite fille avait demandé :

— Tu crois que ça existe les poules zombies ?

— Pourquoi tu me demandes ça ?

— Comme ça.

Dans son lit, Hélène avait essayé de lire un peu, mais elle n'avait pas la tête à ça. Cinq romans sur sa table de nuit, tous entamés et qu'elle ne finirait sans doute jamais, démontraient assez que le problème n'était pas nouveau. Elle avait donc repris son téléphone et tout oublié en échangeant des messages avec Christophe. Quand elle avait entendu la voiture de Philippe dans l'allée, elle avait éteint la lumière et feint de dormir. Plus tard dans la nuit, Mouche avait eu un cauchemar et il avait fallu se relever pour la rassurer et lui faire boire un peu d'eau. Hélène s'était une fois encore glissée dans son lit, pour ne plus fermer l'œil. Contre elle, elle avait senti le petit corps brûlant et si plein de confiance. Elle pensait à Christophe. À ses filles. Ce genre de trucs la démolissait.

— Tiens, le voilà.

Erwann venait de faire son apparition, tout sourire, majestueux et le soulier pointu, portant cette fois sous sa doudoune une chemise à boutons de manchette.

— Il est presque une heure, fit Hélène en regardant son téléphone. Il s'emmerde pas.

En l'absence du boss, les gens s'étaient considérablement dissipés et la fête avait pris un tour assez alarmant, les convives fumant dans l'*open space* sans souci du règlement intérieur et se trémoussant avec hargne sur le sol poisseux d'alcool et jonché de paillettes, une collègue facétieuse ayant trouvé bon d'en jeter quelques poignées au moment où la playlist passait par la case Britney, si bien qu'on en voyait luire un peu partout, jusque dans les cheveux et les décolletés. Lison s'en était même collé sur les pommettes. L'apparition d'Erwann provoqua là-dedans un bref remous, mais les salariés d'Elexia étaient trop bourrés pour s'en soucier vraiment et le désordre reprit de plus belle. Le nouveau venu trouva d'ailleurs très vite sa place sur la piste, son ventre mérovingien prenant la lumière tandis qu'il pivotait sur ses semelles de cuir tel un danseur de twist. Hélène le regardait de loin, se demandant ce qu'il pouvait mijoter. À la première occasion, elle l'alpagua :

— Alors ?

— Alors quoi ? fit Erwann, rayonnant.

Sa barbe était plus fournie que d'ordinaire et lui donnait une allure hipster assez déroutante.

— T'étais passé où ? On espérait un petit discours, nous.

— Ah ras-le-bol des discours ! dit-il en levant les yeux au ciel. J'arrête !

Lison restait un peu en retrait, sa paille entre les lèvres, ironique par nature. Erwann lui jeta un coup d'œil fugace, puis revint à Hélène.

— J'ai eu vent de tes prouesses à l'ARS, au fait. Bravo. C'est bien.

— Merci.

— Non, vraiment.

— Merci vraiment.

— Bon... On crève ici, dit-il, et il retira sa doudoune, faisant signe à Parrot qui se trouvait avec sa garde rapprochée devant le buffet.

— Je te laisse. Amusez-vous bien.

— Quel blaireau ! osa Lison.

— Vas-y doucement, quand même. On n'est pas au lycée.

Lison se mordillait l'intérieur de la joue, ne quittant pas des yeux le gros homme qui, une flûte à la main, jerkait maintenant avec ostentation.

— Je sais pourquoi il veut pas faire de discours.

— Comment ça ?

— Parrot va devenir associé.

— Quoi ?

— En janvier.

— Comment tu sais ça ? demanda Hélène, arrimée à son verre et les jambes soudain flagadas.

— Tout le monde le sait.

Ce fut comme un courant d'air entre les deux femmes. Aussi sec, Hélène sentit les effets du champagne refluer et ce qu'il y avait en elle de disponible et de moelleux se pétrifia.

— Je savais pas comment vous le dire, ajouta Lison.

Mais Hélène ne l'écoutait plus. Elle fixait maintenant ces deux hommes, l'ogre roux et débonnaire, son acolyte tiré à quatre épingles, monsieur parfait avec son entregent et son CV *nec plus ultra*. Elle réfléchissait à toute vitesse. C'était toujours la même histoire depuis le BDE, les couilles entre elles, les mecs qui se serraient les coudes et trouvaient toujours un truc pour se justifier derrière. Elle vida son verre, prit tout de suite une autre coupe. Ce qu'elle aurait voulu là, maintenant, c'est leur péter les genoux à coups de masse.

L'heure qui suivit fut plutôt décousue. Buvant toujours, Hélène fut gagnée par une humeur à la fois joyeuse et vindicative. Puis elle rejoignit sur la piste plusieurs collègues qui avaient tombé la veste et se dandinaient comme des danseuses orientales, des auréoles sous les bras et les cheveux collés. Finalement, elle jeta son dévolu sur le petit Morel, un garçon plutôt mignon avec une coupe de navigateur au long cours, brun frisé, remarquablement inoffensif et dont la meuf venait de se lancer tout récemment dans une activité de naturopathe freelance. Elle le chauffa un moment, jusqu'à ce qu'elle n'en puisse plus et soit forcée d'aller pisser.

Les toilettes des femmes étaient naturellement blindées, elle se faufila dans celles des mecs, s'enferma dans une cabine, s'assit sans même prendre la peine d'essuyer la cuvette et pissa dru, un vrai jet de pouliche, tendu et interminable, revenant progressivement à elle tandis qu'elle contemplait le fond de sa culotte entre ses chevilles. Elle resta là un bon moment, amère, engourdie, se tenant la tête à deux mains sans pouvoir se relever. Puis, elle prit le temps de se laver les mains avec soin, refit son chignon. Il fallait fuir cette horrible impression de ratage, de tout ça pour ça. Elle serrait les lèvres. Erwann fit alors irruption.

— Oups…, dit-il en se dressant instinctivement sur la pointe des pieds.

— Tu tombes bien, cingla Hélène.

Le sourire d'Erwann disparut aussitôt. On retombait dans le dur, le hiérarchique.

— Tu comptais me le dire quand ?

— Quoi ?

— Fais pas l'idiot.

Après une seconde de flottement, son boss enchaîna avec une fade neutralité.

— J'attendais le bon moment.

— Tu te fous de moi. Tout le monde est au courant.

— Que veux-tu que je te dise ? Les gens parlent. Je peux pas maîtriser toute la communication dans cette boîte.

— Explique-moi ce que je fous là.

Ils gardaient leurs distances. Chacun savait que malgré l'alcool et l'heure tardive on venait de replonger en pleine vie pro. Les mots qui s'échangeaient maintenant pourraient être reprochés plus tard, finir devant un tribunal, dans une procédure, donner un jour ou l'autre matière à des avocats.

— Je comprends pas ce que tu veux dire, répondit Erwann.

— Je bosse ici depuis trois ans. Je suis la cadre la plus capée, celle qui ramène le plus de chiffre. J'ai jamais merdé. Je suis sur le pont du matin au soir. Alors c'est quoi cette embrouille ?

— Jean-Charles pouvait payer son ticket d'entrée, c'est tout.

— C'est une histoire de pognon ?

— Principalement.

— Il apporte combien.

— Cent mille.

Effectivement, Hélène ne s'était pas attendue à un montant pareil.

— J'aurais pu faire autant.

— C'est pas ce que j'ai cru comprendre.

Une douleur traversa la poitrine d'Hélène et elle sentit son visage prendre une teinte cramoisie.

— Qu'est-ce que tu veux dire ?

— Rien.

— T'as parlé à Philippe ?

— Non.

Mais c'était la seule explication possible.

— Qu'est-ce qu'il t'a raconté ?

— Rien, je te dis.

Elle fit deux pas trop vifs dans sa direction et dut prendre appui sur la faïence des lavabos pour conserver son équilibre.

— Je veux savoir.

— J'ai rien de plus à ajouter. De toute façon, c'est pas une question de pognon.

— Alors quoi ?!

La colère avait jailli d'un coup, à tel point que ses yeux s'embuèrent. Erwann y trouvait son compte : ça confirmait bien son sentiment.

— On va pas parler de ça dans les chiottes, dit-il. T'es pas en état de toute façon. On verra lundi.

— Attends.

Les yeux fermés, elle rassembla ses forces. Il fallait refuser les cris et les larmes. Toute sa vie, elle s'était battue contre ça, la logique des trémolos. La digue tiendrait. Elle gonfla sa poitrine d'air et reprit calmement.

— Je pense que tu me dois une explication quand même. L'arrivée de Parrot n'a rien à voir. Je peux toujours devenir associée.

Erwann passa une main embarrassée dans sa tignasse rousse, puis sur son visage. Il aurait bien aimé que quelqu'un ouvre la porte et le libère de ce désagréable huis clos.

— Ça m'ennuie de dire ça. Mais je pense que t'es plus en mesure d'assumer.

Hélène, alors, décrocha. Elle avait reconnu cette phrase, de celles qu'on lui avait tant répétées après son burn-out. Il faut vous ménager. Je pense que vous n'êtes plus en état. On va vous soulager. Tout ce vocabulaire du soin et des précautions qui n'était jamais qu'une manière de vous mettre hors-jeu. Entendre ces mots-là signifiait que vous n'étiez plus la machine de guerre attendue. Restaient l'infirmerie et les positions subalternes. Vous faisiez désormais partie des fragiles.

— Tout le monde te veut du bien, poursuivit Erwann, impitoyable. C'est pas contre toi. Mais t'as clairement la tête ailleurs.

Erwann ne voulut pas préciser ce qu'il entendait par là, et elle resta seule dans les chiottes des hommes.

Plus tard, elles montèrent sur le toit de l'immeuble avec Lison pour fumer une dernière cigarette. La nuit tirait à sa fin et la ville silencieuse, à leurs pieds, semblait remarquablement docile et mal rangée. On aurait dit qu'un joueur de Lego était allé se coucher en laissant derrière lui un paysage d'après-guerre, une cité hâtivement remise en état où se mêlaient sans recherche des héritages et des laideurs, le souci disséminé du beau et partout l'empire de l'utilité immédiate.

— Qu'est-ce que tu vas faire ? demanda la stagiaire.

À nouveau, le tutoiement. Il était si tard à présent.

— J'en sais rien.

— Tu vas en parler à ton mec ?

— Bien obligée. Je dois savoir ce qu'il a raconté à ce gros con. Ça me rend folle de penser qu'ils ont discuté dans mon dos.

— Tu crois qu'il est au courant ?

— De quoi ? fit Hélène.

— Pour Christophe ?

— Peut-être. Pourtant je fais super gaffe. J'efface tous les messages au fur et à mesure.

— Il suffit d'un truc dans ton historique. Ou d'avoir oublié de déconnecter Messenger.

— Ouais…

— Personne peut se cacher. On laisse trop de traces.

Pour accompagner ses propos, Lison avait fait cette drôle de petite mine déconfite et souriante, un peu comme si elle annonçait à une enfant que la petite souris ne passerait plus.

— Tu comptes faire quoi avec ce mec ?

— J'en sais rien du tout. Je sais plus où j'en suis.

Lison attendit un moment avant de poser la vraie question, celle qui au fond la taraudait.

— Et les deux autres, Erwann et Parrot ?

— Ben quoi ?

— Tu vas les laisser s'en sortir comme ça ?

— Qu'est-ce que tu veux que je fasse ? Y a pas de lois contre les connards.

Lison se tut, mais elle avait sa petite idée. D'une pichenette, elle balança sa clope dans le vide et les deux femmes la suivirent du regard, petit point rouge, jaune et vibrant que la nuit happa.

En rentrant, Hélène réveilla Philippe qui maugréa bien un peu mais finit par écouter ce qu'elle avait à lui dire. Assise au bord du lit, elle lui posa trois questions auxquelles il fallut bien répondre. Oui, il savait qu'elle baisait avec un autre mec. Oui, il en avait parlé à Erwann, c'était son pote après tout. Oui, il savait que Parrot devenait associé dans la boîte. De toute façon, depuis son "craquage", il sentait bien que les choses n'étaient plus comme avant avec Hélène.

Ils parlèrent pendant près de deux heures, à voix basse pour ne pas réveiller les petites et, pour la première fois depuis des lustres, s'efforcèrent de se montrer sincères, sans y parvenir vraiment, chacun se ménageant des angles morts, s'arrangeant avec les faits, moins pour sauver les meubles que pour s'assurer un rôle admissible dans cette comédie.

— Tu veux qu'on se quitte ? demanda Philippe.

— J'ai pas dit ça.

— Tu veux quoi au juste ?

— Je voudrais que t'arrêtes de te foutre de moi.

Philippe voulut bien admettre qu'il passait trop de temps au bureau, et qu'il le faisait parce que leur vie de famille le gonflait. Oui, il avait du mal avec l'intendance, les trucs domestiques. Toute la journée, il dirigeait vingt personnes, gérait des centaines de milliers d'euros, alors quand il fallait rentrer à la maison et demander cent fois à Mouche de ranger ses chaussettes, il se sentait un peu sous-employé. Effectivement.

— Alors que, moi, c'est pile mes compétences, commenta Hélène, platement.

— J'ai pas dit ça.

En revanche, quand elle lui demanda s'il la trompait, elle eut droit à la danse du serpent. Il se tortilla tant et si bien qu'à la fin, elle préféra laisser tomber. Ce n'est même pas qu'il l'irritait. Ses manières la mettaient mal à l'aise.

De son côté, elle admit avoir cherché une échappatoire à sa routine, reconnut aussi qu'elle avait menti et se trouva des excuses qui n'étaient guère plus reluisantes : le temps qui passe, sa négligence à lui, la manière dont il la regardait, l'impression de faire partie des meubles.

— Je t'ai toujours soutenue. Je t'écoute. On baise toujours bien. On s'entend sur tout. On est d'accord sur tout. C'est quoi ton problème ? demanda Philippe, pour qui cette conversation devenait de moins en moins compréhensible.

Hélène hésitait. Était-ce une si bonne idée de déterrer tous les cadavres au milieu de la nuit ? Elle mesura ses chances et les risques encourus. Sous ses fesses, l'extrême confort du matelas Simmons plaidait plutôt pour le statu quo.

Ensuite, la conversation tourna à la négociation. Chacun échangea des efforts contre des gains, des changements contre des promesses. Hélène se sentait vide, le cœur sec. Cet homme ne lui faisait plus rien. Elle n'avait plus envie de le toucher ni de parler avec lui. Ils baisèrent quand même pour se rassurer. À la fin, complètement épuisés, ils s'endormirent côte à côte. Au matin, Hélène trouva un post-it dans la cuisine avec un petit cœur et se détesta.

De son côté, Lison regagna son appartement où l'attendait Faïza, sa colocataire. Depuis quelque temps déjà, cette dernière avait pris l'habitude de travailler la nuit et de dormir pendant la journée. Ce rythme s'était imposé après cinq années consacrées à une thèse de droit sobrement intitulée : *Management et compliance : pour une approche juridique des règles de distribution du pouvoir dans l'entreprise.* À présent, il ne lui restait plus que deux mois de travail, c'est en tout cas ce qu'elle prétendait, et elle ne voulait pas prendre le risque de se déboussoler si près du but en réalignant son agenda sur le fonctionnement général. Aussi, quand Lison rentrait tard, les deux filles prenaient-elles le thé et papotaient-elles longuement, comme s'il avait été dix-sept heures. Elles évoquaient alors leur journée, les gens qu'elles côtoyaient, les livres qu'elles avaient lus ou avaient envie de lire. Elles ne parlaient presque jamais de garçons. Lison vapotait non-stop. Les mots filaient vite. Il était question de Marx, d'Edith Wharton, de Mona Cholet et d'Emmanuel Guibert, de cuisine orientale et de *Ballast*, revue à laquelle Faïza avait contribué à deux reprises, de Jhumpa Lahiri et de Beyoncé. Si Hélène avait vu Lison dans ces moments-là, elle n'aurait pas reconnu sa stagiaire.

Mais cette fois, en dépit de leur complicité, Lison préféra ne rien dire à Faïza de ce Noël d'entreprise orgiaque ni des déconvenues de sa cheffe. Un peu après six heures, elle annonça qu'elle allait se coucher, prit une douche et se glissa dans ses draps.

Là, son téléphone en main, elle envoya un message à Erwann *via* WhatsApp, juste un petit coucou. Et le même à Parrot. Ce dernier ne répondit pas avant plusieurs heures, mais Erwann répliqua presque aussitôt :

— Salut…
— Vous dormez pas.
— Non et toi ?

— J'ai pas trop envie.

Et après quelques secondes d'hésitation, Erwann osa :

— Ah… T'as envie de quoi ?

À partir de là, Erwann se mit à la draguer sans vergogne. Lison joua pendant un bon moment, esquivant et piquant telle une abeille. Puis ce petit manège reprit le lendemain, et se poursuivit les jours suivants, avec Parrot également, même si ce dernier était un peu plus sur la réserve, et moins candide quant à l'usage des réseaux. Lison avait demandé à chacun de garder le secret. Elle leur adressa des photos d'elle dans sa salle de bains, des compliments, partagea des confidences et des fantasmes, et les fit progressivement monter comme de bons gros gâteaux pleins de levure. Au bout d'une semaine, les deux hommes ne débandaient plus.

18

Dès le départ, Christophe avait su que ce serait une saison compliquée et, en janvier, le coach le convoqua dans son minuscule bureau pour une mise au point :

— Le président du club me met la pression pour que je te fasse jouer. Il pense que ça nous fera de la pub. Il pense surtout que, vu nos résultats, ça sert à rien de te laisser sur le banc. Enfin bon… Je vais te donner du temps de glace. Mais j'ai besoin que t'arrêtes tes conneries.

Christophe ne fit pas semblant, il savait exactement à quoi Madani faisait allusion. Depuis la reprise, il avait loupé plusieurs entraînements et pas perdu un gramme. Il continuait à passer régulièrement chez Marco pour des apéros qui n'en finissaient pas, surtout depuis que le gosse était parti et que son père se trouvait à l'Ehpad.

Au départ, le vieux s'était beaucoup débattu. Il s'était même sauvé et on l'avait retrouvé en robe de chambre, à trois kilomètres des Églantiers, sur la route de Cornécourt. Il en avait été quitte pour une bonne crève.

Cela dit, l'établissement était très propre, sa chambre correcte et il avait pu y apporter quelques-uns de ses meubles. Christophe avait dû remplir pas mal de paperasse et attendre longtemps au téléphone en écoutant du Vivaldi avant d'obtenir l'allocation personnalisée d'autonomie et l'aide personnalisée au logement. Mais il n'était même pas certain que ça suffise. Il faudrait peut-être vendre la maison et vider les comptes, tout dilapider pour ces quelques années terminales. Dire que son vieux s'était échiné quarante ans, et que tout finirait dévoré par les soins, le patrimoine muté en toilettes intimes, petit-suisses et divagations dans le parc arboré.

En revanche, les Églantiers n'acceptaient pas les animaux de compagnie, ce qui avait beaucoup coûté au vieil homme. Christophe l'avait vu pleurer parce que le chat devait rester à la maison. Lui jadis si intraitable ; c'était encore une bien cruelle trouvaille, comment l'âge sapait vos résistances et ruinait vos forces. Passé un certain cap, se retenir de pisser ou de chialer, de s'endormir ou de trembler, tout cela devenait d'une extrême difficulté. Et Christophe, en regardant sa propre main sur le volant quand il conduisait, en constatant un poil inédit sur son oreille, ou le changement qui s'accomplissait sur sa peau, moins fine, plus sèche, se disait, voilà, je suis sur la pente, rien vécu et déjà tout démarre.

La neuropsy avait prévenu Christophe : en général la situation se dégradait très vite pour les patients comme son père dès lors qu'ils vivaient en institution, loin de leurs repères et de leurs habitudes. Ils avaient fait ce qu'ils avaient pu pour reculer ce moment, et Christophe avait espéré longtemps qu'une sorte d'accident providentiel leur éviterait d'en arriver là. Mais après la visite du vieux chez les parents de Kylian, il n'avait plus eu le choix. D'ailleurs, les flics continuaient d'instruire une plainte pour menace et intimidation, même si on les imaginait mal embarquer Gérard Marchal dans son état.

Au départ, Christophe était venu lui rendre visite presque tous les jours. Le vieil homme réagissait peu. Suite à sa fugue, on lui avait prescrit des anxiolytiques, des sédatifs pour l'aider à dormir, toutes sortes de saloperies qui le laissaient KO. Il luttait néanmoins pour se maintenir éveillé, son peu de cheveux hirsutes autour du crâne, l'air d'un oisillon tombé du nid, les lèvres prises dans une sorte de bourdonnement continu sous sa moustache. Christophe s'asseyait en face, près de la fenêtre. Dehors, il faisait déjà nuit. Des femmes agiles et pleines d'entrain passaient parfois une tête pour demander s'il avait bien mangé son potage. Le fils peignait les cheveux du père, coupait ses ongles, le regardait manger, espérait voir un peu de couleur paraître derrière ce mur immense de la vieillesse. À chaque fois, il en sortait un peu sonné. Il avait passé des coups de fil à son frère pour le prévenir, et qu'il participe lui aussi aux frais, mais le numéro n'était plus attribué. Il l'avait cherché sur le Net, les réseaux sociaux, en vain. Il devait se démerder tout seul.

Puis vers le début du mois de mars, il avait retrouvé son père dans la chambre d'une autre résidente. Assis l'un près de l'autre, ils écoutaient la radio sur un petit poste, en sourdine, l'air à la fois concentré et ailleurs.

— Salut, papa.

Le père avait souri. Il semblait mieux, moins amorphe en tout cas. Il avait dit bonsoir à cette dame un peu forte qui avait souri à son tour puis avait rejoint sa propre chambre avec son fils.

— C'est qui ?

— Qui ?

— Cette femme avec toi.

— Oh personne. Elle est venue me chercher. Je lui avais rien demandé moi.

Impossible d'en apprendre davantage.

Le lendemain, il avait trouvé son père à la même place, auprès de cette femme inconnue qui croisait les mains sur son ventre. Cette fois, ils écoutaient la radio un peu plus fort, une émission de débat où il était question de François Fillon et de sa femme. Christophe s'était renseigné auprès d'un membre du personnel soignant.

— C'est Mme Didier. Elle aime bien venir chercher d'autres pensionnaires.

— Et qu'est-ce qu'ils fabriquent ?

— Rien de spécial. Ils passent le temps.

Dès lors, chaque jour ou presque, il avait retrouvé son père en compagnie de cette femme qu'il avait fallu apprendre à connaître. Toute sa vie, elle avait travaillé pour l'administration fiscale, en région parisienne, dans le Gard puis à Épinal pour finir, accédant à des postes à responsabilités dont elle se flattait encore. C'était une femme montée sur des jambes monolithiques, coquette, qui refusait de porter des pantoufles et veillait à sa mise en plis. Sur sa table de nuit, une famille souriait dans une série de petits cadres argentés, des quadras, des adolescents et des enfants plus petits. Il n'y avait en revanche pas trace d'un mari.

— Mais qu'est-ce que vous vous racontez toute la journée ?

— Rien de spécial, disait le père. Et Gabriel, quoi de neuf ?

— Il est chez sa mère, tu sais bien.

— Bien sûr.

De fait, son père et Mme Didier se contentaient d'écouter la radio, RTL le plus souvent. Ils ne faisaient rien de mal. Christophe avait pu espacer ses visites.

Du côté des copains, les choses avaient également connu de notables évolutions. Greg et Jennifer avaient finalement décidé de garder le bébé, ce qui bouleversait ce pauvre vieux Marco.

— T'es un malade mental, se lamentait-il en songeant à la vie qui attendait son ami.

— Ouais, j'sais, répliquait Greg, pour le provoquer.

La naissance était prévue pour le mois de juillet et Jennifer avait organisé la distribution des tâches en fonction. Greg se chargeait ainsi de leur trouver un F3 susceptible d'accueillir toute la petite famille, Bilal y compris, même si ce dernier restait assez réfractaire au tour pris par les événements. Quant à elle, elle se réservait la planification du mariage.

— Et il va se marier en plus, poursuivait Marco, sidéré par tant de déraison.

Et c'était effectivement dingue de voir à quel point ce mec jusque-là totalement irresponsable et qui passait son temps fourré chez sa mère venait de grandir d'un coup. Il s'était inscrit dans une auto-école, prenait des leçons de code, bossait de nuit histoire de gonfler son salaire et regardait sur Leboncoin les bagnoles d'occasion. Pour la première fois de sa vie, il voyait plus loin que le week-end à venir et lui, qui avait semblé le plus branleur des trois, s'avérait finalement le seul adulte. Ce qui ne suffisait pourtant pas pour dénicher un appartement lorsqu'on n'avait pas le moindre sou de côté et qu'il fallait régler une caution correspondant à deux mois de loyer.

— Moi, je peux contribuer un peu, avait dit Marco. Même si tu fais une belle connerie.

Greg s'était tourné vers Christophe.

— C'est compliqué pour moi.

Évidemment, avec son vieux à l'Ehpad, le gosse parti loin et un salaire qui n'était pas non plus mirobolant. Greg et Marco s'étaient dispensés de faire des commentaires. Et puis, en vertu d'une association d'idées plutôt maladroite, Greg avait demandé :

— Et ta copine ?

— Quoi ma copine ? avait dit Christophe.

— Non mais je me disais, qu'est-ce que ça devient ton histoire ?

— Ça va.

Greg avait insisté :

— Elle se sépare toujours ?

— C'est en cours.

— Et elle voudrait pas venir ?

— Venir où ?

Christophe ne pouvait pas s'empêcher de prendre ce genre de questions pour des attaques subliminales. Sans doute parce que sa relation avec Hélène avait pris un tour moins évident.

Au départ, tout avait été si simple. Il y avait eu les cinq à sept à l'hôtel, les textos à longueur de temps, la nouveauté, baiser comme des ados, le corps de l'autre tellement à découvrir, tout le travail de mise au diapason, geste à geste, les emboîtements les meilleurs, s'accorder sur le mouvement, les stations, le repos, le fourmillement des baisers et rester là, étendus et cassés sur les draps, les mots qui passent de bouche à bouche, jambes emmê-lées et le dos en sueur.

Il y avait eu les cachettes et les messes basses, s'attendre quelque part, oser un restaurant dans un petit village, ou un routier qui a bonne réputation. Plus tard des fruits de mer, une vraie nuit dans un bel hôtel de la Forêt-Noire, une première gueule de bois, baiser encore au matin, les yeux fermés, sans oser s'embrasser parce qu'on a une haleine de l'enfer mais que le ventre peut tout. Apprendre à utiliser les mêmes mots, penser à elle sans cesse parce que le monde fourmillait de signes où elle se trouvait à chaque fois, savoir ses routines et ses horaires, l'écouter au téléphone tard le soir après une dispute avec son mec, ou parce que Clara ne foutait plus rien à l'école et que c'était peut-être de sa faute. Lui dire mais non, très bas, tu n'y es pour rien. Sentir la fourrure en soi, l'infinie douceur qui par moments tapisse tout l'intérieur.

Et puis une fois que le couple d'Hélène avait commencé à se décomposer, Christophe n'avait plus été si sûr. Est-ce qu'il allait devoir s'impliquer ? Est-ce qu'ils allaient devenir un couple, vivre ensemble, partager une chambre, une salle de bains, leurs voitures, des vacances ? L'idée avait de quoi foutre les jetons.

Mais le vrai problème résidait ailleurs.

À l'adolescence, aimer relevait de l'évidence. Une meuf passait, vous la trouviez belle à crever. Dès lors, chaque fois que vous la croisiez, c'étaient les mêmes symptômes, mal au bide, les mains moites, incapable de dire trois mots, et puis que ça en tête, la maladie totale. Vous maniganciez des plans déments pour lui parler. Le soir en secret, vous écoutiez de la musique au casque en vous faisant des films. Finalement, vous finissiez par l'aborder, et si vous ne vous preniez pas un râteau direct, débutait la période des points communs. C'était fou les coïncidences tout à coup, les passions partagées, les haines identiques. On s'étonnait d'avoir pu exister l'un sans l'autre alors qu'on était Gémeaux à tel point. On se tenait la main, on se cherchait dans la cour et, avec un peu de chance, on finissait par coucher et puis d'un jour à l'autre, pschitt, les choses se dégonflaient pour recommencer plus loin. L'amour était tragique et temporaire. Le désir infini mais lisse. On appartenait alors à un monde aménagé pour soi, plus ou moins.

Au fond, Christophe avait connu ça longtemps, les flambées, les fixettes, et Charlie avait occupé dans sa vie un rôle intermittent mais toujours clair, celui de l'âme sœur, jusqu'à leur séparation en tout cas.

Mais à présent, il ne savait plus si bien. Quelque chose était changé. Peut-être que c'était l'âge ou des blessures mal guéries. En tout cas, il n'était plus à vif comme par le passé. Ses élans n'avaient plus rien de leur caractère limpide. Il se traînait désormais, lourd d'un désir qui ressemblait à un soc. Tout en lui était devenu plus large, ses épaules, sa taille, son besoin des femmes. À l'éclat net d'autrefois s'était substitué un je-ne-sais-quoi de rauque et d'inquiétant. Il regardait les minettes et se disait merde, plus jamais, et ce deuil attisait en lui des sentiments mauvais. Il pensait à leurs jeunes culs, aux garçons qui avaient le droit, aux étreintes sans froissures, à la beauté de leurs corps intacts qui n'étaient plus pour lui. Se levaient alors dans sa poitrine de mornes passions, un frémissement incommodé à l'encolure.

Longtemps, les filles avaient recherché sa présence. Elles l'avaient dragué dans les bars. Elles l'avaient flatté de leurs regards, avaient crié son nom dans les tribunes. Il s'était senti mignon et à égalité. Il avait eu le choix. Il avait même pu faire le difficile.

Et sans prévenir, ce moment s'était achevé. Désormais, leurs yeux glissaient sur lui sans même le voir et quand c'était son tour de fixer une meuf dans un magasin, dans la rue, il la voyait détourner le regard, mal à l'aise et inquiète. C'est ainsi qu'on se retrouvait vieux salaud, exilé de la jeunesse du jour au lendemain. On n'existait plus pour les jeunes filles. Il fallait se rabattre bien souvent sur internet et se soulager pauvrement, comme à quatorze ans. Au moins, l'offre s'était considérablement étoffée. Mais on n'était pas fier, à quarante balais, quand on était père et qu'on avait une vie d'adulte, de taper rousse, beurette ou interracial dans une barre de recherche.

Ces changements inspiraient pas mal de dépit à Christophe, mais il ne se prenait pas la tête outre mesure. Cette sorte de relégation était un emmerdement parmi d'autres, la vie n'en manquait pas. Seulement, il ne se sentait plus capable de dire je t'aime. Ces mots étaient comme des poissons hors de leur bocal. Peut-être qu'ils étaient morts avec sa jeunesse, justement. Ou bien Charlie s'était barrée avec. À moins qu'il ne se sente trop dégoûtant pour oser, enfoncé trop loin dans ses échecs, son corps d'homme qui pète en se levant le matin, un daron, plus minet du tout. L'amour, c'était peut-être comme le reste, un moment dans la vie. La trouille était une dernière hypothèse. Enfin, aimer n'allait plus de soi.

— En tout cas, elle est bienvenue au mariage, avait dit Greg. Ça nous ferait plaisir.

Aussi sec, Marco s'était étranglé :

— T'es sérieux ?

Ce soir-là, les trois compères squattaient dans le salon, chez Marco, où la télé fonctionnait par principe, sans que personne y prête d'ailleurs vraiment attention. Greg s'était fait un plaisir de renchérir.

— Bien sûr. Plus on est de fou, plus on se marre.

— Elle a un mec, des gosses. T'es malade.

— Mais non, elle se sépare. Pis ça serait l'occase.

— C'est une idée, avait convenu Christophe, principalement pour contrarier Marco.

Lequel avait soupiré et passé une main lourde sur l'épais tapis de cheveux frisés qui lui recouvrait le crâne, avant de se rendre dans la cuisine en traînant la savate.

— Vous m'épuisez sans déconner…

Au retour, il tenait trois bières et un nouveau paquet de chips. Christophe avait regardé sa montre.

— Moi je vais y aller mollo, je joue demain.

— T'as qu'à boire de l'eau.

Marco avait pourtant distribué les bières puis s'était laissé tomber dans son fauteuil, zappant par manie, sans envie particulière. Fillon et sa femme faisaient toujours la une du JT, sur la 3. À l'énoncé des sommes en jeu, Greg avait dit "ah oui, putain quand même", puis Marco avait changé de chaîne.

Pendant ce temps-là, chez Elexia, on continuait à vivre une période assez exaltante. Les affaires marchaient fort et plusieurs collaborateurs avaient touché en janvier des primes à cinq chiffres. De plus, Erwann venait d'être contacté par le nouveau parti créé exprès pour ce candidat à la présidentielle que personne n'avait vu venir, dont on avait prédit cent fois l'explosion en vol et qui, finalement, avait de plus en plus le vent en poupe.

Ce surgissement avait d'ailleurs suscité dans tout le pays une vague de vocations inattendues pour la chose publique et autant de ralliements de dernière minute. Un peu partout, des ambitieux et des impatients, des socialistes déboussolés et des centristes cent fois défaits, des responsables des ressources humaines et des figures locales sans grand relief voulaient prendre ce train en marche, tous gens bien dans leur temps et leurs baskets, issus de la société civile ou bien notables qui avaient présumé la Bérézina des appareils traditionnels et s'enthousiasmaient unanimement pour cette personnalité rafraîchissante, jadis banquier, prodige scolaire comme l'Hexagone en raffole, impeccable dans ses costumes millimétrés, sans passif ni casserole, qu'on comparait à Mozart et qui contenait en lui, à un degré de concentration presque inédit, quelque chose de l'époque : une certaine obsession pour l'efficacité.

Ainsi, dans ses discours, la gauche et la droite étaient envoyées au rebut, vieilles lunes qui entravaient le mouvement par leurs oppositions de principe, leurs idéologies toujours stériles, tout ce théâtre qui depuis la Révolution gâchait les énergies et ne produisait que divisions et statisme. Il fallait désormais se montrer pragmatique, faire avec le monde tel qu'il est, s'atteler à des défis et des challenges, libérer et innover, s'ouvrir bien sûr. Si révolutionnaire qu'il fût, ce nouveau mouvement n'en avait pas moins conservé la vieille manie des infinitifs.

Quoi qu'il en soit, ces mots d'ordre gagnaient à la cause du nouveau candidat de vastes parts de l'opinion se trouvant parfaitement à l'aise avec ce vocabulaire où elles baignaient d'ailleurs déjà toute la journée. Dans des meetings archicombles, c'était en fin de compte les mêmes objectifs que dans les réunions stratégiques, le même vocabulaire de manager, la même morale de *team building* et de dépassement, une vision pour le pays qui recoupait celle du coach et du CEO, des arguments pour la France qui ressemblaient à ceux d'une force de vente, l'esprit *corporate* finalement étendu à la République.

Naturellement, chez Elexia, cette manière de voir séduisait fort. Pour une fois, on se disait que ce vieux pays de grévistes et d'intérêts particuliers, mijoteur et gangrené, tenait une chance de se ranger aux exigences de la modernité. Parrot, qui se vantait constamment d'avoir des potes dans les cabinets, se targuait à présent de connaître pas mal de monde dans l'entourage de celui qui apparaissait de plus en plus comme un possible favori, compte tenu notamment de la déroute de la droite traditionnelle. D'après ce qu'on disait, ce dernier se montrait d'ailleurs très à l'écoute. On pouvait lui faire remonter des idées, s'organiser pour donner un coup de main. Toute la boîte bruissait donc de ces perspectives enthousiasmantes et chacun se demandait comment tirer son épingle du jeu. Quant à Erwann, on l'avait approché pour se présenter aux législatives qui allaient suivre. Dans chaque circonscription, on cherchait en effet des gens de sa trempe, avec les épaules, du réseau, des convictions, le tour de main, et surtout volontaires.

— S'il passe, il va y avoir un immense appel d'air, prophétisait Parrot, le regard électrique devant la Senseo de l'espace détente.

— C'est clair. Ça va être une vague énorme.

— S'il gagne…

Erwann souriait large. Il avait du flair, et le sentait bien sur ce coup-là. Les courbes parlaient d'elles-mêmes. Une fenêtre allait s'ouvrir pour le pays et toute une génération profiterait de l'occasion et du bon débarras général pour s'élever à des postes de décisions. L'effet des primaires favorisait d'ailleurs cette hypothèse. Elles avaient en effet conduit à des choix radicaux, des clivages secs qui précipitaient les modérés dans les bras du nouveau candidat. Or Erwann restait convaincu que les élections se gagnaient par le milieu. Une fois que le barouf des acharnés serait retombé, on verrait. Sauf que, pour une fois, cette voie médiane ne passait plus par le ventre mou des provinces, celui des banquets et du radical-socialisme. Il n'était plus non plus question de grandes gestes patriotiques, assomptions gaulliennes et *bullshit* du genre. Ce qui se profilait, c'était une manière de comité exécutif suprême, avec des gens jeunes, des pros, des équipes disciplinées, un petit côté chic et fun qui rappelait la Silicon Valley. Honnêtement, ça avait de la gueule.

C'était sans compter sur Lison.

Depuis cette fameuse soirée de Noël, la stagiaire avait continué à textoter hardiment avec les deux matous en chef. Chacun se croyant seul à bénéficier de cette correspondance enviable, ils s'y montraient d'une imprudence extrême. Les discussions érotiques succédaient au débinage en règle. Erwann expliquait pourquoi il prenait un tel pour un con et Parrot en quoi tel autre était une burne. Ils se chargeaient mutuellement bien sûr et, cela va sans dire, envoyaient épisodiquement des photos de leur anatomie auxquelles Lison répondait par un *yumi* ! de circonstance. Avec Faïza, elles se marraient comme des bossues, et parfois poussaient loin leur avantage, osant des va-tout affolants, ce qui ne les empêchait pas de retomber à chaque fois sur leurs pattes. Les deux autres, aveuglés par leur libido et incapables d'imaginer qu'une stagiaire soit plus maligne qu'eux, s'en donnaient à cœur joie.

Ce petit jeu se poursuivit jusqu'au mois de mars.

Alors Lison réalisa un certain nombre de captures d'écran, gardant néanmoins les photos pour elle, en sorte de garantie, et organisa des fuites en utilisant une liste de diffusion qui comprenait, outre les collaborateurs d'Elexia, les conjointes d'Erwann et de Parrot, quelques clients et autres acteurs notables de l'économie locale, ainsi qu'une poignée de journalistes de la PQR. Elle avait pris soin d'anonymiser ses propres contributions, mais ses correspondants n'eurent pas cette chance. Bientôt, les deux hommes furent la risée de toute la ville et le couple d'Erwann, qui battait déjà de l'aile, succomba à ces révélations. Il ne fut plus non plus question pour lui de se présenter à une quelconque élection. Avec Parrot, ils se trouvèrent des avocats et envisagèrent des poursuites, mais ils avaient eu leur compte de mauvaise publicité et renoncèrent pour finir. Quant à Lison, elle continua à venir bosser comme d'habitude. À chaque fois qu'ils la croisaient, Erwann et Parrot la foudroyaient du regard, devenaient pâles, mais ne disaient mot. Ils savaient que la stagiaire avait en sa possession pas mal d'autres éléments qui pouvaient leur nuire encore davantage.

La jeune femme fut finalement convoquée, et puisqu'elle avait le droit de se faire assister par un membre du personnel, elle demanda à Hélène de l'accompagner. La rencontre se déroula dans la salle de réunion située sur la mezzanine, un soir à vingt et une heures pour éviter les témoins. Hélène avait beaucoup hésité avant d'accepter de seconder sa stagiaire, craignant de passer pour sa complice, et en montant l'escalier, c'est peut-être elle qui avait le plus la trouille. Lison avait opté ce jour-là pour une jupe courte, des Docs basses et des socquettes pailletées, son Perfecto et un chemisier en soie.

— Bonsoir bonsoir, fit-elle en guise d'introduction.

Parrot, pour sa part, était accompagné de maître Bontemps, avocate d'une cinquantaine d'années qui ressemblait assez à Françoise Giroud, la joue creuse et la pommette haute, avec dans le regard une agréable étincelle de malice qui jurait un peu avec sa dentition en éventail. Quant à Erwann, il était venu seul. De toute façon, il avait une idée très précise du déroulement de la rencontre.

— J'ai voulu qu'on se voie pour mettre les choses au clair. Et s'adressant à Lison : Déjà pour commencer, je voulais te dire que ce que tu as fait est une des pires saloperies que j'aie jamais vues. Fais-moi confiance, tout le monde saura à quoi s'en tenir avec toi.

Sans se démonter, Lison posa son téléphone sur la table pour enregistrer la discussion et déclara sobrement :

— Si on pouvait éviter de se tutoyer.

Erwann jeta un coup d'œil à Parrot, puis à l'avocate qui ne souriait plus du tout. Il s'était mis à souffler fort et épongea son front avec un mouchoir. Sa chemise semblait froissée et sa barbe moins régulière que d'ordinaire. On le sentait très capable de passer par-dessus la table pour en venir aux mains.

— Je pense qu'on a intérêt à rester calme, fit Hélène, que tout cela amusait tout de même assez.

La réunion se poursuivit sans heurt. Il n'était pas question de débattre de toute façon. L'avocate rappela le droit, respect de la vie privée et protection du secret des correspondances. Erwann expliqua qu'il ne voulait plus jamais voir Lison dans les locaux et qu'il la trouvait gonflée d'oser encore se pointer comme si de rien n'était. S'agissant de son association avec Parrot, elle n'avait évidemment plus lieu d'être. Puis il s'adressa à Hélène, énonçant chaque phrase comme on enfonce un clou à coups de marteau.

— Je sais pas à quel point tu trempes dans cette histoire. Mais dis-toi bien que tu seras jamais associée dans cette boîte, ni nulle part ailleurs.

Hélène aurait pu dire qu'elle n'avait rien à voir là-dedans. Elle n'avait évidemment pas commandité ces échanges et n'avait forcé personne à se ridiculiser pour les beaux yeux d'une gamine de vingt ans. Mais elle préféra se taire, parce qu'elle ne voulait pas leur faire ce cadeau, s'excuser ou se justifier, marquer ses distances avec la stagiaire qui, à son avis, ne faisait rien d'autre que s'autoriser les coups bas naturels aux hommes.

Au bout de quinze minutes, Erwann se leva et pria tout le monde de foutre le camp. On ne se serra pas la main, et les deux hommes quittèrent les locaux comme s'ils avaient le feu aux trousses. Hélène et Lison se retrouvèrent une dernière fois dehors pour fumer une cigarette.

— Tu sais qu'ils sont venus me voir aussi, pour que je me présente, dit Hélène.

— Aux législatives ?

— Ben oui.

— Vous devriez accepter, estima Lison, en exhalant par les narines d'impressionnants jets de fumée blanche.

— J'y connais rien.

— C'est pas une raison.

La stagiaire était convaincue que même une chèvre pourrait l'emporter une fois que le nouvel homme providentiel aurait conquis l'Élysée, reprenant là une idée d'ailleurs très répandue, et qui affolait les députés sortants. Mais Lison l'étaya si bien qu'Hélène ne trouva rien à lui objecter. En fait, la jeune fille connaissait des gens, son beau-père, des cousines, des copains de sa mère qui baignaient tous plus ou moins dans ces milieux bien informés, la politique, la com, les journaux, et elle lui expliqua les tenants et les aboutissants de toute cette affaire avec une assurance tout à la fois évasive et irréfutable. Hélène opinait, mais fut bien obligée d'admettre qu'en réalité, elle n'avait tout simplement pas envie de se foutre dans un tel guêpier.

— Je crois que je ne suis pas si ambitieuse en fait.

Les deux femmes ne se parlèrent pas beaucoup plus. La baby-sitter qui gardait Mouche et Clara devait se barrer à vingt-deux heures trente et Lison avait rendez-vous quelque part en ville pour boire des pintes avec des copains.

— Qu'est-ce que tu vas faire maintenant ? demanda Hélène.

— Je sais pas trop. J'ai peut-être un plan pour un stage dans une boîte de design.

— À Nancy ?

— Paris.

— Tu rentres alors ?

— Je me casse d'ici en tout cas. Et vous ?

— J'en sais rien du tout.

Hélène était bien consciente que Christophe n'était pas un mec pour elle. Et pourtant. Après des années à chercher quelque chose loin de son point de départ, à concourir et se hausser, c'était reposant de fréquenter un type comme lui. Si on lui avait demandé d'expliquer ce qu'elle fabriquait, elle n'aurait pas su dire. Ce n'était pas vraiment de l'amour. Ce n'était plus seulement une histoire de cul.

En se levant le matin, elle y pensait et ses journées semblaient moins lourdes. Elle avait retrouvé une gaieté qu'elle croyait perdue. Au petit-déjeuner, elle devenait bavarde, blagueuse, les gamines n'en revenaient pas. Sur le chemin de l'école, il n'était plus question d'écouter les infos. Elle préférait maintenant passer des titres de France Gall ou de Benjamin Biolay. Dans l'habitacle, la musique jouait fort, et parfois son cœur semblait si gros, elle avait l'impression qu'il allait éclater.

— Pourquoi tu pleures ? faisait la petite à l'arrière.

— Je pleure pas.

Mais ses yeux brillaient et ce n'était plus de la gaieté.

— Papa rentre bientôt ? demandait Clara.

— Oui, demain.

— Tant mieux.

Parce qu'avec Philippe, ils avaient décidé de se donner un peu d'air, en attendant un *modus vivendi* plus définitif. À dire vrai, ça ne changeait pas grand-chose dans leur quotidien. Hélène se rendait compte qu'ils menaient des vies parallèles depuis longtemps déjà. Philippe lui avait dit, ton mec, j'en ai rien à foutre. Et c'était sans doute vrai. Lui-même devait baiser à droite à gauche de toute façon. Ils s'arrangeaient.

En revanche, la suite s'annonçait moins amiable. La maison, les emprunts, les bagnoles, les comptes en banque, les filles. Un jour ou l'autre, il faudrait trancher ces quinze années de liens et elle savait que Philippe ferait tout pour ne pas avoir l'impression de se faire enfler. Alors, tous les coups seraient permis. Au fond, il s'estimait meilleur qu'elle, plus important, et le pire, c'est qu'elle avait toujours été plutôt de son avis. Lui était né dans une ville plus grande, avait fréquenté de meilleurs bahuts. Il skiait à la perfection et avait vécu un an aux États-Unis. Son école de commerce était mieux cotée et c'était un mec. En somme, il la surclassait sur tous les plans. Bien sûr, ce n'était jamais dit. S'il lui avait dit ferme-la, c'est moi le patron, Hélène lui aurait ri au nez et lui serait passée dessus comme un bulldozer. Après tout, elle avait eu l'exemple de cette femme intraitable, sa mère. Sa mère toujours à fleur de peau, sèche, à croire que le monde n'existait que contre elle, sa mère pleine d'un orage vieux de vingt générations sans doute, toute une généalogie de braves gens écorchés qui pouvaient renverser une table ou se foutre au canal sur un mot de trop. Et son père alors, l'homme cocotte-minute par excellence, emmagasinant tout jusqu'au jour où ça pétait.

Elle devait sans doute à ces deux antécédents la réserve de brutalité où elle puisait chaque fois que venaient une contrariété, un obstacle, cet instinct du coup de sang qui lui avait été si utile sur le chemin de Cornécourt à Paris. Quand on lui avait dit *ce n'est pas pour toi, tu n'y arriveras jamais*, elle s'était cabrée, avait redoublé d'efforts, besogneuse par colère autant que par esprit de contradiction. Ses parents, si disciplinés dans leur genre, avaient tout de même placé en elle ce carburant phénoménal.

Mais ça n'avait pas suffi à instaurer un équilibre entre elle et Philippe. Lui appartenait d'emblée au monde qu'elle avait visé. Il en tirait une position immédiatement plus favorable. Et puis un homme, quoi. Il suffisait de voir dans les oraux quand elle était étudiante, comment ils s'en sortaient, à l'esbroufe, à l'assurance, parce que depuis l'enfance ils avaient été vénérés et convaincus que l'état des choses était de leur côté. Dans leur couple aussi, ça pesait. Et si Hélène jouait les égales, elle devait bien l'avouer, elle se sentait un poil en dessous. C'était devenu plus évident depuis qu'elle revoyait Christophe, parce qu'avec lui, elle avait plutôt le sentiment inverse.

Quoi qu'il en soit, Philippe imposait son rythme. Il l'avait par exemple avertie dès le début :

— Tu fais ce que tu veux de ton cul. Mais tu touches pas aux filles. Je te laisserai pas faire n'importe quoi. Même chose pour la maison.

— C'est quoi ce délire ?

— Je te préviens. C'est tout.

Une nouvelle fois, elle avait été bonne pour un coup de chaud. Elle l'avait regardé et trouvé laid, avec ses certitudes de gros con, dans la lumière diffuse de leur cuisine sur mesure.

Ce n'était pas exactement la guerre, pourtant. Entre eux, il restait de l'orgueil, et notamment le sentiment très net d'être au-dessus de la mêlée. Il n'était donc pas question de s'engueuler comme des beaufs. Hélène et Philippe se contentaient d'une certaine froideur, de longs figements à l'heure des repas, des évitements, de la gestion en somme. Ils avaient par exemple eu cette idée qui ne pouvait être que temporaire mais comportait bien des avantages : la garde alternée de la maison. Cette solution avait le mérite de ne pas trop perturber les filles, qui conservaient leurs repères, et de ne pas poser trop vite les épineuses questions du partage des biens. Ainsi, la semaine ils cohabitaient – même si bien souvent, Philippe dormait dans la chambre d'amis — et le week-end l'un des deux restait sur place tandis que l'autre pouvait vaquer. Tout n'allait pas si mal finalement, même si, un dimanche soir, Hélène avait trouvé Mouche occupée à se couper les cheveux devant le miroir de la salle de bains, à genoux sur un tabouret, des ciseaux à bouts ronds dans les mains.

— Mais qu'est-ce qui te prend ?

Elle s'était précipitée pour la désarmer, et si vivement que, de frayeur, la petite avait éclaté en sanglots.

— Viens voir !

Elle l'avait mise debout pour mieux constater les dégâts, ses beaux cheveux épais mâchés par le métal, des mèches en biais, un carnage complet. Et le petit visage au milieu, tout ruisselant de larmes.

— Qu'est-ce qu'on va dire à ton père ? Pourquoi t'as fait ça ?

Il était évidemment tentant de faire le lien entre ce genre de comportements et la séparation. Hélène s'y refusait.

— Bon, tu planques ça, il faut pas que papa te voie.

— Pourquoi ?

— Parce que. On ira chez le coiffeur demain.

— Je veux pas aller chez le coiffeur.

— Fallait y penser avant.

Clara avait bien sûr rappliqué et ri désobligeamment, en insistant beaucoup sur le fait que sa petite sœur était folle.

— Je suis pas folle !

— T'es complètement folle.

— Non !

Des larmes à nouveau, des cris.

— Stop ! avait tranché Hélène. Je veux plus vous entendre. On arrête.

Les deux fillettes s'étaient tues, et Hélène leur avait proposé un marché.

— Ce soir, on se fait des plateaux-repas devant la télé. Je vais décongeler des feuilletés Picard. Mais je veux plus vous entendre.

Les filles avaient sauté de joie et flagorné sans merci en se pressant contre leur mère qui était la meilleure du monde.

— Mais vous allez garder le secret. Promis ?

— Promis.

— Juré.

— Craché.

Mouche avait craché pour de vrai, mais cette fois, Hélène n'avait pas eu la force de l'enguirlander. Elle avait préféré tourner les talons.

Voilà, chacun de leur côté, Hélène et Christophe s'organisaient. Ils se voyaient, de manière plus régulière, et moins dissimulée. Parfois à l'hôtel, parfois pour une escapade et Hélène se chargeait de trouver un bel endroit sur Airbnb. C'est elle, à chaque fois, qui réglait la note. Le sexe restait bon, ce qui se traduisait par des courbatures, du bon sommeil, des cystites. Chacun était encore pour l'autre une parenthèse et une joie. Mais un jour, vers la fin du mois de mars, Christophe mit les pieds dans le plat.

— Mes potes me tannent. Ils voudraient te rencontrer.

— Ah bon.

— Greg insiste pour que tu m'accompagnes au mariage.

Là, Hélène avait tiqué. Une fois seulement, elle avait consenti à s'aventurer dans son monde et elle en gardait un souvenir plutôt déprimant.

Christophe l'avait invitée chez lui, dans sa grande bicoque dont il avait fait le ménage à fond, sans parvenir toutefois à effacer un je-ne-sais-quoi de fantomatique, de vieillot, qui tenait aux meubles, à la tapisserie des années 1980, à l'odeur dans les armoires. Ils étaient restés presque tout le temps dans sa chambre et le premier soir, tout s'était à peu près bien passé. Ils avaient baisé à deux reprises, bu du vin et mangé des croque-monsieur avant de s'endormir en regardant une série sur l'ordi.

Seulement, à la lumière du jour, les choses avaient déjà paru moins admissibles. En cherchant les toilettes à l'étage, Hélène était tombée sur une chambre de petit garçon sans désordre qui lui avait fait mal au cœur. Puis ils avaient pris leur petit-déjeuner dans la cuisine et cette maison lui en avait rappelé d'autres, avec sa nappe, le vaisselier et sous ses pieds nus le carrelage. Elle détestait le carrelage.

En début d'après-midi, Christophe l'avait convaincue de faire une balade, lui prêtant pour l'occasion une paire de bottes en caoutchouc, du quarante-quatre, si bien qu'il avait fallu bourrer des chaussettes au bout. Comme souvent, le ciel était bas et la terre gorgée d'eau. C'était une atmosphère de campagne et de dimanche qui pesait sur le moral et donnait envie de se réfugier loin, dans un endroit bruyant et chaud où l'on aurait pu déguster une soupe en écoutant les discussions des tables voisines. Avec Philippe, Hélène avait pas mal voyagé avant la naissance des filles. Pendant les fêtes, ils avaient l'habitude de passer quelques jours à Bruxelles où ils buvaient des bières trop fortes dans des estaminets aux murs brunis. Là, des gens riaient haut et bâfraient des plats qu'on aurait dits sortis du Moyen Âge. Le couple en profitait pour faire le tour des antiquaires dans le quartier des Marolles. Épris et dépensiers, ils s'offraient des luminaires, du mobilier des *seventies*, des vêtements de seconde main avant d'aller manger des gaufres sur une place aux pavés de guingois. Il arrivait qu'une dispute éclate quand ils étaient trop ivres. Le lendemain, ils se rendaient au musée en se tenant par la main. C'était un rendez-vous, une manière de vaincre décembre. Ils n'y allaient plus ; depuis quand ?

— Ça va pas ? avait demandé Christophe.

— Si si, avait menti Hélène.

Et tandis qu'ils marchaient dans le paysage désolant de Cornécourt, elle avait repensé à tout ça, quand ils vivaient dans le 20ᵉ, leur premier appart entre Télégraphe et Porte des Lilas, quarante mètres carrés hors de prix dans un de ces vieux immeubles en briques d'avant-guerre. Ils bossaient comme des dingues, pas encore trente ans, et se retrouvaient le soir, complètement claqués mais contents. À ses yeux, Philippe n'avait pas son pareil et quand ils allaient dans une soirée, un bar, elle voyait les regards sur eux et s'en délectait jusqu'à la bêtise. Ils avaient tout, la jeunesse, du fric, bon goût, une pile d'*Inrocks* dans les toilettes et une super machine à expresso. Ils s'habillaient dans les petites boutiques du Marais et elle portait ce parfum pour homme Bensimon qu'il adorait. Le dimanche matin, ils descendaient à pied jusqu'à Jourdain et prenaient une baguette tradi puis du fromage, des fruits et des légumes bios, du saucisson et un bouquet de fleurs au marché. Leur cabas en tissu écossais, Philippe et ses Vans, elle en ballerines, c'était toujours le printemps, dans sa mémoire en tout cas.

Avant de regagner leur appart, ils s'installaient à une terrasse pour regarder les passants. Tous deux aimaient ce quartier resté populaire, c'est ce qu'ils disaient à leurs potes, tard le soir, quand ils se saoulaient au Chéri ou au Zorba, des cafés de Belleville qui ne désemplissaient pas et attiraient toute une faune de jeunes gens marginalement marginaux et principalement adéquats. Ensemble, ils faisaient des gueuletons sur-arrosés au Président, brunchaient, se forçaient à aller voir les dernières expos, les films au sujet desquels il fallait avoir un avis, assistaient à des concerts à la Cigale, au Divan du Monde, à la Boule Noire et écoutaient des groupes de punk à la Miroiterie. Pour dissiper le stress du boulot, rien ne valait ces loisirs-vitrines, des trucs dont on pouvait parler avec ses proches et les collègues, le dernier petit resto branché, les meilleurs bagels de la ville ou le denim *made in Japan* qui allait bien. C'était une jouissance et un fardeau que de garder le contact avec la pointe la plus aiguë de ce qui comptait. Philippe excellait dans ce genre de choses, dénichant adresses et bons plans, lieux insolites et arrière-cours qui abritaient telle friperie, buvette ou mafé d'exception. Même chose pour les voyages. Au Sénégal, on préférait Zanzibar. Les îles Shetlands valaient mieux que les Canaries. Barcelone et Londres restaient envisageables, mais pour un week-end seulement. Ils aimaient également louer un monospace pour parcourir une quelconque route des vins, en Bourgogne ou dans la Loire, avec Samir et Julie, leurs meilleurs potes, issus d'une *business school* pareil, même si Julie envisageait déjà une reconversion.

Hélène avait adoré cette époque, se sentir au point précis où il fallait être, à la croisée des réseaux, où se produisaient le pognon, la mode, les idées, les plus belles fêtes, où croisaient les gens les plus beaux, dont elle était plus ou moins ; en tout cas, elle se vêtait comme eux. Elle avait connu cette volupté particulière qu'il y a à pénétrer dans un endroit choisi, sanglée dans un jean Acne, une paire de lunettes de soleil achetée chez Chloé sur le nez. Ce genre de parades l'avait vengée de bien des avanies. Il lui avait semblé racheter comme ça des étés pourris à devoir gagner trois francs six sous pour payer son loyer d'étudiante, la vie pavillonnaire et le long drame des années lycée, atroce petit Versailles avec ses idoles, ses hiérarchies et ses piètres disgrâces.

Mais tout bien considéré, cette période où le surmenage se compensait dans les bars lounges et les enseignes chics avait peu duré. Clara était née en 2004, l'année où Philippe était entré chez AXA. La lune de miel parisienne s'était achevée comme ça, entre ce nouvel emploi et le début du congé mat. Pour la peine, Philippe lui avait offert un sac Goyard. Maintenant Christophe lui offrait d'être sa cavalière. Entre les deux, tout avait tellement changé, on aurait pu croire qu'une guerre avait eu lieu. Et Hélène n'avait plus la moindre idée de ce qu'elle avait pu foutre de son fameux sac à deux mille balles.

19

À chaque fois qu'Hélène allait voir un match de hockey, elle déposait ses filles chez ses parents, c'était sur la route. L'agonie de son couple avait au moins cet avantage, les grands-parents profitaient davantage de leurs petites-filles. Ils en oubliaient presque de lui faire des reproches.

Cette fois comme les autres, les deux gamines sautèrent de la voiture à peine arrivées et se précipitèrent dans le jardin. Leur grand-père venait d'y installer un portique et elles se battirent pour savoir qui profiterait de la balançoire, et finalement Mouche perdit, ce qui était dommage parce qu'elle ne pouvait atteindre ni le trapèze ni les anneaux.

— Tu as fait bonne route ? demanda Mireille en embrassant sa fille.

— C'est pas si loin.

— C'était quand même trop loin pendant longtemps…

Hélène ne releva pas. De la main, Mireille protégeait ses yeux du soleil. Elle portait pourtant des verres fumés. De plus en plus, la lumière vive la blessait.

Puis Hélène embrassa son père qui portait ses habituels mocassins ramollis, lesquels convenaient aussi bien pour aller au jardin qu'en ville, et son éternel t-shirt bleu. Aussitôt, elle reconnut l'odeur sur sa joue, le cuir lissé de la peau et l'aftershave. Puis elle le considéra un moment. Il était resté le même, conservant sa taille, le même poids que lorsqu'il était militaire. Chez lui la vieillesse n'attaquait pas le noyau, comme elle fait souvent. Jeannot semblait simplement s'émietter au pourtour, tout chez lui devenant d'une finesse extrême, ses cheveux comme du duvet, sa peau plus claire, diaphane aux tempes, sous les yeux, si bien qu'elle laissait apparaître par place le dessin poignant d'une veine mauve ou bleue, et donnait à cette silhouette qui n'avait pas perdu un centimètre ni pris un gramme un aspect volatil, presque de nuage.

— Bon, fit la mère.

Le père annonça qu'il allait surveiller les filles et Hélène le regarda s'éloigner de son pas tranquille.

— Tu as le temps ? demanda la mère.

— Oui, fit Hélène, revenue de sa songerie.

Elles rentrèrent dans la maison dont les rideaux étaient partiellement tirés pour épargner les yeux de Mireille. Hélène retrouva sa place à table, dans la cuisine, et toucha la toile cirée au décor de cerises.

— J'allais faire du thé, dit la mère.

— Parfait.

Par la porte-fenêtre, elle pouvait voir les filles jouer dehors. Mouche avait finalement pu accéder à la balançoire et Clara faisait le cochon pendu sur le trapèze. Leur grand-père les regardait s'amuser, les mains dans les poches. Depuis qu'il ne fumait plus, il semblait manquer quelque chose à sa physionomie. Où qu'il se trouve, on aurait dit désormais qu'il attendait quelque chose qui ne viendrait plus.

L'eau se mit à frissonner dans la bouilloire et Mireille posa deux tasses sur la table, puis elle y versa l'eau bouillante avant de distribuer les sachets Lipton. Pendant que le thé infusait, elle relata une conversation qu'elle avait eue avec les nouveaux voisins, des petits jeunes qui venaient de s'installer. Elle travaillait à l'hôpital et lui vendait des voitures dans un de ces garages qui se trouvaient tous entre Cornécourt et Chavelot.

— On se demande bien pourquoi ils les ont tous mis là d'ailleurs.

Quoi qu'il en soit, le jeune couple voulait un enfant et "galérait". Trois FIV s'étaient déjà conclues sur des échecs. Ils s'obstinaient pourtant.

— Ils feraient mieux de profiter, dit la mère. Ils ont bien le temps de faire des gosses.

C'était une vieille antienne. Avant de fonder une famille, Mireille avait tenu à "faire sa vie". Sans doute que l'exemple de sa propre mère n'était pas pour rien dans cette volonté de préserver sa liberté. La pauvre femme avait eu cinq mioches, après quoi son mari était mort d'un accident de vélo, à un passage à niveau. Toute l'enfance, Mireille l'avait vue s'user en vaisselles, lessives et repassages, toujours un repas sur le feu, esquintée et rabiotant le moindre sou pour demeurer à flot.

— Très peu pour moi, disait Mireille en y repensant, ou quand elle voyait ce genre de sacrifices s'étaler dans les films ou les reportages à la télé.

Finalement, elle avait eu Hélène sur le tard, et cette dernière était demeurée fille unique. Dans la mythologie familiale, il était dit et répété que Mireille n'était pas de ces "bonnes femmes" qui donnaient tout à leur famille et rien ne l'irritait comme d'avoir à subir ces discours sur le don de soi, tout le "cinéma" que se faisaient certaines de ses connaissances croisées au supermarché ou au bureau de tabac quand elle achetait sa grille de Loto.

— J'ai encore vu la Christiane Lamboley. Y en a que pour ses douleurs et ses gosses, tu parles d'une discussion.

Peut-être que Jean, lui, aurait voulu un autre enfant, mais il n'en avait pas été question. À la place, il avait eu son jardin, dont la taille avait d'ailleurs beaucoup diminué ces dernières années, et puis ils avaient découvert le plaisir des voyages organisés après le départ de leur fille. À tout prendre, les cartes postales valaient bien les photos de famille.

Hélène écouta sa mère raconter les dernières nouvelles en buvant son thé. Il était question de cousins qu'elle ne voyait plus, de voisins qu'elle ne connaissait pas, et puis par petites touches acidulées, de sa situation à elle, de la manière dont elle affectait leur vie à eux, Mireille et Jean. Tout de même, la mère finit par demander à sa fille si ça allait.

— Oui oui écoute, ça va…

Mireille guettait la réponse de derrière ses lunettes dont les verres, à la faveur de la pénombre, étaient redevenus transparents.

— Tu sais que les petites voient tout, dit-elle avec gravité.

— Elles t'ont parlé ?

— Un peu, répondit la mère. La grande s'inquiète de savoir si elle pourra garder sa chambre.

— Je sais bien. Je lui explique progressivement.

— Ce qui est important, fit la mère, c'est de pas lâcher ton travail.

— J'aurai jamais de problèmes de ce côté-là.

— Tu as des économies au moins ?

— Mais oui, ne t'en fais pas.

De la tête, la mère marqua sa satisfaction.

— Moi j'ai toujours travaillé. C'est ça qui compte.

Hélène était du même avis. Il ne restait rien dans sa tasse, mais elle n'envisageait pas de partir déjà. C'était le plus drôle, comme elle se sentait bien chez ses parents à présent.

Bien sûr, si elle s'attardait, la situation ne pourrait que tourner au vinaigre. Parce que sa mère voudrait bientôt dicter chacun de ses gestes, lui demanderait pourquoi elle faisait ci et pas ça, elle devrait à nouveau porter des patins et toutes leurs petites habitudes de vieux acclimatés l'un à l'autre depuis des lustres redeviendraient une insupportable camisole. Mais tout de même, il fallait bien l'admettre, Cornécourt et ses environs ne la débectaient plus autant que par le passé. Plusieurs fois déjà, quand elle venait rendre visite à Christophe, elle avait éprouvé un curieux délassement en parcourant les rues de son adolescence. Maintenant, qu'elle n'était plus la prisonnière de ces murs, de ces façades, à présent qu'elle était sûre de ne pas devenir une de ces femmes qui faisait son marché avec un petit chien et les cheveux teints, cette ville ne l'inquiétait plus autant. Au contraire, il était doux de retrouver la lumière de ses quinze ans dans une ruelle, quand venait le déclin du jour, et la familiarité des devantures. Chaque pont rappelait un souvenir, la basilique et son dédale sommaire contenaient encore les trajets frigorifiés qu'elle faisait avec Charlotte pour fumer des clopes en cachette dans les ruines. L'odeur surtout, du soir, d'après la pluie, de l'humus dans les jardins et sur les bords de la Moselle, restait inchangée. Christophe aussi lui rappelait cette vie sommaire et protégée, sans grande rivalité, celle d'avant, quand elle était petite et que vieillir n'arriverait jamais. En fait, elle trouvait un tel réconfort dans ce retour au pays que ça commençait à l'inquiéter.

— En tout cas, elles te ressemblent pas. Ni l'une ni l'autre, fit sa mère qui regardait les deux gamines occupées à jouer dehors.

Mouche avait délaissé le portique pour creuser un trou dans un petit coin bordé de grosses pierres que son grand-père lui avait aménagé exprès. Quant à Clara, elle suivait le vieil homme qui, incapable de demeurer plus de deux minutes sans rien faire, s'occupait maintenant en arrosant les massifs de fleurs.

— J'étais comment, moi, à leur âge ?

— Tu ne te souviens plus ?

Hélène se creusa un instant. Rien ne venait.

— Avant huit, dix ans, je n'ai aucun souvenir.

— Ça fait plaisir, dit la mère.

— Et alors, j'étais comment ?

La mère la regardait fixement, cherchant à savoir si elle ne se payait pas sa tête, puis elle se décida :

— Tu riais tout le temps, dit-elle.

Les Loups formaient décidément une drôle d'équipe cette saison, avec pas moins de quatre joueurs de plus de quarante ans et trois de moins de dix-huit. Il avait fallu faire avec ce collectif disparate, les nombreuses blessures et Jimmy Poulain, le gardien canadien qui s'était barré en janvier parce que son frère avait eu un accident de voiture au pays. Ironie de l'histoire, c'est finalement Strasbourg, l'ennemi de toujours, qui avait prêté son deuxième gardien. Le seul investissement significatif que s'était autorisé le club portait sur Tomas Jagr, un international slovaque qui malgré sa bonne volonté manifeste n'avait pas servi à grand-chose. C'est à peine s'il avait planté dix buts depuis son arrivée.

Pourtant, coûte que coûte, les Loups avaient tenu, en remportant les matchs jouables et en résistant aux équipes les plus fortes, comme Dijon et Reims. Une saison de besogneux, avec quelques moments flatteurs, un gros coup de barre en janvier et l'espoir vague d'accéder à la D1. Ils s'apprêtaient maintenant à affronter les Titans de Colmar à domicile, après avoir remporté le match aller.

Christophe, lui, avait peu joué et marqué deux fois seulement. Sa saison s'était surtout caractérisée par des prises de bec assez sérieuses avec le coach, Madani l'ayant notamment fait chier parce qu'il ne parvenait pas à perdre du poids. Il le laissait désormais sur le banc.

— J'ai pas besoin d'une calzone sur la glace, avait-il tranché deux semaines plus tôt.

Ce soir-là, dans le vestiaire, Christophe regardait ses coéquipiers comme s'ils n'étaient déjà plus qu'un souvenir. Pourtant, c'était la même routine, les mêmes bruits familiers, l'adhésif qu'on déroule, le choc assourdi des fers sur le sol, les types qui reniflaient, concentrés, les raclements de gorge, et la voix de Gilles, le type chargé du matériel, qui ressassait l'habituel mantra, *allez les petits gars*. Lui se sentait impatient, contrarié, un spectateur.

Au bout d'un moment, n'y tenant plus, il se décida à aller voir le coach dans la petite guitoune qui lui servait de bureau. Madani était au téléphone et regardait les schémas tactiques étalés sur son bureau. Le match ne débutait pas avant une bonne demi-heure mais on entendait déjà le brouhaha des gradins.

— Je voudrais te parler, fit Christophe.

Le coach leva les yeux et lui demanda de patienter quelques instants, lui offrant quand même de s'asseoir. Ils se connaissaient depuis quoi, plus de vingt-cinq ans. Ils n'avaient jamais été amis. Christophe prit place sur la chaise qu'on lui offrait. Il avait vraiment mal au bide et un peu envie de vomir.

— Alors ? fit le coach, après avoir raccroché.

— Je sais que j'ai eu une saison de merde.

Madani se marra. Il portait une casquette aux couleurs du club, une veste polaire et mâchait agressivement son chewing-gum. La douceur de ses yeux couleur caramel jurait un peu avec son attitude nerveuse, presque vindicative.

— Je parle pas seulement du hockey, reprit Christophe.

Les mots peinaient à sortir. Heureusement, le coach n'avait pas besoin des détails. Et puis après un soupir, Christophe enchaîna :

— Je sais bien que je jouerai plus.

— C'est-à-dire ?

— C'est ma dernière saison. C'est fini.

Madani fut tenté de lui dire que c'était fini depuis belle lurette, qu'il picolait trop et ne s'entraînait pas assez. Mais il se contenta d'opiner. Jambes écartées, ses avant-bras sur les genoux et la tête basse, Christophe se racla la gorge.

— J'ai mon fils qui est là, ce soir.

Un frémissement passa sur le visage du coach. Il n'aimait pas beaucoup qu'on le prenne par les sentiments. Christophe renifla encore, puis leva les yeux. On ne voyait plus ses lèvres, qu'une sorte de fente horizontale. Et pour cracher les mots suivants, il dut accomplir un effort qui le déchira.

— Il m'a jamais vu sur la glace.

— Et donc ?

— Je demande pas grand-chose.

— Bon, fit le coach. On verra ça.

Christophe attendit. Il aurait aimé avoir des assurances. Depuis que le petit vivait près de Troyes, il ne le voyait plus qu'aux vacances, et un week-end de temps en temps. Des gens lui avaient dit : pourquoi tu ne vas pas t'installer là-bas ? D'autres lui avaient demandé pour quelle raison il laissait faire. Selon eux, il fallait prendre un avocat et mettre l'affaire entre les mains d'un juge. Quant à Marco et Greg, ils bavaient sur Charlie encore plus que de coutume, c'était de bonne guerre. Seule Hélène s'était abstenue de donner un avis tranché. Elle-même sentait bien que sa vie était en proie à des forces contraires, et que personne dans ces cas-là n'était ni tout à fait responsable, ni tout à fait innocent.

Au début, Christophe avait pensé que ce ne serait pas si grave. Il verrait Gabriel moins souvent, mais il le verrait mieux, du temps de qualité comme on disait aujourd'hui. Il le gâterait. Avec lui, ce serait toujours un peu les vacances. C'était sans compter sur le temps, la vitesse à laquelle il opérait sur un enfant. À chaque fois qu'il retrouvait le petit, c'était une personne presque méconnaissable. Loin de lui, il était devenu plus mince, moins naïf et plus beau. Il prononçait des mots nouveaux, des mots savants et des jurons en arabe appris dans le mini-Bronx de la cour d'école. Il avait aussi contracté des manies ou des tics inédits, genre se fourrer les doigts dans le nez ou grogner comme un petit cochon. Au moins, il pouvait blâmer Charlie, c'était une agréable compensation qui vengeait du sablier.

Certains dimanches soir, quand Christophe le laissait devant chez sa mère, et le regardait traverser la rue avec son gros sac sur le dos, il pouvait presque sentir l'accélération jusque dans ses os. En un rien de temps, il aurait dix, douze, seize ans, deviendrait un petit con, un ado, il n'écouterait plus les conseils et ne penserait plus qu'à ses potes, il serait amoureux, il en baverait parce que l'école, les notes, le stress déjà, il le tannerait pour avoir un sac Eastpak, une doudoune qui coûte un bras, un putain de scooter pour se tuer, il fumerait des pet', roulerait des pelles, apprendrait le goût des clopes, de la bière et du whisky, se ferait emmerder par des plus costauds, trouverait d'autres gens pour l'écouter et lui prendre la main, il voudrait découcher, passer des vacances sans ses parents, leur demanderait toujours plus de thune et les verrait de moins en moins. Il faudrait aller le rechercher au commissariat ou payer ses amendes, lire dans un carnet de correspondance le portrait d'un total étranger, créature capable de peloter des filles ou d'injurier un CPE, à moins qu'il ne soit effacé, souffre-douleur, totalement transparent, on ne savait quelle calamité craindre le plus.

Et un jour, avec un peu de chance, à l'occasion d'un trajet en bagnole ou dans une cuisine tard le soir, cet enfant lui raconterait un peu de sa vie. Christophe découvrirait alors qu'il ne le connaissait plus. Qu'il avait fait son chemin et qu'il était désormais plus fort que lui, qu'il comprenait mieux les objets et les usages, et il se moquerait gentiment de l'inadéquation de son père avec l'époque. Christophe découvrirait que le petit le débordait maintenant de toute part et ce serait bien la meilleure nouvelle du monde. Simplement, il n'aurait rien vu passer. Gabriel aurait grandi à demi sans lui. Ce temps serait définitivement perdu.

Les joueurs spinaliens pénétrèrent sur la glace dans un vacarme énorme où se mêlaient des cris, les bravos et le long barrissement des cornes de brume. Deux mille personnes étaient assemblées là, Freddy Mercury chantait *We Will Rock You* et dans le va-et-vient des spots blancs et verts, on aurait dit que c'était toute la ville qui s'était donné rendez-vous pour battre du même cœur. Bientôt, sous le dôme de cette surprenante église, l'habituelle voix de fête foraine égrena le nom des joueurs. Celui de Christophe ne suscita guère d'émoi, mais en entendant celui de Théo Claudel, le public se déchaîna brièvement. C'était ce môme qui avait marqué la semaine précédente trois des quatre buts de la victoire et devenait déjà un genre de petite vedette. Les coéquipiers de Christophe décrivirent encore quelques boucles gracieuses puis ils allèrent se ranger en ligne tandis que les joueurs de Colmar apparaissaient à leur tour, récoltant les huées d'usage.

Debout dans l'arène, Christophe éprouvait encore une fois ces mêmes coups de marteau dans sa poitrine. C'était un truc auquel on ne s'habituait pas. Le chaudron, le bruit, tout un peuple qui pousse. Cette joie-là, intarissable et qui devait finir. Du regard, il se mit à chercher son fils dans les gradins, mais il y avait trop de barouf, trop de monde qui s'était levé. Marco par contre était bien visible, lui, au milieu du kop des supporters, avec sa grosse caisse, sa haute taille et ses mines effarantes. Finalement, la musique cessa, la lumière revint et Christophe repéra son petit garçon dressé auprès d'Hélène, avec Greg et Jenn. Il remarqua aussitôt que le môme ne portait pas de bonnet et cet oubli l'irrita. Mais il devait déjà rejoindre le banc.

Épinal engagea la partie pied au plancher, les trois lignes se succédant comme autant de rouleaux compresseurs. Théo Claudel marqua dès la deuxième minute, puis deux fois encore durant le premier tiers temps, donnant l'impression qu'une étoile naissait en *live*, ce qui mit les supporters dans un état voisin de la syncope. Se sentant capable de prodiges, il osa même un *slap shot* à dix mètres de distance, certes arrêté par le gardien, mais dont la puissance, l'audace et, pour tout dire, le caractère plastique, ravirent les spectateurs. Le gardien adverse lui-même salua ce geste admirable.

Très vite, il apparut que c'était l'un de ces exceptionnels soirs de fièvre, quand la patinoire se mettait à vibrer comme une locomotive, la liesse des gradins se muant en vitesse sur la glace, les miettes du boucan général finissant par ne plus faire qu'un seul grondement sourd et continu. Chacun semblait pris dans la rotation du jeu, comme dans le tambour d'une machine monstrueuse où se brassaient terriblement les destins et les gestes, le désir et la crainte. Là-dedans, Marco cognait, tonitruant et la face martyrisée, tel un sémaphore parmi l'infini mouvement des étendards.

Christophe, lui, occupait sa place sur le banc.

Jamais peut-être les minutes ne lui avaient paru si brèves. Il regardait le jeu, puis le public, l'œil noir, reniflait, puis crachait entre ses dents, ses jambes parcourues de mouvements involontaires, en nage malgré l'inaction. D'une manière ou d'une autre, quelque chose avait lieu pour la dernière fois et il l'éprouvait par tout le corps. Il se sentait comme un poisson en train de crever sur la grève. Il fallait qu'il monte sur la glace.

Debout derrière la bande, le coach organisait le jeu comme à son habitude, adressant des signes cabalistiques à ses joueurs et ordonnant les rotations. De temps en temps, il s'asseyait sur ses talons pour tracer une combinaison tactique sur son ardoise Veleda qu'en général il gardait pour lui. C'était sa manière de réfléchir, de canaliser son anxiété. La fin du premier tiers temps sonna. Christophe n'avait pas joué. Il regagna le vestiaire sans dire un mot.

Les premières fois, Hélène s'était un peu fait tirer l'oreille pour venir voir les matchs. Tout cela lui rappelait trop de choses. Mais finalement, la patinoire relevait davantage du sédatif que de la machine à remonter le temps. Une fois prise dans le public, elle ne pensait plus à rien, elle oubliait ses emmerdes. Il suffisait pour cela de crier avec la foule, applaudir à la même cadence, suivre des yeux le mouvement du palet sur la glace et tout disparaissait. Mais cette fois, c'était un peu différent parce que l'ambiance était particulièrement folle et que Christophe lui avait confié son fils. Au départ, le môme avait suivi le match avec enthousiasme, criant et multipliant les commentaires. Et puis la fatigue lui était tombée dessus d'un coup, et à présent, il restait contre elle, tout pâle et les yeux lourds de sommeil derrière ses lunettes. À un moment, il se tourna vers Greg et demanda :

— Tonton, c'est bientôt fini ?

— Presque, mentit l'adulte.

Et à la pause, il alla chercher des Picon et un Coca qui ranima un peu le petit garçon. Puis il demanda à Jenn de se pousser pour s'asseoir à côté d'Hélène. Ils trinquèrent.

— Bon, dit-il, j'ai bien réfléchi.

— À quoi ?

— Au mariage.

— Ben j'espère pour toi.

Le match avait repris et, avec lui, le tapage dans les gradins, si bien qu'ils devaient se presser l'un contre l'autre pour se parler à l'oreille. Greg sentait fort la clope et le déodorant, mais Hélène ne détestait pas.

— Non. Mais je voulais dire, faut que tu viennes.

— Je sais pas si je serai disponible.

— Tu connais même pas la date.

Hélène sourit.

— C'est quand ? dit-elle.

— Le 6 mai.

— Vraiment ?

— Bah oui, pourquoi ?

— C'est le deuxième tour des élections.

Greg resta interdit un moment, pas sûr de comprendre où elle voulait en venir.

— Et alors ?

— Non rien.

— Qu'est-ce qu'on s'en fout des élections ?

Il but une gorgée de Picon, et Hélène l'imita. Il était vraiment gentil ce garçon.

Le match se poursuivit dans le même climat survolté. À la fin du deuxième tiers temps, Épinal menait neuf à un, mais Christophe n'avait toujours pas joué. Dans les vestiaires, le coach félicita ses troupes et leur enjoignit de se ménager. À partir de là, ce qui comptait, c'était d'éviter les blessures. D'autres matchs allaient venir, la saison n'était pas finie, et s'agissant de Colmar, une poignée de terre de plus ou de moins sur leur cercueil ne ferait pas grande différence.

Les joueurs écoutèrent sans dire un mot, fumant comme des chevaux après la course, se contentant de renifler, souffler, se racler la gorge et cracher par terre. Certains grignotaient une barre de céréales, d'autres mordaient dans une banane. On buvait de la flotte au goulot, à longues gorgées, les pommes d'Adam faisant des allers-retours rapides dans les gorges de ces hommes déjà fatigués et qui devaient tenir encore. On sentait dans toute la pièce un mélange de pesanteur et d'électricité. Le gardien, qui avait un problème avec les fixations de son équipement, demanda de l'aide et Desmarais se dévoua pour le harnacher avec de l'adhésif.

Christophe, lui, considérait la scène de très loin. Il aurait voulu dire quelque chose, mais quoi ?

— Bon, les gars…

Le match reprit. Colmar en face semblait complètement sonné et n'osait presque plus attaquer. Le décompte de ce dernier tiers temps tenait Christophe à la gorge. Il se sentait de plus en plus mal. À la neuvième minute, il se leva pour dire un mot au coach.

— Il faut que je joue.

Madani continuait à suivre les déplacements de ses joueurs des yeux, son ardoise à la main.

— S'il te plaît, insista Christophe.

Cette fois, l'autre lui accorda un regard et, après quelques secondes de réflexion, lui adressa un signe encourageant de la tête.

— Tu remplaces Kevin, dit-il.

— OK. Merci.

Et Christophe monta sur la glace avec la ligne suivante. Il ne restait que huit minutes à jouer. En général, on changeait les lignes toutes les quarante-cinq secondes. L'équipe en comptait quatre, dont trois jouaient beaucoup, Christophe pouvait espérer une à deux minutes de jeu avant le coup de sifflet final. Heureusement, les joueurs de Colmar avaient une possession du palet à peu près nulle.

Effectivement, dès son premier passage, Christophe réussit à se placer et tira deux fois au but, mais sans résultat. C'était une fin de partie bizarre, assez lente, tout le monde était complètement claqué et jouait comme en rêve. Dans les gradins, le kop des supporters s'époumonait toujours, Marco pire que tout le monde, cognant et gueulant à s'en faire péter les vaisseaux.

De retour sur le banc, Christophe eut droit à une tape du coach sur l'épaule avant de s'effondrer. Quarante-cinq secondes de jeu, et il était complètement cuit, trempé des pieds à la tête. Tandis qu'il suivait le match, de grosses gouttes glissaient sur son visage et tombaient de ses cils au mouvement rapide. En passant la langue sur ses lèvres, il reconnut le bon goût salé de sa sueur.

Voilà. Il avait commencé trente ans plus tôt et il lui restait ça, quarante-cinq secondes de jeu pour finir. Dans sa poitrine, ses poumons se gonflaient et se vidaient à toute vitesse. Il ferma les yeux, cherchant à retrouver son calme, et agrippa sa crosse à deux mains. Desmarais se tourna alors vers lui et vit ses lèvres prises dans un murmure silencieux. Il donna du coude à son voisin. Les autres joueurs sur le banc surprirent à leur tour ce moment suspendu. Le beau visage dégoulinant de sueur, la voix inaudible qui cherchait le ciel, et cette immense crispation des sourcils qui disait tout bas *encore une fois, par pitié.*

En remontant sur la glace, Christophe constata qu'il n'avait plus rien dans les jambes, ou à peu près. Heureusement, les Titans étaient encore plus carbonisés. Ils soutenaient maintenant le siège des Spinaliens comme ils pouvaient, défendant à la hargne, presque avec colère. Christophe cherchait à compenser sa faiblesse en se plaçant où il fallait. Bientôt, le palet glissa jusqu'à lui le long de la bande, il voulut l'emmener sur quelques mètres avant de faire la passe, mais n'en eut pas le temps. Un défenseur adverse sorti de nulle part le heurta de plein fouet et le fit voler contre le plexiglas. Une charge si frontale, de rhinocéros, que le public ne put retenir un ooooh de réprobation. Christophe resta un moment sans bouger, un genou au sol, incapable de reprendre son souffle. Puis il se redressa en s'aidant de sa crosse. Il restait vingt secondes ou à peine plus. Il poussa sur ses patins. Justement Kamel Krim tirait au but. Mais le gardien de Colmar s'interposa et un défenseur adverse renvoya loin le palet. Desmarais se trouvait heureusement sur sa course, il l'intercepta et le remit aussitôt dans la boîte. Christophe sortait de derrière le but. Il fit l'effort nécessaire et sa trajectoire courbe rencontra celle absolument droite du palet. Il n'eut plus qu'à dévier d'un geste à la fois gracieux et plein d'adresse, presque rien. Et marqua.

Une clameur monta alors des gradins, hérissée du tut tut tuuuuuut des cornes de brume, tandis que le speaker annonçait pour la dernière fois le nom de Christophe Marchal, et son numéro 20. Ce dernier exécuta un tour de piste pour saluer les supporters, sa crosse tendue au-dessus de sa tête. En arrivant du côté où se trouvait son fils, il vit que le môme faisait une drôle de tête. Greg venait de le réveiller à l'instant pour assister au triomphe de son père. On aurait dit qu'il allait pleurer.

Quand Christophe apparut sur le parking, son lourd sac sur l'épaule, les lieux étaient déjà presque déserts. Les Titans s'étaient barrés depuis longtemps. Il ne restait plus que quelques proches des joueurs, une poignée de fanatiques qui espéraient une dédicace ou échanger deux trois mots avec une quelconque idole. Hélène patientait avec les autres à bord du Duster de Jenn. Pour ne pas réveiller le petit qui dormait blotti contre elle, tous papotaient à voix basse, ce qui occasionnait naturellement des blagues et des fous rires, d'autant qu'ils avaient pas mal picolé. Hélène les avait bien fait marrer en s'émerveillant de l'odeur de fruit de la passion que diffusait le petit sapin orange pendu au rétroviseur. Sous les effets conjugués de la victoire et du Picon bière, elle avait déclaré le plus sincèrement du monde :

— Il m'en faut un, ça sent trop bon.

À un moment, n'en pouvant plus, elle était sortie du Duster pour se soulager entre deux bagnoles, ce qui avait beaucoup plu aux autres. Elle n'était pas si bégueule après tout cette femme, contrairement à ce qu'on aurait pu croire, même Marco avait dû l'admettre. Une fois son jean remonté, elle était restée un moment dehors pour fumer une clope et ils l'avaient tous regardée sans rien dire, sa haute silhouette et sa queue de cheval, bien moulée dans son jean et fumant comme un cow-boy.

— Bon c'est réglé, avait fait Jennifer. Elle vient au mariage.

De retour dans la voiture, Hélène n'avait donc pas eu le choix. Elle avait promis et s'était dit que oui, au fond c'était bon de se retrouver avec ces gens, dans ces lieux, de profiter de leurs accents et de leur gentillesse épaisse. Ça donnait un peu l'impression d'enfiler un vieux sweat super confortable qu'on aurait retrouvé au fond d'une armoire. Elle avait embrassé la tête du petit.

— Tiens, le v'là, dit Marco, en voyant venir Christophe.

Hélène sortit du 4×4 et courut vers lui pour se jeter dans ses bras. Il l'attrapa au vol et ils s'embrassèrent là, préoccupés de rien, deux mômes dans la nuit facile. Christophe avait les cheveux mouillés et sentait bon le gel douche. Hélène prit le temps de le regarder.

— Salut, dit-elle en minaudant.

— Salut.

Il avait laissé tomber son sac et la tenait par la taille. Dans ses yeux à elle, les lumières de la patinoire traçaient des angles de lumière et son sourire, pour une fois, était sans ironie, ne suggérait rien, ne l'inquiétait plus. Il lui demanda ce qu'elle avait pensé du match.

— C'était super, dit-elle, avec une sincérité profonde.

Dans la pénombre, il la trouvait vraiment belle. Elle l'embrassa encore. Elle sentait l'alcool, mais qu'est-ce que ça pouvait faire ?

— J'ai envie qu'on rentre.

— Et ta voiture ?

— Tu me redéposeras demain.

— T'es sûre ?

Le moteur de la Dacia rugit dans le dos d'Hélène tandis que la lumière des pleins phares les détachait brutalement de la nuit. Ils s'éloignèrent l'un de l'autre et Jenn lâcha quelques petits coups de klaxon narquois. Il fallut alors expliquer aux copains qu'on rentrait au lieu d'aller au resto comme prévu.

— Vous êtes chiants, fit Marco, déçu.

— Le petit est claqué.

— Une prochaine fois, ajouta Hélène.

Les autres insistèrent un peu pour la forme avant de les abandonner là, non sans les gratifier d'une dernière salve de coups de klaxon. Christophe tenait son fils dans ses bras et le sommeil de l'enfant donnait à tout cela une impression de grande douceur.

— Ils sont chouettes, fit Hélène, en passant le sac de sport sur son épaule.

Puis ils se dirigèrent vers le break de Christophe. Elle se sentait réconciliée avec la terre entière.

Une fois le petit couché, Hélène prit une douche et Christophe prépara un petit quelque chose à manger dans la cuisine. Il avait pris soin de monter le chauffage et la maison semblait ronronner autour d'eux. Quand Hélène redescendit, en culotte et t-shirt, de vieilles pantoufles aux pieds, elle trouva la table mise et son mec en tablier. Il avait préparé une omelette et fait griller du pain.

— Assieds-toi. Tu veux de la salade ?

Non, juste l'omelette c'était parfait. Ils burent du vin et Hélène, de nouveau pompette, se fit des tartines de beurre salé qu'elle trempa dans le jaune d'œuf. C'était riche, gras, absolument délicieux.

— À la tienne, fit Christophe.

Ils trinquèrent et se mirent à parler du match, de l'équipe et de sa saison, des amis de Christophe.

— Je crois que je leur ai plus ou moins promis de venir au mariage.

— Ah tant mieux.

— Je sais pas trop.

Christophe mangeait de grand appétit, coupant de sa fourchette dans la matière riche et visqueuse de l'omelette, enfournant de gros morceaux de pain, et le tout avec tant de hâte qu'il mouilla ses doigts de jaune d'œuf. D'un coup de langue, il nettoya cet accident et surprit le regard d'Hélène.

— Qu'est-ce qu'il y a ?

— Rien. Mange. Ça me plaît de te regarder.

Elle accompagna ce dernier mot d'un mouvement encourageant du menton. Et se servit un autre verre, le troisième. Mais Christophe avait posé sa fourchette et essuya ses lèvres avec sa serviette. Tous deux se sentaient bien, détendus et rassasiés. Ils avaient le temps et la paix. Et la présence du petit à l'étage contribuait d'une drôle de manière à ce plaisir si simple, presque routinier. Hélène espérait qu'ils n'allaient pas trop s'éterniser à table. C'est elle pourtant qui reprit la parole :

— T'as toujours vécu là ?

— Dans cette maison ?

Le chat vint alors quémander des caresses et la main de Christophe disparut sous la table pour lui gratter la tête.

— Non, je veux dire à Cornécourt, reprit Hélène. T'as toujours vécu dans le coin ?

— Oui.

— C'est pas un reproche, hein…

— Je sais bien.

Du bout de la langue, il récupéra un morceau de pain qui s'était coincé entre ses dents, et elle le vit mâchouiller, les lèvres pincées.

— J'ai gardé personne de cette époque, moi.

— Comment ça ? demanda Christophe.

Elle sentit sa méfiance, mais ne put s'empêcher de lui dire ce qu'elle avait sur le cœur.

— Je sais pas. T'as jamais eu envie d'autre chose ?

— On n'est pas plus mal qu'ailleurs.

— Moi, j'ai tellement voulu me casser.

— Mais t'es revenue.

— Pas vraiment.

Le chat sauta sur les genoux de Christophe et, de sa grosse main, il caressa l'échine de l'animal qui se mit à ronronner fort.

— Donc t'as jamais rien vu d'autre ? demanda Hélène.

Elle le vit tiquer.

— Pour quoi faire ? répliqua Christophe, le visage soudain dur comme du bois. C'est partout pareil.

Hélène haussa un sourcil dubitatif et Christophe se leva de sa chaise, forçant le chat à sauter par terre. L'animal quitta la pièce en abandonnant derrière lui un miaulement indigné tandis que son maître entreprenait de débarrasser la table. Hélène se sentait désolée, mais c'était plus fort qu'elle. Il lui plaisait tellement ce soir-là, qu'elle ne pouvait s'empêcher de vouloir le tirer de son côté.

— Je voulais pas te vexer, dit-elle.

— Je suis pas vexé.

Elle se leva à son tour pour le rejoindre près de l'évier. Elle avait besoin de réduire les distances. Elle voulait être heureuse tout de suite.

— Allez viens, dit-elle, on s'en fout.

Elle prit sa bouche et chercha tout de suite sa peau sous son t-shirt, ses mains parcourant son buste comme pour le réchauffer. Aussitôt, ces gestes suffirent à leur vider la tête. Christophe la serra contre lui. Il sentit son souffle sur sa peau, une morsure dans son cou. Elle respirait son odeur, puis le lécha du bout de la langue, pour avoir son goût, se pressant mieux contre lui, contre ses cuisses énormes de patineur qui lui donnaient un je-ne-sais-quoi d'inhumain, un côté centaure un peu révoltant et qu'elle adorait. Au moment où il attrapait sa nuque pour l'embrasser vraiment, elle se sentit fondre et gémit. Puis elle chercha les boutons de son jean du bout des doigts, les fit sauter un par un et passa une main dans son pantalon, trouvant tout de suite sa queue à travers le tissu de son caleçon. Sous la douceur du coton, il était déjà gros, tendu, et l'excitation d'Hélène redoubla. Elle le mordit encore, leurs fronts se collèrent, il prit son cul dans sa main, en éprouva la mollesse, cette douceur parfaite et le tissu de sa culotte. Hélène le dominait d'un centimètre ou deux, et c'était bon de se sentir pris comme ça, enveloppé, les yeux dans les yeux, son gros cul pour lui, la main sur sa queue, arrimés et en plein naufrage. Elle aussi tenait sa nuque à présent. Ils échangèrent encore un ou deux baisers du bout des lèvres. Hélène s'était mise à onduler, elle respirait fort, par le nez. D'un mouvement, il la plaqua contre l'évier, et elle poussa un petit cri de surprise en sentant le froid de la faïence en travers de ses fesses. Mais il avait déjà fait rouler sa culotte sur ses cuisses. Elle se contorsionna pour l'aider, et une fois la culotte sur ses chevilles, elle la fit voler d'un coup de pied à travers la pièce.

Christophe bandait très dur à présent et elle plongea sa main dans le caleçon pour l'empoigner, jusqu'au désordre piquant des poils. Le besoin montait depuis le ventre. Ils se donnèrent d'autres baisers, leurs bouches se joignant par intermittence, la langue lourde, les pupilles noires et leurs souffles concurrents. Quand il attrapa ses cheveux, Hélène gémit plus fort, depuis la poitrine, et fit de la main un mouvement de rotation autour de sa queue qui laissa sur la face antérieure de son poignet une sensation de viscosité absolument délicieuse. Ces gouttes qui avaient perlé, et venaient d'entrer en contact avec sa peau, furent comme une décharge de feu à travers ses veines.

Alors elle attrapa la main de Christophe et la guida entre ses cuisses, se dressant sur la pointe des pieds pour prendre appui sur l'évier et s'ouvrir davantage. Il glissa deux doigts au pli, puis dans la fente, les falbalas moirés où la peau devenait si fine, dramatiquement sensible. Hélène sentit un frisson la parcourir jusqu'à la pointe des cheveux et soupira d'aise, attendant qu'il se fraie un passage, léger, quasi subliminal, sondant l'intérieur brûlant du bout des doigts, avant de dénicher le clitoris, qu'il fit rouler, pressant allusivement, l'index et le majeur mobiles sur le petit rebond dérobé et sans mystère. Il insista jusqu'à ce qu'Hélène se sente devenir comme un puits, une flaque, puis elle enfouit son visage dans son cou, le branlant toujours elle aussi, tirant le tissu du caleçon pour mieux libérer sa queue.

— Viens, dit-elle au bout d'un moment parce qu'elle voulait le sentir.

Mais au lieu de ça, il s'appliqua mieux, têtu et subtil, passant ses doigts alternativement sur ses lèvres et dans sa chatte, glissant dans la brûlure, revenant au clitoris qui sous la pression lançait dans le corps d'Hélène ses vagues inévitables. Il voulait la faire jouir, mais elle se retenait, pour s'amuser, faire durer, par mauvais esprit.

— Tu m'auras pas, souffla-t-elle, haletante et un sourire aux lèvres.

Au lieu de précipiter son mouvement, Christophe poursuivit avec la même délicatesse bornée, effleurant le crénelé des muqueuses, pressant les corps gonflés de sang, tirant sur les poils. Hélène avait adopté de son côté un mouvement de va-et-vient flûté et infini, et elle pouvait sentir comme il était raide, les veines saillantes, gorgées et sur le rebord. Quand elle cracha dans sa main, il ne put s'empêcher de jurer. C'était devenu un jeu, une dispute. Il précisa son geste en espérant la faire céder la première.

— Dans tes rêves, dit-elle, et ils gloussèrent tous les deux.

Elle s'agrippa à son bras tendu sur le rebord de l'évier pour mieux se cambrer. Ça venait. Ils étaient pris là dans la soudure, comme des serpents, les cheveux mêlés, les yeux clos, sans dépense inutile, et dans sa main, elle sentit la pulsation claire de sa bite qui n'en pouvait plus. Christophe se détourna pour reprendre son souffle. Elle-même se trouvait tout au bout, les pieds à l'extrémité du plongeoir. Alors elle souffla à son oreille quelques mots qui ne laissèrent à Christophe aucun autre choix.

Il jouit debout dans la cuisine, sur elle, et Hélène retint sa main pour qu'il finisse ce qu'il avait commencé. Elle vint à son tour, quelques secondes plus tard seulement. Elle avait gagné.

20

Hélène avait hésité jusqu'au dernier moment, mais quand Philippe lui apprit qu'il *voyait quelqu'un*, une meuf du boulot – comme c'était original –, elle se dit oh et puis merde. Alors elle écrivit à Christophe pour lui annoncer la bonne nouvelle : *C'est bon, je viens au mariage.*

C'était tout de même un crève-cœur, cette vie bâtie à deux depuis plus de quinze ans et qui finissait comme ça. Par moments, Hélène aurait bien voulu rembobiner l'histoire. Avec Mouche, elle jouait encore à "l'ardoise magique", c'est-à-dire que lorsque la petite faisait vraiment une grosse bêtise, genre coller ses animaux en plastique sur la tapisserie avec de la glu, Hélène voulait bien passer l'éponge à condition que la petite s'excuse du fond du cœur. Mais à son âge, les repentirs sincères ne suffisaient plus. Chaque acte était comme une cicatrice, un tatouage, et si les choix pouvaient vous mener loin, les lâchetés ou l'inaction n'étaient pas moins redoutables. Tout comptait sur cette pente quasi verticale de l'existence adulte.

Quoi qu'il en soit, ce fameux mariage serait forcément un tournant. C'est pour ça qu'elle avait tant hésité. Maintenant que Philippe avait *quelqu'un*, Christophe devenait forcément plus qu'une passade. D'ailleurs, c'était con, mais elle eut tout à coup peur de le perdre.

Pour commencer, elle courut donc s'acheter une robe neuve et s'inquiéta du costume de son cavalier.

— C'est bon, j'ai un costume Boss, expliqua Christophe. Il est nickel.

— Quelle couleur ?

— Bleu.

— Tu l'as acheté quand ?

— Je l'avais acheté à Troyes, dans un magasin d'usine. Moins cinquante pour cent.

Ça commençait bien...

— Je t'ai pas demandé où, reprit Hélène, mais quand.

— Je sais pas, y a quatre ou cinq ans.

— Envoie-moi une photo.

— Tout de suite ?

— Mais oui, c'est samedi ton mariage. Envoie.

— OK, je te rappelle après.

Cinq minutes plus tard, elle recevait une photo de Christophe en tenue. Exactement ce qu'elle craignait. Un costume trop large, la veste qui tombait trop bas, les épaules carrées, et en plus un tissu à fines rayures qui aurait mieux convenu l'hiver. Pour couronner le tout, Christophe l'avait essayé sans prendre la peine d'enfiler des chaussures et l'effet du truc porté avec des chaussettes tennis était absolument consternant.

Elle le rappela aussitôt.

— Il faut qu'on t'achète un autre costume de toute urgence.

— Comment ça ?

— Tu vas venir à Nancy, on ira faire des courses au Printemps.

— Mais je vais pas mettre mille balles pour un costume que je mettrai qu'une fois.

— Je m'en occupe.

— Tu plaisantes ou quoi ?

Et au moment de régler le costume De Fursac bleu et cintré qui lui allait à merveille, ils eurent leur premier accrochage sérieux. Finalement, Christophe paya, mais Hélène obtint qu'il se laisse offrir une paire de chaussures. Il fallut donc écumer toute la ville pour trouver les richelieus adéquats. À force, Christophe se prit au jeu et marcha bientôt d'un pied léger aux côtés d'Hélène, pour qui l'argent comptait peu et qui tenait à le gâter. C'était agréable d'arpenter une ville en ayant le sentiment que tout pouvait vous appartenir, que les vitrines étaient autant d'*open bars*. À la fin de l'après-midi, il était rhabillé de pied en cap, souliers Paul Smith, ceinture Smalto, cravate en soie et chemise agnès b. Il y en avait pour un mois de salaire. Puis ils passèrent chez un couturier pour faire les indispensables retouches sur son nouveau pantalon. En fin d'après-midi, ils se récompensèrent de leurs efforts en prenant un café place Stan. Considérant les sacs de grands magasins amoncelés à leurs pieds, Christophe se lamenta.

— Ça me fait plaisir, dit Hélène.

— J'aime pas trop l'idée de me faire entretenir, quand même.

— Tu vas pas faire ton misogyne.

— Je vois pas le rapport.

— Mais si. Allez, t'as qu'à régler les cafés.

Et cette discussion solda provisoirement la question du pouvoir entre eux.

Le jour J, Hélène débarqua à Cornécourt avec le costume retouché et ils s'habillèrent chacun de leur côté, avant de se retrouver dans la chambre de Christophe, pour vérifier leur allure devant l'armoire à glace. Une fois côte à côte, elle en talons, dans sa robe, et lui sanglé dans son nouveau costume et son impeccable chemise blanche, ils furent bien forcés de le reconnaître : ils en jetaient.

— On est pas mal, fit Hélène.

— Ouais…

Dehors, le mois de mai offrait son premier week-end, et il flottait dans l'air une odeur de frais, un pétillement vert qui gonflait le cœur.

On frappa alors à la porte et le père passa une tête fureteuse dans la chambre. Christophe était allé le chercher la veille et il avait dormi là, dans son ancienne chambre. Lui était déjà prêt, en costume gris, sa chemise boutonnée jusqu'en haut.

— Ah…, dit-il, en voyant cette grande femme en robe à fleurs qu'il ne connaissait pas. Excusez-moi. Je cherchais ma cravate.

Christophe se pressa vers lui, plein d'embarras.

— Tes dents, papa.

La bouche vide du vieil homme se referma dans un claquement humide et ses yeux roulèrent comiquement dans leurs orbites.

— Viens, dit Christophe.

Ils quittèrent la pièce avec sur leurs talons le chat qui n'avait pas lâché le père d'une semelle depuis qu'il était arrivé. Hélène resta donc seule dans sa robe superbe, avec son reflet et l'immensité du printemps que la fenêtre entrouverte contenait à grand-peine.

Dans la salle de bains, Christophe aida son père à nouer sa cravate puis, le prenant par les épaules, il vérifia que tout allait bien. Il avait ses dents, ses lunettes dans sa poche, un peu d'argent dans son portefeuille. Il était lavé et peigné, ses ongles coupés. Son costume flottait un peu sur son corps amaigri mais ça irait comme ça et, dans l'ensemble, il avait plutôt bonne mine. Tout de même, Christophe prit soin de retirer deux poils qui se dressaient sur son nez.

— Et Gabriel ? demanda le père.

Depuis la veille, il avait posé la question cent fois. Christophe l'avait même surpris dans la chambre du petit, interdit et les bras ballants.

— Il est chez sa mère. Je te l'ai dit.

— Ah oui.

Le visage du père s'orna d'un délicat sourire.

— Je perds un peu la boule.

Christophe toucha son bras et sourit lui aussi. Ils étaient tout à la douceur.

— On va y aller.

— Déjà ?

— On a rendez-vous à la mairie.

— Ah oui, fit le vieil homme.

Mais Christophe savait bien que le père trichait et n'avait plus la moindre idée du déroulement de la journée. Il lui rappela donc la raison de tous ces préparatifs. Greg se mariait, et c'est le père Müller qui devait officier à la mairie. À l'évocation de ce nom, les yeux du vieil homme s'illuminèrent.

— Quel corniaud, celui-là !

Christophe lui rappela aussi qu'ils y allaient avec une amie et qu'elle s'appelait Hélène.

— Oui, ta copine.

— Voilà.

Christophe hésita une seconde, puis osa une question.

— Tu la trouves comment ?

Le père se contenta de hausser les épaules.

— Oh moi, tu sais, les bonnes femmes…

Greg et Jenn débarquèrent sur la place de la mairie un peu avant seize heures, à bord d'une deux-chevaux décapotable, avec force coups de klaxon et un virage particulièrement élastique qui suscita des applaudissements nourris et quelques craintes de la part des invités. Cramponnée dans l'habitacle, Jenn atteignait son septième mois de grossesse et sembla n'apprécier qu'à demi ces acrobaties. Une fois le véhicule immobilisé, elle sermonna vertement le futur époux, lequel opina avec enthousiasme avant de jaillir de la voiture, tout sourire, les bras levés, une cravate texane ornée d'une pierre turquoise autour du cou. Après avoir fait le signe de la victoire des deux mains, il contourna la deux-chevaux pour aider Jenn à s'extirper de son siège. Pour sa part, elle portait une longue robe blanche où son ventre formidable faisait comme un œuf. Elle aussi souriait, mais on sentait une certaine tension dans son allure, une dureté dans le regard, tout le souci que lui causait l'intendance de cet événement exceptionnel. Elle adressa d'ailleurs quelques gestes impatients en direction de Bilal, son fils, lequel bayait aux corneilles parmi les invités, indifférent et sourd, et elle dut crier son nom pour qu'il se décide à tenir son emploi de garçon d'honneur et vienne porter la traîne avec une cousine rose bonbon qui ne devait pas avoir plus de dix ans.

Christophe et Hélène se tenaient un peu en retrait, avec Gérard qui semblait bien, les moustaches au vent, gai comme un pinson dans ce frais rayon de soleil.

— Salut les ringards !

Marco venait de faire son apparition derrière eux, en costume clair et cravate rouge, assez chic lui aussi.

— T'es drôlement beau, fit Hélène.

— Hé hé, répliqua l'autre, dressant son index vers ciel, et entamant le début d'un pas de danse.

Puis, après avoir salué le père de Christophe, il ouvrit un pan de sa veste et leur montra la flasque de métal glissée dans sa poche intérieure.

— T'as peur de manquer ?

— Ça peut être long, les cérémonies.

— On va pas à l'église, ce sera vite expédié.

Après quoi ils évoquèrent une fois encore l'épineuse question des témoins qui les avait pas mal occupés ces dernières semaines. Du côté de Jenn, aucun problème, elle avait choisi sa meilleure amie, Florence, mais Greg avait repoussé sa décision le plus longtemps possible, ne pouvant départager Marco et Christophe. Deux jours plus tôt, le verdict était tombé, c'était finalement un de ses grands-oncles qui s'y collait, vieux bonhomme vivant quelque part en Haute-Saône, patriarche agricole qui s'appelait Jacques et avait plus de quatre-vingts ans.

— Il paraît qu'il vient en voiture tout seul.

— En ambulance, à la limite.

Hélène, intriguée, demanda des précisions. D'après ce que Greg en avait dit, le Jacques en question était veuf et habitait seul dans une ferme énorme. Pour plus de commodité, il avait néanmoins concentré dans la pièce principale du rez-de-chaussée toutes les fonctions indispensables à sa vie quotidienne. Celle-ci tenait donc lieu de salon et de cuisine, de chambre aussi, son lit trônant devant la cheminée, de salle de bains enfin, puisqu'il faisait sa toilette dans l'évier. Enfin, il cultivait un peu de vigne, assez en tout cas pour sa consommation personnelle, soit une bouteille à chaque repas d'un jus astringent et violet qui laissait sur les dents une impression d'étrange porosité, comme si l'émail avait été bouffé par l'acidité du fruit. À part ça, on le supposait riche, même s'il vivait assez chichement. C'était en somme une de ces légendes des campagnes, figure d'homme increvable et têtu, ancien conseiller général RPR, dur au mal et âpre au gain, qui laisserait en mourant des photos d'ancêtres à moustache dans des cadres dorés, un magot à la Caisse d'Épargne et du mobilier rustique dont les héritiers se débarrasseraient chez Emmaüs.

Marco avait hâte de voir *l'engin*. Christophe se marrait. Hélène pour sa part trouvait ça un peu inquiétant. Mais l'aiguille au fronton de l'église tournait et, bientôt, le père Müller parut sur le perron de sa mairie. Sous son commandement, les invités se mirent en ordre de bataille et entamèrent la procession jusqu'à la salle des mariages qui se trouvait au premier étage. En passant, le maire et Gérard Marchal échangèrent quelques mots. On sentait l'édile sur ses gardes, comme s'il cherchait sur ce vieux visage si bien connu la marque précise du mal. Pour conclure, il dit au père de Christophe qu'il avait l'air en forme.

— En forme de quoi ? répliqua le vieil homme, le regard candide sous ses sourcils assemblés.

Le père Müller sourit poliment et Gérard fut repris dans le mouvement ascendant des invités, le piétinement sur les larges marches de pierre.

Dans la salle des mariages, il ne fallut pas longtemps avant que tout le monde trouve sa place. Finalement, l'oncle de Greg n'était pas si exotique, en tout cas de prime abord. C'était un vieillard au visage raisonnablement rouge, plutôt bien de sa personne et qui ne ressemblait guère au portrait qu'en avait fait son neveu. Tout de même, Hélène avait remarqué ses mains et les signala à Christophe. Deux battoirs énormes, devenues minérales à force de travail, si épaisses qu'elles restaient toujours ouvertes à demi, comme celles des Playmobil. On se disait à les voir qu'elles pouvaient briser des noix, casser des vertèbres, transformer la matière en tout cas, mais certainement pas pianoter sur un Mac. C'étaient des mains d'un autre temps, qui avaient eu cet emploi antique de la terre, et semblaient incongrues dans la civilisation des écrans et des sensibilités épidermiques. Elles faisaient avec leur propriétaire à l'air timide un contraste saisissant. Elles occupaient l'espace.

Le père Müller s'éclaircit ostensiblement la gorge et le murmure des conversations s'éteignit. On énonça l'état civil des futurs époux et de leurs témoins. Des promesses de respect et de fidélité, de secours et d'assistance furent prononcées. On s'obligeait en outre mutuellement à une communauté de vie. Hélène, qui n'était pas mariée, trouva tout cela épouvantablement désuet et presque déplacé. Qu'est-ce que le maire de Cornécourt ou l'État avaient à dire de la fidélité des gens ? Assise au deuxième rang, elle se tourna pour vérifier l'effet que produisaient ces paroles sur les autres invités et, dans cet étalage de figures, ne trouva rien pour se rassurer. Ces gens étaient la société, d'un bloc, dans leur anonymat paisible, leur approbation de principe. Elle considéra les visages à la fois tous semblables et d'une infinie variété et en éprouva une sorte de dégoût. Dehors, les frondaisons d'un grand marronnier planté dans la cour de l'école voisine bruissaient sous le vent. Elle sentit la main de Christophe sur sa jambe. Jenn et Greg signaient le registre, bientôt imités par leurs témoins. C'était déjà fini, c'était pour la vie.

Il fallut faire pas mal de route avant d'arriver à Moudonville, le petit village à trente bornes de Cornécourt où se trouvait la salle des fêtes louée pour accueillir la noce. Greg s'y était pris trop tard, et en cette saison où les amoureux convolaient le plus volontiers, il n'avait rien trouvé de plus proche. Pour y aller, c'était de la petite route, sinueuse et qui traversait un peu de forêt, des villages tendus comme sur une corde, de vastes aplats de cambrousse onduleux et mous. Les invités firent le trajet à la queue leu leu, leurs voitures enrubannées et donnant des coups de klaxon au moindre lieu-dit. On aurait cru voir la caravane du Tour de France.

— Va y avoir du dégât au retour, observa le père de Christophe qui se trouvait lui-même à la place du mort, à la droite de son fils.

— Ça c'est sûr, renchérit Marco, y aura de la viande saoule dans les talus.

— Qui conduit au retour d'ailleurs ? demanda Hélène.

Les trois hommes se turent.

— Moi j'ai l'intention de boire, je vous préviens, dit-elle encore.

— Je peux conduire, dit le père.

— C'est bon, je ferai gaffe, trancha Christophe.

Sur ce, Marco sortit la flasque de sa poche et proposa à Hélène de boire un coup. Pour le fun, elle accepta et prit une gorgée de whisky. Aussi sec, elle sentit la chaleur envahir son visage et ses cheveux se mirent à friser sur sa tête. En tout cas, elle avait gagné des points avec Marco, qui but à son tour en lui adressant un clin d'œil.

La salle des fêtes Marcelin-Lançon était un vilain bâtiment cubique largement ouvert sur la campagne et perché au sommet d'une petite colline. Une seule route y menait. Alentour il n'y avait rien. C'était à se demander comment on avait pu viabiliser l'endroit. Dans un pré voisin, on distinguait des tentes que les invités les plus prévoyants avaient pris soin de dresser à l'avance. En arrivant, Gérard Marchal désigna un petit point blanc qui trottinait devant l'entrée.

— Qu'est-ce que c'est que ça ?

Marco se marra.

— C'est une bique ! dit-il.

— Comment ça ?

— C'est pour le grand frère de Greg. Comme c'est le seul qui n'est pas marié, ils lui ont pris une chèvre.

Il fallut à Hélène quelques secondes pour comprendre l'idée.

— Vous êtes sérieux ?

— Ben oui, c'est le cadeau du légionnaire.

Christophe jeta un coup d'œil dans le rétro pour vérifier sur pièces la réaction de sa compagne. Lui-même se sentait contrarié et tendu. Déjà, l'idée de devoir garder un œil sur son père ne lui plaisait guère. S'il fallait en plus modérer sa consommation d'alcool... Mais ce qui l'incommodait le plus, c'était de sentir les distances qu'Hélène marquait sans même s'en rendre compte. Il ne savait pas quoi faire pour qu'elle se sente à sa place. Depuis le matin, il lui avait demandé dix fois si ça allait, si bien qu'elle avait fini par lui dire de lui lâcher un peu la grappe. Pour couronner le tout, elle tenait absolument à rentrer dans la nuit afin de voter à Nancy le lendemain. Rien n'était simple, décidément.

En attendant, des invités se pressaient déjà autour de la chevrette et la pauvre bête, attachée à un piquet par une corde, faisait tinter sa clochette avec frénésie et lâchait par intermittence un bêlement grêle. Les enfants surtout, tel un essaim de mouches sur une charogne, se bousculaient pour lui prodiguer des caresses ou lui offrir un peu d'herbe, les parents se contentant d'immortaliser ce candide harcèlement à l'aide de leur portable. Le comble du raffinement fut atteint quand Didier, l'aîné des frères, le célibataire en question, accepta de poser avec l'animal dans ses bras, le tenant contre lui comme une mariée.

— C'est un peu lourdingue quand même, observa Hélène.

— Ouais. Qu'est-ce que tu veux que je te dise ?

Ils observaient cette triste attraction à distance, leur flûte à la main. Pour assurer le service, on avait recours à des mômes qui fréquentaient un lycée hôtelier du coin, et ceux-ci traçaient leurs implacables allées et venues parmi les convives, avec un rien de maladresse, disant "s'il vous plaît" sur un ton d'excuse, leurs plateaux chargés de verres et de canapés, faisant bruire le gravier sous leurs pas empressés. C'était l'heure la plus douce, au déclin du jour, et les invités papotaient par petits groupes, profitant du champagne qui avait délié les langues, et rendu les visages plus familiers. Alentour, on voyait s'étaler à perte de vue la géométrie des prés et des champs sur un relief aux ondulations onctueuses. Quelques cerisiers en fleur accrochaient l'œil un peu plus bas et, vers le couchant, on devinait l'interminable mastication de quelques vaches pie dont la lenteur semblait contaminer tout le paysage. Il n'y avait guère qu'un mince cours d'eau presque invisible pour contredire cette impression de mollesse en taillant sa tranchée noire au pli du vallon.

Mais Christophe, lui, n'avait pas le loisir de s'adonner à ce genre de songeries bucoliques. Il devait surveiller son père, jauger l'humeur d'Hélène qui à présent papotait avec une cousine de la mariée, et saluer sans faiblir diverses connaissances qui l'une après l'autre venaient se rappeler à lui, une tata fagotée comme la reine d'Angleterre, un vieux copain qu'il n'avait plus revu depuis ce fameux barbecue au lac du Perdu, tu te souviens, c'était l'été des vuvuzelas, ah oui bien sûr, le bon temps. De son côté, Greg, ravi et panoptique, distribuait des verres et des tapes dans le dos. Dire qu'avec Jenn ils allaient former une famille, ça faisait drôle.

— Tu veux boire un petit *schluck* ?

Marco avait refait surface, sa fameuse flasque à la main, sa cravate déjà volatilisée.

— Mec, y a du champagne. Je vais peut-être pas me mettre minable au Label 5.

Marco n'eut pas le temps de prendre la mouche. Le marié venait de grimper sur une chaise et fit tinter une petite cuillère contre sa flûte.

— S'il vous plaît…

Le brouhaha des conversations s'éteignit.

— Bon… Je voulais parler maintenant, parce qu'on sait pas dans quel état vous serez dans une heure. Je voulais vous dire qu'avec Jenn, on est contents que vous soyez tous venus. En plus, il fait beau. Enfin voilà. J'aime pas trop les discours. Simplement, c'est un grand jour et je suis content. Enfin, on est contents.

Et il leva son verre en direction de Jenn qui se trouvait assise dans un coin, entourée d'un aréopage de femmes d'âges divers, parmi lesquelles sa mère, sa sœur, sa meilleure copine, toutes empressées autour de son ventre immanquable.

Ensuite, Greg se lança dans une série de remerciements qui obéissaient à un développement excentrique, depuis la famille proche jusqu'aux collègues de l'usine. Le mot de la fin fut pour son père qui n'était plus là, mais on pensait à lui. Et pour Cetelem aussi, sans qui rien de tout cela n'aurait été possible. D'ailleurs, il y avait une urne pas loin des platines du DJ pour ceux qui voulaient donner un coup de main.

— Et votez bien ! gueula Didier, le grand frère célibataire déjà passablement éméché.

Des gens trouvèrent ça drôle, d'autres moins.

Depuis que Marine Le Pen s'était qualifiée au second tour, cette phrase était devenue le mantra du pays. Dans les journaux, sur les réseaux, à la télé, importants divers et leaders d'opinion présumés se succédaient sans trêve pour décortiquer les causes du désastre et gourmander la nation. Le maire de Cornécourt lui-même, qui était sans étiquette et ne faisait pas de politique *(dixit)*, y était allé de son petit couplet après la cérémonie. Il fallait faire barrage, pour la République et nos enfants, on ne pouvait pas jouer avec le feu comme ça, d'autant que les regards du monde entier étaient braqués sur la France, même si bien sûr il fallait entendre la colère, les difficultés des gens, etc. Les invités l'avaient écouté poliment avant de vider les lieux dans un piétinement calme émaillé de murmures sombres. Les vieux surtout semblaient s'alarmer de la situation, eux qui pourtant étaient les moins concernés par l'avenir. Chez les plus jeunes en revanche, et les hommes surtout, ce remue-ménage suscitait une sorte de jubilation mauvaise. C'était tout de même beau pour une fois de voir la panique en haut lieu, le prêchi-prêcha affolé des bien lotis. Leur tour de sentir le sol meuble sous leurs pieds. Pour deux semaines, l'ordre des choses semblait suspendu, les forces inversables.

Au mariage comme ailleurs, on ne pouvait éviter longtemps d'aborder ce sujet. Les têtes étaient si farcies de sondages, les esprits tellement gavés d'analyses et de chiffres. Cette interminable campagne avait tordu les nerfs de tout un peuple. Mais dans cette immense rafle des consciences, il demeurait presqu'autant de vues que de Français. Ainsi, certains avaient regardé le débat de l'entre-deux-tours, d'autres pas. Il y en avait qui ne loupaient jamais un JT et d'autres qui ne voulaient plus en entendre parler. Macron avait ses fans, Le Pen ses sympathisants. Les militants s'obnubilaient chacun dans son couloir. Les niches, les variantes, les groupuscules, les singularités pullulaient sous le microscope des analystes qui feignaient de tout comprendre. Des gens bien intentionnés plaidaient pour plus d'éducation, de moyens, de temps, d'écoute. D'autres plus sévères ne voyaient que déclin, minage, recul et prônaient de cruels tours de vis. Les blasés n'y croyaient plus. Les optimistes compulsifs rêvaient pour la millième fois d'hypothétiques refondations. De part et d'autre de ces lignes de partage qu'on croyait morales et qui, bien souvent, relevaient plus platement de l'origine, de la géographie, du niveau scolaire ou de la fortune, des acharnés crachaient leur dégoût du camp d'en face, symétriques dans le rejet, également convaincus, tous malheureux et crevant de certitudes. Le pays était devenu cette épouvantable cocotte-minute prête à sauter, où mijotait depuis des décennies le ragoût terrible des dénis et des surdités, du dépit et de la peine, de la crainte du lendemain et des nostalgies inguérissables. Chaque jour, il était question des musulmans, de l'Europe, du climat un peu, d'argent sans cesse, de la dette qui devenait une plaie personnelle et empêchait de dormir des gens qui de leur vie n'avaient pas été une seule seconde à découvert. Mais au fond, le seul sujet était celui du monde qu'on voulait faire à sa main, selon sa puissance, protégé des choses telles qu'elles tournaient, ce radeau où l'on serait finalement entre soi. Et les tenants de l'ouverture, s'ils se donnaient l'air universel et positif, ne faisaient rien d'autre que de circonscrire eux aussi leur atoll idéal, accueillant en théorie, partageable en rêve. Quant aux suppôts présumés du repli, ils se contentaient en général d'osciller entre le besoin d'un havre et le fantasme d'une revanche.

Christophe, quant à lui, attendait que ça se passe et avec Hélène ils n'en parlaient pas. De toute façon, la politique, ça ne servait qu'à s'engueuler et les choses, à la fin, ne changeraient pas tant que ça. Le lundi suivant, il faudrait bien retourner bosser, tenir la cadence, voir les prix de l'électricité et les cotisations des mutuelles grimper, se sentir dépouillé miette à miette de chaque petit avantage, tenir contre cette très progressive érosion de vos joies, et penser à la prochaine visite du petit, prendre la voiture ou le TGV, et les vacances, où est-ce qu'il allait bien pouvoir l'emmener ?

— À quoi tu penses ?

Hélène le surplombait de cinq centimètres facile avec ses talons. Elle passa un bras autour de son épaule, le regard plein de malice, et l'embrassa sur le front. Elle sentait l'alcool et le parfum.

— À rien, répondit Christophe.

— J'ai vu nos places.

— Et ?

— On est avec ton père. Et avec Didier, le grand frère légionnaire.

— Il va peut-être prendre la chèvre sur ses genoux.

— C'est n'imp cette histoire. La pauvre bête. Vous êtes vraiment cons, hein.

— C'est ce qui fait notre charme.

Christophe l'avait prise par la taille et tous deux se tenaient serrés, encore jeunes finalement, gais sous la caresse du soir, faciles comme des chatons.

Sur ce, on invita les gens à rentrer, il était temps de passer à table.

À l'intérieur, des tables de kermesse recouvertes de papier attendaient les convives, chacun sa place et son sachet de dragées. Christophe consulta le menu. Chips de betterave et leur mousse de navet, un carré d'agneau, plateau de fromage et le vacherin. À leur table, il y avait aussi ce couple plutôt passe-partout qui se trouvait là parce que lui, Michael, était un copain de pêche du marié. Sa femme, Giovanna, les cheveux teints et les paupières bleues, travaillait dans la petite enfance. Tout le monde souriait beaucoup, tâchant de faire sa part et riant avec excès aux blagues de Didier. Le père de Christophe, quant à lui, semblait heureux. Ça se voyait à ses yeux brillants et à cette manière d'opiner sans fin qui rappelait assez ces chiens qu'on trouvait jadis sur la plage arrière des Renault 16.

Après l'entrée, Hélène s'excusa pour aller fumer dehors, et Christophe l'accompagna. L'effet du champagne commençait à se dissiper et elle veillait à boire de l'eau. Elle ne perdait pas de vue son idée fixe, elle ne voulait pas dormir sur place.

— Ça va ? demanda Christophe.

— Oui. On va peut-être pas rentrer trop tard.

— On vient juste de finir l'entrée.

— Je sais. Je suis juste un peu fatiguée.

Christophe tira fort sur sa clope électronique. Le long des vastes baies vitrées qui avaient permis d'apprécier le crépuscule et donnaient maintenant sur la nuit, on pouvait compter une dizaine de fumeurs qui se relayaient en permanence. Quand les enceintes sifflèrent à l'intérieur, tous se retournèrent d'un même mouvement, surpris comme par un coup de revolver.

— Mesdames et messieurs…

Un petit mec presque chauve, affublé d'un bouc et de lunettes à montures aérodynamiques, venait de faire son apparition derrière les platines. Il se présenta de cette voix nasale particulière aux amplis de mauvaise qualité et demanda si les gens passaient une bonne soirée. Comme personne ne réagissait, il insista et son public se fendit d'un oui aussi unanime qu'apathique.

— Folle ambiance ! ironisa le DJ.

Il fit alors quelques vannes assez classiques sur les périls du mariage et les vertus d'une bonne épouse, après quoi il piocha parmi les invités un cousin qui portait une veste à col Mao et qui le rejoignit sur l'estrade.

— Bon, maintenant, on va passer aux choses sérieuses !

Et le DJ se frotta les mains en exhibant une dentition méphistophélique et bicolore.

Christophe se tourna vers Hélène qui fixait la scène avec une douloureuse attention.

— On y retourne ?

Elle fit oui de la tête, désolée mais souriante, et Christophe prit sa main pour retourner à l'intérieur. Mais au moment où ils passaient la porte, tous les regards convergèrent sur eux. Hélène se figea, se demandant quelle bévue elle avait pu commettre, songeant à sa robe et à ses cheveux. Sur l'estrade, le cousin au col Mao la pointait du doigt.

— Elle ! dit-il.

Et l'assemblée abonda d'un murmure univoque.

— Venez, madame, s'il vous plaît, fit le DJ.

Hélène avait brutalement rougi.

— Qu'est-ce qui se passe ? dit-elle.

Christophe ne savait pas et cherchait une issue pour la sortir de ce mauvais pas. Mais le DJ qui avait lu sur ses lèvres expliqua :

— On va faire un petit jeu. On a besoin de vous. Allez, venez.

— Allez ! Allez ! se mirent à brailler les ados qui se trouvaient tous à une même table et cognaient de la main et des couverts.

Hélène repassa par sa place et vida son verre de blanc cul sec, geste qui donna lieu à quelques applaudissements et une ou deux remarques affectueuses. Puis, tel un paquebot, elle fendit la pièce, le rouge aux joues, le menton haut et phénoménale sur ses talons.

Quelques minutes plus tard, elles étaient cinq femmes assises sur l'estrade, à la vue de tous, en robe ou jupe et les genoux serrés.

— Voilà, maintenant nous avons besoin de deux volontaires.

Le marié aussitôt proposa la candidature de Marco dont les ados reprirent en chœur le patronyme. L'ambiance peu à peu basculait et on sentait que les politesses, le quant-à-soi n'étaient plus du tout à l'ordre du jour. C'était la fête pour de bon, le moment païen de brûler ses vaisseaux et de rire comme le diable.

Marco se leva donc et, dans un geste qui ne manquait pas de panache, fit tourner sa serviette au-dessus de sa tête. À nouveau, des invités applaudirent, après quoi on désigna d'office un oncle de la mariée qui se précipita comiquement vers les femmes alignées en rang d'oignons.

Le DJ présenta alors les deux hommes aux candidates qui déclinèrent leur identité, chacune à son tour, de gauche à droite puis de droite à gauche. L'opération se répéta jusqu'à ce que Marco et l'oncle aient mémorisé les prénoms de chacune, Cathy, Hélène, Rolande, Samia et Christelle, ce qui prit un peu de temps, provoqua quelques rires et pas mal de commentaires. Puis les deux hommes eurent les yeux bandés et le DJ, son micro à la main, les aida à s'agenouiller. Christophe, lui, voyait le truc venir depuis un moment déjà, mais c'est uniquement quand Marco fut à ses pieds qu'Hélène comprit ce qui se tramait.

— Aloooors ! brama le DJ, sur le mode du roulement de tambour.

Et il expliqua la règle du jeu. Marco et l'oncle allaient devoir tâter les mollets des cinq femmes assises devant eux et tâcher de rendre à chaque paire de mollets le prénom qui lui était associé.

Mais pour corser les choses, on demanda aux participantes de se lever et d'échanger leurs places. Ce moment de chaises musicales dura, le DJ alternant les commandements : levez-vous, assis, levez-vous, assis. Depuis sa place, Christophe ne quittait pas Hélène des yeux, qui heureusement avait l'air de se prêter aux réjouissances de bon cœur. Enfin, l'examen débuta, et c'est Marco qui le premier dut s'adonner à ce pelotage en règle.

Quand elle sentit une main sur son tibia, la première femme poussa un cri, qui déclencha aussitôt l'hilarité des convives. Marco n'insista pas beaucoup plus, présuma qu'il s'agissait de Cathy, et un murmure déçu parcourut l'assemblée.

— Chut, chut, chut ! fit le DJ. On ne les aide pas.

Puis Marco passa à la seconde, palpa, et opta pour Rolande. Sa position était inconfortable, le bandeau sur ses yeux trop serré, sans parler de la chaleur qui régnait dans cet endroit. Il fallait pourtant boire le vin jusqu'à la lie. Quand ce fut le tour d'Hélène, il devina aussitôt et retira vite ses mains, comme si ce contact l'avait brûlé. Le regard d'Hélène trouva alors celui de Christophe dans la salle. Ils échangèrent à dix mètres de distance un de ces sourires meurtris qui sont au-delà des reproches. Le jeu se poursuivit gaiement. À un moment, un homme aux jambes poilues remplaça Samia et l'oncle jura reconnaître Rolande, ce qui peina beaucoup cette dernière. Le temps que dura cette comédie, Christophe vida trois verres de vin. Finalement, l'oncle l'emporta facilement quatre à deux et les candidates purent regagner leurs places sous les vivats.

— Et on les applaudit bien fort ! s'époumona le DJ.

Les jeunes serveurs avaient commencé de distribuer le carré d'agneau et se déplaçaient vite dans leur tenue noire et blanche, déposant la viande fumante devant chaque convive avant de regagner l'office. Revenue à sa place, Hélène pria Christophe de remplir son verre vide. Sa main tremblait un peu mais elle fit bonne figure.

— T'es sûre que ça va ?

— Arrête s'il te plaît, dit-elle.

Heureusement, la viande était succulente, accompagnée de gratin dauphinois, d'un ballotin de haricots verts, et les conversations reprirent autour de la table avec entrain.

Les enfants, eux, n'étaient plus à table. Ils s'étaient de toute façon bâfrés de petits gâteaux et de cacahuètes au moment de l'apéro. À présent, ayant mis la main sur les réserves de cotillons, ils canardaient sans retenue dans le couloir menant vers la sortie, et chaque fois qu'un fumeur s'aventurait là, il devait essuyer un prodigieux tir de barrage. À un moment, la chevrette fit une irruption remarquée dans la salle de réception et le frère de Greg voulut bien la prendre sur ses genoux, poursuivant son repas en la tenant d'une main ferme. Dehors, on ne voyait plus rien du paysage, seulement les silhouettes indécises des fumeurs, l'éclat rouge et vite disparu d'une cigarette sur laquelle on tirait. Il y eut encore des jeux, du vin puis on passa au fromage. Là, le père de Christophe se leva et celui-ci le retint par la manche.

— Tu vas où ?

— J'ai encore le droit d'aller pisser.

De son côté, le marié avait entrepris un tour des popotes exhaustif, distribuant mots gentils et remerciements à chacun, passant d'un oncle qui venait de Reims à un copain qui avait posé une RTT exprès, signifiant sa gratitude à telle branche de la famille qui s'était cotisée pour acheter le Thermomix qui constituait le clou évident de la liste de mariage puis embrassant sa mère qui se demandait un peu ce qu'elle foutait là. Il demandait aux uns et aux autres si le dîner était à leur goût, se réjouissait en catimini avec ses potes, portait des toasts à n'en plus finir. Les invités pour leur part le congratulaient obligeamment, demandant aussi des nouvelles de Jenn qui, de sa place, majestueuse et lasse, présidait aux festivités en déesse prolifique.

En tout cas, Greg semblait heureux, à la manière des saints, des simples d'esprit. Ça faisait plaisir à voir. Hélène le dit d'ailleurs à Christophe : il a l'air bien ton copain. Oui, fit Christophe. Et sur ce constat partagé du bonheur d'un autre, ils oublièrent à demi l'épisode pénible du jeu des mollets.

On n'échappa pas non plus au jeu de la jarretière, mais compte tenu de l'état de la mariée, tout cela n'alla pas bien loin. Puis vint le moment de danser. Le DJ tamisa la lumière, des spots rouges, verts et bleus se mirent à balayer la piste tandis qu'une boule à facettes renvoyait sur les murs son million d'éclats blancs. Pour ouvrir le bal, les mariés valsèrent un moment, seuls et centrifuges, puis le DJ embraya sur un vieux tube disco de Sheila, un titre dont la désuétude sophistiquée avait quelque chose d'assez poignant. Des couples se mirent alors à danser au ralenti tandis que la voix synthétique épelait son médiocre chapelet de paroles anglaises.

C'était un drôle de spectacle de les voir tous là, piétinant et les mains levées, qui suivaient le rythme naïf de la chanteuse oubliée dans le ballet entrecroisé des faisceaux de lumière. La mine pénétrée, le sourire fugace, ils se donnaient à fond, en proie à l'amnésie des samedis soir, au désir nu des *dancefloors*. Mais cette transe semblait ne pas suffire au DJ qui crut bon d'actionner une machine à brouillard. Aussitôt, un épais nuage de fumée se répandit sur la piste et en dehors, si bien que quelques anciens restés à leur table se mirent à tousser. Minuit approchait. Le fromage était servi. Des lasers de couleur verte jaillirent du plafond et dessinèrent dans la brume des droites modernes et de surprenants éventails tandis que la mère du marié regagnait son Ehpad à bord d'une Renault Modus.

Christophe se leva et invita Hélène à danser. Ensemble, ils entrèrent dans cet espace que délimitaient la musique et la fumée, puis s'abandonnèrent au rythme de la chanson, parmi ces autres corps qui n'avaient plus de visage, dans le battement répétitif des basses, le choc net de la caisse claire, les nappes aiguës qui s'ouvraient parallèlement au sol. À un moment, Hélène osa un tour sur elle-même et Christophe la rattrapa par la taille, respirant l'odeur dans ses cheveux, son cou. Elle se laissa embrasser. Malheureusement, le morceau finissait.

Christophe découvrit alors que son père n'était toujours par revenu à leur table. Il le chercha du regard puis souffla deux mots à Hélène dont les épaules s'affaissèrent tandis qu'elle le regardait s'éloigner. Tant pis. Elle avait envie de s'amuser. Elle pêcha sur la table la plus proche une coupe qui n'avait pas de propriétaire et la vida. Le DJ venait de lancer un titre des Daft Punk. Hélène regagna la piste et, les yeux fermés, se laissa prendre.

— T'as pas vu mon vieux ?

Levant les yeux de son téléphone, Marco répondit par la négative. Christophe eut envie de lui demander si ça allait, mais il semblait assez évident que Marco ne passait pas la meilleure soirée de sa vie. Il se contenta de dire :

— Tu devrais boire un peu d'eau.

Puis il partit en quête de son père, en commençant par les chiottes, avant de demander aux fumeurs dehors s'ils n'avaient pas vu un vieux monsieur avec des moustaches, grand comme ça à peu près, et il leur montrait en plaçant sa main à hauteur des yeux. Évidemment, personne n'avait rien vu. Il poursuivit ses recherches sur le parking. Il commençait à faire frais, et l'inquiétude, l'humidité nocturne lui donnaient des frissons. Il vérifia chaque voiture en s'aidant de la lampe de son téléphone, mais la batterie s'épuisait vite et son père restait introuvable. Il fouina encore, appela. Ses cris résonnaient dans le vide, presque ridicules. Il alla même jusqu'à s'aventurer dans les prés, mais la terre était spongieuse, grasse et aspirait chacun de ses pas. Il resta un moment sans bouger, éprouvant la sombre indifférence de la campagne qui s'étalait loin, et dans toutes les directions. Dire que son père était quelque part là-dedans, crevant de froid peut-être bien, perdu dans la nuit comme un enfant.

— Papa !

Les deux syllabes retombèrent à ses pieds, dans leur pauvre simplicité, sans produire le moindre écho. Il revint donc vers la lumière et dans la salle de réception, passa de table en table pour poser toujours la même question de peu de mots. À chaque enjambée, il laissait un peu de boue derrière lui, mais ne s'en souciait pas. Quand Greg lui demanda s'il voulait de l'aide, Christophe refusa, de crainte de déranger sans doute. De toute façon, le vieil homme n'avait pas pu aller bien loin.

Il chercha encore dans les cuisines et derrière l'estrade, dans les toilettes à nouveau. Il était de plus en plus anxieux, et suppliait maintenant dans le vide, retrouvant le chemin des anciennes paroles, celles qu'on dit vers le ciel quand monte la peur. Marco se joignit à lui et ils allèrent demander au personnel dans les cuisines.

— On devrait faire une annonce.

— On fait encore un dernier tour et après on verra.

Sur la piste, les danseurs ne désemparaient pas. Des septuagénaires s'étaient plaints du volume sonore, mais le DJ ne voulait rien savoir. Il était là pour faire danser la noce, et on voyait bien à ses regards exorbités, à son attitude mégalomane que le pauvre type se croyait au Stade de France. Tout de même, quand Marco voulut lui parler, il daigna soulever un écouteur.

— Si je fais une annonce maintenant, c'est mort pour la danse des canards. Vous allez me tuer la soirée.

Marco n'insista pas davantage et revint vers Christophe qui s'entretenait avec un serveur.

— Vous avez regardé dans les vestiaires ?

— Quels vestiaires ?

Le serveur leur expliqua qu'il fallait passer les toilettes, prendre le renfoncement sur la droite, il y avait là une porte qui normalement était ouverte et, derrière, une grande pièce où les gens déposaient leurs manteaux l'hiver. Ils s'y précipitèrent. La porte était effectivement ouverte. À tâtons, Christophe chercha l'interrupteur et donna de la lumière.

Son père était bien là.

Il dormait à poings fermés, recroquevillé sur d'épais rideaux de toile marron dont il s'était fait un nid, ses lèvres vibrant délicatement sous sa moustache au poil blanchi. Christophe jura tout ce qu'il savait. Son soulagement était tel qu'il en aurait chialé. Il prit le temps de s'accroupir près du vieil homme et écouta sa respiration un moment. Elle était d'une parfaite régularité. Il passa une main sur ses cheveux dont une mèche, à la tempe, rebiquait.

— Qu'est-ce qu'on fait ? demanda Marco.

Christophe répondit sans se retourner.

— Rien. Je vais le laisser dormir. Il est bien, là.

Et Christophe se releva, le regard trouble.

— T'as pas soif ? dit Marco.

— Putain, comme si c'était la fin du monde.

Marco sourit. Lui aussi était d'humeur jusqu'au-boutiste.

Quand ils revinrent, une part de vacherin fondait dans leurs assiettes et l'assemblée n'était déjà plus si fournie. Certaines familles qui avaient des enfants étaient rentrées, vite imitées par les convives les plus âgés. Sur la piste, on se trémoussait toujours, des tantes entre elles, des couples, les ados et notamment Bilal, qui s'était trouvé une cavalière plutôt mignonne, du genre longue tige aux cheveux ras, le regard myope derrière ses lunettes rondes et qui ne portait rien qu'un t-shirt blanc piqué d'un cœur rouge enfoncé loin dans un pantalon bleu marine, tenue d'une totale sobriété qu'une paire de talons hauts de sept centimètres rendait malgré tout assez stupéfiante. Marco et Christophe, légèrement assommés par la boisson et la fatigue, contemplèrent un moment le mouvement des danseurs, la pulsation basse de la piste, puis regagnèrent leur table pour s'accorder un break. Là, les coudes sur la nappe, ils se servirent du vin et burent, bientôt rejoints par Greg qui, armé de deux bouteilles d'alcools blancs, accomplissait une nouvelle ronde parmi les invités.

— Alors heureux ? demanda Marco.

— Hé hé, fit Greg. C'est l'heure du digeo, les gars.

Il distribua des petits verres solides comme des tonneaux et les remplit à ras bord.

— À la tienne !

— À l'amour !

— Santé.

Ils burent comme cela deux verres cul sec, en échangeant des paroles solennelles sur l'amitié et le temps qui passe. C'était l'heure virile du contentement de soi, de la lourde ivresse, quand on s'autorise des accolades et que la cravate ne tient plus qu'à un fil.

— Les mecs, j'ai une surprise pour vous, dit alors Marco.

— Ah bon ?

— Mais faut qu'on aille dans les chiottes.

Les deux autres sourirent. Ils n'avaient pas à se torturer beaucoup les méninges pour imaginer la suite. Ils le suivirent donc et, une fois dans les waters, Marco prépara trois traits de coke bien épais sur le lavabo. Pendant ce temps, Christophe était resté le dos à la porte pour prévenir une éventuelle intrusion. À un moment, quelqu'un chercha à rentrer.

— C'est occupé, gueula Greg.

— C'est qui ? fit la voix.

— C'est ta mère ! répliqua Marco.

Ils se marrèrent comme des cons. L'intrus n'insista pas.

Puis ils tapèrent à tour de rôle, après quoi Marco remit une deuxième tournée identique. Les trois hommes, entre chaque prise, reniflaient, surexcités et sautillant sur place, Greg effectuant même quelques moulinets avec ses bras qu'il avait fort longs. Encore trois lignes, histoire de finir le gramme et puis ils se regardèrent dans le miroir.

— Eh ben, fit Greg.

— On a pris un coup quand même.

— Je trouve pas tant que ça.

Mais l'image que leur renvoyait le miroir n'était pas celle d'une photo de classe. Ils avaient quarante ans, moins de cheveux, plus de bide, pas tellement de thune. Demain, et même après-demain, ils paieraient cher cette nuit blanche qui avait l'air d'être la dernière. Ces choses-là, ils ne se les dirent pas. Il fallait rester sot et s'amuser beaucoup. Ils étaient heureux et s'aimaient fort.

— Allez les petits gars, dit Marco.

Ils regagnèrent la piste et c'est alors seulement que Christophe se rendit compte qu'il n'avait pas la moindre idée d'où se trouvait sa cavalière. Il l'avait tout simplement zappée. Un scrupule fugitif l'effleura, mais la musique (Donna Summer) était encore plus forte que tout à l'heure, l'atmosphère saturée de fumée, les visages moites sous les spots de couleur et lui-même dans un état qui n'autorisait plus les sentiments en demi-teinte. Il se laissa glisser dans l'épaisseur du son, paupières closes, suivant le rythme, ses poings cognant dans le vide et le cœur prêt à exploser, et soif putain, si bien qu'entre chaque morceau, il retournait vers les tables, attrapait un verre au hasard, une bouteille, de l'eau ou du champagne, et se désaltérait un bon coup avant d'y retourner, comme au turbin, acharné, ne se rendant plus compte de rien, pris par la chaleur et l'interminable rotation de la lumière et des gens.

Hélène, de son côté, était allée chercher sa trousse de toilette dans la voiture, histoire de se rafraîchir un peu avant le départ. De retour dans la salle des fêtes, elle fut surprise par le volume sonore et l'impression de désordre qui y régnait. Mais globalement, elle était plutôt contente. Malgré les jeux à la con et l'iné-vitable danse des canards (à laquelle ce salaud de Christophe avait échappé on ne sait comment), elle s'en était bien sortie. Bien sûr, elle ne pouvait pas s'empêcher de trouver tout ça un peu lourd, mais elle s'était amusée et avait tenu son rang. À présent qu'on avait pris le dessert, on pouvait partir sans froisser quiconque. Elle avait aussi envie de faire l'amour et se dit que s'ils ne tardaient pas trop, la nuit pourrait vraiment bien se terminer. Elle s'imagina agenouillée devant Christophe sanglé dans son nouveau costume et l'idée l'émoustilla beaucoup.

Elle se mit donc à le chercher dans le magma des couleurs et des corps sur la piste. La musique était maintenant si forte qu'elle semblait venir du sol et lui cognait dans la poitrine. C'était presque une ivresse à soi seule. Le DJ, lui, avait retiré son t-shirt. Dans le battement stroboscopique de la lumière, son corps blanchâtre luisait comme celui d'un lamantin. À chaque fois qu'il levait un bras pour suivre le mouvement des basses, on pouvait apercevoir une mince touffe de poils tossés sous son aisselle. Elle finit par repérer Christophe qui sautait au milieu des autres danseurs, à contretemps et en chaussettes. Elle ne l'avait jamais vu comme ça, et s'inquiéta un peu de si mal le reconnaître. Ses cheveux trempés se soulevaient et retombaient en cadence, au ralenti, sa chemise transparente était collée à sa poitrine et il fermait si fort les paupières qu'on aurait dit des bouches. Hélène resta interdite un moment devant ce spectacle. C'était mort pour qu'il la ramène.

Puis soudain, le son amorça sa descente, les spots trouvèrent le sol, la chanson s'acheva.

Il y eut alors un silence et chacun resta à sa place, pantelant et le souffle court. Des voix s'élevèrent pour protester. On voulait s'amuser encore, et se perdre. Christophe, lui, tanguait, complètement hébété. Se tournant, il trouva le visage d'Hélène et lui sourit. Ses yeux avaient un aspect à la fois aqueux et sombre, une brillance d'huile presque inquiétante. Hélène voulut aller le chercher, mais les premières mesures tombèrent, évidentes pour tout le monde. La lente montée, le bruit du vent. Les notes de piano puis les cordes qui flirtaient avec Gershwin.

Enfin la voix de Sardou, et ces paroles qui faisaient semblant de parler d'ailleurs, mais ici, chacun savait à quoi s'en tenir. Parce que la terre, les lacs, les rivières, ça n'était que des images, du folklore. Cette chanson n'avait rien à voir avec l'Irlande. Elle parlait d'autre chose, d'une épopée moyenne, la leur, et qui ne s'était pas produite dans la lande ou ce genre de conneries, mais là, dans les campagnes et les pavillons, à petits pas, dans la peine des jours invariables, à l'usine puis au bureau, désormais dans les entrepôts et les chaînes logistiques, les hôpitaux et à torcher le cul des vieux, cette vie avec ses équilibres désespérants, des lundis à n'en plus finir et quelquefois la plage, baisser la tête et une augmentation quand ça voulait, quarante ans de boulot et plus, pour finir à biner son minuscule bout de jardin, regarder un cerisier en fleur au printemps, se savoir chez soi, et puis la grande qui passait le dimanche en Megane, le siège bébé à l'arrière, un enfant qui rassure tout le monde : finalement, ça valait le coup. Tout ça, on le savait d'instinct, aux premières notes, parce qu'on l'avait entendue mille fois cette chanson, au transistor, dans sa voiture, à la télé, grandiloquente et manifeste, qui vous prenait aux tripes et rendait fier.

Hélène vit les danseurs se prendre par les épaules et se mettre à chanter à pleine gorge, les épouses et leurs bonshommes de concert, ceux de gauche et qui détestaient le chanteur mais savaient pourtant chaque parole, les autres pareils, et même les mômes, comme elle avait vu faire jadis dans son école de commerce, la fine fleur des petits Français, ivres morts et mélangeant la sueur et la salive, les mecs comme à la mêlée et les filles aux yeux fermés, sous le déluge de couleurs et dans le refus de l'aube. Puis les convives se mirent à sauter et faire la ronde, horriblement solidaires, archaïques à faire peur, cognant le sol dans l'explosion alternative de la lumière blanche, le tambour de leurs pas doublant celui de la chanson. Même ceux qui étaient restés à leur table s'étaient levés et frappaient dans leurs mains en cadence. Hélène ne bougeait plus. Elle avait presque la trouille.

Alors, une femme prit son cavalier par la main et l'entraîna derrière elle. On la vit monter sur une chaise avant de grimper sur la première table. Toute la salle les suivit du regard, un instant suspendue, avant de battre des mains de plus belle. Le DJ, qui n'était pas si maladroit finalement, faisait durer le morceau tandis que ce couple impossible allait de table en table, prudent et pourtant rapide, sur la pointe des pieds, au rythme de la musique et de sa scansion de carnaval. *Tam tatam tatatatatam !* D'autres à leur tour voulurent tenter le coup, des hommes qui pesaient lourd, de la viande saoule, parmi lesquels Christophe et Marco bien sûr. Sous leur poids, les tables fléchirent, les pattes pliantes à l'agonie, mais plus personne n'était suffisamment lucide pour empêcher la catastrophe. La musique semblait venir des tréfonds, féroce comme une eau-de-vie, et dans cette nuit de tonnerre, une vis céda. Christophe se trouvait au-dessus. Hélène vit la table se dérober sous lui et il disparut dans un grand désordre de vaisselle et de papier blanc, la tête la première et les pieds en l'air. Sa chute nettoya les esprits dans la seconde. On sut tout de suite qu'il n'y avait pas de quoi rire. Cinquante cœurs arrêtés attendaient la suite. La musique se tut, laissant chacun seul avec la violence des faits et le silence. Hélène avait tout vu, la barbarie et la joie, la déroute et ce drôle de valdingue comme dans *Vidéo Gag*. Elle vit aussi Marco qui se précipitait et faisait de la place.

— Appelez quelqu'un ! cria le gros garçon.

On ralluma et les invités se retrouvèrent à la merci des néons, se sentant presque nus dans cette clarté d'hôpital. Ils échangeaient des regards gênés. Certains ne tenaient plus très bien sur leurs pieds, d'autres avaient l'air particulièrement débraillés, et presque sales. La cavalière de Bilal quitta l'endroit en courant, et le jeune garçon disparut derrière elle, suivant le clac clac précis de ses talons sur le carrelage. Tous accusaient le coup. Il faisait presque froid à présent.

Hélène approcha, suivie d'une poignée de noceurs hagards, et trouva derrière les tables renversées Marco qui était à genoux et tenait Christophe contre lui, la nuque mouillée de son ami au creux de sa main lourde. Il se fit un cercle autour de cette scène étrange, qui rappelait confusément des images pieuses, des drames anciens, histoires de mineurs, de fabriques, accidents malheureux dont les arbres généalogiques étaient pleins. Marco avait levé les yeux.

— Appelez quelqu'un, dit-il encore.

Mais sa voix enrouée ne portait plus et une pellicule humide voila son regard.

— Il est mort ? demanda un gamin qui se tenait tout près, émerveillé par l'horreur de cette image.

— Mais non, répliqua son père d'une voix sèche.

Hélène n'osait pas avancer davantage. Elle se sentait étrangère d'une manière difficile à formuler. Mais là, dans cette salle des fêtes en désordre, parmi ces gens qu'elle connaissait si peu et reconnaissait pourtant si bien, elle n'était sûre que d'une chose : elle en voulait à Christophe. Celui-ci justement venait de bouger, la tête tout d'abord, les bras suivirent. Chacun entendit distinctement une sorte de soupir d'aise et Hélène éprouva le soulagement autour d'elle. Puis il y eut un tressaillement et le corps de Christophe redevint souple et vivant. Ils virent paraître son visage, et après quelques battements de cils indécis, il sourit. Sur son front, une bosse de la taille d'un œuf avait déjà pris les couleurs de l'arc-en-ciel.

21

Les premiers levés émergèrent de leurs tentes vers neuf heures du matin, l'air de sortir d'un abri antiatomique après le cataclysme. Tout d'abord, ils se mirent à errer dans les prés, les cheveux en bataille, portant souvent la même chemise que la veille, mais en pantalon de survêt et des tongs aux pieds, certains la clope au bec, beaucoup avec des lunettes de soleil sur le nez. On fit bientôt la queue dans les sanitaires. Des hommes allèrent même jusqu'à se raser. Le soleil frappait déjà fort.

Les parents de la mariée, qui s'étaient couchés les derniers pour débarrasser, s'étaient levés tôt et se trouvaient là, en débardeurs et pantacourts, également dégarnis, lui colossal, elle très ronde, tous deux chaussés des mêmes baskets Puma. Ils s'assuraient que chacun avait ce qu'il lui fallait, elle peut-être un peu plus caporale, mais tous deux principalement rieurs et accommodants. Dans les cuisines, ils avaient fait griller le pain de la veille et préparé du café pour remplir des thermos à pompe, si bien qu'une délicieuse odeur de dimanche matin se répandit bientôt dans la salle des fêtes et vint titiller les derniers dormeurs jusque dans leur tente. Il restait du vin et des bières, du Picon, et le réfrigérateur regorgeait de côtes de porc et de saucisses. Aldo, le père de Jenn, versa le charbon de bois dans un barbecue et, les bras croisés, regarda la braise rougir avec une satisfaction néandertalienne. D'autres convives vinrent finalement en renfort et mirent la table, distribuèrent le pain et des plaquettes de beurre, de la confiture et de la moutarde, sortirent du frigo d'énormes saladiers remplis de macédoine de légumes, ou de salades de pommes de terre.

Peu à peu, les gens trouvèrent à s'occuper. Certains donnaient un coup de main, d'autres profitaient du paysage en s'étirant ou en faisant fondre une aspirine. La plupart se contentaient de papoter, avec dans la voix un rien de gêne, cette retenue pâle des lendemains de fête. Quand Gérard Marchal sortit de son vestiaire, il avait des courbatures mais l'air content. Il expliqua que depuis quelque temps, il dormait de plus en plus, c'était peut-être son traitement. En tout cas, il semblait d'excellente humeur et se mit à blaguer avec les uns et les autres, puis s'installa pour prendre son petit-déjeuner. C'est là seulement qu'il se rendit compte qu'il n'avait pas remis ses dents.

Sur les coups de onze heures, l'oncle Jacques quitta sa tente. S'il ne daigna pas se brosser les dents, il prit tout de même soin de lisser ses derniers cheveux à l'aide d'un peu de Pento. Il semblait lui aussi dans d'excellentes dispositions malgré son grand âge et une nuit à la dure. Pour sa part, Greg avait ramené sa nouvelle épouse chez eux au petit matin et, compte tenu de la distance, les jeunes mariés n'avaient pas eu droit à la visite surprise qu'on leur rend traditionnellement à l'occasion de la nuit de noces. Aussi, quand il revint seul à Moudonville, parce que Jenn préférait se reposer, il eut droit à un traitement spécial. À peine sorti de sa voiture, il fut kidnappé, recouvert de mousse à raser et de confettis, avant que Marco ne lui colle sur le sommet du crâne une poignée de feuilles de papier cul ruinées de Nutella. Tout cela devait porter bonheur et il ne se débattit guère, se prêtant même volontiers aux photos. De toute façon il avait prévu le coup, et pris du change dans sa voiture.

— Et il est où l'acrobate ? demanda-t-il alors qu'il tâchait de se débarbouiller dans les toilettes.

Marco, qui buvait une bière mexicaine, haussa les épaules.

— Il pionce, je crois.

— J'ai pas vu sa caisse.

— Sa grande saucisse est repartie toute seule.

— Ah bon ?

— Ouais, elle a pris ses clefs. Elle devait *impérativement* rentrer.

— Eh ben…

Christophe, lui, sortit de la tente où il avait trouvé refuge vers midi. Il avait l'impression de ne pas avoir fermé l'œil de la nuit et en découvrant la bosse qui ornait son front dans le miroir des toilettes, il ne put s'empêcher de siffler. Elle avait doublé de volume et perdu ses couleurs arc-en-ciel pour se concentrer sur le jaune, le bleu et le noir. Il vérifia sur son téléphone. Hélène n'avait répondu à aucun de ses messages. Le moral n'était pas exactement au beau fixe.

Il fit quand même l'effort de déjeuner avec son père et prit une bière qui le requinqua un peu, assez en tout cas pour sourire quand on lui adressait la parole. Mais il le savait. C'était une de ces journées perdues, quand même le beau temps fait mal et que les copains ont des gueules d'assassins.

On décida bientôt de sortir des tables pour poursuivre le barbecue dehors. Le repas dura des heures. La viande grillée embaumait l'air et les invités faisaient la navette pour se servir tandis qu'Aldo veillait au grain, magistral et tonitruant devant la braise. Il restait du fromage à profusion et on but pas mal de rouge sans parvenir toutefois à écluser les stocks, ce qui se traduisit par des chants et de nouveaux éclats de rire. À un moment donné, l'oncle Jacques se leva et entonna une chanson de la Légion dont la gravité émut les convives. Attablés et pensifs, ils écoutèrent les paroles patriotiques, le rythme poussif aidait à scander le pas des militaires, la voix de poitrine de l'oncle si vieux qui avait posé une main sur son cœur. C'était tout de même quelque chose que l'amour de son pays.

— Faudrait peut-être aller voter, fit un imprudent.

Son idée récolta des onomatopées et quelques protestations. Pour ce que ça rapportait. Pour ce qu'on en avait à foutre.

On repensa alors à tout ce barnum, le fascisme et les startupeurs, c'était un monde à n'y rien comprendre... Heureusement, les conversations reprirent vite leur cours habituel. On savait se tenir et la politique n'était pas un sujet pour un lendemain de noce. Christophe, lui, fixait le fond de son assiette en carton où sa merguez avait laissé des traînées orange et brunes. De leur côté, la mère de la mariée et deux de ses sœurs empaquetaient des restes dans du papier alu. La fête tirait vers sa fin, pour de bon cette fois. Christophe se leva pour dire deux mots à l'oreille de Greg. Il n'avait toujours aucune nouvelle d'Hélène. Il voulait rentrer à Cornécourt.

— Pour quoi faire ? demanda Greg en regardant sa montre. Il est encore tôt.

Christophe finit par lui dire qu'il comptait voter. Il voulait aussi s'assurer qu'Hélène était bien rentrée.

— Tu peux pas l'appeler ?

— C'est déjà fait, répondit Christophe.

Greg s'en voulut d'avoir posé la question.

— Bon, dit-il, en se levant non sans quelque difficulté. Puis s'adressant à la cantonade, il gueula : Y en a qui veulent rentrer en ville ?

— Tu t'en vas déjà ?

— Je fais juste l'aller-retour vite fait. Si y en a qui veulent venir.

Il était un peu plus de seize heures. La journée était trop vite passée et chacun se sentait un peu froissé de voir venir le bout de ce si beau week-end. On s'était amusés, on avait ri, on avait bien mangé et trop bu. Les téléphones portables étaient pleins de photos qu'on reverrait plus tard. Les beaux-parents en feraient sûrement un album et de temps en temps quelqu'un le sortirait d'une armoire et vérifierait le bonheur fixé là, les visages d'une grand-mère ou d'un oncle mort entre-temps, le corps impossible des enfants, si petits alors, la lente hémorragie du temps retenue dans la digue d'un rectangle de papier brillant. On s'amuserait en constatant le look de l'époque, les coupes de cheveux et la forme des pantalons. Rétrospectivement, la chute de Christophe prendrait une dimension à la fois légendaire et burlesque. Et cette grande fille, là, c'était qui ? demanderait quelqu'un. Le nom d'Hélène aurait été oublié. Il ne resterait que le contour imprécis de son visage dans le fond à droite, sa silhouette de dos à l'apéro, un profil perdu à table. Elle aurait poursuivi sa vie ailleurs, abandonnant un peu de lumière entre les pages de l'album, pour devenir quoi ? On ne saurait pas.

En attendant, l'appel de Greg avait suscité des vocations et d'autres se dirent qu'il était effectivement temps de plier bagage. On démonta des tentes et Marie, la mère de la mariée, insista pour qu'on emporte des restes et puis les premières voitures quittèrent les lieux en klaxonnant gaiement, avant de redescendre vers Cornécourt, des rubans de dentelle accrochés aux rétroviseurs.

Autour d'eux, la campagne était ronde, les champs duveteux, l'eau des ruisseaux et des flaques scintillait sous le facile soleil de mai, tandis que dans le ciel aplati, de rares nuages effilochés s'atténuaient sans fin. Durant le trajet, les quatre hommes n'échangèrent pas une parole. Ils se contentèrent de cligner des yeux en observant le paysage. Marco se fit déposer chez lui le premier.

— Bon, ben salut les gars.

— Salut, gros. À vite.

Puis ce fut le tour de Christophe qui demanda à Greg de les laisser, son père et lui, devant la mairie.

— Tu vas faire comment pour rentrer ?

— Normalement, Hélène a dû me laisser la voiture derrière le Narval.

Greg ne posa pas de questions. Il se contenta de dire :

— Bon, c'était chouette.

— Ouais. Vraiment.

Ils se sourirent. Le père de Christophe, qui était sorti de la voiture, demanda où l'on se trouvait et son fils le lui rappela.

— Ah oui, fit le vieil homme, comme si ça lui revenait.

Au moment où ils s'éloignaient, Greg lâcha pour déconner :

— Allez, et votez bien les gars !

Christophe sourit, mais ce sourire se mua aussitôt en grimace. Sa tête le faisait de nouveau souffrir et, du bout des doigts, il palpa la bosse sur son front. Elle était toujours là, ne laissant aucun doute sur le déroulement de la nuit.

— T'as dû faire un sacré saut périlleux, dit le père.

— Ouais. Comme tu dis. Tu te souviens que tu dors à la maison ce soir ?

— Le petit sera là ?

— Il est chez sa mère, tu sais bien.

— Ah oui, c'est vrai.

Sur la terrasse du Narval, aucun des habitués ne prêta attention à leur passage. Il faisait encore très bon en cette fin de journée et les consommateurs profitaient de ces instants de calme, de la circulation presque nulle et du ciel irréprochable en buvant un verre ou en grattant un Morpion. Pourtant, il y avait au fond de cette quiétude comme une contrariété, un sentiment de compte à rebours qui nuisait même aux heures les plus douces.

C'était une impression nouvelle dont on n'aurait pas su dater l'origine, ni expliquer vraiment la cause. Chaque plaisir semblait maintenant contenir en lui cette humeur de fin de permission, chaque moment privilégié prenait l'aspect d'un dernier jour des vacances. Comme si le retour des saisons n'était plus garanti.

En attendant, autour de cette place banale, avec son PMU, sa boulangerie, son agence immobilière, et non loin de l'église toujours vide, un monde jouissait pleinement de son sursis. Et en ce beau dimanche de mai qui tirait vers le soir, le temps était si bon, la vie si patiente qu'il était presqu'impossible de deviner l'immense accumulation de gaz qui ronflait dans les caves de cet univers inquiet de sa fin.

ÉPILOGUE

En général, Christophe préfère se garer à proximité de l'entrée, mais un samedi après-midi, le parking du Castorama est blindé et, après avoir tourné un moment, il doit se résoudre à prendre une place à l'autre bout.

— On va devoir marcher, doudou.

À l'arrière, le petit est plongé dans un gros album *Picsou*. Comme d'habitude, Christophe l'a trop habillé, sweat, doudoune, tour de cou, si bien que le petit garçon a les joues toutes rouges.

— T'as pas trop chaud ?

— Si.

— Ben enlève ton écharpe, ouvre ton manteau.

Gabriel pose son livre et obéit.

Il a huit ans à présent. Ses cheveux ont foncé et lui tombent dans les yeux, derrière ses lunettes. Il ne veut pas les couper. De toute façon, sa mère aime bien comme ça.

À chaque fois que Christophe le récupère, il ne peut que constater les changements. Il est loin le blondinet avec sa tête presque disproportionnée, son corps de bouts de bois et ce regard innocent qui rappelait celui d'un faon. Parfois, dans son lit tard le soir, Christophe fait défiler les vieilles photos sur son portable. Il n'en revient pas. Il se demande où il était alors, à quoi il pensait. Il regarde le môme assis à une petite table avec ses copains de moyenne section, tous occupés à des travaux de peinture, sérieux dans leur blouse, et il est forcé de constater qu'il n'a aucun souvenir de cette période. Il était trop pris par ses emmerdes, le taf, la séparation avec Charlie, les gueules de bois avec ses potes. Parfois, il se dit qu'il est passé à côté du meilleur. Alors, il se lève et sort fumer sur le pas de la porte. Ce temps-là ne se retrouvera pas. Il faudrait peut-être effacer les photos, se condamner au présent pour de bon. Christophe n'a pas ce courage.

Le petit claque la porte, prend la main de son père et ils prennent tous les deux la direction du magasin. Sur le parking, les gens vont et viennent avec leurs caddies remplis de sacs de terreau, de tringles à rideaux ou de rouleaux de tapisserie. Ils ont l'air pressé, portent des jeans et des baskets, des doudounes sans manches, et parlent avec un lourd accent qui fait plaisir. À l'entrée, une dame très maquillée coiffée d'un calot en papier propose des gaufres dont l'odeur sucrée remplit la bouche de salive.

— Je peux en avoir une ? demande le petit.

— On verra en sortant.

Christophe prend un panier à l'entrée et, après avoir consulté sa liste de courses, se met en quête d'un détecteur de fumée. Il s'efforce de ne pas marcher trop vite pour que le petit puisse le suivre.

— J'aimerais trop avoir une boîte à outils.

— Pour quoi faire, doudou ?

— Pour faire du bricolage, bien sûr.

— Tu pourrais demander ça au père Noël.

— Qui n'existe pas, évidemment.

— Ah bon ?

— Tu sais bien.

— T'aurais pu prévenir, j'aurais fait des économies.

— Ha ha…, répond l'enfant. Très drôle.

Dans le rayon électricité, Christophe choisit deux multiprises, attrape un double-mètre en passant parce que ça peut toujours servir, puis se dirige dans le fond, vers le coin dévolu au jardinage.

— Je voudrais regarder les Rotofil, combien ça coûte.

— D'accord.

Au passage, une silhouette lui tape dans l'œil au niveau du rayon salle de bains. Une grande femme moulée dans son jean, qui porte une chemise à carreaux, des Converse, sa queue de cheval serrée très haut derrière sa tête. Il s'arrête, le cœur battant.

— Qu'est-ce qui se passe, papa ?

— Rien, mon chat.

Hélène est là, occupée à papoter avec un vendeur. À ses côtés, une préado et une gamine qui doit plus ou moins avoir le même âge que Gabriel. Il ne voit pas son visage et n'en a pas besoin. Il a reconnu d'instinct cette main sur sa hanche, l'inclinaison typique de la tête, la courbure au bas du dos, les épaules étroites et ce cul si bien planté. Aussitôt, c'est tout un monde qui remonte, avec ses lumières et ses détails.

— On y va, papa ?

— Deux secondes, chéri.

Christophe secoue la tête et serre mieux la main de son petit garçon.

— On va rentrer, dit-il, avec un peu de mal.

— On va pas voir les tondeuses ?

— Une autre fois.

— Et les gaufres ?

— On n'a pas le temps.

— Pourquoi ?

S'ensuivent quelques pénibles négociations. Christophe tente d'entraîner son fils vers la sortie, mais Gabriel est buté. Et infatigable.

— Tu vas trop vite ! rouspète-t-il. Et ma gaufre ?

— Dépêche-toi. On est pressés.

Le père jette un coup d'œil par-dessus son épaule. Hélène est plantée au milieu de l'allée centrale. Elle le regarde qui s'enfuit. Il s'arrête alors et elle lui adresse un petit sourire poli. Ils font quelques pas l'un vers l'autre.

— C'est drôle de se revoir ici.

— Oui. Qu'est-ce que tu fais dans le coin ? T'habites plus à Nancy ?

— Si si.

Tout de même, Christophe voit bien que ça lui fait quelque chose à elle aussi. Ses joues ont rosi, comme toujours quand elle est émue, et ses cheveux frisent légèrement sur sa tête. Il reconnaît ces signes. C'était pareil après l'amour. Il reconnaît aussi son odeur, le mélange de sa peau, de la lessive et du parfum qui n'a pas changé. Les enfants se regardent en chiens de faïence.

Hélène s'est mise à lui raconter sa vie, par peur du vide surtout. Elle tâche d'être gaie et d'avoir l'air à l'aise. On dirait une présentatrice à la télé.

Donc en fait, la maison dont ils étaient propriétaires avec Philippe a été vendue (et bien vendue, ajoute-t-elle avec un haussement de sourcils satisfait). Elle a pu racheter un F3 très mignon dans une résidence moderne et surtout elle a déniché une vieille ferme dans les Vosges, du côté de Saint-Michel-sur-Meurthe, un endroit magnifique, dans les prés, avec presque personne autour et une vue dégagée.

— J'avais oublié comme c'est cool de vivre sans vis-à-vis, dit-elle.

Christophe abonde. Il a lâché la main de Gabriel et Hélène donne un billet de dix euros à ses filles pour qu'elles aillent s'acheter des gaufres avec leur nouveau copain.

— Enfin, c'est beaucoup de boulot. J'y passe tous mes week-ends.

— Et ton job ?

— J'ai vachement levé le pied. J'attends que la petite soit un peu plus grande et je lancerai mon propre cabinet. J'ai plein d'idées.

— C'est bien, admet Christophe. Et tu t'en sors avec tes travaux ?

— Écoute, ça va.

Pour faire bonne mesure, elle lâche aussitôt :

— Il faudra que vous passiez avec Gabriel.

— Oui, sourit Christophe. Ça serait sympa.

Il la regarde. Elle est belle. Belle à la manière des souvenirs de vacances, comme ces visages familiers qui vous reviennent avec l'odeur de l'herbe coupée, ou ressuscitent quand l'après-midi filtre par les persiennes et ranime la mémoire d'une sieste dans une maison où l'on a été heureux. Hélène contient tout ce temps partagé. La grande bouffée d'air de leurs six mois.

— Et toi ? dit-elle.

— Ça va bien.

— Tu travailles toujours pour la même boîte ?

— Oui. Et je fais plus ou moins directeur sportif pour le club, aussi.

— Ah c'est super ! s'enthousiasme Hélène.

Il observe son soulagement. Quelque chose a bougé dans sa vie à lui aussi.

— On vise l'élite dans trois, quatre ans. C'est long à construire, mais on a des bonnes bases.

— Bien sûr. Il faut y croire !

Un petit soupir amusé passe par les narines de Christophe. Elle n'a pas changé. Lui non plus. Et pourtant plus rien n'est pareil. Il sent une crispation dans ses épaules et sourit.

— Ça me fait plaisir de te revoir.

— Oui. Moi aussi.

Là-dessus, les enfants rappliquent, surexcités et tout collants de sucre.

— Ah ben vous êtes chouettes. Non non non, tu me touches pas avec tes mains dégoûtantes.

Hélène s'est dressée sur la pointe des pieds, et roule des yeux effarés qui font rire les enfants. Christophe remarque que Clara le regarde avec un drôle d'air en croquant dans sa gaufre.

— Bon, fait bientôt Hélène.

— Oui.

L'espace d'une seconde, ils hésitent à se faire la bise. Puis se séparent comme ça.

— J'ai encore deux, trois emplettes à faire, dit Hélène.

— Bon week-end alors.

— Oui, à vous aussi. Salut, Gabriel.

Le petit lève un pouce pour dire que tout est OK, enfournant une autre bouchée de sa gaufre. Du sucre glace recouvre son menton et fait comme une auréole blanche sur sa poitrine. Dans sa main, Christophe sent les petits doigts confiants et sucrés. Ils regagnent la voiture en passant par la caisse. Avant de quitter le parking, Christophe ne peut s'empêcher de ralentir devant la porte d'entrée.

— C'était qui ? demande Gabriel.

— Une copine.

— Je me souviens d'elle.

— Ah oui ?

— Bien sûr.

— Et c'est des bons souvenirs ?

— Ça va.

Christophe se retourne pour voir la tête du petit qui se fend d'un sourire forcé, le même que pour les photos. Il s'est déjà replongé dans son *Picsou Mag* géant. Le portable de Christophe vibre dans sa poche. C'est Nadia. Il décroche.

— Oui chérie ?

Le lourd break démarre et, après le cédez-le-passage, s'engage sur la route qui rentre à Cornécourt. Puis Christophe jette un coup d'œil au ciel au-dessus d'eux où passent quelques nuages gris. Mais il répond que oui, bien sûr, c'est une bonne idée un barbecue. Le premier de l'année. Ils échangent encore quelques mots, un baiser, la communication s'achève comme ça et il appuie fort sur l'accélérateur, le cœur en miettes. À l'arrière, le petit garçon surpris par la vitesse lance gaiement :

— Allez les petits gars.

REMERCIEMENTS

Sabine Barthélemy, Édith Bernez, Gaëlle Bona, Guillaume Chassard, Thierry Corvoisier, Cindy Couval-Mathieu, Sabine Desilles, Pierre-Henry Gomont, Elsa Grimberg, Thaël Huard, Jean-Nicolas Lecomte, Éloïse et Philippe Martin, Hélène Martin, David Mathieu, Nicolas Matyjasik, Anthony Maurice pour son aide si précieuse, Lucie Mikaelian (pour son formidable journal d'adolescence "Mes 14 ans"), Cécile Moizard-Matyjasik, Brigitte et Patrick Nouyrigat, Cécile Rich, Anne Rosencher, Romain Sarmejean, Manuel Tricoteaux, Faïza Zerouala.

Je remercie enfin Nicolas Martin et l'équipe de hockey d'Épinal, ses joueurs, son encadrement.

OUVRAGE RÉALISÉ
PAR L'ATELIER GRAPHIQUE ACTES SUD
REPRODUIT ET ACHEVÉ D'IMPRIMER
EN DECEMBRE 2021
PAR NORMANDIE ROTO IMPRESSION S.A.S.
À LONRAI
POUR LE COMPTE DES ÉDITIONS
ACTES SUD
LE MÉJAN
PLACE NINA-BERBEROVA
13200 ARLES

DÉPÔT LÉGAL
1re ÉDITION : FÉVRIER 2022
N° impr. : 2106651
(Imprimé en France)